KB233135

어른는 휴가

어긋난 휴가

2009년 11월 18일 초판 1쇄 인쇄
2012년 12월 17일 초판 4쇄 발행

지은이 김경미
발행인 이종주

기획 편집 박지해

발행처 (주)로크미디어
출판등록 2003년 3월 24일
주소 서울시 용산구 청파동3가 119-2 진여원BD 5층
Tel (02)3273-5135 Fax (02)3273-5134
홈페이지 rococoro.tistory.com · E-mail rokmedia@naver.com

ⓒ 김경미, 2009

값 9,000원

ISBN 978-89-257-1248-2 (03810)

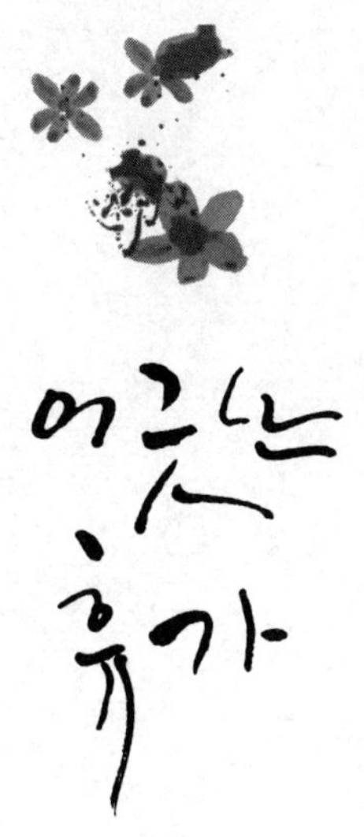

어긋나는 휴가

김.경.미. 장.편.소.설

ROCOCO

어긋난 휴가

차례

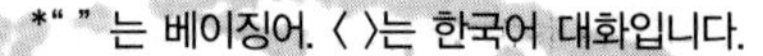
*" " 는 베이징어. 〈 〉는 한국어 대화입니다.

프롤로그

베이징 12월.

고양이 같군.

물 만난 고기들처럼 우글우글 떼를 지어 모여 있는 사람들 사이를 유유히 걷는 그녀를 보는 순간 탁 떠오른 이미지였다. 나긋나긋한 고양이. 도도하게 꼬리를 치켜세운 여왕 고양이가 숭배하는 시종들 사이를 나아갔다. 눈길 한 번이라도 받길 갈망하는 열렬한 시선들 속을 제집인 양 유유히 거닐었다.

모든 것을 잊고 즐기자는 파티의 모토에 따라 클럽에 온 여자들이 모두 노출이 심한 옷차림을 하고 있음에도, 특이하게 '캣우먼'은 전신을 꽁꽁 싸매었다. 마치 단단히 포장한 선물 상자처럼. 높은 목깃에 손등을 덮은 검은 치파오旗袍는 스틸레토 힐에 감싸인 가는 발목까지 내려왔다. 피부에 착 달라붙은, 무늬 없는 검은 비단은 뇌쇄적인 여자의 몸매를 효과적으로 드러냈다. 받쳐 올라간 풍만한 가슴에 육감적으로 흔들리는 둥근 엉덩이, 휘어지듯 들어간 허리 라인은 모래시계 같았다. 늘씬늘씬하게 뻗은 마른 체형의 여자들과 달리 165센티미터도 되지 않을 듯한 작은 여자는 남자들이 꿈꾸던 환상이 현실로 나타난 듯한 몸매를 소유하고 있었다.

답답하다 싶을 정도로 몸을 가린 것과 대조적으로 오른쪽 허벅지까지 길게 트인 슬릿은 여자가 걸을 때마다 대리석처럼 윤이 나는 허벅지를 내보였다. 푸른 핏줄 하나 보이지 않는 흰 살결은 황소 앞에 붉은 천을 흔들듯 남자들의 굶주린 눈초리 앞에 살짝살짝 감질나게 드러났다 사라지길 반복했다. 갸름한 얼굴선에 커다란 눈은 고양이처럼 끝이 살짝 올라가 있었고, 펄이 들어간 붉은 립스틱을 바른 입술은 열정적인 키스를 하고 나온 듯 도톰하게 부풀어 있었다. 낭창낭창하니 허리가 휘어지고, 나긋나긋한 걸음걸이를 내딛을 때마다 풍기는 짙은 페르몬에 수컷들이 반응했다. 발걸음에서부터 가볍게 흔들리는 손짓에 이르기까지, 여자의 동작 하나하나가 색스러워 수컷들의 본능을 자극했다. 금방이라도 늑대들의 울음소리가 터질 듯했다. 경쟁자를 쓰러트리고 제짝을 차지하려 드는 원시적인 욕구가 넘쳐흘렀다.

"휘익!"

누군가 감탄 어린 휘파람을 불었다. 시끄러운 음악 소리마저 한순간 사라졌다. 클럽 안에 있는 수컷이란 수컷들은 모두 발정 상태가 되었다.

류산柳山은 전신을 휘어 감는 끈끈한 성적 긴장감 대신, 흰자위와 검은자위가 뚜렷하게 구분되는 여자의 커다란 눈을 보았다. 에워싸는 사람들에 가려 금방 사라져 버린 눈동자를 떠올리며 들고 있던 크리스털 술잔을 비웠다.

인상적일 정도로 깨끗한 동공이다. 맑은 것이 아니라 깨끗했다. 선명할 정도로 희고 검은 눈동자. 붉은 핏줄이나 흐려지고 탁한 부위가 하나도 보이지 않는 눈동자. 소름 끼칠 정도로 깨끗해서 오히려 밀쳐 내게 만드는 눈동자였다.

"굉장한데, 한순간 숨이 턱 막히는 것이! 오금이 막 저리더라. 누구 파트너로 왔는지는 모르겠지만, 오늘 밤 정열적으로 밤을 불사르겠군!"

그때까지도 옆자리에 앉아 입을 벌리고 있던 신핑心平이 부러운 눈길로 목을 길게 뺐다. 상대방이 누군지 얼굴이라도 봐야겠다는 듯이.

"저 여자를 상대하려면 비아그라 한 통으로도 부족할 것 같은데. 남자의 기를 빨아먹는 요부란 저런 거겠지?"

술을 마시던 류산의 입매가 약간 굳어졌다. 신핑의 말에 자동적으로 어떤 장면이 떠올랐기 때문이다. 옷가지 따위 하나도 걸치지 않은 투명한 나신에 엉겨 있는 남자의 실루엣.

류산은 남은 술을 단숨에 들이켰다. 독하지만 부드럽던 술맛이 갑자기 텁텁해졌다. 얼음이 녹은 탓일까. 류산은 손안에서 돌리던 빈 잔을 내려놓고 자리에서 일어났다.

"어, 왜? 벌써 일어나게?"

과일 접시에 장식되어 있는 오렌지 한 쪽을 베어 물던 신핑이 놀라 고개를 치켜들었다.

"놀 거면 남아서 즐겨라. 난 먼저 일어날 테니."

"야! 일 년에 몇 번 얼굴도 내비치지 않으면서 기껏 온 송년회도 벌써 일어난다고?"

신핑이 버럭 소리를 질렀다.

"네 녀석이 징징거리며 시끄럽게 굴어서 잠깐 얼굴만 보인 것뿐이야."

"아무리 그래도 그렇지. 파티는 이제 막 시작했다고. 아이들도 다 오지 않았는데, 벌써 일어나면……."

"그러니까 넌 남아서 좋아하는 파티를 즐기라고."

그를 따라 자리에서 일어나는 신핑에게 류산은 손을 흔들었다. 신핑은 손을 들어 머리를 마구 긁었다. 산 녀석이 이 모임을 좋아하지 않는 줄은 알았지만……!

중국에서 내로라하는 집안 자식들의 모임인 황롱黃龍의 회원들 중에서도 산은 특별했다. 화렌花蓮 그룹의 실질적인 총수이기도 한 그는 단순히 부모를 잘 만나 '소황제'라고 불리는 것들과는 격이 달랐다. 부모의 주체할 수 없는 돈에 파묻혀 온갖 쾌락을 탐닉하고 있는 녀석들과는 달리 류산은 타고난 재능에 노력까지 더한 인물이었다. 중국 지하경제를 주름잡던 금력을 가지고 양지로 나와 단숨에 유통과 전자, 호텔에까지 손을 뻗히며 일인자의 자리를 굳히고 있는……. 황롱에 모인 소황제들 중 산의 눈치를 살피는 녀석들도 적지 않았다.

신핑은 고개를 저으며 파티에 대한 미련을 접었다. 하긴 바쁜 녀석을 억지로 끌어낸 것만으로도 내 몫은 다한 거지. 못 본 녀석들은 운이 나쁜 것이고⋯⋯. 속으로 투덜거리면서 신핑도 자리에서 일어났다. 괜히 미적거리다 다른 녀석들에게 붙들렸다간, 산을 보지 못하게 만들었다는 갈굼을 고스란히 당할 것이 뻔했기 때문이다.

산은 부딪혀 오는 여자들과 알은체하는 인간들을 피해 클럽의 뒤편으로 나아갔다. 일찌감치 파티 분위기에 취해 여기저기 나자빠져 있는 녀석들도 있었고, 동굴처럼 커튼을 친 곳에서 요란하게 섹스를 즐기는 무리들도 있었다. 산은 귓가를 때리는 시끄러운 음악 사이로 헐떡이는 숨소리를 들었다.

아까운 시간만 낭비했군. 사실 신핑만 징징거렸다면 귀찮더라도 가뿐하게 무시했을 것이다. 그러나 오른팔과도 같은 창리 강唱李剛의 쪼임에는 버티기가 힘들었다.

뭐, 일단 자리에 앉아 시간은 보냈으니, 녀석도 더 이상 잔소리를 퍼붓지는 못하겠지.

무심한 눈으로 클럽을 둘러보다 사람들의 주목을 가장 많이 받고 있는 곳을 발견했다. 고양이를 떠올리게 했던 여자가 파트너인 남자와 나란히 앉아 있었다. 파리처럼 여자에게 달라붙어 있는 남자의 손이 치파오의 슬릿 사이를 더듬고 있었다. 치맛자락 아래로 숨어든 손은 제 물건을 더듬듯 안으로 파고들어 갔다. 가는 목덜미에 입술을 지분거리던 남자가 다른 한 손으로 풍만한 젖가슴을 주물럭거렸다. 단단히 여민 치파오의 검은 매듭단추 하나가 뜯어졌다. 살짝 벌어진 목깃 사이로 검은 옷자락과 대비되는 흰 살결이 드러났다.

류산은 여기저기 제 맘대로 술과 여자를 즐기며 노는 회원들의 시선이 사실은 그녀에게 꽂혀 있다는 것을 알았다. 마른침을 삼키며 욕정으로 달아오른 벌건 눈을 한 채 그녀를 훔쳐보고 있었다. 저마다 그녀에게 다음 손을 내밀 속셈을 드러내면서.

류산은 엉겨 붙는 남자의 손길을 받으면서도 꼿꼿하게 허리를 세우고 있는 여자를 봤다. 허벅지 사이를 파고드는 손길에도 그녀는 신음 하나 흘리지 않았다. 오히려 남자의 실력이 부족하다는 듯 슬쩍 다리를 꼬며 교묘하게 남자의 손을 안으로 유도했다. 닳고 닳은 몸짓인데도 묘하게 남자들의 눈길을 사로잡는다.

산은 멈췄던 걸음을 움직였다. 흥미로운 눈요기이기는 하지만, 그뿐이다. 어리석은 순번 대기조에 끼어들고 싶은 마음이 없다. 여자야 찾을 필요도 없이 구할 수 있으니까.

클럽을 나가는 그의 뒤편으로 남자와 여자가 한 덩어리로 뒤엉켜 거친 숨소리를 내기 시작했다.

1.

상하이 3월.

지하실 특유의 습기 찬 곰팡이 냄새가 가득했다. 뒤로 결박되어 있는 손을 비틀어 보았지만, 단단하게 묶여 있는 밧줄은 미동도 하지 않았다.

산은 쓴웃음을 지었다. 예상했던 일이지만, 막상 생각대로 일이 전개되자 불쾌했다. 이런 상황이 벌어졌다는 자체가 그의 자존심을 긁었기 때문이다.

젠장! 확실한 증거를 잡기만 하면, 이 대가는 확실하게 갚아주지. 어둡게 가라앉은 눈빛이 무섭게 번득였다. 칼칼한 목이 따가워 침을 삼켰다. 잡혀 온 지, 아니 순순히 잡혀 준 지 딱 이십사 시간. 하루가 지났나? 슬슬 끝날 때가 됐는데……

턱턱 울리는 시끄러운 발자국 소리에 산은 짜증스러운 표정을 지었다. 감정을 드러내 좋을 것이 없었다. 그리고 감정을 보일 만큼 대단한 일도 아니고. 처음부터 자신이 납치당하는 일은 계획되어 있었으니까.

굳게 닫혀 있던 문이 쾅 열렸다. 스위치를 올린 듯 어두컴컴하던 지하실에 불이 들어왔다. 처음 만든 용도는 창고였던 듯, 지하실은 물건도 없이 넓기만 했다. 그러나 자리를 잡은 자들이 다른 용도로 활용하는지 여기저기 피 묻은 쇠 파이프와 몽둥이들이 세워져 있었고, 밧줄과 빈 술병들도 굴러다녔다.

치산赤山파의 두목인 왕쥔王軍은 인질이 얌전히 안전하게 있는 것을 보고 안도했다. 막상 의뢰를 받고서도 얼마나 망설였던가. 만약, 자신과 조직의 안전을 의뢰인이 약속하지 않았다면 절대로 받아들이지 않았을 것이다. 게다가 의뢰인이 배신하는 최악의 사태가 발생한다면, 화롄 그룹의 총수인 류산과 거래를 시도하는 방법도 있으니. 이번 일만 성공한다면 신흥 조직인 치산파가 당당히 산허三合회의 일원으로 인정받을 수 있을 것이다.

왕쥔은 뾰족한 턱을 끄덕거렸다. 그렇고말고. 의뢰인의 최종 연락은 없었지만, 아마 저쪽은 틀림없이 깔끔한 뒤처리를 원할 것이다. 상하이를 뒤흔들고 있는 검은 별, 헤이싱黑星을 자신의 손으로 가라앉힌다면……. 아니, 헤이싱을 살려 주고 더 큰 대가를 받아 낸다면……. 위험부담이 큰 만큼, 돌아오는 혜택도 컸다.

왕쥔은 양손에 떡을 쥐고 저울질하면서 어느 쪽에 손을 들어야 할지 고민 중이었다.

산은 속으로 비웃었다. 머리 굴리는 소리가 여기까지 들렸다. 욕심 많고 잔머리를 잘 굴리는 그를 고른 것이 자신이라는 사실을 알게 된 후에도 과연 왕쥔은 느긋하게 계산할 수 있을까 궁금하군. 그때도 지금처럼 대범하게 군다면 너에 대한 평가를 다시 해 주지. 깡마른 체구에 건들거리는 왕쥔을 가만히 응시하며 산은 조용히 이를 악물었다.

왕쥔을 뒤따라 들어온 부하가 커다란 물건을 어깨에 둘러멘 채 물었다.

"두목, 이건 어떻게 할까요?"

왕쥔은 오늘 자신을 직접 움직이게 한 물건을 봤다. 축 늘어진 모습을 보니 정신을 차리려면 몇 시간이 더 지나야 할 것 같았다. 왕쥔은 부하 녀석의 손이 물건의 몸에서 잠시도 떨어지지 않는다는 것을 알았다. 하긴 저 정도의 물건은 상하이 땅은 물론이고, 홍콩이나 베이징에서도 쉽사리 보기 힘들 테니, 군침이 날 만하지. 왕쥔은 턱으로 산이 묶여 있는 의자 옆을 가리켰다.

"주물럭대는 손 떼고, 그만 내려놔."

"두목……."

잡았을 때부터 야들야들한 감촉이 그만인 계집이었다. 반들반들한 피부를 손바닥으로 쓱쓱 만진 것만으로 힘을 받은 듯 아랫도리에 반응이 왔다. 그래서 슬쩍 두목에게 말이나 떼 보자 싶었다. 어차피 이대로 팔지는 않을 테니, 두목 혼자 독차지해 버리지 말아 달라 고집이라도 부려 보자는 심사였다.

"그만 내려놓으라는데 웬 잡설이 붙어! 손모가지 부러뜨리기 전에 당장 내려놓지 못해, 이 자식아!"

왕쥔은 주저하는 녀석이 못마땅해 눈을 사납게 치켜뜨며 버럭 고함을 질렀다. 사나운 윽박지름에 부하는 할 수 없이 어깨에 짊어진 물건을 바닥에 내려놓았다.

검은 시폰 원피스 자락이 커튼처럼 흩어지며 달콤한 초콜릿 향이 났다. 정신을 잃은 여자의 얼굴이 산 쪽으로 꺾여 있었다.

산의 입가가 굳어졌다. 살짝 눈썹을 찡그린 그는 다시 한 번 여자의 얼굴을 확인했다. 역시, 자신이 잘못 본 것이 아니다. 보는 순간 기억이 났다, 마치 꺼져 있던 화면에 전원이 들어온 것처럼. 하긴 한 번 보면 쉽게 잊을 수 없는 인상이긴 했다. 작년 연말 베이징의 클럽에서 봤던 여자가 틀림없었다.

도도하면서도 요염한 고양이 같던 여자.

검붉은 핏빛 카틀레야가 어울리는 여자.

왜 이 여자가? 왕쥔이 납치한 건가?

산은 하늘에서 뚝 떨어지듯 나타난 여자를 보며 몇 가지 의문점을 떠올렸다. 얼음 가면 같던 산의 표정에 균열이 이는 것을 본 왕쥔이 어깨에 힘을 주며 제 물건을 자랑하듯 뻐겼다.

"화렌 그룹의 총수인 류 회장님도 이 정도의 물건은 처음 보시는가 보군요. 하긴 보면 볼수록 요염한 것이 사내 혼을 빼놓을 듯하지 않습니까? 그러니 약혼자를 뺏기게 생긴 정숙한 여자가 정신을 잃고 눈에 불을 켜며 저 같은 놈을 찾아 돈을 내놓는 것이겠지요? 이런 장사만 한다면 정말 손해 볼 것이 없을 텐데 말입니다."

쥐처럼 가늘게 찢어진 왕쥔의 눈이 여자의 몸을 훑았다.

"돈도 벌고, 상품도 얻을 수 있으니. 그야말로 일거양득이

지요."

히죽히죽 왕쥔은 웃었다. 류산의 납치보다는 돈이 적지만, 이 계집을 가게에 내놓으면 몇 배는 더 벌 수 있을 것이다. 헤이싱이라는 류 회장마저도 이 계집에게 눈을 돌리는 것을 봐라. 웃돈을 얹히면서 서로 차지하려 아우성칠 테지. 마약만큼 남는 것이 바로 계집 장사였다. 그리고 왕쥔은 매춘업자들 중에서 악독하기도 유명한 포주였다. 한 번 걸리면 마지막 기름 한 방울까지 짜낸 다음에야 풀려날 수 있을 정도로. 그런 왕쥔도 이 정도 수준의 물건은 한 번도 본 적이 없었다. 가게에 내놓은 후에도 종종 생각날 때마다 찾을 것 같다.

"관심이 있으시다면 잠시 기다리시죠. 일단 제가 먼저 맛을 본 다음 가게에 내놓을 테니. 물론 적절한 금액을 제시하셔야 한다는 것쯤은 잘 알고 계시겠지요? 하긴 그때까지 무사히 살아 계셔야 가능한 얘기일 텐데 말입니다."

능글능글 빈정거리는 것이 맥없이 붙잡혀 있는 산을 얕잡아 보고 놀리는 기미가 역력했다. 평소라면 말 한 번 붙이기도 힘든 상대이지 않은가.

이 게임의 말이 무엇인가. 저쪽이 먼저 제의하지 않는 한 얼굴도 마주 대하기 어려운 류산 회장의 목숨이 자기 손아귀에 들어 있다는 사실이 왕쥔의 기분을 고취시켰다. 게다가 한입에 삼켜도 비린내 하나 날 것 같지 않은 삼삼한 여자까지 눈앞에 있으니. 다음 연락이 올 때까지 여자와 즐거운 시간을 보내면 되는 거다. 최종 선택은 그 후에 내려도 된다. 머릿속에서 산허회의 핵심 인물로 자리해 있는 자신의 모습을 떠올렸다. 아무도 그를 얕잡아 보지 못하리라. 이번 일을 기회 삼아 더 큰물로 나갈 것이다.

창백한 여자의 얼굴을 잠시 바라보던 산이 천천히 고개를 들었다. 득의양양한 빛이 가득한 왕쥔의 두 눈을 묵묵히 응시했다. 검은 동공 위로 짙은 남청빛이 어른거리며 왕쥔을 압박했다. 감정이 사라진 산에게서 위협적인 위압감이 퍼져 나왔다. 마치 재롱을 부리는 놀이감에게서 흥미를 잃어버린 육식동물처럼.

왕쥔은 저도 모르게 입술을 축였다. 기세등등하던 자신감이 한순간에 위축되었다. 제, 젠장! 살짝 놀린다는 것이 기분에 취해 너무 많이 나간 건가! 왕쥔은 등골을 지나가는 차가운 냉기에 몸을 떨었다.

내가 왜! 저 인간은 꽁꽁 묶여서 움직이지도 못하고 있는데!

기 싸움에 뒤로 밀린 것이 화가 난 그는 산의 앞으로 걸어가며 린치라도 가할 듯 주먹을 들어 올렸다. 저 잘난 얼굴을 한 대 갈기지 않으면 화가 풀리지 않을 것 같았다.

그때였다. 천장에 달려 있던 전등의 불빛이 꺼졌다. 순식간에 지하실은 깜깜한 암흑이 되었다.

쾅!

뒤이어 폭탄이라도 터진 듯 지하실 철문이 굉음을 내며 열렸다.

"뭐, 뭐야!"

"젠장! 어서 총을 꺼내!"

"두목!"

갑작스럽게 덮친 어둠에 시각이 마비된 왕쥔의 부하들이 우왕좌왕하며 소리를 질러 댔다.

"어디서 습격한 거야!"

왕쥔은 추켜올린 손을 내리며 권총을 움켜쥐었다. 찢어진 눈을 있는 대로 부릅떴다. 웅웅 울리는 공기가 심상치 않았다. 달려 들어오는 발자국 소리가 고함 소리와 뒤엉켰다.

쉭쉭!

공기를 진동시키는 소리가 울렸다.

"윽!"

"억!"

손에 무기를 꺼내 들고 미친 듯이 사방을 둘러보던 부하들이 어둠 속에서 픽픽 쓰러졌다. 놀랄 정도로 조용한 습격이었다. 어둠에 눈이 멀어 버린 부하들은 제 주변을 둘러보며 비명 소리만을 뒤쫓았다. 자칫 잘못해 같은 식구를 쏠 것 같아 총을 든 채 덜덜 떨기만 했다.

"다들 정신 차렷!"

왕쥔은 본능적으로 적이 누군지 알아차렸다. 이 정도의 기동력과 화기를 동원할 수 있는 곳은 몇 군데 되지 않았다. 제기랄! 화렌 그룹이 움직인 건가? 왕쥔은 어둠 속에서 앞으로 손을 뻗었다. 앞은 보이지 않았지만, 손만 뻗으면 잡을 수 있는 곳에 유용한 인질인 류산이 묶여 있었다. 그 자식을 방패막이로 막아 세운다면…….

그러나 그보다 먼저 산이 정전의 의미를 알았다. 그리고 왕쥔이 어떻게 나올 것인지도. 산은 머뭇거리지 않았다. 어둠 따위 개의치 않은 채 묶여 있는 의자 채로 몸을 일으켜 힘껏 비틀었다. 밧줄로 한 몸이 되어 있는 묵직한 의자가 유용한 무기가 되었다. 팽팽하게 땅겨진 밧줄이 살을 파고드는 것 따위 무시했다. 이 쥐새끼를 밟아 죽일 수만 있다면!

"뭐?"

의자에 후려 맞은 왕쥔이 비명을 질렀다. 산은 의자에 맞아 비틀거리는 쥐새끼를 놓치지 않았다. 뒤돌아 의자의 다리를 창처럼 세워 돌진했다.

"으아악!"

제대로 겨냥했는지 살을 후벼 파는 듯한 불쾌한 감각이 잡혔다. 놈을 잡은 것보다 이 지하실을 벗어날 수 있다는 만족감이 더 컸다. 어둠 속에 비명 소리와 역겨운 피비린내가 넘쳐 났다.

"괜찮으십니까, 헤이싱 님?"

작은 손전등을 비추며 다가온 마오진옌毛金燕이 물었다. 산의 경호실장인 진옌은 안경처럼 눈에 쓰고 있던 적외선 투시기를 벗었다. 그의 수신호를 받은 경호원이 무전으로 다른 곳에게 연락했다. 차단기를 올린 듯 지하실의 전등에 불이 들어왔다.

"늦었어, 진옌."

"죄송합니다, 헤이싱 님. 저쪽에서 쉽사리 미끼를 물지 않는 바람에 계획보다 움직이는 것이 늦어졌습니다."

밧줄을 풀어 주며 진옌은 구출이 늦어진 이유를 설명했다. 피가 흐르는 팔목의 상처를 보고 황급히 말을 덧붙였다.

"밖에 의사가 대기하고 있습니다. 상처부터 치료하시죠."

"됐어. 그냥 수건 하나만 줘."

"안 됩니다. 일단 손목의 상처부터 의사가 본 다음에 일을 처리하십시오. 리강이 제게 단단히 경고했습니다. 먼저 헤이싱 님부터 살피라고 말입니다.”

그러나 산은 고개를 내저었다.

“의사가 대기 중이라니 잘됐군. 치산파의 보스인 왕쥔이 죽었는지 살았는지 확인하고, 살았으면 대충 말이라도 할 수 있도록 만들어 보라고 해.”

낮고 건조한 말투였다. 그러나 진옌은 자신의 주장을 꺾을 수밖에 없었다. 이런 말투는 헤이싱 님이 다른 의견 따위 듣지 않겠다는 신호였기에. 할 수 없군. 의사를 데려와 왕쥔과 함께 봐 달라고 할 수밖에.

심하게 구겨진 블랙 슈트의 상의를 벗은 산은 흰 셔츠 차림이 됐다. 셔츠도 상의만큼 구겨져 있었고, 커프스가 달아나 버린 손목 부근은 파인 상처에서 흘러내린 피로 검붉었다. 산은 바닥에 쓰러져 있는 왕쥔을 쳐다보았다. 의자의 네 다리 중 한 개가 왕쥔의 허벅지를 관통해 있었다. 생살이 꿰뚫린 통증에 기절한 왕쥔은 겁에 질린 개처럼 푸들푸들 경련을 일으켰다. 그 꼬락서니에 산은 얕은 조소를 날렸다. 아무리 계획했던 일이라지만, 이 정도로 제 주제 파악을 못하는 인간일 줄은 몰랐다. 작은 머리에 야심만 커다란 쥐새끼.

“으……음…….”

등 뒤에서 들려온 약한 신음성에 산은 시선을 틀었다.

이런! 잊고 있었다. 잠시 망각한 존재를 떠올리고서 아차 싶었다. 지금 정신을 차린다면 최악의 타이밍인데…….

느닷없는 여자의 신음성에 진옌도 놀라 황급히 산의 옆에 붙어 섰다. 적외선 투시기로 확인했을 때 바닥에 누워 있는 정체불명의 인물이 있다는 걸 알았지만, 적이 아니라는 판단에 공격 대상에서 제외했다. 타깃은 지하실의 방 안에 서 있는 자들.

"저 여자는 뭡니까?"

진옌의 질문에 대답이라도 하듯 여자의 감겨 있던 눈이 떠졌다.

머리가 아팠다. 각성제라도 하고 난 뒤처럼 관자놀이가 쑤셨다. 하빈은 동공을 파고드는 빛에 다시 눈을 감으며 기억을 되살렸다. 클럽에서 술을 마신 것이 기억의 마지막이었는데…… 팔꿈치로 바닥을 짚으며 일어나 앉았다. 그 잠깐의 움직임에도 머리가 둥둥거려 인상을 찡그렸다.

이건…… 화약 냄새? 피 냄새?

익숙한 냄새에 하빈은 조심스럽게 눈을 떴다. 여전히 빛에 민감한 눈 때문에 천천히 눈꺼풀을 올렸다. 제일 먼저 여기저기 바닥에 쓰러져 피를 흘리고 있는, 꽤 불량해 보이는 무리가 하나. 기동타격대처럼 헤드셋에 방탄조끼, 기관단총까지 든 다른 무리가 하나. 그리고…… 추켜 올라간 치맛자락에 말간 허벅지를 내보인 하빈은 기둥처럼 눈앞에 버티고 서 있는 긴 다리를 따라 천천히 더듬어 올라갔다. 한눈에 봐도 명품일 듯한 검은 바지는 어울리지 않게도 심하게 구겨져 있었다. 손을 뻗어 구김이 간 부위를 문질러 반듯하게 펴고 싶다는 생각이 떠올랐다.

'다리가 기네. 키가 크구나.'

자연스럽게 상대방에 대한 정보를 캐치했다. 화약 냄새와 피 냄새만큼이나 익숙한 일이었다. 훈련받은 대로 사람을 발견하

면 자연스럽게 넘어가는 단계이기도 했지만, 연상 작용에 대해
서 깊이 따지지 않았다. 훈련받을 때는 귀찮았지만, 일단 습관
처럼 몸에 밴 다음부터는 아주 유용했다.

넓은 가슴에 붙어 있는 흰 셔츠. 운동과 격투로 단련된 몸이
라는 걸 한눈에 알았다. 돋아나기 시작한 수염으로 파르스름한,
고집스러운 턱선. 남자답게 각진 얼굴선은 단정하게 떨어져 깔
끔하다는 느낌을 주면서 짙고 굵은 눈썹 아래의 강한 눈매를 순
화시켜 주는 효과를 발휘했다. 요즘 유행하는 날렵한 체구의,
여자보다 더 예쁜 '꽃미남'과는 다른, 사내다우면서도 지적인
인상을 풍겼다.

어디서 본 얼굴인데⋯⋯. 얼굴을 보자마자 익숙하다는 생각
이 먼저 들었다. 하빈은 관자놀이에 주먹을 댄 채 머리를 옆으로
뉘었다.

깊이 생각하지 않는 자신이 눈에 익다 느끼려면⋯⋯. 연예인
인가?

하빈의 시선이 산의 옆에 있는 진옌에게 향했다. 빤히 바라보
는 그녀의 눈길에 상대방이 긴장한 듯 어깨에 힘이 들어갔다.

요즘 연예인은 완전무장한 기동타격대를 이끌고 다니나?

그저 무작위로 생각을 떠올리며 다시 키 큰 남자를 봤다.

음, 연예인은 취소. 아무리 봐도 연예인이 풍기는 포스와는
종류가 다른 것 같으니까.

더 이상 생각하는 것도 귀찮아진 하빈은 휘청거리며 자리에
서 일어났다. 다리가 풀려 몇 번 휘청거렸지만 힘을 줘 버텨 섰
다. 아무리 봐도 술기운만은 아닌 것 같다. 있는 장소도 그렇고,

뭔가 안 좋은 걸 들이켠 것 같은데……. 올라간 치맛자락을 내린 다음 헝클어진 머리카락을 손으로 쓸어 넘겼다.

특별할 것이 없는 단순한 움직임인데도 기이할 정도로 관능적이었다. 급할 것 없다는 듯 귀 뒤로 머리칼을 넘기는 나른한 손짓도. 살짝 아래로 내리뜬 눈꺼풀이 깜빡일 때마다 날리듯 나풀거리는 눈짓도……. 하나하나 보는 이의 시선을 붙드는 색기가 있었다.

산은 짙어진 초콜릿 향을 들이켰다.

눈을 뜬 여자가 주변을 보고 찢어질 듯한 비명을 지를 것이다 싶어 어떻게 진정시켜야 하나 고민했다. 강제로 납치되어 온 것도 충격인데, 사방에 피를 흘리며 쓰러져 있는 남자들을 봤으니! 어떻게 한다. 가장 손쉬운 방법은 바닥의 녀석들과 함께 처리하는 것이다. 여자는 아무 잘못이 없지만, 운이 나빴다. 바닥에 뒹굴고 있는 녀석들의 의도대로 삶이 망가지는 것보다는 차라리 깔끔한 죽음이 나을 수도 있다. 뭐, 죽어야 할 당사자인 여자는 다르게 생각할 수도 있겠지만.

여자의 처리에 대해 골몰하던 산은 곧 이상한 점을 느꼈다. 시끄러운 비명 소리가 들리지 않았다. 아무 소리도 나지 않았다. 어느새 자리에서 일어나 앉은 여자는 예의 그 고양이 눈으로 천천히 자신을 훑어보고 있었다. 낯을 가리는 고양이가 상대를 판별하듯이, 살피는 모습을 숨기지도 않은 채.

산은 그 시선을 순순히 받아 줬다. 이상하게도 다른 여자들이 살피는 시선과는 느낌이 달랐다. 끈적끈적하게 달라붙는 여자들의 눈빛 속에는 더러운 욕망과 탐욕이 숨어 있었다, 아무리 숨겨도 알아차릴 수밖에 없는 질척한 욕심이.

그러나 눈앞에 있는 여자의 눈길은 달랐다. 마치 거울을 보는 듯한 느낌에 생경한 경계심이 일었다. 미세한 흐트러짐도 고스란히 비쳐 보일 듯해 산은 더욱 철저하게 허점을 숨겼다.

찢어진 입술과 흐트러진 옷차림, 돋아난 수염 탓에 지저분한 모양새였지만, 그따위는 상관없었다. 겉모습 따위는 얼마든지 살펴봐도 개의치 않았다. 그 너머 내면 깊숙한 곳까지 뻗어 온 건방진 촉수를 철저히 차단했다. 몇 번 더듬어 대더니 쉽게 뚫리지 않자, 금방 포기하고 시선을 거뒀다. 여자가 물러서자, 이번에는 산이 당당하게 여자를 관찰했다.

바닥에서 일어난 여자는 너무 작았다. 자신의 앞가슴에도 미치지 않는 자그마한 몸에 산은 놀랐다. 먼발치에서 봤을 때도 작다 싶었지만, 막상 눈앞에 세우고 보니 작아도 아주 많이 작았다. 160센티미터는 될까. 정수리가 그의 가슴에 닿을락 말락 했다. 그나마도 발목이 부러질 듯한 높은 힐을 신고 있는 탓에 가능한 높이였다. 가는 뼈대를 가진 여자는 겉으로 드러난 대부분이 작고 가냘팠다. 한 쌍의 커다란 검은 눈동자를 제외하고서.

말없이 서로 지루한 탐색전을 벌이던 두 사람 중 먼저 백기를 든 것은 하빈이었다. 그녀는 빨리 호텔로 돌아가 두통약을 한 움큼 털어 넣은 뒤 푹 자고 싶은 마음뿐이었다. 주변을 에워싸고 있는 남자들이 어떻게 나올지도 관심 밖이었다.

필요하면 살려 주겠지. 그게 아니면 죽이든지. 이것이든, 저것이든 상관없었다.

아, 차라리 죽여 달라고 해 볼까.

하빈은 굵게 웨이브를 준 머리카락을 쓸어 올리며 특유의 느린 말투로 물었다.

"무슨 일인지 모르겠지만, 대충 끝났으면 전 이만 돌아갈까 하는데요."

"……돌아간다?"

하빈이 고개를 끄덕였다.

"지금 돌아가겠다고 말한 겁니까? 이 상황을 보고서도?"

산은 확인하듯 한 번 더 자세히 물었다. 그러자 하빈이 무슨 문제가 있냐는 눈빛으로 그를 올려다봤다.

한순간 산은 말문이 막혔다. 눈가를 살짝 찡그리며 순진한 눈망울로 자신을 올려다보는 여자의 정신이 올바른지 가늠했다.

납치된 게 아니었나? 그러나 왕쥔의 말대로라면 납치가 틀림없는데……. 납치도 납치지만, 총을 맞고 쓰러진 사람들 속에 무기를 든 정체불명의 남자들에게 포위되어 있으면서 어떻게 저런 반응을 보이는 거지? 보통 놀라거나, 심하면 기절하는 것이 보통 여자들의 반응 아닌가. 특별히 아주 대범하고 침착하다고 하더라도 이런 반응은 아닐 텐데…….

보통 일반적인 여자들과는 전혀 다른 반응에 산은 당황했다.

"나랑 상관없는 일에 계속 있어야 할 필요가 없잖아요?"

하빈은 팔짱을 끼며 머리를 옆으로 살짝 기울였다.

"아니면 불리한 목격자 따위 아무도 모르게 처리할 생각인가요? 아! 하긴 그편이 훨씬 깔끔하겠다. 그렇죠?"

장난인지 진담인지, 그녀의 행동과 말투는 모호하기만 했다. 마치 서프라이즈 쇼에 출현한 듯 구는 것이 비현실적이었다.

산은 말없이 하빈을 바라보았다. 그녀의 생각을 읽어 내기라도 할 것처럼. 아무것도 모르는 아이처럼 굴더니 툭 내뱉는 말은 행동과 전혀 다르지 않은가.

아무래도 수상했다. 뚫어져라 쳐다보는 산의 시선이 점점 더 날카로워졌다. 함정일지도 모른다. 어쩌면 저들이 쳐 놓은 다른 덫인지도…….

하빈은 주변을 둘러보며 핸드백을 찾다 포기했다. 아무리 살펴봐도 보이지 않는 것이 끌려오면서 떨어뜨린 듯싶었다. 걸치고 있는 옷과 신고 있는 구두가 다인가 보네. 어쩌지? 택시비가 없는데…….

"택시비를 빌릴 수 있을까요?"

하빈의 부탁에 산의 눈썹 끝이 살짝 올라갔다.

없다는 걸까? 음, 하긴 모습을 보아하니 납치된 왕자님 처지에서 막 풀려난 상황 같으니, 수중에 지갑이 없을 수도 있지.

"돈이 안 된다면, 차를 빌릴 수 있을까요? 아니면 운전기사라도?"

진옌이 미친 여자를 보듯 휘둥그레진 눈으로 하빈에게 시선을 보냈다. 아무리 충격을 받았다지만, 말하는 것들이 모두 정상적으로 와 닿지 않았다. 듣고 있는 그가 이상해질 정도로.

"헤이싱 님, 아무래도……."

이 여자 제정신이 아닌 것 같습니다라고 말하려 했지만, 진옌은 갑자기 앞으로 나서는 산 탓에 끝내지 못했다.

"나는 류산이라고 하는데 당신은?"

"하빈蝦蟆. 다들 하빈이라고 부르죠."

여자는 기다렸다는 듯 가볍게 제 이름을 밝혔다.

이름이, 발음이 특이했다. 중국인처럼 보이지 않았다. 그렇다고 일본인도 아닌 듯했다. 서양인들은 잘 구분해 내지 못하지만, 같은 동양권이라도 각 나라마다 구분할 수 있는 특유의 분위기가 있다.

"하빈이라? 한국인인가요?"

하빈은 고개를 끄덕였다.

"중국어가 아주 유창하군요."

본토인이라고 해도 좋을 정도로 하빈은 정확한 베이징어를 구사했다. 단지 노래처럼 나른하게 끌리는 어조가 특이했다. 그가 떠보는 의도를 모르는 듯 하빈은 말없이 살짝 웃기만 했다. 숫기 없는 남자라면 단숨에 얼굴이 붉어졌을 것이다.

"당신과 좀 더 자세한 얘기를 나누고 싶지만, 장소가 좋지 않군요. 당신의 안전을 위해서도 그렇고, 일단 오늘은 내 집에서 묵는 게 좋을 듯합니다."

산의 손짓에 문에서 대기하고 있던 경호원 한 명이 다가왔다.

"하빈 양을 저택으로 모셔 가도록. 불편한 점이 없도록 사람들에게 이르고."

"네, 헤이싱 님. 가시죠."

경호원이 옆으로 비켜서며 하빈에게 길을 내줬다. 먼저 움직이라는 재촉이었다. 그러나 하빈은 정중하지만 일방적으로 통고한 남자를 물끄러미 바라봤다.

죽이지 않는 건가. 아니면 잠시 미룬 걸까.

대답을 찾던 하빈은 소득 없이 몸을 돌렸다.

또각또각.

지하실 바닥을 울리는 구두 소리가 천천히 멀어졌다. 하빈의 모습이 완전히 사라지자, 진옌은 크게 가슴을 들썩이며 깊은숨을 내쉬었다. 이유는 모르겠지만, 목구멍 안쪽까지 뭔가가 꽉꽉 들어찬 듯 가슴이 답답했던 것이다. 보이지 않는 향기에 천천히 질식당하는 느낌이었다.

"헤이싱 님, 굳이 저 여자를 저택으로 데려갈 필요가 있습니까?"

덥석 안마당에 정체도 모르는 폭탄을 들여놓는 것은 아닌지.

그러나 산은 하빈의 문제를 뒤로 미뤄 두었다. 지금 그의 머릿속을 채우고 있는 것은 왕쥔, 그리고 그와 연결되어 있는 선들이었다. 금방이라도 빠질 듯 덜렁거리는 커프스를 빼내 바닥에 버렸다. 소매를 걷어 올리자 근육질의 단단한 팔이 드러났다.

"리강에게 연락해. 여자가 도착하면 손님방을 내주고, 최대한 편의를 봐주라고."

"헤이싱 님!"

진옌은 머리를 내젓다, 황급히 휴대폰을 꺼냈다. 리강에게 뭐라고 설명을 해야 할지. 그렇지 않아도 숨어 있는 끈들의 반응을 찾아내느라 눈이 시뻘개져 있을 텐데……. 도화선에 불을 댕기는 것은 아닌지 겁이 났지만, 헤이싱 님의 명령을 전하지 않을 수는 없었다. 눈앞의 작은 불씨를 피하려다가 핵폭탄을 맞을 수도 있다. 짜증이야 부리겠지만, 헤이싱 님의 명이라면 꼼꼼하게 이행할 것이다.

산은 살을 꿰뚫고 들어간 의자를 똑바로 세웠다.

"으악!"

비뚤어져 있던 다리가 세워지며 찢어진 살을 건드리자, 왕쥔이 통증에 정신을 차리고 비명을 내질렀다.

산은 얼마 전까지 자신이 묶여 있었던 의자에 다시 앉았다. 그 아래 배를 드러내고 누워 있는 개구리처럼 왕쥔이 피를 흘리며 신음했다. 앞으로 넘어온 머리카락을 넘기자 단정한 산의 얼굴이 드러났다.

평소에도 표정을 잘 드러내지 않아 무뚝뚝한 인상이었지만, 지금처럼 표정이 깨끗하게 사라지면 대리석 조각 같았다. 그가 무섭게 분노했을 때였다. 감정이 사라진 표정 아래 마그마보다 더 뜨거운 분노가 흘렀다.

느긋이 등을 기댄 산은 다리를 꼬았다. 신음성을 흘리는 왕쥔을 내려다보며 천천히 말했다.

"자, 왕쥔. 이제 우리 제대로 된 대화를 나눠 보도록 하치."

슬쩍 입꼬리를 올린 산의 미소가 왕쥔의 눈에는 저승사자의 웃음 같았다. 천당의 구름에서 떨어져 지옥이 펼쳐졌다. 두려움에 왕쥔은 눈을 꼭 감았다. 기절도 할 수 없었다.

헤이싱, 검은 별. 죽음의 별이라는 산의 별명이 커다랗게 왕쥔의 머릿속을 채웠다.

비릿한 소금기가 났다. 밤바람에 바다 내음이 섞여 있었다. 답답한 지하실에서 올라온 하빈은 밖의 공기를 한가득 들이마셨다. 콧속 가득하던 퀴퀴한 지하실 냄새와 비린 피 냄새를 몰아냈다.

바닷가 근처인가. 그렇다면 상하이에서 최소 두 시간은 떨어져 있다는 뜻이다. 밋밋하게 세워져 있는 건물들도 배에 선적하는 짐들을 보관하는 창고인 듯했다.

"타시죠."

하빈은 차에 올라타기 전 문을 열어 준 경호원을 향해 고마움의 뜻으로 눈초리를 휘며 달콤한 미소를 던져 주었다. 로봇처럼 딱딱하던 경호원의 얼굴이 벌겋게 달아올랐다. 당황한 듯 서둘러 차 문을 닫는 경호원의 손짓이 서툴렀다.

좋은 차네.

푹신한 승차감을 즐기며 하빈은 시트 깊숙이 몸을 기댔다. 약 때문에 몇 시간을 잤는데도, 잠이 모자란 듯 머리가 무거웠다. 강제로 재운 탓일 거다. 예전부터 그랬다.

검게 선팅한 차창 너머로 물에 탄 잉크처럼 번진 붉은 불빛이 지나갔다.

류산이라.

차 문이 닫히는 순간 그가 누구인지 떠올랐다. 마치 자물쇠를 잠그는 순간 빠트린 것을 기억해 낸 것처럼.

지난번 베이징에서 작전을 수행할 때 외웠던 인물들 중 그도 있었다. 타깃과 접근성이 낮아 그저 한 번 보고 머릿속에서 지워 버렸던 프로필.

하빈이 아닌 대한민국 특무국의 비밀 요원인 화랑花郎, 요선妖仙이 지난 기억을 거꾸로 되짚어 나갔다.

프로필만이 아니다. 신문과 뉴스에서도 종종 보았던 얼굴이다. 화렌 그룹의 젊은 총수. 할아버지의 뒤를 이어 회사의 우두

머리가 되었지만, 다들 너무 나이가 젊다며 경험 부족을 걱정했다던가. 그러나 계열사의 사장단은 물론이고, 임원진들의 걱정까지 모조리 들어가게 만든 능력과 카리스마의 소유자. 그의 별호가 검은 별, 헤이싱이었다.

매력적인 남자였다. 보기 드문 절제된 카리스마를 가진 남성미. 웬만한 여자들이라면 다들 달려들어 매달려 보고 싶을 정도로 짙은 남성적 체취를 가지고 있었다. 신사와 같은 단정한 얼굴 생김에 훤칠한 키와 평범하지 않은 운동으로 다져졌을 법한 몸. 여자들이 좋아할 깍듯한 매너까지 가졌다.

하빈은 차창을 바라보며 입술 끝을 표 나지 않게 들어 올렸다. 오색 리본을 단 화려한 겉포장에 눈이 멀어지는 여자들에 대한 비웃음이다.

그 알록달록한 포장 아래 얼마나 난폭한 맹수가 살고 있는지 알아차릴 수 있는 사람이 과연 몇이나 될까. 공손함을 가장한 가면을 쓰고 상대방의 긴장을 느슨하게 만든다. 좋은 접근 방법이었다.

그 정도의 배경이라면 누구나 그를 만나는 순간 경계부터 할 테니까.

그러나 하빈의 관심사는 아니었다. 요선의 타깃도 아니다. 그러니 신경 쓸 필요가 없었다. 그런데도 왜 이렇게 어깨의 긴장이 풀리지 않는 걸까.

뻣뻣해지는 신경을 들키지 않기 위해 일부러 산에게 더욱 나른한 미소와 말을 던졌다. 창 위로 그녀를 바라보던 강인한 검은 눈동자가 떠올랐다.

'뭐지, 당신?'

매끄럽게 다듬어진 뾰족한 손톱 끝을 세워 흐릿한 얼굴이 그려진 창을 그었다.

누구든 상관없어. 날 귀찮게만 하지 않으면.

알겠나요, 헤이싱?

2.

　산이 푸동浦東에 있는 류가의 저택에 돌아왔을 때는 상하이의 새벽하늘이 푸른빛을 띠며 조금씩 밝아지고 있을 즈음이었다. 시지世紀 공원 인근의 넓은 주택지 중에서도 꽤 큰 편에 속하는 저택은 상하이가 조계租界*(19세기 후반에 영국, 미국, 일본 등 8개국이 중국을 침략하는 근거지로 삼았던, 개항 도시의 외국인 거주지.) 지역 시절의 유럽 건물 형태였다. 와이탄外灘에 있는 건물들처럼 고층의 무겁고 답답한 양식들과는 달리 낮은 2층짜리 건물이지만 너비가 길어 일반 주택으로는 보이지 않았다. 이끼 낀 벽돌에 창마다 넓은 테라스가 달려 있었고, 지붕에는 벽난로와 이어져 있는 굴뚝들도 많았다.

　이렇게 거창한 건물에서 살게 된 것은 전적으로 산의 할아버지인 류런柳仁 탓이 컸다. 대대로 상하이에 자리를 잡고 국내의

지하 금융을 장악하고 있던 류가. 그러나 전쟁의 소용돌이를 피해 신부와 함께 미국으로 떠날 수밖에 없었던 그는 자나 깨나 고향을 잊지 않았다. 비록 미국으로 기반을 옮기기는 했으나, 그는 뿌리 끝까지 중국, 상하이인이었다. 공산주의의 벽이 낮아지고 자본주의 바람이 불기 시작하자, 류런은 일찌감치 거대한 중국 시장을 노리기 시작했다. 그리고 때가 무르익었다 싶어지자, 도망치다시피 한 고향으로 금의환향한 것이다. 그는 지난날 자신이 살았던 건물과 똑같은 구조를 더 증축해 만들었다. 중국인, 아니 고향인 상하이인들에게 류가가 다시금 돌아왔다는 것을 여봐란듯이 보여 주기 위해서 말이다.

그러나 산은 이 건물보다 와이탄에 있는 아파트를 더 선호하는 편이었다. 빌어먹을 할아버지가 돌아오시면 당장 이 쓸데없이 크기만 한 건물을 뒤도 돌아보지 않고 나가 버릴 계획이었다.

저택의 정문 계단 아래에 마중 나온 듯 리강이 서 있었다.

스포츠형의 짧게 깎은 머리에 우락부락한 육체파인 진옌과 달리 리강은 화이트칼라의 전형적인 비서의 모습을 갖추고 있었다.

뒷좌석에서 내리는 산을 보고 리강의 미간이 접혔다. 당장 추궁하는 시선이 진옌에게로 향했다.

내가 이럴 줄 알았지.

진옌은 목을 내미는 사형수의 심정으로 한숨을 푹 내쉬었다. 그러게 내가 다칠 수 있는 ―아닌 말로 죽을 수도 있다고― 위험한 작전이라고 극구 반대했을 때 입 꽉 다물고 있던 녀석이 누군데! 정말 억울했다. 당장이라도 달려가 따져 묻고 싶었다. 그러나 진옌은 조용히 시선을 피했다. 그나마 말없이 쏘아보는 것으로 끝날 듯해 다행이라고 안심하기까지 했다.

으, 리강 녀석, 만약 녀석이 반대했던 작전이었다면 절대로 헤이싱 님과 함께 저택으로 오지 않았을 거야. 당장 홍콩이든 마카오든 달아나 숨어 버렸을 거다.

덩치와 달리 눈치와 처세술이 재빠른 진옌이었다. 다행히 리강의 관심은 산에게로 집중되었다.

"상처가 그만하셔서 다행입니다, 회장님."

입술에 붙어 있는 밴드와 손목의 붕대를 슬쩍 곁눈질한 리강은 그 말로 잔소리를 접었다. 필요한 일이었고, 회장님이 아니면 불가능한 일이었다. 약간의 위험은 있겠지만, 그 정도는 감수할 수밖에 없는.

만약 자신이 찬성하지 않았다면 여기서 끝날 잔소리가 아니었지만…….

"확인은 끝났나?"

"네."

그러나 대답하는 리강의 얼굴이 썩 개운치 못했다. 생각지 못했던 다른 문제가 생긴 듯.

산은 현관 계단을 올라갔다. 조용한 복도를 지나 2층 서재로 들어갔다. 미리 준비한 듯 서재 책상 위에 그가 즐겨 마시는 브랜디가 병째 놓여 있었다. 밀봉되어 있는 병의 마개를 단숨에 뜯었다. 피와 먼지로 칼칼하던 목에 강한 알코올이 들어가자 좀 트이는 것 같다. 반쯤 마시다 남은 술잔을 든 채 다른 손으로 남은 셔츠의 단추들을 하나씩 풀었다.

"그래서 뭐지?"

뒤따라온 리강을 보는 눈빛이 날카로웠다.

"예측했던 대로 왕쥔과 연결되어 있는 그룹 내의 선들을 모두 찾아냈습니다."

먹이사슬처럼 왕쥔과 연결되어 있는 조력자들을 이번 납치 사건으로 모두 찾아냈다. 아니, 모두가 아니다. 거의 대부분이라고 해야 할지도…….

"그리고 진쯥가의 유통을 담당하고 있는 진위팡晉宇昉 사장님이 나오더군요. 리李가에서는 리메이링李美玲 여사가 지휘를 하고 있었습니다."

거기까지는 예상대로였다. 진가와 리가의 이인자와 삼인자들이 가문의 주인을 대신해 오래전 떨어져 나갔다 다시 굴러 들어오려고 하는 돌을 치워 버리려 했을 뿐이다. 처음부터 알고 있던 일. 그러나 책상에 걸터앉은 산은 등을 보인 채 비틀린 미소를 지었다.

할아버지의 고집에 의한 무의미한 싸움이다. 이런 식으로 불필요한 마찰을 일으키면서까지 기반을 중국으로 옮길 이유가 없었다. 벌써 육십 년이 지났다. 류가가 떠난 상하이에 다른 가문이 터를 박았을 터.

몇십 년이 흘러 예전의 땅 주인이 돌아와 다시 돌려 달라고 하면 누가 좋다 할까. 새 주인으로 들어앉은 진가와 리가의 반발은 당연한 현상이었다. 덕분에 죽어라 고생하고 있는 것은 산과 밑에 있는 불쌍한 직원들이다.

빌어먹을 할아버지!

"뭐?"

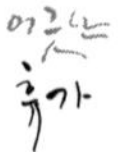

진옌이 놀라 되물었다. 머릿속으로 할아버지를 씹고 있던 산도 마시던 술잔을 떼며 돌아보았다. 마지막으로 나온 이름은 진옌도, 리강도, 산도 생각지 못했던 것이다.

"탕唐가도 끼어들었단 말이야?"

"……탕가의 누구인지는 정확하게 밝혀내지 못했지만, 리가와 진가의 뜻에 탕가가 합류한 것은 틀림없습니다, 회장님."

"탕가 가주의 뜻일까, 아니면 탕가 일원 중 몇 명만이 나선 것일까?"

유난히 핏기 없는 리강의 얼굴이 더욱 희어졌다.

"아직 파악하지 못했습니다. 죄송합니다, 회장님."

녀석, 자존심에 금이 쩍 갔구먼. 진옌은 소리 나지 않게 혀를 찼다. 화가 날수록 혈색이 사라지는 리강의 버릇을 알기 때문이다.

탕가라……. 이로써 상하이에 있는 3대 가문들과 모두 척을 지게 되는 건가. 산은 얼마 남지 않은 술을 마시며 유리창 넘어 있는 검은 밤을 노려보았다.

문화혁명*(1966년 중국에서 시작한 대규모 사상, 정치 투쟁의 성격을 띤 권력 투쟁) 전에는 상하이의 4대 가문이었다. 그중 류가가 빠지고 남은 탕가와 진가, 리가, 세 가문이 더욱 세력을 키워 지금까지 내려온 것이다. 류가와 오랫동안 친구로 지낸 탕가. 미국에서 자리를 잡은 후에도 꾸준히 교류해 왔던 가문. 탕가의 노부인은 할아버지의 오랜 친우이기도 했다. 멀리 있을 때는 좋지만, 가까이는 둘 수 없다는 것인가.

눈이 뻑뻑해 산은 손가락으로 눈가를 문질렀다. 며칠째 제대로 잠을 자지 못한 눈이 피곤함을 알려 왔다.

　아직 정확한 것은 아무것도 없다. 냥가에 대한 작은 끄나풀을 잡아낸 것뿐이니 어찌 됐든 계획 수정은 불가피하다.
　"우선 파악한 자들은 눈치채지 못하도록 철저히 감시해. 펼쳐진 그물은 한꺼번에 거둬들여야 빠지는 놈이 없는 법이니까."
　"그럼, 탕가는?"
　"지금은 살펴만 보도록. 그물을 흔들면 숨어 있는 누군가도 한 번쯤 수면 위로 튀어 오르겠지. 그리고 할아버지에게는 탕가에 대한 정보들 비밀로 하고."
　"알겠습니다, 회장님."

　며칠간의 잠복, 헤이싱 님의 안전에 대한 걱정과 불안, 오늘밤 있었던 한바탕의 활극 탓에 피곤이 몰려온 진옌은 성큼성큼 자신의 방을 향해 걸어갔다. 뜨거운 물에 몸을 담근 다음 몇 시간만이라도 푹 자야지. 지금 상태로는 옆에서 총소리가 나거나, 좋아하는 여자가 알몸으로 달려들어도 꼼짝 못 하겠다.
　"왜?"
　방까지 쫓아온 리강에게 피곤한 목소리로 물었다. 잔소리를 할 요량이라면 내일로 미뤄 줄 수는 없을까. 일단 잠이라도 자고 난 다음에 취조를 당하고 싶은데……. 마음속으로 간절히 빌었다, 이대로 리강이 사라지기를. 내일 아침에는 어떤 잔소리를 퍼부어도 상관없으니, 지금만은 잠 좀 자게 내버려 달라고. 그러나 원래 세상일이란 것이 바람과는 반대인 법. 리강은 가차 없었다.
　피도 눈물도 없는 자식! 어떻게 저렇게 침묵만으로 사람을 억압할 수 있는지. 스트레스 지수가 팍팍 쌓이는구나.

리강을 쳐다보는 눈빛에 짜증과 원망이 골고루 뒤섞여 있었다.

모든 걸 털어놓을 때까지 기다리겠다는 리강의 빈틈없는 자세에 진옌은 한숨을 푹 내쉬었다. 어째 저 깐깐한 녀석이 조용히 넘어간다 싶었다.

“아, 왜?”

질식할 것 같은 답답한 침묵으로 죄어 오는 압박감을 견디지 못해 버럭 소리를 질렀다. 먼저 반응하는 쪽이 진다는 것을 뻔히 알고 있으면서도, 항상 리강의 페이스에 휘말려 백기를 흔들었다. 성격 급한 자신을 탓할 수밖에.

“누구지?”

“뭐? 누구라니? 누굴 말하는 거야?”

다짜고짜 누구지라니? 질문을 알아듣지 못한 진옌은 되물으며 슬쩍 짜증을 부렸다. 나 이만큼 피곤하니 적당히 하고 넘어가자는 포스를 마구마구 내뿜었다. 그러나 상대방은 마의 철벽을 자랑하는 리강이었다. 손바닥 하나로 손오공을 가지고 논 부처님 같은 리강에게 그런 포스 따위 통할 리가 없었다. 밑에 있는 경호원들과 적들에게는 막강 위협의 포스였건만. 영화 속의 ‘제다이’ 기사가 현실에 떨어져 포스를 발휘해도 저 녀석 앞에서는 아무 소용 없을 거다. ‘요다’도 불가능할걸.

“여자.”

“여자? ……아! 여자! 그 여자!”

진옌은 주먹으로 손바닥을 내려쳤다. 그제야 리강이 말하는 누구가 누구인지 알았다. 자식, 처음부터 그 여자라고 말할 것이지. 괜히 머리 쓰게 만들고 있어.

"그래. 그 여자."

"그 여자가 왜?"

리강의 레이저 빔 같은 눈빛이 안경 렌즈를 녹여 버릴 듯 번득였다. 움켜쥔 주먹도 살짝 떨리는 듯했다.

"그 여자가 누구냐고?"

차분하게 질문하는 목소리가 진옌의 귀에는 당장 말하지 않으면 뼈를 부러뜨려 놓겠다는 뜻으로 들렸다.

큰일 났네. 어쩐다. 사실대로 말해도 화낼 게 분명한데.

"몰라."

"죽고 싶냐?"

드디어 차분하던 목소리 끝이 올라갔다. 진옌이 양손을 번쩍 들었다. 항복. 고개를 마구 흔들었다.

"야! 야! 진정해, 진정! 나도 말해 주고 싶은데, 정말 아무것도 모른다니까! 정말이야!"

소나기를 만난 개구리처럼 펄쩍 뛰는 반응에 리강은 의심스러운 눈초리를 하면서도 다시 재촉하지 않았다. 서로 간에 어느 정도까지 건드려야 하는지 잘 알고 있기 때문이다. 게다가 자신의 성질을 잘 알고 있는 진옌이 저렇게 나온다는 것은 정말 모른다는 뜻이기도 했다. 차라리 아는 대로 털어놓고 빨리 눕길 바랄 녀석이니까.

"운이 좋은 건지, 나쁜 건지. 하필이면 우리들이 헤이싱 님을 구출하기 직전에 녀석들이 그 여자를 납치해 온 거야! 뭐, 정확히는 모르겠지만, 누군가의 사주인 것 같던데. 그 상황에 그냥 보낼 수도 없고, 총격전을 다 봤는데……. 헤이싱 님이 안전을 이유로 저택에 잠시 머물러 달라고 한 거야."

"그 말에 여자가 순순히 따르고?"

진옌이 고개를 끄덕였다.

"다른 질문도 없이 순순히 회장님의 말대로 했단 말이야?"

"헤이싱 님이 다른 말 꺼낼 시간도 주지 않으셨는걸. 그 말만 하시고선 옆에 있는 녀석에게 데려가라고 눈짓하셨으니까. 뭐, 여자가 좀 이상하기도 했지만……. 깨어나서 여기저기 피 흘리며 쓰러진 녀석들이 있는데도 비명 하나 안 지르고 집에 가겠다고 말하더라고. 아무튼 좀 이상했어. 넌 그런 점 못 느꼈냐?"

리강은 입을 다물었다. 동조를 바라는 녀석의 얼굴을 앞두고서 아직 머리카락 하나도 못 봤다고 할 수는 없었다. 녀석의 투정을 가장한 칭얼거림을 들어야 할 테니. 그나저나 저택을 관리하는 량梁 부인은 아무 말도 없었는데…….

갑자기 나타난 탕가에 집중하느라 손님에 대해서는 모두 량 부인에게 일임했다. 급한 일이 일단락되자, 떠오른 존재. 그제야 저택의 손님방까지 내어 준 여자에 대한 궁금증이 생겨났다. 종종 아파트에 여자들을 데려온 적은 있지만, 잠까지 재워 보낸 적은 단 한 번도 없었기에. 게다가 진옌의 개코를 자극한 여자라니 더욱 의심이 커졌다.

내일 이름을 알아내자마자 신원 조사부터 해야겠군. 왠지 엉뚱한 골칫덩이가 떨어진 듯한 불길한 예감에 리강은 이마를 찡그렸다.

‘안 돼! 안 돼!’

숨을 헐떡이며 온몸을 버둥거렸다. 몸을 비틀고 팔에 힘을 줬다. 잡고 억누르는 무지막지한 손을 뿌리치기 위해 있는 힘을 다해 발버둥 쳤다. 킬킬킬 웃어 대는 소리가 사방에서 울렸다.

괴물들의 웃음소리.

짐승들의 미친 소리.

색다른 놀이를 발견한 짐승들이 잡고 있는 먹잇감을 탐내며 침을 흘렸다.

‘도망가야 해! 어서, 어서!’

그러나 팔도, 다리도 짐승들에게 붙들려 꼼짝하지 않았다. 핀에 꽂힌 표본실의 나비처럼 사지가 붙들렸다. 애벌레에서 막 탈피한 아름다운 나비가 날개도 펼쳐 보지 못한 채 거미줄에 걸려 버렸다.

사각사각.

거미줄이 흔들렸다. 형형색색의 거미가 거미줄에 붙들린 먹이를 보며 기뻐 날뛰었다.

헐떡거리는 짐승들의 더러운 숨결이 느껴졌다. 손발이 뻣뻣하게 굳어졌고, 혈관을 돌아다니는 피가 싸늘하게 식었다. 부들부들 떨리는 피부 위를 슬금슬금 기어 올라오는 짐승의 발. 경직된 동공은 인형처럼 위로 향한 채 죽어 버렸다.

짐승들이 이를 드러냈다. 맛난 부위를 먼저 차지하려는 듯 서로 눈치만 보던 놈들이 한꺼번에 달려들었다.

서걱! 서걱!

흐벅지게 살 오른 흰 허벅지가 뜯겨 나갔다. 다리가 한 입 물려 베어지고, 가슴과 배가 뜯어졌다. 성찬을 기다리던 짐승들은 날카로운 이를 박으며 즐거운 듯 킬킬 소리 높여 웃어 댔다.

아악! 고통에 비명을 질렀다. 목청이 터져라 소리를 질렀다.

'도와줘! 누구라도……, 제발 도와줘!'

부탁했다. 간절히 빌었다. 살려 달라고 구걸했다.

헉!

벌떡 일어난 하빈은 온통 식은땀투성이였다. 잠옷 대신 입은 검은 슬립이 땀에 젖어 몸에 휘감겼다. 하빈은 거친 숨을 헐떡이며 창백해진 얼굴을 숙였다. 눈을 감으면 악몽이 되살아난다는 것을 경험으로 알아 뻣뻣하게 아픈 눈을 억지로 치켜떴다.

지긋지긋한 악몽. 진저리가 날 정도로 끈질긴 되새김.

"하아, 하아……."

밭게 내쉬는 숨소리 사이로 지우지 못한 불안과 두려움이 남아 있었다. 바로 세운 무르팍에 이마를 대었다. 악몽 속에서 빠져나오기 위해 얼마나 발버둥 쳤는지 온몸이 쑤셨다. 소리 없는 비명을 내지르느라 목구멍이 아렸다. 언제쯤이면 잊힐까. 아니, 잊을 수 있기는 한 걸까. 이마를 무르팍에 문질렀다. 죽어서야 헤어 나올 수 있을 거다. 그 전에는 절대로 떨어지지 않을 더러운 자국들이기에.

뭔가, 물, 아니 술이, 아니, 뭐든지 차가운 것이 필요해!

하빈은 비틀거리며 침대에서 일어났다. 부르르 몸이 떨렸다.

끈끈하던 땀이 식어 한기가 들었다. 덜덜 떠는 자신의 모습이 싫어 한쪽에 걸려 있는 실크 가운을 걸쳤다. 가운의 매듭을 묶는 손가락이 떨치지 못한 악몽의 후유증을 보여 주듯 부들부들 흔들렸다. 떨리는 손을 진정시키기 위해 묶인 매듭을 더욱 세게 움켜잡았다.

눈을 감지 마. 떠올리지 마. 충격은 지나가고 공포는 지워질 거다. 그러나 얼룩처럼 남아 있는 수치심과 비참함은 독이 되어 더 깊숙이 번져 들어가겠지.

방을 나온 하빈은 무작정 앞으로 나아갔다. 제대로 알지도 못하는 곳을 방향도 정하지 않은 채 그저 막무가내로 걸었다. 천천히 나아가던 발걸음이 조금씩 빨라져 종종걸음이 되었다.

'답답해! 답답해!'

하빈은 사방이 밀폐된 곳에 갇힌 듯 답답해 죽을 것 같았다. 벽들이 모두 자신을 향해 죄어 오는 듯했다. 겨우 앞이 보일 정도로의 희미한 불빛만이 커져 있는 어둑한 공간은 악몽에서 보았던 장소를 떠올리게 만들었다. 벽에 일렁이는 자신의 그림자는 어둠 속에서 뛰쳐나온 괴물처럼 보였다. 생생한 실체감을 가지고 금방이라도 달려들 듯한 짐승의 그림자. 헐떡이는 짐승의 굶주린 숨결이 닿는 듯해 발이 떨렸다.

달아나! 당장 달아나야 해!

끈질기게 달라붙는 그림자를 떨쳐 내기 위해 하빈은 미친 듯이 탈출구를 찾아 헤맸다.

숨을 쉴 수 있는 곳. 사방이 막히지 않은 곳. 언제라도 달아날 수 있는 곳.

긴 복도 끝에 테라스로 나가는 커다란 유리문이 나왔다. 하빈은 떨리는 손으로 다급하게 문고리를 돌렸다. 소리도 없이 열린 유리문을 빠져나왔다. 석재를 깐 바닥에서 올라오는 찬기도 알지 못했다. 넓은 테라스의 난간에 매달려 습한 밤공기를 허겁지겁 들이마셨다. 몸속 가득한 공포심을 버리기 위해서.

괜찮을 줄 알았다. 지난밤의 일 따위……. 잠이 들 때까지도 걱정했던 반응이 오지 않아 아무렇지도 않은 줄 알았다. 마치 마음 놓은 자신을 비웃듯이 이렇게…….

'괜찮아, 괜찮아…….'

하빈은 속으로 괜찮다고 자신을 다독였다. 끊임없이 중얼거렸지만 효과 없는 말을 오늘도 헛되이 되풀이했다. 쓸데없는 몸부림일지라도 아주 잠시나마 잊을 수 있기에.

정원의 여기저기에 켜져 있는, 은은한 미등 주변 외에 사방은 어둡기만 했다. 차라리 어둠이 마음 편해 하빈은 천천히 숨을 내쉬었다. 시원한 밤공기가 끊어질 듯 팽팽하게 땅겨지던 신경 줄을 천천히 되풀었다. 발작처럼 일어나던 경련도 조금씩 가라앉았다. 바람 빠진 풍선처럼 몸이 늘어졌다.

갑자기 뒷덜미가 서늘해졌다. 흠칫 놀란 하빈은 몸을 돌렸다. 활짝 열린 유리문에 남자가 서 있었다.

처음에는 간 큰 침입자가 들어왔나 생각했다. 워낙 진창 같은 흉흉한 세상에 발을 담그고 있는 탓에 충분히 있을 만한 일이다 싶었다. 저택의 보안 시스템이 이렇게 쉽게 뚫릴 정도로 허점이 많았나. 보안 담당인 진옌에게 한마디 일러둬야겠다.

산은 콧마루를 찌푸렸다. 달아나기 전에 우선 붙잡을 생각으로 침입자에게 몰래 다가가던 그의 눈에 이상한 점들이 띄었다. 침입자가 걸을 때마다 펄럭거리는 가운 자락. 잰걸음이지만, 제 집처럼 당당하게 걸어가고 있는 자세. 금방 잠자리에서 일어난 것처럼 부스스한 머리. 침입자가 아니라면 누굴까 생각하다 그제야 저택으로 보낸 한 여자가 생각났다.

그 여자!

산은 자신도 모르게 슬쩍 미간을 찡그리다 입매를 딱딱하게 굳혔다. 혹시나 싶었던 의심이 사실이었던 건가. 희미한 실망감에 피식 조소를 물었다. 실망감 따위 가질 만큼 잘 알지도 못하는 여자였다. 처음 봤던 모습도 최악이었던 여자. 그런데도 은근히 마음 한구석을 죄어 오는 이 실망감은 뭐지? 무엇이든 정확하지 않으면 안 되는 산의 성격에 답을 알 수 없는 질문은 짜증만 불러 일으켰다.

이런! 엉뚱한 생각을 하는 동안 여자를 놓쳤다. 소리도 없이 발을 놀려 여자가 사라진 뒤를 쫓아 복도를 꺾었다. 이쪽으로는 아무것도 없는데……. 정보를 캐내려고 숨어들었다면 완전히 방향을 잘못 잡았다. 그것도 모르고 들어온 걸까.

대답처럼 테라스로 연결된 유리문이 활짝 열려 있었다. 난간 앞으로 당장이라도 뛰어내릴 듯 몸을 내밀고 있는 여자의 뒷모습을 봤다.

스파이가 아니었나? 헷갈리는군. 정체에 대해 갈피를 잡을 수가 없다. 모호한 것은 딱 질색이다. 내일 당장 저 여자에 대한 신상부터 조사해 보고하라고 해야겠다.

여자……, 이름이 하빈이라고 했던가. 그녀의 좁은 어깨가 한 기를 느끼는 듯 떨리는 것을 산의 눈은 놓치지 않았다. 뭐지? 설마 몽유병이 있는 건가? 그녀는 어둠 때문에 아무것도 보이지 않는 허공만을 응시하고 있었다. 지루할 정도로 길게.

그의 존재를 감지한 듯 흠칫 몸을 곧추세운 하빈이 휙 돌아봤다. 끈적끈적한 검은 유화 물감을 풀어 놓은 듯한 검은 동공이 그를 바라보았다. 무료한 듯, 나른한 듯 무관심하던 동공이 충격을 받은 양 크게 확장되어 있었다.

충격, 아니 충격이 아니다.

무엇인지 확인하기 위해 산이 가까이 다가가자, 하빈은 회피하듯 초점을 잃은 시선을 정면으로 틀었다. 산도 하빈이 바라보는 방향을 힐끔 쳐다봤다. 역시나 아무것도 없었다. 막 새잎이 돋아나기 시작한 정원도 어둠 속에 가려져 있었다. 드문드문 세워져 있는 미등도 경관보다는 보안을 위해 설치해 둔 것들이다.

"혹시나 해서 물어보는 건데, 몽유병 증상을 가지고 있습니까?"

하빈은 짜증 난다는 듯 부스스한 머리를 쓸어 올렸다.

"집 안을 배회하는 듯해서……. 잘못하면 불법 침입자로 오해받을 수도 있는 문제니까."

"날이 밝으면 날 보내 주나요?"

한숨처럼 희미한 목소리가 밤공기를 흔들었다. 낮게 쉰 목소리. 잔뜩 울어 잠긴 듯한 음성이 산의 귀를 자극했다. 감각을 건드렸고, 본능을 깨웠다.

"불편한 게 있습니까?"

잠시 말을 멈춘 산의 눈길이 얇은 실크 가운에 감싸인 나긋한 몸을 훑어 내렸다.

"아니면, 기다리는 사람이라도……?"

지하실에서 치산파의 부하 녀석이 떠들어 대던 소리가 기억났다. 배신당한 약혼녀의 청부를 받았다고 했던가. 치산파에 청부를 넣을 정도라면 꽤 한다 하는 집안일 것이다. 누굴까? 산은 청부를 넣은 약혼녀보다 배신한 약혼자의 정체가 궁금했다. 그녀를 안았을까?

멍하니 어두운 정원을 내다보던 하빈이 엉뚱한 질문을 했다.

"담배 있어요?"

시간이 지나자 갈증은 가라앉았지만 담배에 대한 욕구가 커졌다. 매운 니코틴의 위로가 필요했다. 하빈은 담배를 구하는 것에 대해서는 걱정하지 않았다. 왠지 눈앞에 있는 남자라면 이 저택을 뒤져서라도 담배를 구해다 줄 것 같았다. 불가능이나 거부와는 거리가 먼 남자.

기묘한 눈길로 바라보던 산이 먼저 몸을 움직였다. 유리문을 넘기 전 고개만 돌린 채 제자리에서 움직이지 않는 하빈을 향해 말했다.

"안 따라올 겁니까?"

그 말만 던진 채 그는 그녀가 따라오든 말든 상관없다는 듯 성큼성큼 안으로 걸어가 버렸다.

하빈은 잠깐 머뭇거렸다. 탁 트인 공간에 대한 아쉬움이 잠시 발목을 잡았다. 그러나 담배에 대한 유혹이 더 컸다. 달아나듯 뛰쳐나온 답답한 공간으로 다시 걸어 들어갈 만큼.

산은 애연가가 아니다. 그렇다고 금연을 하고 있는 것도 아니었다. 답답한 일이나 짜증 나는 일이 있을 때면 간간히 한 대씩 피웠다. 담배 생각이 없었는데, 그녀가 말하자 그도 갑자기 흡연의 욕구가 끓어올랐다.

서재의 책상 서랍에서 담뱃갑을 집어 든 산은 네모난 담배 상자의 끝을 툭툭 쳤다. 앞으로 튀어나온 두 개 중 하나를 집어 입에 물고 나머지 한 개를 뒤따라 들어온 하빈에게 내밀었다. 고르게 쭉 뻗은 나뭇가지처럼 가늘고 긴 손가락이 그가 내민 담배를 받아 쥐었다. 두 손가락 사이에 담배를 끼우는 동작이 아주 능숙했다.

빨간 불티가 두 개 피어났다. 살며시 퍼지는 담배 냄새. 옅은 네이비블루빛의 담배 연기가 올라왔다. 깊게 빨아 마신 니코틴의 효과가 천천히 나타났다.

하빈은 푹신한 일인용 소파에 앉아 무릎을 세워 가슴 앞으로 끌어당겼다. 고양이처럼 동그랗게 몸을 말고서 세운 무릎에 팔을 괴었다.

담뱃불이 빨갛게 타들어 가는 동안 말은 필요 없는 존재였다. 쓸데없는 질문도, 귀찮은 대답도 할 필요가 없는……. 위로 올라가던 담배 연기는 책상 위에 켜 둔 스탠드 불빛 사이로 아슴아슴 사라졌다.

담배 한 대를 다 피우는 시간 동안 산은 느긋하게 하빈을 관찰했다. 마치 처음 발견한 기이한 생물을 보는 것처럼, 정체가 무엇인지 알아낼 실마리를 찾으려는 듯이. 털을 곤두세운 고양이처럼 가시를 세우고 있던 그녀에게서 긴장이 빠져나가는 것이 보였다. 나른하게 늘어진 고양이처럼 그녀의 몸이 풀어졌다. 용케 떨어지지 않고 붙어 있던 담뱃재가 힘없이 아래로 떨어지는 그녀의 손을 따라 카펫 위로 떨어졌다. 새 담배를 입에 문 산은 담배 연기를 훅 뿜어내고서 걸터앉은 책상에서 몸을 일으켰다. 타들어 가던 담배꽁초가 그녀의 손가락 사이에서 미끄러져 카펫 위를 뒹굴었다. 꽁초를 밟아 불씨를 끈 그는 무릎에 기댄 채 잠이 든 듯 눈을 감고 있는 하빈을 바라봤다.

겁이 없는 건지, 아니면 색다른 접근 방식인 건가.

그녀를 보는 그의 눈빛에 어두운 의구심이 가득했다. 왠지 엉뚱한 수수께끼를 한가득 집어 온 것 같아 머리가 복잡해졌다. 시간도 벌고 쓸데없는 목격자를 남겨 두지 않기 위해 데리고 온 여자. 언제부턴가 난초 향이 코끝에 맴돌았다. 산은 허리를 숙였다. 담배 냄새와 뒤섞여 알싸해진 향기는 그녀에게서 났다. 그 향기를 쫓아 숨결이 느껴질 정도로 얼굴을 가져갔다.

환기를 위해 열어 둔 창으로 밤바람이 들어왔다. 무거운 커튼이 바람에 떠밀려 바닥을 쓸었다.

빼곡하게 심어진, 길고 고른 검은 속눈썹이 살짝 흔들리더니 천천히 위로 들렸다. 습윤한 검은 눈동자. 새하얀 빛조차 제 것으로 빨아들여 어둠으로 만들어 버릴 정도로 깊은 수렁 같은 어둠. 그녀 자신의 어둠을 내보이는 듯해 피하고 싶지만, 눈을 돌릴 수 없게 만드는 기이한 매력을 가졌다. 산은 물기에 젖어 더욱 검어 보이는 눈을 똑바로 마주 봤다. 한 치의 흔들림도 없이.

깜박이지도 않는 눈을 응시하며 가닛처럼 붉은 입술에 천천히 키스했다. 건조하게 마른 입술을 자신의 타액으로 적셨다.

물기를 머금어 촉촉해지는 입술의 감촉을 즐겼다. 복숭아 속살처럼 달콤한 즙을 토해 내는 듯했다. 그녀의 몸에는 얼마나 많은 달콤함이 숨어 있을까. 당장 마시고 싶은 조급함이 그를 들쑤셨다. 반응하듯 즉각적으로 몸의 한 부분이 묵직해졌다. 손을 내밀어 따 버리면 되는 과일이다. 굳이 침대를 찾을 필요도 없었다. 이 자리에서 안아 버려도 되는 여자. 남자를 상대하는 것이 익숙한 여자. 그녀를 처음 봤던 작년 연말 파티가 기억났다. 남자의 허벅지에 올라타 앉아 남자의 애무를 받고 있던 그녀.

부드럽게 그녀의 입술을 먹고 있던 그의 입술이 야수처럼 갑자기 난폭해졌다. 한입에 먹어 치울 듯 그는 사납게 달려들었다. 질겅질겅. 그의 이가 거칠게 그녀의 입술을 씹다 상처를 냈다.

산의 입술이 떨어졌다. 깊숙이 숙였던 허리를 똑바로 세웠다. 욕망으로 짙어진 초콜릿 눈동자가 더욱 짙게 번들거렸다. 그럼에도 숨소리만은 차분했다. 날뛰는 욕망을 한순간에 가라앉혔다. 예상 밖의 욕구. 생각지 못했던 욕망이지만 기분은 나쁘지 않았다.

산의 힘에 밀려 소파 깊숙이 파묻힌 하빈의 입술에 붉은 핏방울이 맺혔다. 산은 혀끝에 남아 있는 아릿한 피 맛을 음미했다. 말도 안 되지만 피에서 난향이 나는 듯했다.

맨발을 카펫에 내린 하빈이 소파에서 일어났다.

키스. 하빈은 기다렸다. 남자와의 섹스는 그녀에게 아무런 감흥도 일으키지 못했다. 한때의 흥분. 그러나 짧은 시간이 지나고 나면 오히려 몸은 더욱 얼음장처럼 차가워졌다. 키스도 마찬가지. 지금껏 수백 번도 더 넘게 했던 열렬한 키스들도 그때뿐이었다. 후폭풍처럼 지독한 혐오와 경멸감이 덮쳐 왔다. 그런데 지금의 키스는 긴 시간이 흘러도 아무렇지 않았다. 그저 아릿아릿한 아픔만이 느껴졌다. 이보다 더 거친 섹스에서도 통증 따위 느끼지 못했는데……. 마침내 통각이 망가져 가나 보다.

하빈은 키가 큰 그를 올려다봤다. 비록 이성으로 제어하고 있다지만, 욕망 어린 그의 눈빛이 바라는 것은 분명 그녀와의 섹스였다. 이상했다. 왜 당장 자신에게 달려들지 않는 걸까? 이미 그의 영역 안에 들어온 먹이인데, 망설이는 이유가 뭘까? 성적 충동이 일어난 남자들의 성급함과 공격성을 잘 알고 있는 하빈에게 그의 반응은 난해한 수학 문제 같았다. 답을 알아내기 위해서는 새로운 공식을 대입해야만 한다.

그의 시선을 똑바로 마주 보고 있으려니 발가락 끝이 자꾸 꼬부라졌다. 간지러움. 작은 벌레가 발가락 사이를 파고들어 와 신경을 깨무는 듯했다. 하빈은 고개를 옆으로 살짝 기울이며 물었다.

“왜 중간에 그만두는 거죠?”

“계속하길 원하는 건가?”

산은 공손한 가면을 벗듯 말을 툭 뱉었다.

“내가 아니라, 당신의 욕구가 그걸 바라는 것 같아서요. 아닌가요?”

그녀는 해소되지 않은 욕망에 괴로운 그의 몸 상태를 잘 아는 것처럼 되물었다.

“뜻밖에도 당신의 입술이 아주 맛있다는 것을 알게 돼서.”

“그래서……?”

“난 맛있는 건 조금씩 천천히 아껴 먹는 습성이거든.”

산이 손을 뻗어 그녀의 뺨 주변으로 부슬부슬 흘러 내려온 머리카락을 넘기며 가는 얼굴선을 따라 그었다. 방금 말한 자신의 습성을 보여 주기라도 하듯 천천히 덧그리는 손가락의 움직임이 미묘했다.

하빈은 한 걸음 물러났다. 그녀가 뒤로 몸을 빼자 그의 손끝이 허공을 스쳤다. 키스로 부풀어 오른 그녀의 입술이 휘어지며 요염한 미소를 지었다.

“아껴 먹으려다 오히려 먹을 때를 놓칠 수도 있다는 걸 모르는군요. 유통기한이 지나서 버릴 수밖에 없는…….”

몸을 돌려 나가던 하빈은 서재의 문을 열다 멈췄다. 살며시 고개를 아래로 틀어 그를 돌아보며 놀리듯 덧붙였다.

“그때는…… 후회해도 소용없답니다.”

3.

　사인을 받기 위해 올라온 전자 서류를 보면서도 산의 머릿속은 다른 생각을 하고 있었다. 밤새 머릿속을 둥둥 떠다니던 관능적인 붉은 입술. 감질날 정도로 짧게 맛본 달콤함 탓에 제대로 잠을 잘 수가 없었다. 잠시 가라앉았던 욕망은 다시금 불이 붙어 꿈속에까지 찾아왔다. 하마터면 애송이 시절에도 하지 않던 실수를 할 뻔했다. 밤새 성을 내는 분신을 식히기 위해 차가운 물로 샤워만 몇 번이나 했는지 모른다.

　차라리 모르는 척 그 자리에서 그녀를 안아 버릴 것을……. 습성이니 핑계를 대긴 했지만, 사실은 그녀의 알 수 없는 정체가 브레이크를 걸었다. 일단 정확한 신상 정보를 하나라도 손에 넣었더라면 지난밤 그녀를 곱게 돌려보내지 않았을 것이다.

　산은 피식 웃었다. 지금 상태로 봐서는 그녀가 다른 가문에서 보낸 스파이라고 해도 상관없었다. 오랜만에 흥미를 끄는 여자를 만났는데……. 하긴 처음 만났을 때부터 흥미는 동했다. 단지 깔끔한 관계를 선호하는 탓에 상대가 있는 여자는 보지 않는 터라 관심을 지웠던 것뿐이다. 스파이라면 이쪽에서 역이용하는 방법도 있으니.

"무슨 재미난 일이라도 있습니까, 회장님?"

컴퓨터 화면 뒤에 서 있던 리강이 물었다. 어릴 때부터 산을 보좌해 온 리강은 웃음 뒤편에 감춰져 있는 음울한 감정을 눈치챘다.

산은 웃음을 지웠다.

"아니. 아무것도 아니야. 무슨 다른 스케줄이라도 있나?"

"……네. 오늘 저녁 탕가의 노부인 생신 파티에 참석하셔야 합니다."

"오늘인가?"

산은 데스크에 있는 작은 달력을 봤다. 3월 5일.

"네. 생신 선물은 노부인께서 좋아하시는 보석류로 준비해 뒀습니다. 꼭 참석하시라는 노회장님의 전언도 계셨습니다."

탕가의 노부인은 세상에 몇 남아 있지 않은 할아버지의 오랜 친우였다. 할아버지와의 교우 관계를 생각해서라도 파티에는 참석할 수밖에 없었다.

"탕가의 저택에서 열리나?"

"네. 매년 생신만큼은 저택에서 열겠다 노부인께서 마음먹으셨다고 하던데요. 대신 손녀인 쯔링紫玲 님의 생일 파티는 호텔에서 여시지 않습니까?"

　노부인과 손녀의 생일 날짜가 같은 달에 모여 있어 장소를 달리한다는 말을 전해 들은 것 같기도 했다.

“쯔링 님의 생일은 3월 27일입니다.”

　리강이 그답지 않게 부연 설명을 덧붙였다. 탕 노부인의 생신 파티에 불참하면 안 된다는 나름의 강조였다. 파티를 싫어하는 산의 취향을 알기에 미리 연막을 치는 것이다.

“그렇게 애걸하지 않아도 파티에는 참석할 거다, 리강.”

“다행입니다.”

　전자 서류에 결재를 하며 산이 말했다.

“탕가의 저택에서 열리는 큰 파티니, 진가와 리가에서도 축하 손님들이 오겠군.”

　오후에 있는 회의 일정을 말하려던 리강이 머리를 들었다. 탕가의 노부인은 상하이 사교계의 대모나 다름없었다. 좋은 집안 출신의 아가씨들이 사교계 데뷔를 탕가의 파티에서 할 정도로 노부인은 발이 넓었다.

“초대장은 분명히 갔을 겁니다.”

　아마 화렌 그룹의 임원진들도 초대받았을 것이다.

　리강은 머릿속으로 어떻게 해야 효과적인 거미줄을 짤 수 있을까 생각했다. 때를 맞추듯 탕가 저택이라는 근사한 무대까지 준비될 예정이니.

“그녀는……?”

　산은 저택에 있는 하빈에 대해 지나가는 투로 물었다.

“네? ……아. 량 부인이 아직 자고 있다고 하시더군요.”

　아직 자고 있다고?

산은 컴퓨터 화면 하단에 있는 시간을 확인했다.

2 : 37.

"……식사는 하고서 자는 건가?"

"아닙니다. 량 부인이 일부러 깨우지 않았답니다. 푹 쉬라는 뜻에서요."

리강의 말투에서 서걱서걱 모래를 씹는 소리가 났다. 마음에 안 든다는 뜻이다. 산은 알면서도 모르는 척 말했다.

"그녀가 깨어나면 바로 연락하라고 해 둬."

"……네, 회장님."

"그녀에 대한 조사는 언제쯤 나오지?"

"오늘 안으로 나올 겁니다."

"늦어도 상관없으니까, 나오는 대로 내게 보고하도록 해, 리강."

산이 반론이나 질문은 받지 않겠다는 눈빛을 던졌다. 리강은 고개를 숙였다.

"네, 회장님."

어둠이 내려앉은 저택은 여기저기 내걸려 있는 은은한 지등紙燈으로 고풍스러운 분위기를 연출해 내고 있었다.

이번 파티는 복고가 콘셉트인가.

산은 화려한 연꽃 모양의 등을 보며 입꼬리를 올렸다. 할머니의 파티 때마다 새로운 아이디어를 짜내야 한다며 탕위선唐宇森

이 투덜거리던 것이 기억났다. 하지만 그 덕분에 탕가의 노부인이 여는 파티는 항상 상하이 사교계의 커다란 이슈가 되었고, 유행을 선도했다. 그리고 그것이 알게 모르게 탕가에 커다란 힘을 주고 있다는 사실을 산은 잘 알고 있었다. 교활한 노인네들 같으니라고.

흑단으로 만든 검은색 의자에 앉아 있는 탕 노부인은 신하들의 알현을 받는 서태후처럼 손님들의 인사를 받고 있었다. 새하얗게 세었을 머리를 검게 염색한 노부인은 겉으로 봐서는 제 나이를 알 수 없었다. 그러나 사람들의 얼굴을 바라보는 눈동자에 담겨 있는 노회함만은 어쩔 수 없었다.

"이런, 내가 제일 좋아하는 신사가 오셨군."

사람들 뒤편에서 걸어오는 산을 본 탕 노부인의 눈이 짓궂게 반짝거렸다. 산이 예의 바르게 고개를 숙였다. 자신의 할아버지가 백 년 묵은 너구리 과라면, 탕 노부인은 백 년 묵은 여우 과였다. 험난한 시기 동안 탕가를 지탱시켜 온 여걸. 지금도 가문의 힘을 틀어쥐고 있는 여장부. 가주보다 더 큰 영향력을 가지고 있는 어른이었다.

"생신 축하드립니다, 탕 할머님."

"죽을 날짜만 기다리고 있는 늙은이의 생일 따위야 축하할 일도 아니지. 왠지 오늘 하루 종일 들었던 축하한다는 소리가 내 귀에는 왜 아직도 살아 있느냐는 비웃음으로 들리는구나."

"사람의 속마음까지 읽으시는 할머님을 다들 알고 있는데, 누가 그런 생각을 하겠습니까? 할머님의 분노가 무서워서라도 못 할 겁니다."

“흠. 칭찬이겠지?”

인사를 건네는 손님에게 우아한 웃음을 내보인 탕 노부인이 물었다.

“네.”

“네게서 나오기 힘든 아부성 말을 들어 기분이 좋으니, 오늘 하루는 믿어 주마.”

“감사합니다, 할머님.”

장난처럼 오가는 대화가 혈족처럼 정다웠다. 그러나 산은 긴장을 늦추지 않았다. 완벽한 우군이란 없는 법이다. 하물며 그물을 건드리는 고기가 탕가에도 있다는 것을 아는 이상 방심은 금물이다.

은접시를 든 채 손님들 사이를 누비는 웨이터에게서 샴페인 잔을 받은 탕 노부인은 보글보글 기포가 올라오는 황금빛 액체를 쳐다봤다. 그녀는 와인보다 샴페인이 더 좋았다. 혀끝에서 톡톡 터지는 감각이 마음에 들었다. 그것은 어른들 몰래 샴페인을 훔쳐 마셨던 어린 시절부터 나이가 든 지금까지도 변함이 없었다.

“그나저나 안 좋은 일이 있었다고?”

“벌써 들으셨습니까? 소문나지 않도록 입막음을 단단히 했는데…….”

우아한 노부인의 입술이 재미있다는 듯 우아한 호를 그렸다.

“너와 위선은 나와 네 할아버지를 뒤로 물러난 힘없는 늙은이로 생각하고 있는지 모르겠다만, 그 정도 정보력은 아직 건재하단다. 알겠니?”

　물론 알고말고요. 그 대단한 네트워크가 어떻게 작동하는지 알 수만 있다면 토막토막 다 잘라 버리고 싶은 것이 제 마음인데요. 그 정보망에 걸려 위선과 함께 난처한 상황에 처했던 것이 한두 번이 아니었다.

　"그래, 다친 곳은 없고? 위험했다고 들었는데……."

　"네. 그나저나 위선은 어디 있습니까?"

　산은 자리에 없는 위선을 찾는 척하며 슬쩍 말꼬리를 돌렸다. 탕위선은 산과 동갑으로 어린 시절부터 알고 지낸 친구였다. 할아버지 대의 교우 관계가 손자인 산과 위선에게까지 내려온 것이다. 그래서 레이더망에 탕가가 걸린 것이 더 충격이었다. 탕가도 조용하지 않은 것은 알지만…….

　일부러 화제를 돌리려 드는 산의 의도를 아는 탕 노부인은 굳이 캐묻지 않은 채 맞장구를 쳐 줬다.

　"글쎄다. 네가 오기 전까지만 해도 파티장에 있었는데, 아가씨들을 피해 정원에라도 나간 모양이다."

　"아, 이런! 또 아가씨들을 주르륵 내세우셨습니까?"

　탕 노부인의 파티는 맞선 장소로도 종종 애용되기 때문에 조심해야 했다. 녀석이 얼마나 시달렸을지 안 봐도 뻔했다. 늦게 온 것이 주효했지. 만약 제시간에 도착했다면 녀석이랑 함께 맞선용 여자들에게 에워싸였을 것이다. 생각만 해도 끔찍했다.

　탕 노부인이 화난 음성으로 질책했다.

　"서른을 넘긴 너와 위선이 아직도 결혼을 안 하고 있으니, 내가 이렇게 나서는 거잖니! 어떻게 된 녀석들이 아가씨들을 만나라고 하면 질색하는지. 그런 것도 친구라서 닮는 건가? 아무튼

올해에는 반드시 너랑 위선을 보낼 생각이니까, 그렇게 알아 둬라. 네 할아버지도 적극 찬성한 사항이니, 다른 곳으로 도망갈 생각 따위는 일체 안 하는 것이 편할 게다."

깍듯하게 인사를 하고 돌아서는 산은 머리가 지끈거렸다. 어떻게든 위선이랑 합심해 두 노인의 마수에서 벗어날 방법을 강구해야 했다.

가산假山과 연못에 괴석이 놓여 있는 중국식 정원에 지등이 여기저기 걸려 있었다. 남쪽에서 올라온 따뜻한 밤바람이 습기로 무거운 공기를 흔들고 지나갔다. 바람에 따라 불빛 밝은 등이 종처럼 딸랑거렸다.

"여어!"

숭숭 구멍이 뚫려 있는 커다란 괴석에 기대섰던 위선이 손을 들었다. 남자치고는 짙고 두꺼운 쌍꺼풀을 가진 위선은 아주 곱상한 외모를 가지고 있었다. 그래서 어렸을 때에는 이복형제들에게 많이 얕보이기도 했다.

위선의 손에 든 잔을 본 산이 피식 웃었다. 샴페인이나 와인은 아닌 것처럼 보이니, 잠시 잃어버린 기력을 술 힘으로라도 찾으려나 보다.

"용케 살아남았구나."

"네 녀석이 제때 왔으면 나 혼자 융단폭격 당하는 일은 없었잖아. 혼자 상대하느라 죽을 뻔했단 말이다, 이 자식아!"

반짝반짝 빛나는 다이아몬드 같은 겉모습과 달리 입에서 나오는 말은 말단 조직원처럼 거칠기 짝이 없었다. 할머니의 말에 순종하는 착한 손자의 가면 아래 손도 댈 수 없을 정도로 거친 야생 늑대가 있다는 것을 사람들은 상상도 못하겠지. 아니, 탕 할머님은 알고 있을지도. 그러니 수많은 손자들 중 이 녀석을 후계자로 뽑았겠지.

"그래도 적당히 잘 상대한 모양이던걸, 탕 할머님께서 은근히 흡족해하시는 걸 보면."

"쳇! 언제 삐끗거리나 노려보는 인간들한테 일부러 약점 잡힐 일을 만들어 줄 필요는 없으니까. 게다가 할머님이 내몬 자리인데, 파탄이라도 냈다가 무슨 보복을 당하려고. 차라리 칼부림을 하는 게 낫지. 그건 그거고, 너야말로 용케 무사히 살아남았구나. 총질까지 했다면서?"

산의 얼굴이 굳어졌다. 못마땅한 얼굴로 투덜거리던 위선도 진지해졌다.

"재미있군. 탕 할머님에, 너까지……. 탕가의 귀만 유난히 큰 건가? 아니면 이미 아는 사람은 다 아는 이야기인가?"

평소라면 추궁하는 말투에 벌컥 화를 냈을 위선이지만, 지은 죄가 있는 탓에 순순히 대답했다.

"할머님은 모르겠고, 난 나대로 조금 사람들을 풀어 둘 일이 있어서……. 대충 돌아가는 상황을 보니까, 나한테도 좋은 기회가 될 것 같더라. 그래서 멀찍이서 보고만 있었지. 네가 드리운 그물에 내 물고기도 함께 잡히면 좋잖아. 괜히 헛된 힘 뺄 필요도 없고."

"나쁜 놈. 널 친구라고 두고 있으니 불안, 불안하다."

겉으로는 조용한 탕가이지만, 그 아래로는 후계자 다툼이 심각했다. 탕 노부인이라는 여걸의 진두지휘로 무사태평한 듯 보이는 탕가지만, 내부적인 알력이 언제 터질지 모르는 시한폭탄과 같았다. 그것은 위선의 아버지가 첩을 너무 많이 둔 탓이었다. 꺼리지 않고 좀 마음에 든다 싶은 여자들은 모두 정부로 삼아 데리고 있으니…….

그리고 처첩의 자식에게서 나온 자식 간의 세력 싸움은 비단 탕가만의 문제가 아니었다. 진가와 리가도 비슷한 상황이거나 비슷한 상황을 앞두고 있었다.

사실 위선은 세 번째 첩에게서 난 아들이었다. 기반이 약한 위선이 후계자로 선정되어 지금까지 무사히 목숨을 이어나갈 수 있었던 것은 할머니인 탕 노부인의 전폭적인 지지와 류가의 주인인 산의 도움이 있었기 때문이다.

"그래서 내 그물에 걸린 물고기가 네가 노리던 그 물고기다?"

"그래."

과연 그래서 낚싯밥을 물은 탕가의 물고기를 쉽사리 알아차릴 수 있었던 거로군. 약은 녀석. 누가 그 할머니에 그 손자 아니랄까 봐 하는 행동도 점점 더 여우를 닮아 간다.

"금방 회 떠질 그 물고기 이름이 뭐냐?"

"내 둘째 형이라는 놈."

"청수이成水? 네 녀석을 향한 칼이야 이해가 간다만, 왜 날 제거하려는 힘들과 손을 잡은 거지? 리가와 진가에 빚을 지게 된다는 걸 알 텐데 말이야."

위선의 입가에 비웃음이 걸렸다. 자신을 보면 항상 잡아먹을 듯 으르렁거리는 둘째 형이라는 인간이 생각났기 때문이다.

"나중에 빚을 갚아야 한다는 생각 따위 할 정도로 머리가 돌아가는 녀석이 아니잖아. 속이야 어떻든 겉에 달콤한 꿀만 발라져 있으면 무작정 달려들고 보는 미련한 곰 같은 놈이니까. 뭐, 리가와 진가 녀석들이 꼬였겠지. 네가 내게 힘을 실어 주고 있으니, 널 없애면 날 처리하는 것도 쉬워진다고. 사실 틀린 말도 아니잖아."

전후 사정이야 어쨌든, 산의 입장에서는 어려울 수도 있는 문제 하나가 쉽게 풀린 셈이다. 사실 탕가가 적으로 돌아선다면 훨씬 힘겨운 싸움이 될 것이 틀림없으니 말이다. 처음 파티에 참석할 때의 무겁던 마음이 조금 가벼워졌다.

"다행이군."

"왜? 움찔했냐? 나랑 싸워야 한다니까?"

이죽거리는 녀석의 얼굴이 보기 싫어 산은 저택의 현관을 향해 발을 돌렸다.

"낚싯줄에 걸린 물고기 패거리나 제대로 처리해."

"산!"

위선이 돌아선 산의 등을 향해 소리쳤다.

"만약 탕가가 완전히 돌아섰다면 어떻게 할 생각이었지?"

진지한 어조. 이죽거리지도, 거칠지도 않은 묘한 긴장감이 잔뜩 도사린 말투였다.

걸음을 멈춘 산은 친구의 얼굴을 돌아보지 않은 채 말했다.

"적은 적일 뿐이다. 언젠가 네가 한 말이지."

예상했던 대답이다. 물으면서도 나올 줄 알고 있었던…… 아마 자신에게 물었어도 똑같은 대답을 했을 것이다. 적에게 인정을 보여서는 살아남을 수 없는 세계니까. 수많은 특권을 가지고서 유유자적 즐기는 모습은 그야말로 겉가죽에 지나지 않은…….

그런데도 위선은 서늘한 한기를 느꼈다. 친구가 아니라 혈육일지라도 산은 적이라면 철저하게 부숴 버리는 놈이다. 그 냉혹함에 등골이 쭈뼛거릴 정도로.

다들 속고 있는 것이다. 사실 가장 무시무시한 악당은 내가 아니라 저 녀석인데……. 위선은 이번 일에 관여한 자들을 빨리 처리해야겠다 싶었다. 시간을 끌면 산이 나설지도 모른다. 그때는 지금처럼 대가 없이 물러나지 않을 테니까.

방이 바뀌었다.

수면제라도 먹은 사람처럼 잠자던 하빈이 눈을 뜨자마자 요구한 것은 밥도, 옷도 아니었다. 갑작스런 손님의 기척에 내내 신경을 쓰던 량 부인이 처음 들은 말은 방을 바꿔 달라는 것이었다. 창이 있는 방을 달라고. 딱히 다른 이유도 없이 그 말만 툭 던졌다.

여러 종류의 손님을 접대해 온 량 부인은 즉각 방을 바꿔 주었다. 산 주인님의 특이한 당부도 있었기에. 그러나 기껏 방을 바꾼 하빈이 빛이 들어오는 창에 커튼을 쳐 버리자 량 부인은 의아해했다.

'왜……?'

하빈이 두 번째로 손을 내민 것은 담배였다. 그것도 곧 준비되었다. 마치 기다리고 있었다는 듯이.

량 부인은 담배와 식사, 속옷과 겉옷 일체까지, 여자인 하빈에게 필요한 모든 것들을 가져왔다. 하빈은 발목까지 오는 검은 스커트에 장식 없는 단순한 검은 블라우스를 골랐다.

량 부인은 푹신한 의자에 앉아 담배를 피우고 있는 하빈을 보며 한숨을 내쉬었다. 해가 떨어질 때쯤 일어나 식사도 하지 않은 채 담배만 물고 있으니……. 아마 옷도 그녀가 가져오지 않았다면 계속 가운 차림으로 있었을 것이다. 손님이 요구한 것은 달랑 두 개, 방과 담배뿐이었다. 그마저도 말하지 않았으면 량 부인은 손님이 벙어리인 줄 알았을 것이다.

'이런, 난감한 손님이시네. 산 주인님은 어디서 저런 여자 분을 데려오신 거지? 이것저것 까다롭게 요구 사항이 많은 손님들보다 더 모시기 어려울 듯한데.'

량 부인은 조심스럽게 물었다.

"식사를 준비할까요?"

물을 마시던 하빈이 량 부인을 쳐다봤다. 그녀가 거기에 있었다는 것을 그제야 알았다는 눈빛이다. 량 부인은 말없이 무료하게 바라보는 눈동자를 보고 다시금 한숨을 내쉬었다. 자정이 넘어 왔다고 했으니, 거의 반나절 넘게 빈속일 텐데 배가 고프시지도 않으신가.

"속에 부담이 가지 않는 종류로 준비하지요."

량 부인이 나가거나 말거나, 하빈은 설렁설렁 바람이 들어오는 창으로 눈을 돌렸다. 햇빛이 싫어 커튼을 쳤지만, 답답한 것도 마음에 들지 않아 창문을 활짝 열어 두었다. 해가 떨어지면서 바람도 조금씩 강해져 얇은 커튼이 사르르 안으로 밀려 들어왔다.

량 부인이 식사를 말할 때도 하빈은 솔직히 배가 고픈 건지 알 수가 없었다. 허기와 포만감이 어떻게 다른지 모든 감각들이 퇴화되어 버린 것처럼 덤덤하기만 했다. 함께 있는 사람이 먹기에 같이 먹었고, 접시에 담긴 있는 것은 남기지 않았다. 하루고 이틀이고 굶어도 먹어야겠다는 생각이 들지 않았다.

'밥을 언제 먹었더라? 아아……, 세진이 또 시끄럽게 잔소리하겠군.'

그제야 하빈은 자신의 연락을 기다리고 있을 세진이 생각났다. 요선의 보좌관인 한세진. 다른 사람은 상관없지만, 그의 잔소리만은 하빈도 신경이 쓰였다. 아무래도 뒤에서 도와주는 어시스턴트라 세진의 말만은 완전히 무시하기가 힘들었다.

'어쩐다? 연락을 해야 하나?'

하빈은 타들어 가는 담배의 필터를 깊게 빨았다. 점점 사그라지는 주황빛 햇살이 날리는 커튼 아래로 물감처럼 넓게 번졌다.

'귀찮아. 어차피 지금 난 휴가잖아.'

그래. 특무국의 화랑인 요선은 언제나처럼 주요 임무를 마친 후 휴식에 들어가 있었다. 휴가 중일 때는 종종 연락 두절 상태에 빠지기도 했다. 물론 세진은 얼굴까지 파랗게 질려서 상관인 국장보다 더 펄쩍펄쩍 뛰겠지만. 어쩌면 상하이에 있는 클럽들을 하나하나 뒤질지도…….

하빈은 얼핏 떠오른 생각을 무시했다.

얼굴 도장을 찍는 것으로 의무를 다한 산은 저택을 나서다 막 안으로 들어오는 리가의 가주인 천陳과 마주쳤다.

"안녕하십니까, 리 회장님?"

리천의 얼굴에 불편한 기색이 점등처럼 떠올랐다 사라졌다.

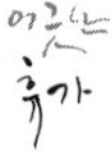

껄끄러운 거야 피차일반이지. 서로 얼굴 마주쳐서 좋을 것이 없을 관계였다. 그러나 리천과 산은 마주 보며 웃고 있었다. 그야말로 웃음 속에 비수를 감추고 있는 소리장도笑裏藏刀였다.

"급한 일이라도 있으신가? 파티는 지금부터 시작일 텐데……."

"네. 할아버님께서 부탁하신 일이 있으셔서, 그걸 마무리 지으려니 이래저래 몸이 바쁩니다, 리 회장님."

"하하하! 젊어서 바쁜 것이야 좋은 일이지. 나이가 들면 움직이고 싶어도 못 움직이게 된다네. 젊을 때 많이많이 움직이시게, 류 회장. 젊은 혈기만 잘 다스릴 수 있다면 인생에서 가장 좋을 때이니 말일세."

짐짓 호탕한 듯한 리천의 웃음소리가 살짝 흔들렸다. 산의 미소가 더욱 깊어졌다. 은은하게 걸려 있는 미소가 딱딱한 얼굴선을 이완시켜 훨씬 부드러운 인상을 만들었다.

"충고 감사합니다."

어쩐지 사냥을 앞둔 호랑이의 웃음 같았다.

엄청난 자금으로 밀어붙이는 류가 탓에 리가의 기반이 흔들리고 있었다. 일찌감치 공산당에 줄을 댄 리가는 류가가 사라진 상하이에서 큰 장애물 없이 사업을 확장시킬 수 있었다. 그러나 무분별한 문어발식 확장은 방만한 경영을 불러왔다. 거기에 개방이 이뤄지고 경쟁자들이 하나둘씩 생기는 데다, 회사의 약한 체질을 바꿀 겨를도 없이 상하이로 돌아온 류가가 곧장 치고 올라온 것이다.

리천은 쓴 입맛을 다셨다. 이 녀석이 리가의 사람이었다

먼……. 처음 봤을 때부터 탐나던 인물이었다. 사업가로서도, 한 가문을 지켜 줄 인물로서도 저만한 이가 없었다. 류가의 손을 잡을 수만 있다면, 나아가 저 녀석을 한집안으로 묶을 수만 있다면.

욕심에 뒤로 은근히 손을 써 보기도 했지만, 돌아오는 것은 냉랭한 무시였다. 협력은 고사하고, 결혼 이야기까지 모조리 거절당했다. 집안에 혼기 찬 여자들이 많으면 뭐할까. 저 녀석 하나 떡하니 물어 올 재주도 없으니.

스쳐 지나가던 산이 갑자기 잊고 있던 일이 생각난 듯 걸음을 멈췄다.

"참, 리메이링 여사께서는 요즘 다른 일로 바쁘신가 봅니다."

리천의 눈에 의구심이 떠올랐다. 갑자기 자신의 여동생을 언급하는 것이 이상했다. 그러고 보니 근래 그 아이의 움직임이 평소와 다르다고 비서가 고개를 갸웃거리던데……. 가늘게 옆으로 찢어진 눈을 부릅떴다. 그제야 산의 웃음을 보고 느낀 자신의 예감이 맞았다는 것을 알아차렸다.

'호랑이! 잔인한 맹호가!'

진한 초콜릿 같은 다크 브라운의 눈동자는 한파가 몰려온 겨울 바다처럼 차갑고 어두웠다.

"설마, 그 아이가 무슨……?"

"바쁘신 탓인지 통 얼굴을 뵐 수가 없어서 그러니, 리 여사님께 말씀 좀 전해 주시겠습니까?"

가면처럼 쓰고 있던 겉치레용 미소마저 지운 산은 냉혹한 징벌자가 되었다.

"보내 주신 선물 감사히 잘 받았으니, 저도 곧 답례품을 보낼

예정이라고 말입니다. 기대하셔도 좋을 거라는 말도 꼭 덧붙여
주십시오.”

“이보게, 류 회장!”

“아시다시피 저는 받은 것은 절대로 잊어버리지 않고 꼭 갚는
사람이라서요. 그럼.”

할 말을 끝낸 산은 미련 없이 돌아섰다. 파티장에 참석했고
볼일은 모두 끝났다.

말없이 곁에서 동행하고 있던 리강이 차의 앞좌석에 앉았다.

“너무 찌르신 것 아닙니까? 리 회장님은 모르시고 계셨던 것
같습니다만.”

피식.

산은 시트에 몸을 기대며 조소를 날렸다. 제 사람이 멋대로
움직이는지도 모르고 있었다면, 가주로서 볼 것 다 본 셈이다.
산의 내심을 읽은 리강이 변명하듯 말했다.

“리가도 다음 대인 리샤오밍李曉明에게 힘이 실려 가는 중이
라 그런 모양입니다. 리메이링 여사도 리 회장님보다 리샤오밍
과 더 접촉이 많다고 합니다.”

“대가 바뀌어도 지금의 자리를 잃고 싶지 않으니, 미리 잘 보
여 두겠다는 건가?”

“거기에 자신의 능력을 입증할 만한 성과가 있다면 더욱 좋겠
지요.”

그래서 리메이링은 류가와의 세력 다툼에 목숨을 걸 듯 달려
들고 있는 것이다. 류가의 가주인 산을 제거해 보인다면 지금의
자리는 물론이요, 더욱 높은 자리까지 올라갈 수 있을 테니까.

젊은 가주의 후견인이라도 된다면……. 리메이링이 꿈꾸는 것은 탕가의 노부인과 같은 지위였다. 가문의 주인이 될 수 없다면 막후에서 실력을 행사하는 권력자가 되길 희망했다.

리강은 가방에서 서류철을 꺼냈다. 산이 파티에 참석하는 동안 도착한 서류였다.

"말씀하셨던 그 여자분의 신상 조사입니다, 회장님."

산은 팔을 뻗어 서류를 받았다. 얄팍한 것이 달랑 종이 한 장에 절반도 채워져 있지 않았다. 이름과 나이를 읽어 내려가던 산이 기대고 있던 몸을 세웠다. 찡그린 미간의 골이 조금씩 깊어졌다. 마음에 들지 않는다는 뜻이었다.

뒤를 돌아본 리강이 고개를 살짝 숙였다.

"죄송합니다, 회장님. 시간이 모자라기도 했지만, 이상하게도 스무 살 이전의 정보는 아무리 찾아도 찾을 수가 없었습니다."

"찾을 수가 없었다? 화렌의 IS팀이 고작 여자 한 명의 신상명세서도 못 알아냈다는 건가? ……정보망을 구축하기 위해 들인 시간과 돈이 얼만지 모르지는 않겠지?"

송곳처럼 날카로운 추궁에 리강은 아무 대답도 하지 못했다. 보고서의 결과에 가장 놀란 것이 바로 리강이었다. 전 세계에 뻗어 있는 화렌의 조직망이다. 정보를 담당하는 IS팀은 화렌 그룹의 머리와 같았다. 아무리 시간이 부족했다지만, 내용이 이것뿐이라니 뭔가 이상했다. 그래서 다시 조사하라고, 철저하게 뒤져 보라고 명령을 내려 둔 상태였다. 누군가 정보를 차단하도록 블라인드를 걸은 상태라면, 블라인드를 명한 곳까지 알아내라고 했다.

더 이상 다른 추궁은 하지 않은 채 산은 빈약하기만 한 서류를 훑어봤다.

이름이…… 빈이군. 하빈은 성과 이름을 함께 부른 것이었다. 하지만 이름을 물었을 때 그녀는 자신을 하빈이라고 소개했다. 빈과 하빈, 차이가 있나?

나이는 스물여섯. 2월 25일생. 날짜를 보니 생일이 지난 지 얼마 되지 않았다. 기재되어 있는 주소지는 서울이지만, 거의 대부분 해외에서 거주한다고 적혀 있었다. 수입상으로 서울에 차이나 로즈China Rose라는 가게를 가지고 있었다. 그러나 가게를 꾸려 나가는 것은 그녀가 아닌 다른 사람이었다.

보고서를 읽어 내려갈수록 산은 무표정해졌다. 앞좌석에 앉아 있던 리강이 조심스럽게 뒤의 공기를 살폈다. 기분이 나쁜 것을 지나서 무엇인가에 무섭게 화를 내고 있었다. 왜? 리강은 미리 보았던 보고서의 내용을 떠올렸다.

특이할 만한 점은 스물여섯이라는 젊은 나이임에도 불구하고 서울에서 땅값이 제일 비싼 지역에 건물을 가지고 있다는 것이었다. 건물을 산 돈의 출처가 불분명하다는 것과 가게를 점장에게 맡기고 일 년 내내 국외에서 떠돌아다니고 있다는 것. 그리고 남자 킬러라고 불릴 정도로 유명한 여자. 카사노바가 울고 갈 정도로 유명한 바람녀. 암사마귀처럼 남자를 잡아먹지만, 그래도 달라붙으려는 남자들이 무수하다는 소문 등. 그녀에게 달라붙어 있는 소문들은 모두 더럽다 못해 흉흉한 것들이었다.

보고서를 읽은 리강은 하루라도 빨리 그 여자를 회장님에게서 떨어뜨려 놓아야겠다고 다짐했다. 그런 불길한 여자가 회장님에게 무슨 횡액을 놓고 올지 모르는 일이다. 보고서에는 적혀 있지 않지만, 여자는 남자에게 매달리지는 않는다고 했으니 쉽사리 떨어져 나갈 것이다. 오히려 여자는 담담한데 남자들이 죽기 살기로 매달린다고 했던가. 미혼인 남자는 물론이고, 결혼한 유부남들도 예외는 아니란다. 당장 부인과 이혼하겠다며 치맛자락을 붙잡고 늘어지는 남자들도 많다고 하니…….

리강은 속으로 혀를 찼다. 제대로 얼굴을 보지는 못했지만, 그렇게 남자들이 빠질 정도로 대단한 미녀가 아니었던 걸로 기억하는데…….

산은 손가락으로 보고서를 튕겼다. 짧은 보고서도 마음에 들지 않지만, 그 내용은 더 불쾌했다. 남자를 사귀는 것이 아니라, 그냥 원 나이트 스탠드만을 즐기는 거로군. 짧은 섹스를 원한 건가?

어두운 테라스에서 황망한 눈으로 밖을 바라보던 모습 위에 보고서에 적혀 있는 여자의 모습을 겹쳐 봤다. 미묘한 어긋남이 보였다. 그러나 서재에서 담배를 피우던 여자와, 작년 연말 파티장에서 봤던 그녀는 보고서에 적힌 모습 그대로였다.

점점 흥미롭군. 어느 것이 당신의 진짜 모습이지? 둘 중 하나는 가짜인가? 아니면 둘 다 당신의 모습인가? 어쩌면 둘 다 당신의 모습이 아닐 수도…….

산은 보고서를 반으로 찢어 바닥에 버렸다.

"회장님?"

"IS팀에 기회를 한 번 더 준다고 말해. 아니, 리강 네 성격에 이미 지시를 내려 뒀겠지만, 한 번 더 말해 두도록. 그녀에 대해서 하나도 빠트리지 말고 찾아내라고 해. 부모는 물론이고, 지금껏 그녀가 만나 왔던 남자들까지. 그녀가 살아온 이십육 년에 대해서 철저하게 알아내라고 말이야.”

호기심과 흥미.

산은 석연치 않은 정체보다 다른 공간을 헤매는 듯 모호한 그녀의 내면이 더 궁금했다. 그래서 정체불명이라는 위험을 감수하고서 약간의 스릴을 즐기기로 했다.

자신을 바라보던 그녀의 공허한 눈빛. 그저 놓여 있는 의자를 보는 듯한 무관심함. 항상 여자들의 뜨거운 관심을 받아 왔던 그에게는 의외였던 눈이다.

그래, 그래서 궁금한 거다.

그 눈동자에 내 모습이 담기면 과연 어떤 눈빛이 될지 말이야.

예상치 못한 승부욕이 일어났다. 과연 누가 누구에게 먹힐 것인가. 아주 재미있는 승부가 될 것 같아 산은 나른한 미소를 지었다. 오랜만의 유희. 남자와의 줄다리기에 능한 여자를 함락시키는 일은 리가와 진가와의 싸움보다 훨씬 흥미진진할 것이다.

4.

"그녀는?"

산은 저택으로 들어서자마자, 하빈부터 찾았다.

량 부인은 오랫동안 모신 도련님의 예상치 못한 행동에 대답할 타이밍을 놓쳤다.

"설마, 아직까지 자고 있는 건 아니겠죠, 량 부인?"

"아닙니다, 산 님. 오후 늦게 일어나셨어요. 단지……."

산이 말끝을 흐리는 량 부인을 쳐다봤다. 난처한 듯 량 부인이 시선을 피했다.

"뭡니까?"

"……그게 식사를 전혀 하시지 않아서요. 음식을 가져다 드렸는데, 손도 대지 않으시고……."

"그럼, 지금까지 아무것도 먹지 않았다는 말입니까?"

산의 눈썹 끝이 위로 치켜세워졌다.

"네. 일어나셔서 드신 거라고는 물뿐이에요. 그리고……담배만……."

이 여자가!

산이 2층으로 가는 계단을 밟자, 량 부인이 뒤에서 말했다.

"저기 방을 바꿔 달라고 하셔서 블루 룸으로 내드렸습니다."

"왜……?"

"밖이 보이는 방을 원하신다고 하셔서요."

잠시 생각하던 산은 다시 계단을 올라갔다. 블루 룸의 방문 앞에 섰을 때였다. 굳게 닫혀 있는 문 안쪽에서 낮은 허밍 소리가 흘러나왔다. 나른하게 끌리는 흥얼거림. 높게 올라갔다 툭 떨어지는 음정.

Jim Chappell의 『Lullaby』가 나지막하게 들려왔다.

노크를 하려던 산은 생각을 바꿔 말없이 문의 손잡이를 돌렸다. 활짝 열린 창문. 불도 켜지 않은 어두컴컴한 방. 귓가를 간질이는 허밍 소리. 산은 소리가 들려오는 곳을 찾았다.

하빈은 열린 창문 앞. 바람이 들어오는 곳의 바닥에 똑바로 누워 있었다. 마치 시체 놀이를 하고 있는 어린아이처럼. 어둠 속에서 천천히 하빈의 윤곽선이 뚜렷해졌다. 두 손을 자연스럽게 옆으로 펼친 채 천장을 보며 노래를 흥얼거리는 여자.

산은 가까이 다가가지 않은 채 가만히 노랫소리를 들었다.

원곡 자체가 가사가 없는 노래. 허밍으로만 이뤄진 곡.

럴러바이Lullaby? ……자장가.

나른하게 끌리는 목소리가 자장가인 노래와 잘 어울렸다. 리

피트를 걸어 놓은 오디오처럼 그녀는 끝난 노래를 처음부터 다시 시작했다.

"음……, 으으으음……."

까만 밤에 불도 없는 어두운 방 안에서 나지막하니 들려오는 자장가는 절로 잠을 불러들였다. 눈앞에 펼쳐진, 미치도록 관능적인 여인만 아니라면 말이다.

어둠 속에서 음영이 드리워져 섬세하게 도드라진 몸의 선. 뜨거운 물에 몸을 담근 듯 송곳처럼 날카롭던 신경을 느슨하게 풀어 주는 안온함. 방 안 가득 배어 있는 여자의 달콤한 난초 향. 움직임이라고는 전혀 없는 그 모습이 몽환적이라, 산은 눈을 뜬 채 꿈을 꾸고 있는 듯했다.

느긋하게 노래를 감상하던 산이 갑자기 방을 가로질러 열어젖힌 테라스 창문 앞에 누워 있는 하빈에게 다가갔다.

뭐지?

한순간 마음의 긴장을 풀어 버린 것을 비웃기라도 하듯 어둠 속에서 뚜렷하던 하빈이 사라져 버렸다. 귓가에는 여전히 허밍 소리가 들리는데…….

놀란 산은 눈을 크게 떴다. 수면에 떨어져 소리 없이 녹아내리는 눈처럼 점점이 사라지는 그림자. 짙은 어둠에 먹혀 버리는 것처럼 지워지는 존재감.

안 돼! 잡아야 한다!

절대로 사라지게 내버려 두면 안 될 것 같은 절박감에 산은 자신도 모르게 몸을 움직였다. 뛰다시피 다가가 몸을 숙이고 손을 뻗었다. 어둠에 짓눌리듯 누워 있는 하빈의 어깨를 난폭하게 잡아 일으켰다. 인형처럼 주르륵 딸려 오는 몸. 뚝 끊어진 노래. 허밍을 하느라 살짝 벌어진 입술.

산은 한 손으로 하빈의 뒷목을 거칠게 낚아채 뒤로 꺾으며 키스했다. 조급함 아래에 알 수 없는 불안과 걱정이 뒤엉킨 키스였다. 지난밤이 욕망에 씹혀 삼켜질 듯한 입맞춤이었다면 지금은 상대의 존재를 확인하려 드는 절박한 입맞춤이었다. 눈앞에, 손 안에, 품속에 있음을 느끼기 위한 키스.

혀끝으로 핥다 살짝 벌린 입술 사이로 자신의 혀를 밀어 넣었다. 욕망이 끓어올랐다. 바지춤 사이로 자신의 페니스가 부풀어 올랐다. 잔뜩 성난 녀석이 굶주림을 호소하고 있었다.

산은 하나씩 잊어버렸다. 그녀에 대한 의심과 정체불명이 가져온 의혹을. 그녀에게 따라붙어 있는 불쾌한 별명과 과거의 남자들을 망각했다. 품에 안은 순간 코카인을 들이켠 마약중독자처럼 몽롱해졌다. 엄청난 약효다. 치명적일 정도로 강한 자극이다.

어느새 두 사람은 바닥에 누워 있었다. 하빈의 작은 몸은 산의 커다란 체구에 감싸이듯 깔려 보이지도 않았다.

산은 가는 뼈대를 확인하듯 그녀를 훑어 내려갔다. 섬세한 쇄골 아래 봉긋이 솟아오른 젖가슴. 완연한 곡선을 이루는 허리선과 엉덩이.

소매가 넓은 얇은 실크 블라우스 아래 서늘한 피부가 닿았다. 용암처럼 뜨거운 자신의 입술에 맞닿아 있는 그녀의 입술은 약간 차가웠다. 아이스 프린세스. 그 서늘함이 산의 이성을 깨웠다. 강제로 덮치기라도 하듯이 정신없이 내달리려던 욕망에 제동을 걸었다. 아쉬움에 턱 선을 따라 가벼운 키스를 했다. 마지막으로 말랑하니 여린 목덜미에 장미 꽃잎처럼 붉은 자국을 진하게 남겼다.

산이 머리를 들자, 까만 동공에 그의 얼굴이 맺혔다. 그러나 그것은 거울 위에 비친 영상과 똑같았다. 동공 깊숙이 파고 들어가 그녀를 일깨우지 못한 허상에 지나지 않았다. 조급한 마음을 버리듯 그녀에게서 떨어진 산은 바닥에서 일어났다. 여전히 일어날 생각이 없는 듯 누워 있는 그녀에게 손을 내밀었다.

하빈은 턱 아래에 내밀어져 있는 손을 쳐다봤다.

"일어나지. 량 부인이 식사를 준비했을 거야."

그의 말을 들었음에도 하빈은 쉽사리 손을 뻗지 않았다. 눈앞에서 얼씬거리는 그의 손보다 조금 전 느낀 이상한 감각이 더 그녀를 잡아끌었기 때문이다. 타 버린 시꺼먼 재 속에서 찰나 깜박거리고 사라져 버렸다.

'그게 뭐지? 뭘까?'

한순간에 지나가 버려 그것이 어떤 느낌인지조차 명확하지 않았다. 눈길을 주지 않았다면 지나갔다는 것도 몰랐을 정도로 짧고 희미한 불빛 같은……. 이상하다, 이상해…….

산은 기다렸다. 다시 재촉하지도 않고 그녀가 자신을 똑바로 주시하기를. 그녀를 본 지 하루밖에 되지 않았지만, 그녀를 상대할 때 강압적으로 윽박지르거나 재촉하지 말아야 한다는 것을 알아차렸다. 다그치면 칠수록 그녀는 더욱 안으로 숨어 버릴 것이다. 아니, 귀찮다고 돌아서 버릴 것이다. 그녀를 상대할 때는 인내가 필요하다. 거기에 끈기는 필수 첨가였다.

물러서지 않겠다는 그의 기색을 읽은 하빈이 천천히 손을 내밀었다. 언제까지 이대로 누워 그의 손을 빤히 바라보고 있을 수만은 없으니까. 말을 꺼내 실랑이를 할 바엔 그냥 따르는 것이 편했다. 적당히 질리면 놔주겠지.

손바닥 위에 작은 손을 올리자, 산은 매가 먹이를 낚아채듯 힘을 줘 움켜잡았다. 원래 체온이 낮은지 잡고 있는 손이 서늘했다.

처음 키스했을 때 닿은 입술도 차가웠지. 그러나 언제 차가웠냐는 듯 금방 뜨겁게 달아올랐다.

두 사람이 원탁 테이블에 앉자, 량 부인이 음식이 담긴 접시들을 가져왔다. 속에 부담이 없는 따뜻한 스프와 연어 샐러드가 올라왔다. 밖에서 저녁을 먹고 들어온 산은 그녀의 앞에 앉아 새로 딴 와인을 마셨다. 신맛이 강한 와인인데, 혀에는 단맛만 감겼다.

살짝 벌어진 붉은 입술이 투명한 글라스를 물었다. 짙은 적자빛의 와인이 찰랑이며 입술을 적셨다.

키스를 하듯 둥글게 오므린 입술. 산은 심한 갈증을 느꼈다. 남은 와인을 비우면서도 음식을 씹느라 오물거리는 작은 입술에서 시선을 떼지 못했다.

"연어를 좋아하나?"

언젠가부터 그는 말을 놓았다.

하빈은 포크로 찍은 연어를 힐끔 쳐다보았다.

"아니요."

"싫어하는 건가? 그렇다면 억지로 먹지 마. 다른 걸 준비하라고 할 테니까. 포크 내려놔."

"……괜찮아요."

“하지만……?”

하빈은 그릇 안에 남은 샐러드를 포크로 뒤적거렸다. 물기를 뺀 싱싱한 야채들이었지만, 식사하는 동안 드레싱에 숨이 죽어 축축 늘어졌다.

“좋아하지도 않지만, 싫어하지도 않아요. 있는 대로 챙겨 먹는 편이니까, 이대로 괜찮아요.”

사실 며칠씩 굶기도 한다. 배가 고프다고 위에서 신호를 보내올 때까지. 그럼 있는 대로 먹거나, 따로 시켜 먹었다. 사실 그녀는 거의 음식을 만들지 않았다. 그러니 주는 대로 먹을 수밖에. 게다가 이보다 더 열악한 환경 속에서 임무를 수행한 적도 있어, 음식을 가리는 사치스러운 행동은 절대로 하지 않았다. 귀찮아서 안 먹는 경우는 있어도…….

식사가 끝났을 때 리강이 직접 커피 두 잔을 들고 들어왔다. 조심스럽게 커피 잔을 내려놓으며 리강은 하빈을 관찰했다. 량 부인에게 맡겨 두고서 직접 대면하는 것은 지금이 처음이다. 회장님의 관심을 불러일으킨 여자. 서류상에 나와 있는 최악의 평판이 틀린 것인지…….

“이쪽은 창리강. 내 비서지. 지난번에 봤던 진옌은 내 경호를 담당하고 있고.”

리강은 다소 지나치다 싶을 정도로 깍듯하게 허리를 숙였다. 산의 뒤편으로 물러서는 그에게 하빈은 입술과 눈꼬리를 휘며 나른한 미소를 지었다. 그러자 리강은 메두사의 얼굴이라도 본 사람처럼 얼굴이 굳었다.

단 한 번 슬쩍 지은 웃음인데 인상이 확 달라졌다. 나른하게 풀어졌던 얼굴이 단번에 농염한 색기를 발했다. 검붉은 꽃술 아래 감춰 두고 있는 독 향을 날려 먹이인 나비를 유혹하는 듯했다.

리강의 안테나가 경계 모드로 들어갔다. 위험한 여자다. 절대로 회장님의 곁에 둬서는 안 되는 여자! 어떤 이유를 대서든 최대한 빨리 내쫓아야 한다! 손짓 한 번에 간단히 목을 부러뜨릴 수 있을 듯한 연약한 여자로 보였지만, 모시는 주인에게 득 될 것은 하나도 없었다. 왜 하필!

하빈은 따뜻한 커피를 한 모금 마셨다. 진한 카페인이 희미하게 남아 있던 멍한 기운을 지웠다. 돌처럼 굳어지는 리강을 보고 그녀는 속으로 재미있어했다.

'눈치가 빠른 사람이네. 단번에 날 위험 부류로 파악하고 내칠 기세니.'

습관과 같은 그녀의 미소에 남자들은 파리처럼 달려든다. 의미 없이 짓는 웃음이 남자들에게 어떻게 비치는지 누구보다 그녀 자신이 가장 잘 알고 있었다. 대부분의 남자들은 황홀한 밤을 약속하는 듯한 미소에 당장 달려들 것처럼 수작을 걸었고, 위험에 예민한 후각을 가진 몇몇 남자들은 뒤도 돌아보지 않고 줄행랑을 쳤다. 뭐라고 했더라, 꾼은 꾼을 알아본다고 했던가. 언젠가 한 남자가 달아나기 전 미련이 남은 양 주절거렸던 말이다.

그러고 보니……. 하빈은 경직된 리강 앞에 편안히 앉아 있는 산을 물끄러미 쳐다봤다. 분명 이 남자의 감각에도 껄끄러운 자신이 걸렸을 텐데……. 그런데도 손을 내밀었다? 이 남자도 꽤나 특이하네. 승부욕이 타오른 건가. 게임이라도 하듯 줄다리기를 하는 이 남자의 꿍꿍이가 뭘까? 말마따나 색다른 장난인가?

커피 잔을 내려놓은 하빈은 한 손으로 턱을 괬다.

"전 언제쯤 돌아갈 수 있는 거죠? 내일? 일주일? 한 달? 아니면……?"

잠시 다른 생각 중이던 산이 똑바로 하빈을 응시했다. 웃고 있는 입술과 달리 하빈의 눈동자는 까맣기만 했다. 웃음도, 울음도 보이지 않는 감정 없는 눈.

"불편한 점이라도?"

"아니요. 불편한 건 없어요. 그 점이 불편하다면 불편하다고 할까? 어쨌든 굳이 내가 여기에 머물러야 할 이유는 없지 않나 싶어서요."

그러고 보니 어젯밤에도 이 얘기를 하다가…….

"아직 일이 완전히 끝나지 않았어. 그때 당신이 나와 함께 있었다는 소문이 벌써 떠돌고 있는 모양이니까. 멋지게 각색까지 돼서 돌아다니는 것 같던데……. 제멋대로 생각하는 위인들이라 당신이 나와 상관없는 사람이라는 것도 떠올리지 않을걸. 이곳을 나가는 순간, 날 노리는 자들에게 납치될 확률이 100퍼센트라고 장담할 수 있어. 그런데도 돌아가고 싶은 건가?"

"그럼 언제쯤 이 일들이 끝나는 거죠? 설마 정확한 기간도 없이 무작정 이곳에서 지내라는 말은 아닐 테고……."

산은 느긋하게 커피 향을 음미했다. 진한 커피 향 위로 그녀의 달콤한 체취가 뒤섞였다.

"급한 일이라도 있는 건가? 어차피 당신의 가게는 지배인이 맡아서 모두 운영하는 것 같던데."

하빈은 턱을 괴었던 손을 풀었다.

"빠르네요. 아니, 늦은 건가요? 그사이 내 조사를 모두 끝내다니……."

얼마나 파고들었을까?

"모두는 아니지."

역시……. 겉포장까지만 알아냈구나. 다행이다.

그러나 안도도 잠시. 하빈의 마음을 짐작이라도 한 것처럼 산이 말했다.

"하지만 남은 것들도 빠른 시간 내에 모두 알아낼 거야. 난 집요한 성격이라 궁금한 게 남아 있으면 못 참는 편이거든. 수수께끼가 주어지면 완전히 분해해야지 직성이 풀리니까."

미미하지만, 그녀의 눈빛이 흔들렸다. 보고서에 나오지 않은 사실이 있다는 것을 그녀도 알고 있다는 얘기다. 그녀가 손을 쓴 것일까? 무슨 힘으로? 장막에 가려져 있는 이십 년. 그녀가 숨기고 싶어 하는 뭔가가 그 시간 속에 존재하고 있는 것인가? 그게 뭘까? 지금 당장 잡아 캐묻고 싶은 마음을 억눌렀다. 지금 물어봐야 들을 수 있는 답은 하나도 없을 것이다. 상관하지 말라며 당장 박차고 나갈지도…….

순순히 보내 주지 않을 것 같긴 하지만, 곤란하네. 몰래 달아나야 하나? 하빈은 슬쩍 산의 뒤편에 있는 리강을 쳐다봤다. 굳이 머리를 굴려 가며 탈출 방법을 짤 필요는 없을 듯하다. 가시를 곤두세우고 있는 저 남자는 자신이 모시는 소중한 주인 옆에 그녀 같은 여자가 오래 머무는 것을 손 놓고 보고 있을 듯하지 않으니…….

"그래서요? 당신이 생각하는 기간은 정확히 어느 정도인 거죠?”

하빈은 끈질기게 대답을 요구했다. 하루든, 한 달이든, 일정한 기한이 주어진다면 지내기가 훨씬 쉬울 것이다. 떠날 때도 약속한 시간이 지난 것을 핑계 삼을 수 있을 테고.

“꼭 정해야 하나?”

그녀가 고집스럽게 입술을 다물었다. 머물기도 전에 달아날 구멍을 찾아 두려는 그녀의 계산을 산은 읽을 수 있었다. 하지만 서둘러 후다닥 덮으려는 듯한 미진한 감이 있었다. 뭔가 다른 이유가 있는 건가. 아무래도 양파처럼 하나씩 벗겨 보는 수밖에 없는 것 같군.

답을 기다리고 있는 그녀를 보며 머릿속으로 대략적인 시간을 계산했다. 리가와 진가의 일들은 마무리만 남은 상황. 정리하기에 시간이야 걸리겠지만 후다닥 몰아친다면 그리 오래 걸리지 않을 것이다. 문제는 이 여자에 대한 호기심과 흥미가 언제까지 가는가 하는 것이다.

“……한 달이면 적당할 것 같은데. 그동안 내 집의 손님으로 편안하게 머물러 줬으면 해.”

한 장소에서 한 달. 그 정도가 이 남자가 생각하는 게임 기간인가. ……상관없겠지. 하빈은 적당하다 싶었다. 그 전에 세진에게 연락이라도 해 둬야 한다. 뒤탈이 없으려면 말이다.

“알겠어요. 그럼 잠깐 나갔다 올 테니까, 차 좀 빌려 줘요.”

“지금? 이 시간에?”

하빈은 자리에서 일어났다.

“호텔에 가서 필요한 것들도 가져와야 하고, 여기에서 한 달간 머물게 되었으니 아예 체크아웃하는 게 나을 듯해서요.”

“사람을 보내서 가져오게 하면 돼.”

굳이 밤인 지금 그녀가 직접 움직여야 할 이유는 없었다.

“됐어요. 내가 가면 돼요.”

“빈! 굳이 당신이 갈 필요가…….”

“모르는 사람이 내 물건에 손대는 거 싫어요!”

짜증 섞인 음성에 살짝 찡그린 눈썹. 정말 싫다는 표정이었다. 하빈을 만나고서 처음으로 보는 강한 반응이다.

“차를 준비시킬 테니, 위에 걸칠 만한 옷을 가지고 와.”

큰 소리 낸 것이 불편한 듯 하빈은 곧장 옷을 가지러 방을 나갔다. 후다닥 계단을 올라가며 입술을 깨물었다. 큰 소리를 낼 필요는 없었는데……. 괜한 실랑이가 싫고 귀찮은 탓에 더럭 목소리가 높아졌다. 막상 한 달이라는 시간을 정하자, 적당한 있으면 되지 싶은 마음에 자충수를 둔 것은 아닌지 심란한 마음이 끼어들었다. 결정이 내려지자, 그제야 뒤통수가 당긴다고 해야 하나. 실수라고 해도 이제 와 다시 돌리려면……. 머리가 아프다. 보내 줄 때가 되면 보내 주겠지. 그보다 그의 말대로 사람을 시켜도 될 일이지만…….

하빈은 손으로 팔을 문질렀다. 청소하거나 정리하려고 드나드는 사람들의 손길도 가끔 견디기 힘들 때가 있다. 쓱쓱 걸레질하는 소리. 비질과 부스럭거리며 정리하는 소리들. 그 소리들이 느닷없이 그녀를 몰아붙이는 때가 있었다, 지금처럼.

“회장님.”

산이 돌아봤다. 리강은 혀 아래까지 올라온 말을 억지로 되삼켰다. 쓸데없는 말 따위 꺼내지 말라는 경고를 읽었다. Don't touch의 신호가 깜박거렸다.

리강은 조급한 마음을 접고 한 걸음 물러섰다.

아직은……, 아직은 괜찮았다. 단순한 흥미일 뿐이리라. 시끄러운 일에 지쳐 잠시 머리를 식히시려고 하는 거겠지. 한동안 여자들이 없기도 했고. 괜한 말로 부채질해 불씨를 키울 필요는 없으니. 곁에서 보다 위험하다 싶을 때 손을 쓰면 될 것이다.

"뭐?"

리강이 하고자 하는 말을 알면서도 산은 모르는 척 되물었다.

"아닙니다."

"흠. 할 말이 있으면 해. 누군가 그러더군. 때를 놓치면 후회한다고 말이야."

"괜찮습니다."

'지금은 말입니다.'

리강은 속으로 덧붙였다. 수하가 욕망을 해소하려는 남자의 본능까지 이래라저래라 간섭할 수는 없는 일이다. 심각한 사이로 번지지만 않는다면 자신이 개입할 필요 없는 불장난으로 지나갈 수도 있으니.

리강의 노림수가 빤히 보였지만, 산은 아무 말도 하지 않았다. 그 자신도 아직 명확하지 않은 일이다. 단순한 호기심으로 끝날지, 한번 맛을 보고서 끝날지, 아니면 좀 더 길게 이어질지……. 아직 아무것도 정해지지 않았다. 그저 오랜만에 관심 가는 여자가 눈에 들어왔다는 정도. 그러니 저 깐깐한 녀석도 잔소리하고 싶은 마음을 꾹 참는 거겠지.

하빈이 검은 숄을 들고 돌아왔다.

"당신도 가는 건가요?"

팔을 잡고 나란히 걷고 있는 산에게 하빈이 의아한 시선을 던졌다. 그는 말없이 움켜잡고 있는 손에 힘을 줬다.

"굳이 동행할 필요 없어요. 짐만 챙겨서 금방 나올 텐데요."

"혼자서는 못 가. 나랑 같이 갈 생각이 아니면, 그냥 사람을 보내도록 할 테니까. 당신이 좋을 대로 골라. 나와 함께 갈 건지, 아니면 사람을 보내서 짐을 챙겨 오게 할 건지. 어떻게 할 거지?"

이런저런 간섭에 왠지 짜증이 돋은 하빈은 잡고 있는 그의 손을 떨쳐 내며 앞으로 성큼성큼 걸어갔다. 끈으로 꽁꽁 묶어 놓기라도 할 듯이 구는 그가 은근히 귀찮았다. 여자 꽁무니나 따라다니는 남자는 아닐 텐데, 유난스럽게 구는군.

밤이라 바람이 쌀쌀했다. 3월이라 해도 아직 바닷바람이 강해 해가 떨어진 밤에는 날씨가 찼다.

홍콩보다 더 화려해진 상하이의 야경이 펼쳐졌다. 알록달록한 전광판이 검은 하늘을 배경으로 꽃처럼 피었고, 높게 솟은 빌딩들이 뉴욕의 마천루를 연상시켰다. 저녁 9시가 넘은 시간인데도 도로에는 많은 차들로 넘쳐 났고, 헤드라이트들이 꼬리에 꼬리를 물었으며, 도시 특유의 시끄러운 소리가 검은 차창 너머로 웅웅 울렸다.

떠오르는 중국 시장의 요충지. 전 세계에서 몰려온 유명 브랜드들이 각자 특유의 간판을 내걸고 사람들을 불러 모으고 있었다.

새롭게 부상하고 있는 관광지. 아직 날씨가 추워 성수기인 4월과 10월에 비하면 적지만, 이르게 찾아온 관광객들로 상하이 구석구석이 북적거렸다. 늦은 밤거리를 오가는 사람들.

하빈은 차창 너머 바삐 걸어가는 사람들의 행렬을 가만히 바라보았다. 그녀가 호텔 이름을 말하지 않았는데도 차는 난징동루南京東路에 있는 스마오世茂 빌딩 앞에 섰다. 1층 유리창 전면 위로 '르 루아얄 메르디앙 호텔'이라 필기체로 적힌 간판이 붙어 있었다. 이 빌딩의 12층부터 66층까지가 호텔이었고 그 아래 층은 유명 백화점이었다.

도어맨이 차 문을 열자 산이 먼저 내려 하빈이 편하게 내릴 수 있도록 팔을 부축해 줬다.

"혼자 들어갔다 올게요."

"저택에서 했던 실랑이를 여기서 한 번 더 해야 하나?"

하빈은 기가 막혔다. 선택할 수 있는 건 하나밖에 없도록 밀어붙이는 것을 어떻게 실랑이라고 할 수 있는지. 차의 꽁무니에 붙어 왔던 경호원들이 멀찍이 떨어져서 주변을 경계하고 있었다. 어디서나 알아볼 수 있는 건장한 체격에 검은 양복, 귀에 꽂고 있는 헤드셋까지. 겉으로 표시가 나지는 않았지만 옷 안에 무기를 소지하고 있을 것이다. 화려한 만큼 구더기들도 우글우글 끓어 넘치고 있는 곳.

"정말 함께 들어가겠다는 건가요?"

"안 될 이유라도?"

아무리 그녀가 생각 없이 산다지만, 그와 함께 호텔 안으로 들어가는 순간 시끄러운 가십의 중심이 된다는 것쯤은 안다. 호텔에 있는 사람들의 이목이 모두 집중될 것이고, 오늘 밤을 넘기기 전 온갖 소문이 상하이 사교계에 난무하겠지.

"안 될 거야 없지만……. 뭐, 맘대로 하세요. 괴로운 거야 내가 아니니까."

사람들을 만나도 나보다 이 남자가 더 많이 만날 테니 저택에 얌전히 숨어 지낼 내가 무슨 상관이람. 어차피 돌고 도는 소문 따위 언제부터 신경 썼다고.

10시가 다 되어 가는 시간이라 호텔 로비는 한산했다. 몇몇 사람들이 체크인을 하고 있었고, 안내를 위해 서 있는 호텔 직원들이 눈에 띄었다. 흑백 사진이 걸려 있는, 반짝이는 주황색 데스크의 여직원 눈이 하빈의 뒤에 딱 붙어 있는 산에게로 향했다. 금방 시선을 깔았지만, 놀란 기색이 역력했다. 체크인을 하던 손님들도 산을 알아본 듯 눈을 반짝거렸다.

하긴 세계 경제지에 실리는 얼굴이니 파파라치가 뜰 지도……. 거기에까지 생각이 이르자, 하빈은 조금 걱정이 됐다. 냄새를 맡은 파파라치가 쫓아와 자신에 대해서 캐내기 시작한다면……. 이래서 너무 유명한 사람 옆에 있어도 안 좋은 거다. 아무래도 세진과 의논을 좀 해 봐야 할 것 같았다. 이런 일은 자신보다 세진이 훨씬 잘 다루니까. 기자들이 파내 봤자 나올 거야 빤했지만……. 아무리 집요한 파파라치라고 해도 차단된 정보를 끄집어낼 수는 없을 테니까. 결국 내 소문에 액세서리가 하나 더 붙는 걸로 끝나겠지. 어쩌면 사람들의 색안경이 더욱 강해질 테니, 좋은 일일지도 모른다.

직원이 내민 키를 산이 받았다. 호기심 어린 사람들의 눈길을 알면서도 하빈은 태연하게 정면을 바라봤다. 전망이 내려다보이는 투명한 유리 엘리베이터에 탔다.

5107호.

바닥까지 강화유리로 된 엘리베이터라 51층까지 올라가는 동안 허공에 발판 없이 떠 있는 기분이 들었다. 어쩐지 지금 자신의 모습 같았다. 언제 떨어질지 모르는, 허공에 대롱대롱 매달려 있는 인형. 제 맘 같아서는 당장 줄을 끊어 버리고 싶지만, 화려한 인형의 모습에 속은 사람들이 이리저리 끌어당기며 놀고 싶어 하는 탓에 꼼짝달싹도 못하고 있는 그녀. 그 줄을 스스로 잘라 버리고 싶은 유혹에 시달리는…….

슈트케이스에 짐을 챙기는 하빈을 보던 산은 이상한 것을 발견했다. 그녀가 가방에 넣고 있는 옷은 모두 검은색이었다. 심지어 속옷들까지도. 단순히 블랙을 좋아하는 취향이라고 하기에는 이상했다. 그러고 보니 처음 봤을 때도 검은 치파오를 입고 있었지. 검은 옷만을 입는 이유가 있는 건가? 귀찮은 일을 싫어하는 것이 분명한 그녀가 직접 짐을 챙기러 온 상황부터가 이상했다.

입을 벌리고 있는 가방을 손가락으로 톡톡 두드렸다. 작은 화장품들을 파우치에 넣던 하빈이 얼굴을 들었다.

"검은색을 좋아하나?"

"……아니요."

"그럼 이 옷도 좋아하지도 싫어하지도 않는, 그저 손에 닿는 대로 고른 거다?”

“아니요.”

하빈이 파우치를 넣은 후 가방을 닫으며 곧바로 대답했다. 즉각적인 대답에 오히려 산이 놀랐다.

“그럼 왜 검은색뿐인 거지?”

산은 제대로 된 답을 원했다. 닫은 가방을 손으로 눌러 움직이지 못하도록 한 채 그녀의 대답을 기다렸다.

“싫어하니까.”

생각할 것도 없이 불쑥 하빈은 속마음을 내뱉었다.

“뭐?”

그가 놀라는 사이 하빈은 침대에 놓여 있던 가방을 내려 손잡이를 잡았다. 산은 문으로 걸어가는 하빈의 팔을 잡아 당겼다. 자신이 대답하고서도 뜻밖이었던 걸까. 평소와 똑같은 표정 아래 당황하는 빛이 살짝 드러났다. 그저 궁금해서 던진 질문이었는데…….

“검은색을 싫어한다고? 싫어하면서 왜 검은색 옷들만 있는 거지?”

글쎄, 왜일까? 하빈은 피식 웃음을 지었다.

산이 눈썹을 찡그렸다. 그녀가 짓고 있는 웃음의 의미를 알 수가 없었다. 아무리 봐도 좋은 의미로는 보이지 않았지만, 누굴 향한 조롱인지 모르겠다.

“내가 왜 대답을 해 줘야 하는지 모르겠군요. 청 궁금하면 능력껏 내 입을 열게 만들든가요.”

질문은 여기까지. 그녀가 내보인 의사는 명백했다. 그녀의 입에서 더 이상의 얘기가 나오지 않을 거라는 뉘앙스다. 풀어야 할 또 다른 수수께끼인 건가.

이 여자는 참 숨기고 있는 것들도 많다. 뭘 그렇게 꼭꼭 감싸 두고 있는 걸까. 궁금한 마음 위로 걱정이 덧입혀졌다. 밝혀내야 하는 것들이 하나하나 늘어날수록 호기심보다 그녀에 대한 걱정스러운 마음이 커졌다. 그녀를 만난 지 고작 하루밖에 지나지 않았는데……

엘리베이터가 있는 복도로 나섰을 때였다.

"하빈!"

복도 끝에서 웬 남자가 하빈을 소리쳐 부르며 후다닥 달려들었다.

"하빈! 하빈!"

산이 앞으로 나서며 하빈을 자신의 뒤로 감췄다. 문 앞에서 대기하던 경호원이 달려드는 남자를 막았다.

"뭐야! 이 자식들, 어서 비켜! 비키란 말이야!"

남자는 접근하지 못하도록 막아서는 경호원을 난폭하게 밀치며 하빈을 애타게 불렀다.

이틀 동안 그녀의 행방을 몰라 얼마나 찾아다녔던가. 약혼녀랍시고 거머리처럼 달라붙어 있는 여자가 악을 쓰며 빈정거리는 소리를 듣고서 미칠 것만 같았다.

"괜찮은 거야? 다친 곳은 없냐고! 하빈! 하빈!"

산은 다급한 얼굴로 복도가 떠나가라 소리를 지르는 남자의 얼굴을 확인했다. 본 적이 있는 얼굴이었다. CT 은행장의 둘째 아들이었던가. 이자의 약혼식에 참석했던 기억이 났다. 그럼 치산파에 하빈의 납치를 의뢰했던 여자는 이자의 약혼녀였던 거로군.

건장한 경호원에게 막혀 발버둥 치고 있는 주훙레이朱紅雷는 치기가 가시지 않은 해사한 얼굴에 보송보송한 베이비파우더 냄새가 나는 듯한 인상을 풍겼다. 어려움이라고는 한 번도 겪어 본 적이 없는, 세상 물정 모르는 도련님. 그런 그에게 마음에도 없는 약혼은 그야말로 핵폭탄보다 더한 충격이었으리라. 약혼식장에서도 세상 고통은 다 싸안고 있는 사람처럼 인상을 구기고 있었지. 자신이 누리고 있는 이득을 포기할 용기는 없으면서도 목에 걸린 개 목걸이는 죽어라 싫어 몸부림치고 있는 어린애. 쌓인 울화를 향락으로 풀어내던 녀석의 눈에 하빈이 들어온 것이고……. 약혼녀는 이 녀석의 관심을 끈 하빈을 처리하려고 했던 것이겠지. 아무리 첩에 관대한 중국 사회라 해도 아직 결혼조차 하지 않은 불안한 관계에 정부를 좋게 봐 줄 여자는 없을 것이다. 게다가 겉으로는 잘 드러나지 않았지만, 살쾡이처럼 드센 약혼녀의 실상을 생각한다면…….

산은 일의 전개 상황을 추측할 수 있었다. 단지 예상 밖이라면 남자가 하빈에게 매달리고 있는 지금 이 상황이랄까. 그야말로 바람둥이 같은 녀석이라 떠나든 말든 상관하지 않는 줄 알고 있었는데, 하빈의 안전에는 관심을 가졌단 말인가.

주훙레이는 자신과 하빈 사이를 가로막고 있는 산을 노려보았다. 그나마 쥐꼬리만 한 이성이 머리 한구석에 남아 있어 화롄 그룹의 총수인 산에게 대들지 않았지만, 매섭게 노려보는 눈빛은 당장 총이라도 쏠 듯 험악했다. 산에게 가려 하빈의 모습이 보이지 않는다는 것이 주홍레이의 신경을 건드렸다.

'왜 하빈이 이 남자의 뒤에 숨어 있는 거지? 왜 내가 부르는데도 아무 대답도 하지 않는 거야?'

주홍레이의 얼굴이 의심으로 벌겋게 상기되었다.

산의 신호를 받은 경호원이 잡고 있던 손을 풀고 옆으로 한 걸음 물러섰다. 주홍레이가 성큼 다가섰다.

"비켜 주십시오, 류 회장님. 그녀가 무사한지 제 눈으로 직접 확인해야겠습니다."

홍레이는 산이 제 여자를 강제로 붙잡아 두고 있는 것처럼 굴었다. 산은 슬슬 불쾌해졌다. 햇병아리 같은 녀석의 행동이 그의 비위를 건드렸다.

하빈과 이 녀석이라……. 순간적으로 하빈을 처음 본 작년 연말 파티가 떠올랐다. 불쑥불쑥 튀어나오는 불쾌한 기억.

"그녀와 자네 사이에 무슨 관계가 있었는지 모르겠지만, 불쾌하군. 앞으로 내 여자를 만나려면 예의 바르게 부탁을 하도록 해. 그래도 허락은 떨어지지 않겠지만 말이야."

"내 여자? 하빈 씨가…… 류 회장님의, 당신의 여자라고요?"

홍레이의 얼빠진 목소리가 복도를 울렸다. 어떻게 그럴 수가 있지? 그럼 지금까지 내가 한 노력은? 클럽에서 처음 만난 후로 그녀에게 좋은 이미지를 주기 위해 일부러 손도 대지 않고 접근했는데…….

"그래. 그러니 그녀에게 할 말이 있다면 나한테 하도록 해."

그러나 심하게 충격을 받은 홍레이는 말을 잊은 듯 산의 뒤편만을 쳐다봤다. 경호원에 의해 옆으로 밀쳐지는데도 아무런 말을 하지 못했다. 그저 산의 팔에 안긴 듯한 모습으로 나란히 걸어가는 하빈만을 눈으로 쫓았다.

최악의 상황까지 상상했지만, 지금 눈으로 보고 있는 모습은 그보다 더 최악이었다. 공들이다 다른 놈이 채어 가 버린 꼴에 어처구니가 없었다. 그렇다고 달려가 따질 수 있는 상대도 아니라……. 그녀에게서 눈이 떨어지지 않았다. 항상 그가 봐 왔던 블랙 스타일. 나른한 눈빛.

굉장히 억울한 마음이 불쑥 튀어 올라왔다. 그동안 그녀가 만나 온 남자는 바로 나잖아! 내가 먼저라고! 나한테 우선권이 있는 거야!

"하빈!"

충격에서 벗어나지 못하는 듯 바보처럼 우두커니 서 있는 모습에 잠시 방심한 경호원은 자신의 옆을 빠져나가는 홍레이를 놓쳐 버렸다.

홍레이의 눈에는 자신을 버리고 가 버리는 여자의 모습만이 들어왔다. 그동안 들인 노력이 아까워서라도 어떻게든 그녀를 잡아야 한다는 생각뿐이었다.

손을 뻗었다. 흰 대나무처럼 쭉 고른 팔을 낚아챌 거다. 딱 한 번 맛본 붉은 입술이 부풀어 오를 때까지 키스해야지. 숨이 막혀 앙탈을 부릴 때까지. 그다음에는…….

퍽!

달려들 때보다 더 빠르게 홍레이의 몸이 뒤로 날아갔다.

"으!"

거대한 해머가 내려친 듯 골이 흔들렸다. 욱신거리는 통증이

점점 얼굴 전체로 확산되었다. 정통으로 맞은 뺨을 손바닥으로 감싼 홍레이는 허리를 꺾으면서 억지로 얼굴을 치켜들었다.

그녀가 다른 남자의 품에 안겨 멀어지고 있었다. 그 모습이 점점 부어오르는 얼굴의 통증보다 더 고통스러웠다. 그렇게 애타게 불렀는데도 대답 한 번 하지 않던 그녀의 싸늘한 무시에 이를 악물었다. 눈길도 주지 않던 하빈. 모르는 사람을 쳐다보는 듯한 무심한 눈빛. 남자로서의 자존심이 휴지 조각처럼 구겨져 쓰레기통에 내동댕이쳐졌다.

빌어먹을!

진갈색의 눈동자가 분노로 더욱 짙은 빛깔을 띠었다. 가는 손목을 움켜잡고 있는 손에도 잔뜩 힘이 들어가 있었다. 산은 화가 났다. 정말 오랜만에 머리꼭지가 돌 정도로 열이 올랐다. 덜떨어진 치산파에 납치되었을 때도 이 정도로 화가 나지는 않았다. 어차피 자신이 연출한 납치극이었으니까.

'젠장! 젠장! 그 자식을!'

당장이라도 다시 돌아가 홍레이를 죽지 못해 살 만큼 두들겨 패고 싶었다. 아니 그 자식의 집안을 낭떠러지로 몰아 버릴까 하는 생각도 들었다.

내 눈앞에서 하빈을 제 여자인 양 구는 것도 모자라 뺏으려 들어? 그의 이빨 사이로 섬뜩한 소리가 났다. 말로도, 주먹으로도 알아듣지 못한다면 강제로 알게 해 주는 수밖에!

산은 차에 타자마자, 하빈을 끌어안았다. 매끄러운 턱을 잡아올리고 참고 있던 분노를 쏟아 내듯 입술을 밀어붙였다. 지난번 키스에 찢어졌던 하빈의 입술의 상처가 다시 터졌다. 그러나 산의 키스는 더욱 거칠어졌다. 그녀의 등을 손바닥으로 감싸 안으며 자신의 몸에 바짝 끌어다 붙였다. 달콤한 체취가 그의 화를 부채질했다.

그 어린 녀석에게도 이렇게 입술을 내줬을 것이다. 벌을 주듯 훑던 입술을 이로 아프게 깨물었다. 그녀의 몸을 숨 쉬기도 힘들 정도로 옥죄어 안았다. 투척된 수류탄처럼 튀어나온 질투심에 눈이 멀어 버린 산은 키스하고 있는 그녀의 반응도 알아차리지 못했다.

'내 여자! 누구도 볼 수 없는 내 여자다!'

그의 손에 잡혀 끌려가다시피 할 때부터 그가 많이 화났다는 것을 알고 있었다. 손목을 잡고 있는 손에서 그의 분노가 전해졌다. 잔잔한 파도처럼, 그러나 그 아래로 격류를 감추고 있는……. 신기할 정도로 생생하게 느껴져 하빈은 이것이 뭘까 잠시 어리둥절했다. 그러다 알게 되었다. 그녀의 속에도 잠겨 있는 것. 너무나 오랫동안 묻어 둬 감정의 색마저도 바래져 버린 것. 묵은 분노가 발갛게 불티를 키우려 들자 하빈은 당황했다.

'왜?'

사나운 남자의 힘을 이기지 못한 하빈의 몸이 부러진 꽃대처럼 흔들렸다. 말릴 겨를도 없이 다그치는 난폭한 입맞춤. 밧줄에 꽁꽁 묶인 것처럼 꼼짝도 할 수 없는 몸. 폭력처럼 거친 키스에 하빈은 온몸의 피가 빠져나가는 것 같은 공포를 느꼈다. 자신도 모르게 얼굴이 하얗게 질렸고, 손끝이 차갑게 식었다. 머리가 둥둥 울렸다. 사방이 울렁울렁하며 귀에서 이명이 들렸다.

폭력으로 변한 분노가 하빈이 세운 두꺼운 철벽을 종잇장처럼 찢어 버렸다. 뒷좌석의 한정된 공간과 그에게 잡혀 꼼짝하지 못하는 몸도 그녀의 공포를 부채질했다.

찰칵찰칵.

머릿속의 시계 바늘이 거꾸로 돌아갔다. 난폭한 키스. 헐떡이는 뜨거운 숨. 무겁게 죄어 오는 체중. 그리고…….

더 이상 견디지 못한 하빈은 있는 힘껏 산을 밀쳐 냈다.

〈싫어!〉

하빈은 비명을 내질렀다. 자신이 한국어로 외친 것도 알지 못했다. 둥글게 몸을 말며 뒷좌석의 구석으로 달아나듯 물러났다.

'싫어! 싫어! 싫어!'

하빈은 오한이 나는 듯 심하게 몸을 떨었다.

"빈? 왜 그러는 거지? 빈!"

산은 밀쳐졌다는 것을 되새기기도 전에 부들부들 떨고 있는 하빈을 보았다. 두려움에 팽창된 검은 동공이 무시무시한 것을 보고 있는 듯 위태롭게 흔들렸다. 초점을 잃은 눈동자가 금방이라도 깨질 듯했다.

대체 무슨 일이지? 뭣 때문에?

"빈?"

산은 팔을 뻗어 그녀를 안으려고 했다. 그러나 하빈은 그가 무서운 듯 고개를 내저으며 더 이상 갈 곳도 없는 구석으로 애써 파고들어 가려고만 했다.

〈싫어, 싫어, 싫어…….〉

"빈!"

“아악!”

산의 손이 그녀의 어깨를 붙잡자, 하빈이 새된 비명을 내지르더니 한순간 힘을 잃고 축 늘어졌다. 정신을 잃고 넘어가는 가녀린 몸을 놓칠세라 단단히 움켜잡은 산의 눈이 얼음송곳처럼 예리하게 빛났다.

5.

병원에서 호출되어 온 의사는 자신을 뚫어져라 노려보는 시선에 환자를 만나기 전부터 잔뜩 졸아 있었다. 환자가 누워 있는 침대에 다가가 청진기를 꺼내는 의사의 손이 살짝 떨렸다. 그런 의사가 편하게 진찰할 수 있도록 산은 량 부인을 방에 두고 나왔다.

그를 기다리고 있었던 듯 문 앞에 진옌과 리강이 서 있었다. 저택에 의사를 대기시켜 두라는 산의 전화에 놀라 심장이 벌렁거린 두 사람이었다. 가뜩이나 다른 습격이 있지는 않을까 싶어 신경을 곤두세우던 그들이기에 더 깜짝 놀라 당장 저택에 비상을 걸었다. 기절한 여자를 안고 차에서 다급히 내리는 산을 보고서야 근심과 긴장을 풀 수 있었다.

"대체 무슨 일입니까, 헤이싱 님?"

궁금한 것이 있으면 참지 못하는 진옌이 닫힌 문을 손가락으로 가리키며 물었다. 리강도 눈을 반짝였다.

그러나 산은 대답하지 않았다. 아니 딱히 대답해 줄 것이 없었다. 실상 그 자신도 무슨 일인지 모르니. 단지 뭔가에 큰 충격을 받았다는 것만 짐작할 뿐이다.

그 눈은……. 산은 자신과 마주치지 못하던 하빈의 눈동자를 떠올렸다. 그건…… 불안. 아니 뭔가를 무서워하는 것 같은…… 두려움? 공포? 산은 이마를 찌푸렸다. 동시에 저절로 입매가 굳어졌다. 천천히 턱을 만지는 그의 손길이 느려졌다. 두려움이라고? 공포? 뭣에? 게다가 그건 단순한 공포증이 아니었다.

문이 열렸다. 진찰을 끝낸 의사가 나오다 건장한 세 남자의 덩치에 주춤 멈춰 섰다.

“어떤가, 닥터? 왜 갑자기 정신을 잃은 거지? 몸이 어디 안 좋기라도 한 건가?”

병원에 가장 많은 출자를 하고 있는 화렌 그룹의 회장 앞이라 의사는 실수하지 않도록 신중하게 말을 골랐다.

“일단 진찰한 것으로 보자면 큰 이상은 없는 듯합니다, 회장님. 정신을 잃으신 것은 잠깐 쇼크가 온 탓으로 보이고요.”

“쇼크라고?”

“네, 회장님. 정밀 검사를 해 봐야 알겠지만, 일단 영양 상태가 안 좋고요. 음식물 섭취를 제때 하지 않으니, 위와 장도 덩달아 좋지 않지요. 게다가 혈압이 굉장히 낮습니다. 오늘 쇼크가 온 것도 어쩌면 혈압이 낮은 탓일 수 있습니다. 푹 쉬시고, 잘 드셔야 합니다. 일단 약한 안정제와 영양제를 놓아 드렸으니, 몇 시간은 푹 주무실 겁니다.”

위와 장에 혈압이면 심장까지 별로 좋지 않다는 말이 된다. 겉모습이 약해 보이기는 했지만…….

산이 방 안으로 들어가자, 조금 전과 달리 협탁의 작은 앤티크 스탠드만 켜져 있었다. 주사를 맞긴 했지만, 혹시라도 불빛이 하빈을 깨울까 염려한 량 부인이 밝은 등을 모두 끈 탓이다. 하빈의 옷을 갈아입히고 얼굴과 손, 발을 뜨거운 수건으로 닦은 량 부인은 산이 들어오자 교대하듯 조용히 방을 나갔다.

침대에 걸터앉은 산은 숨소리도 없이 잠들어 있는 하빈을 가만히 바라봤다. 저혈압에 의한 쇼크라? 그녀의 반응을 보지 못했다면 의사의 말을 믿었을 것이다. 그러나 산은 단순한 저혈압으로 생각할 수가 없었다. 뭘 본 걸까? 무엇을 떠올린 거지? 그녀의 심상치 않았던 반응.

혹시……. 그럴 리가 없어. 산은 머리를 저었다. 터무니없는 생각이다. 그랬다면 지금껏 그녀가 만난 남자들은 뭐란 말인가? 자신이 직접 보기도 했다.

"으응……."

사나운 꿈을 꾸고 있는 것처럼 하빈의 호흡이 거칠어졌다. 시트를 틀어쥐는 손가락에 뼈가 불거질 듯 힘이 들어갔다. 베개를 베고 누워 있는 머리가 이리저리 뒤척거렸다. 눈을 감고서도 잔뜩 인상을 찡그리며 자신을 보호하듯 자꾸 몸을 움츠렸다.

산은 점점 심해지는 뒤척거림을 가만히 바라보고 있었다, 무언가를 찾는 사람처럼. 무서움에 바들바들 떨고 있는 몸. 잔뜩 웅크린 채 숨어들려는 움직임. 거칠어지는 숨소리에 절박함마저 느껴졌다.

이리저리 들썩이던 하빈의 몸이 용수철처럼 튀어 올랐다. 호흡곤란이 온 사람처럼 하빈은 헐떡거렸다. 무거운 머리가 핑 돌아 손으로 짚었다. 악몽의 시작점에서 간신히 깨어날 수 있었다. 긴 한숨을 내쉬며 감은 눈을 떴을 때였다. 옆에 있는 커다란 그림자를 발견했다. 스탠드 불빛을 등지고 있는 산이었다.

"뭐……죠? ……무슨 일이에요?"

"……나야말로 당신에게 묻고 싶어. 대체 무슨 일이 있었던 거지?"

아! 하빈은 짧은 탄식을 입술 사이로 말아 물었다. 그제야 자신이 기절할 때의 상황이 기억났다.

"의사가 약한 안정제를 놨다고 했는데, 별 효과가 없는 것 같군."

관자놀이를 손가락으로 꾹 누르고 있던 하빈은 돌을 올려놓은 듯 머리가 묵직하게 느껴지는 이유를 깨달았다. 그의 말대로였다.

약한 안정제 따위가 그녀에게 듣지 않게 된 것이 예전이었다. 차라리 잠이라도 자게 만든다면 다행이지, 오히려 머리는 무거우면서도 잠은 잘 수 없어 괴롭기만 했다. 힘이 없어 픽 쓰러지듯 다시 베개 위로 머리를 내려놓았다. 약 기운 탓인지 몸이 가라앉았다. 눈꺼풀도 무거워 저절로 내려왔다. 대신 머릿속은 시끌시끌했다.

눈을 감아 버린 그녀가 마음에 들지 않은 산은 누워 있는 그녀의 어깨를 잡아 강제로 일으켜 앉혔다. 힘없이 슬쩍 내려 감겼던 그녀의 눈이 다시 열렸다. 성난 눈빛을 흐릿한 눈길이 받았다.

“사람을 한순간에 바보로 만드는군.”

낮은 으르렁거림도 하빈에게는 들리지 않았다.

귀찮아.

“……지금 당장 같이 뒹굴 생각이 아니라면, 그만 놔줬으면
하는데요. 피곤해요.”

“뒹굴 계획이라면?”

“그럼, 그렇게 시끄럽게 떠들지만 말고 움직여요.”

하빈은 손가락을 움직여 잠옷의 단추를 하나씩 풀었다. 느리
지도, 빠르지도 않은 손길이 거침없이 움직였다. 산은 잡고 있
던 하빈의 어깨를 내팽개치듯 놨다. 지지대를 잃은 하빈의 몸이
힘없이 떠밀렸다.

“미안하지만, 공짜로 거저 얻는 것에는 흥미가 없어. 게다가
구걸하는 거지한테 동전 던지듯 던져 주는 걸 받을 만큼 굶주리
지도 않았고.”

한 번도 들어 본 적 없는 그의 차가운 목소리에 하빈은 저도
모르게 소름이 돋았다.

저 남자, 자존심이 상했구나. 돌아서는 그의 등 뒤로 일렁이
는 분노가 보였다. 실수였나 싶었지만, 무거운 머리는 더 이상
생각하는 것을 거부했다. 저 남자가 화를 내든, 즐거워하든 자신
과 무슨 상관이람. 어차피 그녀에게는 모두 똑같았다. 그런데도
돌아서는 그 모습이 자꾸 어른거렸다. 자신에게 성질을 풀지 않
으려고 애써 억누르던 그 뒷모습이……. 아무래도 생각 없이 잘
못 결정한 것 같다. 그냥 빨리 떠나 버리는 것이 나았을 뻔했다.

산은 쉽게 화를 식히지 못해 가슴을 들썩거렸다. 사람을 있는

대로 걱정시켜 놓고서, 깨어나 고작 한다는 말이……! 산은 주먹을 휘둘러 벽을 후려쳤다.

쾅!

"빌어먹을!"

화가 났다. 이렇게 화가 난 것이 얼마 만인가. 왕쥔에게 납치되어 빈정거림을 당할 때도 지금처럼 화가 나지는 않았다. 분수도 모르고 설치는 녀석의 꼬락서니에 속이 뒤틀리기는 했지만.

당장 돌아가 그녀를 잡아 흔들고 싶었다. 정신 차리라고! 대체 뭣 때문에 자신을 내팽개치는 거냐고 소리 지르고 싶었다. 아픔과 절망을 지나 자포자기와 허무만이 남아 있는 그녀. 그렇지 않다면 저렇게 자신을 아무렇게나 굴리려고 할 리가 없을 테니까.

대체 왜! 화가 나면서도 한편으로는 미칠 듯이 불안했다. 그녀가 너무 아슬아슬해 금방이라도 마른 먼지처럼 부스러질 것 같았다. 아무리 세게 움켜잡아도 손가락 사이로 빠져나가 버리는 모래 같았다. 허상처럼 부여잡으려고 해도 잡히지 않는…….

'누가! 누가 그리 내버려 둘까 봐!'

벽을 후려친 채로 계속 올려 두고 있던 주먹 위로 그의 결심을 보여 주듯 퍼런 힘줄이 툭툭 불거졌다. 모래 먼지처럼 부서지면, 그 모래 먼지들을 하나도 남김없이 끌어모아 뭉쳐 새로 만들어 버릴 테다. 부서지면 부서질 때마다 몇 번이고!

'대체 안에서 무슨 일이 있었던 거지?'

진옌과 리강은 새파란 불길에 파팍 스파크가 일어나는 것 같은 산을 보면서 조용히 침묵했다. 묻고 싶은 마음이야 굴뚝같았지만, 이런 때 섣불리 입을 열었다가는 불길에 부채질만 해 주는 효과가 일어난다는 사실을 알기 때문이다.

어쩐지 그 여자와 회장님이 만난 후로 살얼음 같은 공기가 계속되는군. 리강은 못마땅했다. 정체도 정체지만, 산의 곁에서 자꾸 쓸데없는 소음을 일으키는 것이 갈수록 마음에 들지 않았다. 회장님의 이성을 흔들고 있어. 불편한 심기가 언뜻 투명한 유리알 위를 스쳤다.

"리강, 그녀에 대해 조사하라는 거, 서두르도록 해. 그렇다고 겉만 핥은 걸 내밀지 말고, 철저하게 파헤쳐서 그녀에 대한 것은 모조리 알아내."

"……네, 회장님."

"진옌은 그녀에게 경호원을 붙이도록 하고."

"경호원……입니까?"

"그래. 그녀 성격에 저택에만 있을 것 같지만……. 그래도 붙여 두도록 해. 저택에 있을 때도 주변에서 떨어지지 않도록 지시해 두고."

말이 경호지, 한마디로 감시로구먼.

"네, 헤이싱 님."

하지만 어떤 목적의 감시인지는 진옌도 아리송했다. 의심스러운 것을 알아내기 위한 것인지, 탈출하지 못하도록 감시하라는 것인지. 둘 다인가? 헤이싱의 믿음직한 두 수하는 각자 심각한 고민으로 머리를 굴렸다.

약속한 한 달에서 막 하루가 지나가고 있던 시점이었다.

나쁜 뉴스에 마음은 급했지만, 닫혀 있는 문을 두드리는 손길은 침착했다.

〈들어와.〉

밤인데도 사무실의 유리창에는 빠짐없이 블라인드가 내려져 있었다. 양복 상의를 벗은 채 와이셔츠의 소매를 둘둘 말고 있던 방의 주인이 방문객을 확인했다.

〈무슨 일이야? 얼굴 보니 또 뭐가 터졌구먼.〉

회전의자를 돌려 책상에서 몸을 빼내자, 커다란 의자에 묻혀 있던 건장한 체격이 사무실을 꽉 채웠다.

〈뭔데 또? 어디서 또 테러라도 일어난 거야? 아님, 전쟁이라도 일어났어? 설마, 지난번처럼 모임이랍시고 연락해 온 똥통들이 또 뭐라고 지껄여 대는 거야?〉

〈아닙니다.〉

〈뭐야? 그럼 자네 얼굴이 왜 그렇게 우거지상인데? 이 시간에 청와대나 국방부에서 지급至急이라도 떨어진 거야?〉

밑에 있는 부하들은 감정을 알기 어려워 힘들다고 징징 거리지만, 오랜 세월 생사를 함께해 온 상관은 한 번에 그의 얼굴 표정을 읽었다.

〈천급 화랑에 대한 역추적이 감지되었습니다.〉

〈근데? 그게 어때서? 항상 있던 일이잖아.〉

특무국이 자랑하는 요원이 화랑이었다. 그중 천의 등급을 받은 화랑들은 각종 훈련에서 만점 가까운 점수를 따내고 혁혁한

임무 완수 퍼센트를 올리고 있는 베스트 중의 베스트였다. 그야말로 스페셜리스트들이었다. 그래서 그들에 대한 추적은 자주는 아니지만, 드물지도 않았다. 그들의 신분 보호에 각별한 주의를 기울이고 있는 특무국으로서는 가장 신경 쓰이는 상황이다.

〈중국에서 들어온 겁니다, 국장님.〉

그제야 한철호 국장의 얼굴이 심각해졌다.

〈중국이면…….〉

〈네, 요선에 대해 조사하고 있는 곳이 있습니다.〉

한철호 국장은 세월에 거무스름하게 그을린 손가락으로 수염이 난 뺨을 긁적거렸다. 어쩐지 갑자기 듣고 싶지 않아졌다. 들었다간 탈이 날 소식이다. 그러나 그는 특무국을 담당하고 있는 국장이다. 불길하다며 무시하고 넘길 수 있는 상황이 아니다.

〈그 아이, 임무는 끝났을 텐데?〉

아이. 한철호 국장에게 요선은 지금도 아이였다. 두려움에서 빠져나오지 못하고 있는 가엾은 아이. 자라지 못한 채 죽어 가는 아이.

〈네, 그래서 예의 그 잠수기에 들어갔지요.〉

〈중국에서?〉

〈네. 국장님.〉

김태수 부국장의 얼굴은 들어올 때와 똑같았지만, 대답하는 목소리는 점점 굳어졌다.

그야말로 요선은 천급 화랑들 중에서도 요주의의 인물이었다. 불같은 성격에 어디로 어떻게 튈지 몰라 전전긍긍하게 만드는 염화와는 달리 어디에 어떻게 휩쓸릴지 몰라 조마조마하게 만든다. 문제를 만들어 낸다는 점에서는 똑같다. 아니, 자신도 모르게 문제를 점점 더 키워 통제 불능 상황까지 가게 만드는 터라 요선이 더 심각했다.

〈추적은 어디서 들어온 건데? 작전도 끝났다면서? 설마, 중국 공안에서 들어온 건 아니겠지?〉

지난번 작전은 공안과 함께한 프로젝트였다. 그때에도 요선의 정체는 철저하게 비밀에 붙였다. 그녀가 천급의 화랑이라는 것은 알리지 않았다. 대신 중간에 다른 요원이 끼어 요선은 단지 타깃에 접근해 중요한 정보를 알아내는 역할 정도에서 끝났다. 게다가 범인이 잡힌 후에는 요선도 심문 대상에 올라 한동안 공안에게 시달리기도 했다. 다행히 국정원과 외교부에서 손을 써 요선의 심문 기록을 삭제하고 신병을 빼냈지만, 눈치챈 자가 있을 수도 있다.

〈뭐야? 공안보다 더 안 좋은 곳이야? 설마, 북한의 정보 조직에게라도 걸린 건가?〉

〈어쩌면 거기보다 더 나쁠 수도 있습니다.〉

〈어딘데 그래?〉

〈화렌 그룹에서 들어왔습니다.〉

뜬금없이 튀어나온 그룹 이름에 한철호 국장은 이해가 가지 않는 듯 눈을 끔벅거렸다. 김태수 부국장은 한숨을 내쉬었다.

〈며칠 전부터 요선과의 연락이 끊어졌다고 하더니, 아무래도 지금 화렌 그룹에 있는 듯합니다.〉

〈그 아이가 거기에는 무슨 일로……?〉

〈모르죠. 또 무슨 일에 엮여서 그 모양인지.〉

　화렌 그룹의 정보팀인 IS가 움직였다는 사실은 그걸 가동시킬 수 있는 높은 사람과 함께 있다는 뜻이었다. 그사이 워낙 이런 일들이 많았던 요선인지라, 별로 놀랍지도 않았다.

　하지만 이번만큼은 그 상대가 좋지 않았다. 하필이면 미국과 아시아 시장을 쥐고 흔드는 화렌 그룹이라니.

　〈차라리 그때 고집을 부리더라도 위장 과거를 확실하게 만들어 두는 건데 그랬습니다.〉

　한탄하듯 중얼거리는 김태수 부국장의 소리에 한철호 국장도 입맛이 썼다.

　〈아무것도 주장하지 않던 아이가 단 하나 고집부리던 일이었지 않나. 원하는 대로 안 해 줬으면 당장 숨이 넘어갈 판이었는데 어떻게 해.〉

　그 이유를 알기에 더욱 답답한 두 사람이었다. 그건 잊지 않겠다는 뜻이었다. 자신을 할퀴기 위해 내버려 두는 것이다. 자신의 잘못이 아닌데도 스스로를 용납할 수 없기에 더욱 구석으로 몰아간다.

　그 처참한 상황을 봤던 한철호 국장이기에 더 요선이 안쓰러웠다. 그 아이가 특무국의 화랑이 되었던 것도 따져 보면 모두 한철호 국장 탓이 컸다. 하지만 그때 다른 방법이 있었던가 물으면 대답은 '아니요.' 였다. 어떻게든 그 아이에게 살 수 있는 다른 방법을 보여 줘야 했다. 비참함과 절망의 바닥을 기더라도 하루하루 살아갈 수 있도록 해 줘야 했다. 지금 생각하면 최악의 수였지만 말이다.

　〈어떻게 합니까, 국장님?〉

<⋯⋯어떻게 하긴, 뭘 어떻게 해. 지금까지 해 오던 대로 하는 거지. 설마하니 대한민국 특무국의 정보시스템이 기업 하나에 뚫릴 정도로 약한 것은 아니겠지?>

당연히 아니라는 말이 나와야만 한다는 으름장이었다.

<화렌 그룹이라면 웬만한 국가보다 더 월등한 정보력을 가지고 있는 기업입니다. 미국 정계는 물론이고, 전 세계의 화교들에게도 손이 닿아 있습니다.>

<그래서?>

퉁명스럽게 되묻는 목소리에 김태수 부국장은 무거운 한숨만 내쉬었다. 차라리 CIA나 M-16의 추적이 더 처리하기 쉬운데⋯⋯.

<알겠습니다. 끝까지 막아 보는 수밖에요.>

중국보다 한 시간 늦은 서울의 밤. 아직 쌀쌀한 공기가 맴돌고 있는 밤하늘 아래 재깍재깍 시간이 흘러가고 있었다. 각자의 고민과 생각을 안고서 시간의 수레바퀴가 돌아갔다.

아아, 또⋯⋯ 자면서 울었나 보다.

하빈은 퉁퉁 부은 눈을 손으로 문질렀다. 손끝에 눈물로 축축한 눈썹이 만져졌다. 귀밑도 젖어 흥건했다.

지독한 악몽보다는 차라리 우는 편이 나았다. 자면서 왜 우는지는 모르겠지만, 그 이유를 알고 싶지도 않았다. 악몽을 꾸지 않았다는 것만으로도 한결 마음이 편했으니까. 감은 눈을 뜨면서 또 하루가 지나갔구나 새삼 쓴 한숨을 토해 낸다. 그저 꾸역 꾸역 숨만 쉬고 있는……

"일어나셨군요, 아가씨."

발소리를 내지 않고 조용히 안으로 들어오던 량 부인이 침대에 일어나 앉아 있는 하빈을 발견하고서 활짝 웃었다. 하빈만큼 체구가 자그마한 늙은 여인은 나이와 달리 잰 몸놀림으로 빠르게 다가왔다.

"지난번처럼 내처 주무시는 것은 아닐까 걱정하고 있었는데, 다행이네요. 벌써 정오가 다 되어 가고 있답니다. 피곤을 푸시는 것도 좋지만, 그렇게 계속 식사를 건너뛰시면 좋지 않아요. 그러니 앞으로는 일어나셔서 뭘 드시고 다시 주무시도록 하세요. 배가 고프실 테니 곧 식사를 챙겨 가지고 오겠습니다."

이틀도 되지 않는 시간 동안에 하빈이 필요한 말도 제대로 하지 않는 성격이라는 것을 알게 된 량 부인은 수다쟁이처럼 소소한 일상 이야기들을 늘어놓았다. 저택에서 일하는 사람들 사이에서 말수 없기로 알려진 사람치고는 좀 특이한 모습이었다. 하지만 답답하고 무겁기만 하던 침실의 공기가 가벼우면서도 경망스럽지는 않은 재잘거림 탓에 한결 밝아졌다.

무겁게 쳐져 있는 테라스의 커튼을 묶어 밝은 햇빛이 들어오도록 했다. 햇살에 하빈이 눈살을 찌푸렸지만, 량 부인은 못 본 척 남은 커튼들도 단단히 묶었다.

"회장님께서는 오전에 회의가 있다고 하시면서 일찍 출근하셨어요. 저녁에 밖에서 식사할 예정이니 준비하라고 이르시더군요."

‘그런가. 출근했구나.’

손바닥에 얼굴을 묻은 하빈은 쓴웃음을 지었다. 아닌 척 굴었지만, 은근히 긴장하고 있었던 걸까. 눈을 뜨자마자 얼굴을 마주치는 것은 아닐까 싶었는데.

하빈은 얕은 숨을 길게 내쉬었다. 어쩐지 피곤했다. 평소보다 몇 배는 더 몸이 늘어지는 것 같다. 어째서 이 피곤함은 사라지질 않을까. 시간이 지날수록 몸속에서 차곡차곡 쌓여 서서히 내부로 썩어 들어가는 듯한 기분이 들었다.

“전화할 곳이 있는데, 써도 될까요?”

“물론이지요, 아가씨. 마음 편하게 사용하세요.”

마음 편하게라…….

량 부인의 주름진 얼굴에 마음 좋은 사람의 웃음이 걸려 있었다. 어떤 고민도 들어 드릴 수 있다는 듯이.

친절하게 구는 사람에게 할 말은 아니지만, 하빈은 기분이 썩 좋지만은 않았다. 다정하고 친절하면 할수록 거리를 두게 된다. 짧게 통화를 끝낸 하빈은 욕실로 들어갔다. 끈적거리는 느낌이 축축 처지는 몸만큼이나 기분 나빴다.

전화상으로 들려온 세진의 목소리는 빈틈이라고는 전혀 없이 차분하기만 했다. 목소리에도 포커페이스가 있다면 아마 그런 느낌일 거다. 전화를 도청하고 있더라도 세진의 목소리에서는 아무것도 읽어 내지 못했을 것이다. 사실 그의 포커페이스를 깨트릴 수 있는 사람은 한국에 있는 그의 애인뿐이니까. 딱 한 번 본 그녀는 꽃대가 긴 커다란 해바라기 같았다. 그 이미지가 강해 사람들에 대해 기억하는 것을 귀찮아하는 그녀도 이렇게 선명하게 떠올릴 수 있었다. 해바라기처럼 활기차고 건강한 여자였다. 몸도, 마음도…… . 아마 그래서 세진은 병든 그녀의 곁에서도 오랫동안 자신을 굳건하게 유지하고 있는 것이리라.

간단한 샤워를 하고 나오자, 블루베리 시럽이 뿌려진 따뜻한 팬케이크와 홍차가 준비되어 있었다. 푸른 꽃잎과 잎사귀 무늬가 그려진 흰 마이센 도자기 그릇들이 레이스가 깔린 테이블에 우아하게 세팅되어 있었다. 은으로 만든 조개 모양의 티스푼과 우유와 설탕이 들어 있는 작은 병들. 공주 과나 그릇 마니아들이 보면 굉장히 좋아할 장면이었다.

팬케이크를 절반 정도 먹었을 때였다. 손님이 도착했다는 량 부인의 말에 팬케이크를 자르던 포크를 미련 없이 내려놓았다. 응접실에서 기다리고 있던 세진이 들어오는 하빈을 보고 소파에서 일어났다. 단순한 검은 정장에 푸른 펄이 들어간 넥타이를 매고 있는 그가 고개를 숙였다.

〈사장님!〉

하빈은 소파에 앉으며 희미한 웃음을 지었다. 차를 내오던 량 부인은 깜짝 놀랐다. 비록 짧은 시간이지만 저택에 손님으로 머물고 있는 동안 한 번도 보지 못했던 웃음이었기 때문이다. 뭔가 감정 표현을 잊은 것처럼 굴던 아가씨였다. 그런데 이 남자가 누구기에 저렇게 웃음을 내보이는 걸까.

〈걱정했습니다, 갑자기 연락이 두절되어서 무슨 일이 생긴 것은 아닌지.〉

〈음…… , 미안해. 본의는 아니었는데 어떻게 하다 보니 일이 이렇게 됐네.〉

세진은 다친 곳은 없는지 눈으로 조심스럽게 확인했다. 겉으로 드러난 상처들은 없지만, 얼굴빛이 좋지 않았다. 원래도 좋지 않았지만.

〈내가 나갈까 했는데, 내가 움직이면 또 우르르 움직일 사람들이 있어서……. 불편하기도 하고, 귀찮기도 해서 한 점장더러 오라고 한 거야.〉

〈네.〉

'움직일 사람들'이라는 말에 세진의 눈이 빛났다.

「홍차가 싫으시면, 커피를 내올까요?」

홍차에 손을 대지 않는 세진을 보며 량 부인이 영국식 악센트가 들어간 영어로 물었다.

"괜찮습니다. 신경 써 주셔서 감사합니다."

세진은 완벽한 중국어를 구사하며 깍듯하게 예의를 차렸다. 불편한 장소라는 것을 강조라도 하듯이. 얼 그레이의 오렌지 향기가 모락모락 올라왔지만, 두 사람 모두 잔을 집어 들지 않았다.

"햇살도 좋은데, 잠시 정원을 구경시켜 주시지 않겠습니까?"

"내 집도 아닌데, 함부로 돌아다녀도 될까?"

하빈은 내가 답할 일이 아니라는 듯 슬쩍 질문을 넘겼다. 세진은 소파 옆에 대기하듯 서 있는 량 부인에게 다시 물었다.

"들어오면서 잠시 봤는데, 저택이 아주 훌륭하더군요. 정원도 잘 가꾸어져 있을 것 같던데, 사장님과 잠시 둘러보게 해 주시지 않겠습니까?"

량 부인은 고개를 끄덕였다.

"네, 얼마든지 둘러보세요. 꽃들이 필 계절이 아니라서 유감이네요. 5월이기만 했어도 정원의 장미들이 활짝 폈을 텐데요.”

저택 밖으로 나오자, 머리 위에 걸린 태양이 따가운 햇볕을 내쏘았다. 피부에 와 닿는 공기에서 조금씩 기온이 올라가는 것을 느낄 수 있었다. 파릇파릇하니 돋아난 연둣빛의 새잎들이 햇살을 받아 기름칠을 한 듯 반들거렸다. 새순을 틔운 나뭇가지들은 내리쬐는 햇빛을 양껏 받아 생생했다.

거기에 나란히 걷는 세진과 하빈만이 낯선 이물질처럼 괴리되어 있었다. 특히 생기 없는 하빈의 모습이 유독 튀었다. 총천연색의 칼라 사진에 딱 한 곳만이 흑백으로 처리된 듯했다.

〈호텔까지 체크아웃하셔서 놀랐습니다, 사장님.〉

〈이것저것 겸사겸사해서…….〉

하빈은 마치 남의 일처럼 산과 만난 때부터 한 달 정도 붙들려 있어야 한다는 것까지 말해 줬다. 설명하지 않으면, 세진은 말을 해 줄 때까지 정원을 돌자고 할 사람이었다. 차라리 미리미리 털어놓는 편이 힘도 덜 빼고, 시간도 절약하는 길이다.

어쨌든 세진에게 얘기하면서 산이 말한 한 달을 다시 살펴봤다. 어쩐지……. 반박하는 게 싫어 침묵으로 받아들였는데, 어제 일을 떠올려 보니 아무래도 잘못한 듯싶다. 지금 와서 무르자고 하면 들어줄까.

〈한 달이라고요?〉

〈응.〉

〈대체 그 한 달이란 시간은 어디서 나온 겁니까?〉

〈내가 정한 게 아니라서……. 그 정도면 나에 대한 흥미가 다할 거라는 계산이지 않을까? 서로서로 적당히 즐기다 바이 바

이 손 흔들 수 있는 시간이잖아.〉

어쩌면 한 달은 너무 긴 시간이려나. 줄다리기가 싫어 상대방의 장단에 끌려갔지만, 너무 많은 시간을 준 것은 아닌지 조금 걱정이 되었다.

〈그러고 보니 이상하네. 특이하다고 해야 하나? 원하고는 있는 것 같은데, 쉽사리 손을 안 대고 있으니. 겉모양만 멀쩡하고 속은 썩어 진물만 흐르고 있는, 빛 좋은 개살구라는 걸 알아차린 건가?〉

〈사장님!〉

세진이 낮게 깔리는 목소리로 그녀를 불렀다. 강한 질책과 약간의 연민이 담겨 있는 호통이었다.

한 발짝 앞서 걸어가던 하빈이 돌아서며 환하게 웃었다. 모란꽃이 닫힌 꽃잎을 활짝 벌리듯 화사한 미소를 그렸다. 반달처럼 휘어진 눈과 붉은 입술이 한순간 질척거리던 기운을 날려 버리고 매혹적이며 관능적인 분위기를 발했다. 바람에 날리는 검은 치맛자락이 나뭇가지에 달린 잎사귀처럼 흩날려 한층 고혹적이었다. 나비가 접힌 날개를 펼치며 고운 가루를 뿌리는 것 같았다.

〈왜? 맞는 말이잖아.〉

세진의 눈가가 미세하게 떨렸다. 검붉은 농염함을 한껏 드러낸 지금 이 모습이야말로 화랑, 요선이다. 한순간 드러난 치명적인 유혹. 사부작거리는 작은 몸놀림 하나하나가 수컷을 유혹하는 지독한 그물이었다.

세진은 눈을 감으며 고개를 내저었다.

〈하긴 나도 잘못했다 생각하고 있으니까…….〉

희미하게 늘어지는 말끝에 알 수 없는 불안감이 뚜렷하게 잡혀 세진은 감은 눈을 번쩍 떴다. 의아하여 이마에 골을 파며 머리를 굴렸다. 작전 중일 때에도 보는 사람이 불안할 정도로 무심하고 겁 없이 구는 상관이었다. 작전이 끝나면 내일 당장이라도 세상이 멸망한다고 믿는 사람처럼 모든 것을 내팽개쳐 버려 더 걱정시키는, 골치 아픈 상사였다. 그런데 그런 그녀가 속의 감정을 내보이고 있다? 파트너가 된 후로 처음 있는 일이었다.

하빈은 작게 올라온 나무의 새잎을 똑 따 버렸다. 한 잎, 두 잎, 세 잎…….

〈안 되면 그냥 사라져 버리는 수밖에. 그것도 좋은 방법이잖아?〉

'아예 세상에서 사라져 버린다면 더욱 좋을 텐데.'

하빈은 마지막에 떠오른 생각을 굳이 밖으로 꺼내지 않았다. 말해 봤자 세진에게 무시무시한 질책만 들을 것이 뻔했다. 잔소리도 아닌 것이 몇 마디 말로 사람을 꼼짝도 못 하게 하고서는 진을 빼놓았다.

세진은 더욱 이상하다는 느낌을 받았다. 옆에서 폭탄이 떨어져도 무시하며 지나가던 그녀가 먼저 달아나 버리겠다고 말하고 있다? 항상 자신이 나서서 잠시 몸을 피하라고 할 때도 들은 척하지 않던 그녀였는데……, 대체 무슨 일이 있었던 거지? 머릿속에서 빨간 비상등이 켜졌다. 아무래도 상하이에 있는 비상 라인들을 호출해야 할 것 같았다.

〈평소라면 통했겠지만, 이번에는 상대가 안 좋습니다.〉

〈응?〉

세진이 보란 듯 한숨을 푹 내쉬었다.

〈화렌의 류 회장은 지금까지 상대한 자들과는 다르니까요. 달아나는 것도 어렵지만, 일단 탈출해도 화렌의 손길에서 벗어나기가 쉽지 않을 겁니다. 게다가 이곳은 화렌 그룹의 안마당과 같은 중국이니.〉

〈괜찮아. 마음만 먹으면 저택을 나가는 것쯤이야……. 그다음은 한동안 모습을 안 드러내면 되는 거지. 언제까지 날 뒤쫓겠어? 한 달? 여섯 달? 일 년? 적당히 지겨워져서 포기하면 그때쯤 나오면 되는걸. 그러니 그 장소나 잘 치워 두도록 해. 언제 쓰일지 모르니까.〉

나른하게 끌리는 목소리가 바람보다 더 가볍게 날렸다. 걱정할 것 하나 없다는 듯.

그래서 세진은 더 불안했다. 무관심하기만 하던 분위기 아래 얇게 깔려 있는 저 태연함은 뭘까. 애써 아무렇지 않은 척 굴려고 하는 듯한 위화감이 있었다.

〈차라리 시간 끌 것 없이, 그곳으로 지금 옮기는 것은 어떨까요?〉

뾰족하게 올라오는 새잎을 손가락 사이로 희롱하고 있던 하빈이 쳐다봤다. 무슨 말이냐는 듯 바라보는 그녀에게 세진은 보좌관으로서 말했다.

〈단순한 일개 조직의 보스가 아닙니다. 화렌 그룹의 총수입니다. 이미 사장님에 대한 정보와 얼굴이 지하 세계에 은밀히 돌아다니고 있습니다. 물론 제거할 수 있는 것들은 모아서 처리했고, 입단속들도 하고 있습니다만, 세상에 완벽한 비밀이란 없는 법입니다. 여기에 화렌 그룹 총수의 애인으로 나타난다면 매스컴의 집중 타깃이 될 겁니다. 위험 부담이 너무 큽니다.〉

매력적인 억만장자 독신 남자의 새 애인. 가십 기자들이 신나 하며 몰려들 것이다. 요선의 정체를 아는 자들은 거의 대부분 죽거나 감옥에 들어가 다시 나올 수 없는 상태였다. 그러나 만났던 자들 중 알아차리는 자들이 나타날 수도 있었다. 그리고 앞으로 수행할 작전에도 부담으로 작용할 수 있었다.

그러나 하빈의 생각은 달랐다.

〈그럴까? 오히려 난 도움이 될 거라고 생각하는데…….〉

〈네?〉

〈가십으로 오르내리면 오르내릴수록 나란 여자에 대한 이미지는 고정화되겠지. 물론 활동 범위야 좀 좁아지겠지만, 그만큼 좀 더 주의하면 된다고 봐. 오히려 타깃에 접근하기는 더 쉬워질 거야. 화렌의 총수도 사귄 여자. 과연 어떤 여자일까, 궁금해하고 자신도 화렌 회장과 같은 수준이라고 으쓱거리겠지. 남자들의 쓸데없는 자존심을 내세우면서 말이야.〉

〈사…….〉

세진이 하빈을 부르려고 할 때였다. 수풀 너머에서 불쑥 여러 그림자가 튀어나왔다.

"여기들 있었군."

산이 성큼성큼 걸어왔다. 그 뒤편으로 진옌과 다른 경호원들이 서 있었다.

"량 부인이 정원으로 나갔다고 해서……."

나뭇가지에 매달려 있는 잎사귀를 비틀듯 잡고 있는 그녀는 가까이 나가온 산의 시선을 감히 마주치지 못하고 피했다. 마치 어제 일은 없었던 사람처럼 나란히 붙어 서는 그의 속셈이 무엇인지……. 불편했다. 불편하다는 감정을 인식하자 급격히 커져 견딜 수 없을 지경이 되었다. 그녀의 손가락 사이에 잡혀 있던 잎사귀들이 손톱에 짓이겨져 시푸르죽죽한 녹물을 냈다. 산은 잎사귀 채로 그녀의 손을 덮쳐 움켜잡았다.

"자네는……?"

"처음 뵙겠습니다, 회장님. 차이나 로즈에서 사장님을 모시고 있는 한세진입니다. 사장님께서는 절 한 점장이라고 부르십니다."

"그렇군. 그럼 나도 한 점장이라고 부르면 되겠군."

"네."

"일단 들어가지. 이렇게 밖에 서서 얘기할 수는 없으니까."

하빈의 손을 잡은 채로 산이 먼저 안으로 몸을 돌렸다. 하빈은 말없이 순순히 따랐다.

두 사람의 뒤를 따르면서 세진은 하빈의 안색을 살펴보았다. 미묘하게 달랐다. 요선일 때의 미칠 듯이 퇴폐적인 관능도 아니고, 하빈일 때의 공허하기까지 한 무심함도 아닌……. 뭐지? 알 수 없는 의문이 그의 위를 쿡쿡 찔렀다.

홍차 대신 커피가 나왔다. 홍차에 손대지 않던 세진을 배려한 듯 금방 내린 커피 세 잔이 눈앞에 놓였다. 커피 잔을 사이에 둔 채 실내에 답답한 침묵이 감돌았다. 누구 하나 선뜻 말문을 열지 않았다. 각자 자신만의 생각을 정리하는 듯, 또는 무슨 일이든 개의치 않겠다는 듯 침묵을 방관했다.

커피를 마시면서 산은 눈앞에 있는 세진을 자세히 관찰했다. 그녀보다 두 살 많다고 했으니 아직 서른도 되지 않은 나이였다. 그런데도 어젯밤 만났던 주홍레이와는 달랐다. 그 녀석이 비린 내를 풍기는 풋내기였다면, 눈앞에 있는 이 녀석은 나이와는 달리 노련한 맹수의 냄새를 흘렸다. 이런 녀석이 옆에 붙어 있는 건가? 다행이라고 해야 하나? 그런 소문에 남자들이 붙어 있는 걸 보면, 그녀의 사업체만 돌보고 있는가 보군. 아니, 어쩌면 적당한 선에서 타협을 한 것일 수도 있다. 서로 애인 사이를 청산하고 사업적인 관계로……. 시간이 부족해 이자까지 조사할 겨를이 없었다. 조금만 더 시간이 넉넉했다면 하빈과 그녀의 주변 인물에 대한 상세한 보고서가 올라왔을 텐데. 그 점이 아쉬웠다.

"계속 상하이에 있었나?"

"아닙니다. 오늘 아침 막 베이징에서 상하이로 왔습니다. 가게에 물건을 대 주는 자들이 중국 여기저기에 흩어져 있어서요. 일이 끝나 사장님께 보고하려고 했더니 연락이 되지를 않아서 날아온 참입니다."

산은 블랙커피를 마셨다. 항상 마시던 종류인데, 오늘따라 이상하게 쓴맛이 강했다.

세진의 말이 사실인지는 확인해 보면 금방 알 수 있으니. 자신의 시선을 똑바로 받아넘기는 세진이란 남자는 결코 만만치 않았다. 불편하고 불안할 수도 있는 침묵을 여유롭게 넘기더니 정중하게 또박또박 대답하는 것까지.

느긋하게 마시던 커피 잔을 내려놓은 세진이 인형처럼 가만히 앉아 있는 하빈을 쳐다보았다.

"사장님께서는 어디 안 좋으신 겁니까? 들어왔을 때부터 얼굴빛이 별로 좋지 않으신 것 같습니다."

따뜻한 커피 잔을 손끝으로 만지작거리고 있던 하빈이 멍하니 두 눈을 깜박거렸다. 무슨 말인지 이해하지 못한 것처럼.

산도 계속 신경 쓰이던 참이었다. 정원의 따가운 봄 햇살을 고스란히 맞고 서 있던 하빈의 얼굴은 금방이라도 쓰러질 듯 창백하기만 했다. 분명 밤새 충분히 잤을 텐데도, 왜 얼굴은 더 안 좋아 보이는 거지? 다른 병이라도 있는 건가?

"어제 잠을 못 자는 것 같아서 수면제와 안정제까지 주었는데도, 왜 며칠 동안 잠 한숨 못 잔 사람처럼 얼굴이 안 좋은지 모르겠군. 컨디션도 계속 저조하고."

"수면제와 안정제라니요? 사장님께서 수면제와 안정제를 처방받았다는 말씀입니까?"

되묻는 세진의 목소리가 아주 약간 높아졌다.

"왜? 잠을 영 못 자는 것보다는 나을 듯해서 의사의 처방을 받고 한 일인데……."

"사장님께는 수면제와 안정제가 잘 안 들을 텐데요. 운이 좋아서 약효가 있다고 해도 다음날 몸의 컨디션이 아주 나빠지시는 편이라, 불가피한 상황이 아니면 수면제와 안정제는 잘 드시지 않으십니다."

너무 많은 처방을 받아 내성이 생겨 웬만한 약들이 듣지 않는다는 말은 할 수 없었다. 아마 어제 맞은 것들은 내성이 없는 약들이었나 보다. 게다가 다음날 흐느적거릴 정도로 컨디션이 안 좋아지는 것은 사실이니까.

“그런 말은 한마디도 없었는데?”

산은 의구심이 어린 시선을 하빈에게 던졌다. 조가비처럼 입을 굳게 다문 채 그녀는 모르는 사람의 이야기인 양 굴고 있었다.

세진은 갑자기 골이 지끈거렸다. 하빈이 먼저 나서서 자신의 일에 대해 미주알고주알 얘기할 리가 없었다. 그것도 자신의 몸 상태에 대해서 말이다. 산의 눈초리가 독수리처럼 점점 매서워지는 것을 보고 있으려니 두통만이 아니라 위통마저 올 것 같았다. 빈틈을 찾듯 파고드는 눈빛은 미세한 흐트러짐도 놓치지 않고 잡아낼 듯했다. 그 시선을 가리듯 세진은 자리에서 일어나 맞은편에 앉아 있는 하빈의 손에서 커피 잔을 조심스럽게 뺏었다.

“지금 컨디션에는 카페인도 좋지 않습니다. 잘 아실 텐데요, 사장님?”

어린아이를 달래듯 세진은 낮은 목소리로 부드럽게 말했다. 그리고 량 부인에게 부탁했다.

“사장님께 미지근한 물을 좀 갖다 주시겠습니까? 사장님께서 묵고 계시는 방으로요. 그리고 사장님께서는 침대로 돌아가셔서 좀 주무십시오. 그편이 지금은 훨씬 낫습니다.”

놀랍게도 하빈은 두말없이 고개를 끄덕이더니 자리에서 일어났다. 세진이 보내오는 신호를 모를 정도로 정신을 놓고 있지는 않았다. 그녀가 방을 나갈 때까지 산은 말없이 지켜보고만 있었다.

‘아, 기분 나빠지셨군.’

허벅지를 툭툭 두드리고 있는 산의 기분을 살핀 진옌은 몰래 한숨을 내쉬었다. 겉으로는 똑같지만, 저 점장이라는 녀석이 하빈 씨와 있는 것을 봤을 때부터……. 아니, 저택으로 불렀다는 연락을 받았을 때부터 헤이싱 님의 기분은 하향 곡선을 그리기 시작했다.

진옌은 하빈이 나간 문 쪽을 쳐다봤다. 닫힌 문 위로 방금 나간 여자의 뒷모습이 떠올랐다. 처음 봤을 때도 그랬지만, 저 아가씨도 어지간한 강심장이라니까. 자신의 집도 아닌데, 당당하게 남자를 불러내 안으로 들이기까지. 아무리 직원이라고 하지만, 아무나 선뜻 할 수 있는 일은 아니다. 그것도 거의 감금당하다시피 하고 있는 상황에서 말이지. 진옌은 여자란 정말 골치 아픈 생물이란 생각에 고개를 살래살래 저었다. 그나저나 이제 2라운드 시작인가.

6.

조금 전과는 또 다른 침묵이었다. 하빈을 사이에 두고서 서로 탐색전을 벌였다면, 지금은 적을 향해 날카로운 이를 드러내 보이는 듯한 살벌함이 공기 중에 감돌았다. 마음만 먹으면 사납게 돌변해 당장 목줄을 뜯어 버릴 흉폭함이 가득했다. 그래서 지금의 침묵은 더 무겁고 더 무서웠다.

"그녀를 잘 다루는군. 깜짝 놀랄 정도야."

감탄스런 말투에 보이지 않는 가시가 뾰족했다. 친밀해 보이는 두 사람의 모습을 보자, 산은 정체 모를 감정이 들끓었다. 불편, 아니, 불쾌감과는 또 달랐다. 지난밤 주홍레이를 봤을 때와 비슷하면서도 더 강한 감정이다.

"오랫동안 모신 탓에 약간의 요령이 생긴 것뿐입니다."

"오랫동안이라? 얼마나 오래된 거지?"

"사 년 정도 되었습니다. 제가 군에서 제대하고 졸업반일 때 사장님의 가게에서 아르바이트를 시작했으니까요."

사 년. 산은 머릿속으로 사 년이라는 시간을 계산했다. 결코 짧지 않은 시간. 사람이 오래 붙어 있을 것 같지 않은 하빈과 사 년이나 함께 일했다는 점이 걸렸다. 단순히 요령이 좋아 오랫동안 붙어 있었다고 하기에는 석연치가 않았다. 하기야 그것은 하빈을 볼 때마다 느끼는 기분이기도 했지만.

숨기고 있는 비밀이 많은 그녀. 양파의 껍질을 까는 재미를 기대했는데, 지금은 재미보다 조바심만 들었다. 당장 비밀을 토해 내라고 다그치고 싶을 정도로.

궁금하다, 그녀의 모든 것들이.

그녀가 숨기고 있는 상처와 눈물까지도.

그리고 망설여진다.

자칫 잘못 손을 내밀어 그녀의 상처를 들추는 것은 아닌지.

그럼에도 궁금하다.

알고 싶고, 알아야 한다.

이 혼란스러운 감정들이 뭔지 명확하지 않지만, 어지러운 감정들을 정리하기 위해서라도 그녀에 대해 속속들이 알아낼 필요가 있었다. 비록 그녀가 다시 아파할지라도.

"사장님께 대략 사정은 들었습니다."

산의 눈썹 끝이 살짝 올라갔다. 진옌의 얼굴도 굳어졌다. 그것을 알면서도 세진은 흔들림 없이 자신의 말을 이었다.

"사장님을 탓하지 말아 주십시오. 제가 걱정이 되어서 캐물었습니다. 돌아가는 상황을 알아야 제가 사장님을 안전하게 모실 수 있으니까요."

"안전하게?"

"네, 류 회장님. 제가 신경 써야 하는 분은 사장님이니 말입니다."

침묵의 밀도가 높아졌다. 숨을 쉴 수 없을 정도로.

산의 몸에서 일어나는 살벌함이 점점 더 강해졌다. 안전하게라. 산은 꽈배기처럼 비틀리는 감정을 드러내지 않기 위해 손가락을 깍지 꼈다. 왠지 그녀의 안전에 그로부터의 보호도 포함되어 있다고 들리는 것은 자신의 착각일까.

이미 싸늘하게 식어 버린 커피 잔에 손을 대는 사람은 아무도 없었다. 지금 이 분위기에서 커피를 마신다면 독배를 들이켜는 것과 같은 효과가 나올 것 같았다.

"사장님께서는 한 달간 이곳에서 지내야 할 것 같다고 말씀하셨습니다만, 굳이 그런 불편함을 서로 감수할 필요가 있겠습니까? 제가 화렌 그룹의 내부 사정까지 아는 것은 아니지만, 안전을 위해서라면 이곳이 아니라 다른 곳도 충분하다는 생각이 듭니다. 정 중국 내가 안 된다면, 사장님께서 한국으로 들어가는 방법도 있고요."

"일 년에 두 번 들어갈까 말까 한 한국으로 돌아가 숨겠다?"

"한국은 총기 소지가 허락되지 않아서 의외로 미국이나 유럽보다 치안이 훨씬 안전하다고 볼 수 있습니다."

'물론 중국보다도 말입니다.'

중국 대륙 곳곳에 거미줄처럼 퍼진 산허회 조직들 간에 심심치 않게 총격전이 벌어지고 있는 것은 어제오늘의 일이 아니었다. 중국 산허회가 정치권의 공산당원들과도 연계되어 있음을 생각한다면 세진이 꺼낸 의견은 타당했다.

"유감이지만, 자네 생각대로 할 수는 없을 것 같군."

"회장님."

"오늘 새벽 치산파의 두목이 총에 맞은 채로 발견됐어. 그 밖의 다른 조직원들도 모두 죽은 것으로 확인됐네."

그래서 지금 이 자리에 리강이 없는 것이다. 치산파를 처리한 것이 누구인지 알아내기 위해서.

"날 따르는 사람들을 제외하고, 납치당했던 그 자리를 목격한 사람은 지금 하빈, 한 사람뿐이게 된 거지. 내 말 무슨 뜻인지 알겠나?"

관계자들이 모두 죽었다는 뜻이다. 납치에 대해서 떠들어 대고, 증인으로 나설 수 있는 사람들이…….

슬쩍 올라가는 산의 입술 끝에 살기가 깃들었다. 사실 산도 방심하고 있다 일격을 당한 느낌이다. 설마, 이틀 사이에 치산파의 두목인 왕쥔과 그 부하들을 모두 죽여 버리다니. 누군지 몰라도 굉장히 재빠르게 움직이는 자가 있었다.

세진의 얼굴이 경직되었다. 의도하지 않은 난장 한복판에 서 있는 형상이다. 지금까지 있었던 애정 문제와는 차원이 다른……. 정말 사건 다발 체질이라는 것이 있는 건 아닐까. 어쨌든 요선 님을 이 남자와 최대한 떨어뜨려 놓을 수 있도록 해야 한다.

"그럼, 더욱 몸을 피해야 하는 것 아닙니까? 오늘이라도 서둘러 출국하는 것이…….

"아니. 그럴 필요 없어."

산은 한마디로 잘랐다, 더 이상의 태클은 사양이라는 듯이.

"한국이라고 해서 그들의 손이 닿지 않는다고 어떻게 자신할 수 있지? 적이 누구인지도 명확하지 않은데. 내 곁에 있으면 위험해도 안전은 지킬 수 있을 거다."

"하지만……."

"나는 내 것은 철저하게 지키는 편이니까."

"사장님은 류 회장님의 소유물이 아닙니다."

산은 입꼬리를 비틀며 웃었다. 우스갯소리를 들은 것처럼. 또박또박 반박하는 세진을 비웃듯이. 하지만 세진은 미동도 하지 않았다.

"그녀는 내 여자다. 자네와 그녀가 인정하지 않더라도 밖에서 바라보는 사람들은 모두 그렇게 생각할 거야. 그리고 난 내 소유로 만들겠다고 결심한 건 절대로 놓치지 않아. 그게 물건이든, 사람이든."

그제야 세진의 얼굴이 딱딱해졌다. 요선 님이 대단한 건지, 아니면 류 회장 역시 별 볼일 없는 남자였던 건지. 화렌의 류 회장이 평범한 남자라고 한다면 지나가는 개가 웃을 일이지만……. 떨어져 서 있던 진옌도 짐작했던 것보다 더 강한 집착을 내보이는 산을 보고 놀랐다.

"길어야 한 달밖에 되지 않는 시한부 관계에 괜한 공을 들이시는 군요."

"글쎄……. 한 달보다 더 짧아질지, 딱 한 달을 채우고 끝날지, 어쩌면 그보다 더 길어질지. 그건 아무도 모르는 일이지 않나?"

"한 달을 넘지는 않을 겁니다, 회장님."

세진은 단정적으로 한 달이라는 기한에 못을 박았다. 마치, 절대 불변의 법칙처럼.

"왜 그렇게 생각하는 거지?"

세진은 대답 대신 식어 버린 커피를 집어 들었다. 류 회장이 싫증나서 헤어질 수도 있겠지만, 지금 보이는 소유욕을 생각한다면 한 달 가지고는 턱도 없을 것 같았다. 하긴 여자들을 쉽게 바꾸는 류 회장의 습관을 생각한다면 한 달까지 안 갈 수도…….

하지만 지금껏 요선이 만났던 남자들이라면 다들 보여 준, 비슷한 모습인데도, 산의 소유욕은 어딘가 세진의 등골을 시리게 만들었다. 무엇으로도 끊어지지 않는, 보이지 않는 족쇄를 채워 놓은 듯 불길했다. 작전 중 돌발 상황이 벌어져 위험이 닥치기 직전처럼.

'위험해.'

그제야 세진은 물안개처럼 흐릿하게 보이던 하빈의 불안감을 이해할 수 있었다. 무관심해 무시하기 일쑤라 그렇지, 상관인 요선의 본능은 아주 예리한 편이었다. 그래서 목숨이 왔다 갔다 하는 상황을 일부러 방치하기도 했다. 그럴 때는 더욱 요주의로 감시해야 했다. 작전 상대가 아니라 상관인 요선을 말이다.

이 남자의 소유욕이 요선 님의 무심함을 흩트려 놓고 있는 것인가. 과연 그것이 좋은 일일까, 나쁜 일일까. 세진의 고민이 깊어졌다. 요선의 보좌관으로서의 마음과 하빈이라는 여자를 오랫동안 곁에서 지켜봐 온 친우로서의 마음이 천칭 저울의 양 그릇에 각각 올려졌다. 팽팽하게 균형을 유지하는 가로장.

세진은 똑바로 산을 주시했다, 그의 진심을 읽어 내려는 듯이. 과연 그에게 모험을 시도할 가치가 있는지. 세진은 정원에서 흔들리던 하빈의 모습을 떠올렸다.

지금껏 한 번도 없었지. 바닥으로 떨어지면 떨어졌지, 그렇게 남자로 인해 불안해하며 도망치려고 한 적은 없었다.

그리고 사실 이 이상 더 떨어질 데가 없다고도 할 수 있고. 피폐해질 대로 피폐해진 하빈은 조만간 한계에 부딪힐 것이다. 더 이상 스스로를 지탱할 수 없어 기어이 손목을 그어 버리는 사태가 벌어질지도 모른다. 그것이 세진의 눈에는 보였다. 그럴 바에야……. 고양이에게 생선을 맡기는 것 같지만……. 못 견디고 도망쳐 온다면 ─십중팔구 그럴 확률이 높지만─ 그때 가서 조용히 덮는 방법도 있으니까. 세진은 들고 있던 커피 잔을 내려놓았다.

한낮인데도 유리창에 쳐 있는 커튼 탓에 방 안은 적당히 어둑했다. 산은 침대에 걸터앉아 자고 있는 하빈을 봤다. 죽은 사람처럼 숨소리도 없이 잠자고 있는 그녀.

'불면증이 심하십니다. 혹 자고 있다면, 되도록 깨우지 않는 것이 좋습니다.'

'너무 오래 주무신다 싶으면, 컨디션이 안 좋다고 보시면 됩니다. 그분의 좋지 않은 습관 중 하나입니다.'

'사람이 많은 곳을 좋아하지 않으십니다. 쉽게 피곤해지시니까요.'

'자신을 잘 돌보지 않으시는 분이라 주의 깊게 살펴야 합니다. 아파도 아프다고 말하시는 분이 아니니까요. 그리고 술이나 담배도 마찬가지입니다. 적당한 순간에 제지하지 않으면 열 갑이든, 열 병이든 있는 대로 그 자리에서 해치워 버리십니다. 물건이 없어지거나, 사장님이 쓰러지실 때까지요. 식사도 비슷합니다. 있으면 있는 대로 먹지만, 없으면 없는 대로 굶으십니다. 절제력이 없다기보다 인식을 안 하시는 겁니다.'

한동안 입을 꾹 다물고 있던 세진은 무슨 심경의 변화인지 하빈에 대한 여러 주의 사항들을 늘어놓았다. 중요 포인트는 절대로 눈을 떼지 말라는 것이었다.

단순한 부하 직원이 상사에 대해 그렇게 자세히 알 수 있나 의심스러웠지만, 그가 말한 주의 사항들은 당장 산에게 필요한 것들이라 고이 접수했다. 그러나 정작 산이 가장 궁금해하고 필요로 하는 설명은 없었다. 하빈의 숨겨진 과거에 대해서, 상처에 대해서는 입도 벙긋하지 않았다. 몰라서일까, 아니면 알면서도 모르는 척 구는 걸까.

산은 두 번째일 거라고 추측했다. 그녀에 대해 이것저것 말해 준 것도 자신의 곁에 있을 하빈의 편의를 위해서이리라. 궁금했지만, 묻지 않았다. 내 여자에 대한 일을 다른 남자에게 물어서 알아낸다는 사실이 그의 자존심을 건드렸기 때문이다. 그의 힘으로도 충분히 알아낼 수 있다. 단지 시간이 필요할 뿐이다. 그리고 누군가에게 들어야 한다면, 제삼자가 아니라 하빈에게서 직접 듣기를 원했다.

베개에 머리를 묻고 있던 하빈이 몸을 옆으로 틀었다. 가슴을

들썩이며 이마를 좁혔다. 입술 사이로 새어 나오는 호흡이 거칠
어졌다.

"흐……."

또 악몽인가.

산의 눈빛이 무겁게 가라앉았다. 악몽 아니면, 눈물이군. 새
벽에 잠시 들여다봤을 때 그녀는 자면서 계속 울고 있었다.

무엇이 그리 슬픈지 소리도 내지 못하고 숨죽여 눈물만 흘리
고 있었다.

무엇이 당신의 잠을 방해하는 거지?

뭐가 그리 슬픈 거야?

갈수록 지독한 갈증과 물음표만 쌓여 갔다. 굶주림을 참지 못
하고 그녀를 덮칠지도 모른다.

'당신, 정말 대단한 여자야. 내 인내심을 한계에 닿도록 밀어
붙이고 있으니.'

하빈의 뒤척거림이 조금씩 심해졌다. 이대로 두면 곧 악몽을
이기지 못하고 잠에서 깨어날 것 같았다. 산은 손을 들어 그녀를
부드럽게 다독거렸다. 들썩이는 그녀를 진정시키려는 듯 조심
스럽게 어깨를 쓸어내렸다. 그의 따뜻한 온기가 전해진 듯 하빈
의 몸부림이 조금씩 가라앉았다. 거친 호흡도 편안해졌고, 미간
도 반듯해졌다.

그녀의 평안한 얼굴을 확인한 산은 시트를 끌어 올려 준 후
침대에서 일어났다. 회사에 돌아가 봐야 한다. 리강이 기다리다
못해 조바심을 내며 전화로 진옌을 재촉하고 있을 것이다. 나가
는 산의 발걸음 뒤로 아쉬움이 남았다.

"그래서 지금 그들을 다 죽였단 말이오, 리 여사?"

진위팡은 너무 화가 나 저도 모르게 목청을 높였다. 만약 자신의 부하였다면 당장 손목을 댕강 잘라 산 채로 파묻어 버리라고 하고 싶었다.

멧돼지처럼 쩌렁쩌렁 울리는, 듣기 싫은 목소리에 리메이링은 얼굴을 찌푸렸다. 그나마 젊은 날에는 듬직한 체격에 제법 잘생긴 외모를 가지고 있었지만, 나이가 들수록 뱃살도 나오고 턱도 둥글둥글 겹쳐져 예전의 모습을 찾을 수가 없었다. 그런데도 여자는 젊었을 때보다 더 밝힌다니.

처음부터 이런 인간이랑 손잡고 일을 시작한 것이 잘못이지. 지금이라도 당장 손을 떼는 것이 낫지 않을까. 리메이링은 심각하게 머릿속에서 주판알을 튕겼다. 그러나 같은 목표에 적당히 휘두를 수 있는 인물이 마땅하지 않았다. 필요한 것은 한가문인 리가의 사람이 아니라, 서로 힘을 합칠 수 있는 진가의 사람이니까.

발목을 잡고 질질 매달리는 탕가의 애송이는 별 쓸모가 없었다. 혹시나 싶어 힘을 실어 주었더니, 되레 경쟁자인 이복동생의 올가미에 걸려 버둥거렸다. 쓸모없는 멍청한 녀석 같으니라고! 어째 주변에 있는 인간들이 하나같이 바보 멍청이뿐인 거야! 뭔가 일을 해 보려고 해도 손발이 안 맞으니.

"대체 무슨 생각으로 그런 짓을 저지른 거요? 지금 눈이 벌게져서 우리들을 주시하고 있는데, 바닥에 납작 엎드려 있어도 모자랄 판에 뭔 짓을 해?"

"소리 좀 지르지 말아요, 진 사장님. 이곳이 방음이 잘 돼서 소리가 새어 나갈 걱정은 안 해도 될지 모르지만, 앞에서 듣고 있는 난 괴롭군요."

"뭐? 뭐가 어쩌고 어째?"

아니, 이 여자가 뭘 잘했다고!

완벽한 화장술로 주름살을 감춘 리메이링은 턱살을 부들부들 떨고 있는 진위팡을 경멸스런 눈길로 쳐다봤다. 여자를 밝히는 만큼 사업에도 신경 좀 쓸 것이지. 아니면 몸이라도 관리를 하던가. 저 몸으로 첩만 다섯이나 데리고 있으니. 그것으로도 모자라는지, 주변에 좀 예쁘게 생겼다 싶은 여자들을 한 번씩 다 건드리는 위인이었다.

"어차피 진 사장님도 그들을 처리할 생각이었을 텐데요."

"물론, 그렇긴 하지만……."

"오히려 이런 일은 시간을 끌면 끌수록 더 뒤탈이 나는 편이라고요. 무슨 생각으로 그들을 내버려 뒀는지 모르겠지만, 우리들 입장에서는 쉽게 뒤처리를 할 수 있었으니 다행스런 일이지요. 잘못해서 그들이 돈을 먹고 경찰에라도 자수하면 우리들 처지가 어떻게 될지 생각만 해도 끔찍하다고요."

가뜩이나 큰 빈부 격차로 인해 부자들에 대한 인식이 좋지 않은 때에 그런 사건이 터진다면 유무죄 여부는 고사하고 가문에서 먼저 매장될 것이다. 그렇지 않아도 뭔가 눈치를 챘는지 오빠인 리천이 자신에게 경고를 했는데…….

그제야 진위팡도 화르륵 일어난 급한 성질을 죽였다. 그녀의 말이 맞았다. 저들이 자신들의 움직임을 보고 있더라도, 처리할 수밖에 없는 일이었다. 빌어먹을! 뱃속에 능구렁이 백 마리를 삼키고 있는 자식 같으니라고! 젊은 놈의 술수가 만만치 않았다. 차라리 늙은 회장이면 이해라도 가지. 젊은 놈이 어디서 그런 능력을 배우고 왔는지.

"게다가 마무리도 깔끔하게 끝나지 않았다고요."

"무슨 말이오?"

"치산파의 부하 중 하나가 살려 달라면서 정보가 된다 싶은 것들을 모두 쏟아 내더군요. 그 지저분한 정보들 중에 그날 운 나쁘게 끼어든 제삼자가 있대요."

"제삼자? 누구?"

주름이 생길까 봐 인상도 잘 찡그리지 않던 리메이링이 이마를 접었다.

"치산파의 부하들도 제대로 모르더군요. 일이 겹쳤다던가. 누가 그날 여자를 납치해 달라고 했던 모양이더라고요."

"이런, 젠장! 그래서 그 여자가 지금 살아 있다는 거요? 어디에?"

리메이링이 기분 나쁜 듯 립스틱이 발라져 있는 입술을 잘근거렸다.

"살아 있어요. 류가의 저택에 말이에요."

✳

'Bund 5호'라고 불리는 옛 리칭다러우日淸大樓 건물은 현재 유명한 부티크와 레스토랑, 바bar들이 들어와 있었다. 이밖에도 와이탄의 조계 시절 건물들은 모두 레너베이션 된 후 호텔과 유명 레스토랑이 입점해 각광을 받고 있었다. 지금처럼 밤에는 화려한 야경 때문에 예약하지 않으면 자리를 잡을 수 없었다. 게요리로 유명한 신광쥬쟈新光酒家도 손님들이 꽉 차 있었다. 그러나 예약 손님만 받는 가게 특성상 다른 곳처럼 시끄럽게 벅적거리지는 않았다. VIP 고객들을 위한 룸에서 하빈은 커다란 통유리창 너머 알록달록한 야경들을 바라보고 있었다. 몇 시간 안 되지만, 편한 잠을 잔 덕분인지 오랜만에 몸이 가벼웠다. 멍하니 무겁던 머리도 한결 가뿐해진 느낌이다. 악몽도 꾸지 않았고, 울지도 않았다. 이렇게 자고 일어나서 몸이 편안해진 것은 정말 몇 년 만에 처음이었다. 그래서인지 내키지 않던 외출도 지금은 괜찮았다.

가벼운 노크 소리와 함께 문이 열렸다. 신광쥬쟈 총지배인의 안내를 받으며 산이 안으로 들어왔다. 그가 원탁의 자리에 앉을 때까지도 하빈은 유리창에서 시선을 떼지 않았다. 손짓으로 조용히 총지배인을 물린 산은 가만히 하빈을 살펴보았다.

'다행이군. 안색이 한결 나아진 것 같으니.'

느슨하게 반머리를 올려 검은 큐빅 핀으로 고정시키고 나머지는 굵은 웨이브를 줘 어깨와 등을 감싸게 해 인상이 한결 부드러워 보였다. 거기에 밝아진 얼굴빛이 윤기를 더했다. 몸에 붙는 시스루룩의 검은 원피스는 가늘면서도 굴곡 있는 몸매를 잘 살렸고, 깊게 파인 목선에 달린 커다란 리본이 볼륨감 있는 가슴을 우아하게 장식했다.

산은 귀부인의 초상화를 감상하듯 즐거운 마음으로 관찰했다. 그녀를 만난 후로 지금처럼 편안한 얼굴을 본 적이 있었던가. 그 모습을 조금 더 감상하고 싶었지만, 이제 그만 슬슬 그녀가 자신을 돌아봤으면 좋겠다는 생각이 들었다. 아무것도 없는 창밖이 아니라.

산은 주먹을 뻗어 탁자를 톡톡 두드렸다. 탁자를 울리는 진동을 느꼈을 텐데도, 하빈은 돌아보지 않았다. 뭐에 그리 빠졌나 싶어 산은 하빈이 보고 있는 유리창 쪽을 봤다. 관광객들이라면 꼭 봐야 한다고 주장하는 상하이의 야경이 펼쳐져 있을 뿐, 특별한 것은 없었다. 그러나 하빈은 특별한 것이 있는 사람처럼 시선을 놓지 못했다.

알록달록한 환상. 약간만 고개를 돌려도 오로라처럼 미묘하게 번지는 전광판들의 일렁거림. 그녀가 뭐에 저리 넋을 놓고 있는지 모르겠다. 불빛들이 만들어 낸 환상을 보고 있는 것일까. 어떤 환상이기에 놓지 못하는 것인가.

어떻게 한다? 저렇게 빠져 있는데……, 잠시 그냥 둬? 하지만 심술이 났다. 함께 있는데도, 혼자서 다른 곳을 바라보고 있으니. 환상을 부수고, 그가 있는 현실을 보게 하고 싶었다.

산의 하빈의 옆자리로 옮겨 앉아, 뒤에서 끌어안았다. 놀라 경직된 그녀를 더욱 세게 품 안으로 당겨 안으며 턱을 그녀의 정수리에 괴었다. 주황, 초록, 파란 불빛들이 어른거리는 통유리창 위로 하나로 겹쳐져 있는 두 사람의 모습이 비쳤다. 조그만 틈도 허용하지 않겠다는 듯 자신의 여자를 꽉 끌어안고 있는 남자가 있었다.

"기다리게 해서 미안하군. 공사 때문에 길이 좀 막혔어."

뻣뻣하게 굳은 하빈의 몸은 쉽게 풀어지지 않았다. 벗어나려고 몸부림을 치는 것도, 그에게 더욱 바짝 붙는 것도 아닌, 말 그대로 얼어붙어 있었다. 산은 다그치는 대신 상처 입은 맹수를 조련하듯 낮고 부드러운 목소리로 살살 얼렀다.

"당신이 게와 새우를 좋아한다면 다행일 텐데. 걱정이로군. 식사 시간이 지나서 배가 고플 테니, 잘 먹으려나?"

"……싫어하지는 않아요."

"그렇다고 좋아하는 것도 아니겠지?"

하빈의 대답은 들을 필요도 없다는 듯 산이 곧장 말했다.

"그래서 더 당신이 좋아하는 음식을 맛있게 먹는 모습을 보고 싶어. 지금처럼 뭐든지 공기를 먹는 것처럼 무미건조한 모습이 아니라 맛을 즐기면서 즐거워하는 모습을 말이야."

산은 유리창에 투영된 하빈의 얼굴을 봤다. 그의 말을 생각하는 듯 반사된 유리창에 비친 얼굴이 찡그리고 있었다.

왜 이 남자는 다른 남자들과 다른 걸까?

뭣 때문에 이렇게 귀찮게 하는 거지?

모르겠다. 잘 이해가 가지 않았다.

하빈은 자신이 평소와 다르다는 걸 알았다. 훗, 언제 그녀가 정상이었던 적이 있었나. 그러나 지금 자신은 확실히 이상했다. 이상하다는 걸 스스로가 인식할 정도로……. 무엇보다 그를 만난 후로 쓸데없는 생각을 너무 많이 한다는 점이다. 걱정과 고민으로 좋지도 않은 머리를 심하게 굴리고 있었다. 작전 중인 것도 아닌데 말이다. 그래서 이렇게 피곤한 걸까. 과부하가 걸린 컴퓨터처럼 몸 여기저기에서 덜덜거리는 소리가 들렸다. 차라리 전원이 나가면 버리기라도 할 텐데, 산고상부성이이면서도 끈 질기게 숨이 끊어지지 않고 있는 애물덩어리였다.

　종업원들이 줄줄이 들어와 커다란 음식 쟁반을 내려놓을 때 에도 산은 하빈을 품에서 놓지 않았다. 잘 훈련받은 종업원들이 라 노골적으로 쳐다보지는 않았지만, 교묘하게 지나가는 시선 으로 힐끔거리는 것은 어쩔 수 없었다. 특별한 VIP 고객인 데 다, 여자와 단 둘이 식사하는 것은 처음이었기 때문이다. 항상 사업상의 모임으로 이용했을 뿐, 오늘처럼 미리 메뉴를 따로 지 정한 적도 없었다. 덕분에 요리장은 평소보다 몇 배는 더 요리에 신경을 썼다.

　커다란 둥근 쟁반에 먹기 좋게 토막 난 게들이 담겨 있었다. 뜨거운 김이 모락모락 올라와 식욕을 자극했다. 소스와 게 특유 의 단 냄새가 코를 찔렀다. 물 대신 술에 끓인 새우탕도 우묵한 백자 항아리에 담겨 나왔다. 맛난 부위를 골라 개인 접시에 담은 산은 하빈 앞에 내밀었다.

　다행히 새우는 몸통 부위의 껍질이 벗겨져 있었고, 게도 쉽게 살만 분리할 수 있도록 조리된 터라 먹기에 불편하지 않았다. 하 빈은 긴 젓가락으로 게 껍질을 쿡 찔렀다. 별로 힘을 주지도 않 았는데 젓가락이 안으로 푹 들어갔다. 그때서야 하빈은 음식을 먹기 시작했다. 살만 발라내는 것이 아니라, 약한 껍질 채로 씹 어 버렸다. 일일이 껍질을 까는 것보다 훨씬 편했다.

　산은 틈틈이 빈 접시를 채워 주고 적당하다 싶을 때 그녀가 알아차리지 못하도록 음식을 옆으로 치웠다. 그녀의 배가 적당 히 부를 때까지. 그녀가 음식을 먹는 것을 보면서 세진이 했던 충고들을 떠올렸다. 세진이 준 정보가 얼마만큼 정확한 것인지 맞춰 보듯이. 그리고 하빈이 다섯 접시째 비웠을 때, 자신이 들은 정보가 정확하다는 것을 알았다.

특이한 습관이었다. 건강에도 좋지 않은……. 하지만 말해도 그녀는 인식하지 못할 것이다.

저택에 감금하다시피 묶어 두고 있는 것이 마음에 걸려 준비한 저녁 식사였다. 하빈이 별다른 불만을 말한 것이 아니지만, 산은 신경이 쓰였다. 제집에 몸을 숨기고 있는 달팽이처럼 저택에서 꼼짝도 하지 않는 하빈이 걱정스러웠다. 하루 종일 무슨 일을 하는 것도 아니요, 그저 방 안에서 내내 창밖만 바라보고 있는 그녀의 행동이……. 그녀는 마치 서서히 말라 죽어 가고 있는 나무 같았다. 겉은 멀쩡하지만, 속은 조금씩 고사하고 있는…….

그녀를 깨워야 한다. 틀 밖으로 끌어내야만 한다. 천천히 인내심을 가지고 그녀를 대해야 한다. 다행히 오늘 저녁 외출은 만족스러워하는 것 같아 흡족했다.

하빈과 함께 산이 가게를 나올 때였다. 1층 정문에 대기하고 있는 차를 타려고 할 때, 건물에 있는 다른 음식점에서 나오던 탕위선이 산을 발견했다.

"산!"

차 문에 손을 뻗던 산이 자신을 보고 반가워하는 친구를 돌아봤다. 산은 하빈에게 잠시만 기다리라고 말한 후 다시 건물 안으로 들어갔다.

하빈은 차에 타는 대신 산과 위선이 서로 어깨를 두드리는 모습을 쳐다봤다. 친구인가 보다. 그것도 격의 없는 아주 친한…….

위선의 시선이 그녀에게로 향했다. 그가 뭐라고 했는지 산도 그녀를 돌아봤다. 진지하고 단호한 눈빛. 하빈은 그 눈빛의 의미를 읽을 수가 없었다. 단지 한순간 숨이 막히고 저도 모르게 몸이 떨렸다. 미미한 잔떨림을 멈추기 위해 양손으로 몸을 감쌌다.

그때였다. 주차되어 있는 벤츠의 뒷좌석 유리창이 와장창 깨졌다. 하빈은 화끈한 통증을 느꼈다.

이건……!

입술을 달싹거리려다 다리에 힘을 잃고 길가에 풀썩 쓰러졌다. 길거리의 불빛에 눈이 아플 정도로 반짝거리는 유리 조각들이 바닥을 뒹굴고 있는 싸구려 큐빅 알맹이 같다는 생각을 하면서…….

"빈!"

유리창이 부서지는 소리를 들었다. 반사적으로 고개를 돌린 산은 하빈이 바닥에 주저앉는 것을 보았다. 한순간 암전이 된 듯 눈앞이 시꺼멓게 변했다. 거리를 오가던 사람들이 영문을 모르고 우왕좌왕했고, 상황을 눈치챈 경호원들이 우르르 주변을 에워싸는 것이 무성영화를 보는 듯했다. 그러다 스위치가 탁 켜졌다. 한꺼번에 온갖 소리와 장면들이 들어와 귀가 울렸고, 눈이 빠질 듯 빡빡해졌다.

빈!

차창이 부서지고, 하빈이 쓰러졌다. 머리보다 몸이 먼저 움직였다. 건물 밖으로 달려 나가는 산을 경호원들이 막았다.

"안 됩니다, 회장님!"

“밖으로 나오지 마십시오!”

“회장님! 안으로 들어가십시오! 어서 들어가셔야 합니다!”

“뭣들 하는 거야! 어서 안으로 모시지 않고!”

그러나 산은 앞을 가로막는 경호원들을 단번에 옆으로 쓸어 버렸다.

“비켜!”

낮게 깔리는 목소리에 살기마저 감돌았다. 끝까지 말을 듣지 않는 녀석을 한 손으로 멱살 채 치워 버렸다. 한달음에 달려간 산은 하빈의 상태를 살펴보고 있는 경호원을 밀쳤다.

“빈! 하빈! 당장 앰뷸런스 부르지 않고 뭘 하는 거야!”

주저앉아 있는 하빈을 안으며 산이 고함을 질렀다. 옆으로 밀려난 경호원이 대답했다.

“막 연락했습니다. 금방 도착할 테니, 회장님은 안전한 장소로 들어가시는 것이…….”

그러나 산의 귀에는 아무 소리도 들리지 않았다, 하빈의 목소리 외에는.

“……괜찮아요.”

“빈!”

하빈이 감은 눈을 뜨며 중얼거렸다. 딴생각에 정신을 파는 바람에 정작 자신을 노리고 있는 위험을 느끼지 못했다. 그의 팔 안에서 살짝 몸을 움직이던 하빈은 통증에 얕은 신음을 흘렸다.

“괜찮아? 곧 구급차가 올 테니까, 그때까지만 참아. 곧 병원으로 데려갈 테니.”

어디를 어떻게 다쳤는지 알 수가 없어 불안했지만, 산은 부드러운 목소리로 그녀를 위로했다. 그녀가 불안해하지 않도록. 그러나 정작 두려움에 질려 있는 사람은 그 자신이었다.

다행히 얼마 지나지 않아 구급차가 도착했다. 하빈과 산을 태운 구급차는 가장 가까운 종합병원으로 총알같이 달려갔다. 미리 연락을 받고 대기하던 의사와 간호사들은 하빈을 곧장 응급실로 데려갔다. 의료진이 막아 안으로 들어가지 못한 산은 닫힌 문 앞에 우뚝 서 있었다.

구급차를 뒤쫓아 온 진옌과 위선이 다가왔다. 그들은 표정이 없는 산의 얼굴을 보고서 섣불리 말을 붙이지 못했다. 연락을 받은 리강이 나타날 때까지도 응급실에서는 아무도 나오지 않았다.

시간이 흐를수록 산은 불안해졌다. 출혈이 많지 않았고, 병원에 도착할 때까지 의식도 있었기 때문에 큰 부상은 아니라고 생각했다. 치료도 금방 끝날 거라고 여겼다. 그런데 왜 이렇게 오래 걸리는 거지? 미처 보지 못한 상처가 있었던 걸까? 쓰러지면서 머리를 부딪히기라도 한 건가?

산은 일 분, 일 초에 피가 말랐다. 굳게 닫혀 있는 응급실 문을 부숴 버릴 듯 무섭게 노려보았다. 무표정하게 서 있는 모습이 청동으로 굳힌 조각상 같았다.

마침내 응급실의 문이 열리고 의사가 걸어 나왔다. 복도에서 기다리던 산과 위선 등은 의사의 얼굴이 약간 창백하게 질려 있는 것을 알았다.

"어떻습니까?"

"……아, 네. 다행히 총알이 스쳐 지나가서 상처가 크지 않습니다. 운이 좋으셨습니다. 각도가 옆으로 조금만 비껴갔어도 그대로 가슴을 관통했을 겁니다. 그럼 그 자리에서 즉사였을 테니까요."

의사의 말에 다들 안도의 한숨을 내쉬었다. 특히 경호를 담당하고 있던 진옌은 하늘에 감사의 기도를 드리고 싶을 정도였다. 만약 하빈이 잘못되기라도 했다면, 헤이싱 님은 절대로 자신을 용서하지 않았을 것이다.

"상처를 봉합했으니까, 움직이지 않도록 하시고요. 밤에 열이 오를 수도 있으니 주의해서 살펴십시오."

"수고하셨습니다, 의사 선생님. 그런데 상처를 봉합하는 것뿐인데, 왜 이렇게 시간이 오래 걸린 겁니까? 무슨 다른 문제가 있습니까?"

산의 질문에 의사가 당황했다.

"그…… 그게, 그러니까 다른 문제가 있는 것은 아닙니다. 단지……."

산은 매서운 눈빛으로 다음 말을 재촉했다.

"환자분의 체질 탓인지 마취제가 듣지 않아서, 애를 좀 먹었습니다."

"마취가 되질 않았단 말입니까?"

"네. 국소마취일 뿐인데도……."

의사가 식은땀을 뻘뻘 흘리며 변명하듯 설명했다. 뒤에서 가만히 듣고 있던 리강이 물었다.

"체질 때문입니까? 아니면 다른 약물에 대한 내성이 있기 때문입니까?"

"지금으로서는 뭐라고 결론 내릴 수 없습니다. 좀 더 정확한 것을 알려면 혈액검사나 다른 검사들을 더 해 봐야만 합니다.”

설명을 끝낸 의사는 도망치듯 불편한 자리를 떠났다. 산은 돌아보지 않은 채 물었다.

“총을 쏜 녀석은?”

“죄송합니다, 헤이싱 님. 워낙 사람들이 많이 다니는 번화가라…….”

진옌의 말이 아니더라도 산은 별 기대를 하지 않았다. 그의 말대로 사람들이 너무 많았다. 그 소란 속에서 범인을 잡는다는 것은 불가능했다. 원거리에서 저격한 것일 테니.

“매스컴을 막아 두도록 해. 주변에 쓸데없는 소리가 돌지 않도록.”

“네, 회장님.”

그렇지 않아도 병원으로 오는 차 안에서 지시해 둔 상태였다. 매스컴의 시선을 받아 좋을 것이 없었다. 화렌 그룹의 대외 이미지에도 좋지 않았다.

응급실 문이 열리고 천천히 하빈이 걸어 나왔다. 그때까지 제자리에서 한 발짝도 움직이지 않던 산은 한걸음에 다가가 그녀를 조심스럽게 끌어안았다. 왼쪽 팔뚝에 감겨 있는 흰 붕대가 검은 옷 색깔과 대조되어 선명하게 드러났다. 산은 손바닥으로 그녀의 등을 쓸어내리며 머리카락에 얼굴을 묻었다. 병원 특유의 약품 냄새가 났다. 감싸 안은 두 팔 안에서 천천히 느리게 뛰고 있는 심장 박동을 들었다.

다행이다. 한순간 정말 잃어버렸을지도 모른다고 생각했다. 그걸 떠올리는 순간 그녀의 존재가 자신 속에서 어느 정도로 커져 있는지 깨달았다. 물벼락을 맞은 것처럼 정신이 번쩍 들었다. 무방비하게 자신을 내어 준 것 같으면서도 정작 알고 보면 아무에게도 마음을 열지 않는 이 여자가 그에게 소중해졌다.

"······미안."

머리카락에 입술을 비비며 중얼거렸다. 그녀를 자신의 저택으로 데려온 명분이 무엇이었던가. 안전하게 보호해 주겠다며 큰소리쳤다. 그 핑계로 그녀의 발목을 붙잡고 있지 않은가. 그의 곁이라면 위험은 있을지언정 다치는 일은 없을 거라고 자신만만했다.

바보 같은 녀석! 산은 자신의 어리석음에 머리를 찧었다. 방심했다. 치산파의 조직원들이 모두 살해당했다면, 그다음 차례는 당연히 하빈이 될 거라 예상했어야 했다.

여자를 품에 싸안듯 안고서 걸어가는 산을 보면서 위선은 말을 잃을 정도로 경악했다. 한 번도 본 적 없는 친구의 모습. 물론 그동안 만난 여자들에게도 다정했지만, 그건 어디까지나 일정 선 안에서 이뤄진 매너일 뿐이었다. 거기에 속은 여자들이 자신만은 특별한 존재라며 착각하기도 했지만, 어쨌든 헤어질 때에도 큰 소리 나지 않도록 깔끔하고 정중하게 끝냈다. 섹스 중일 때도 철벽같은 이성을 잃지 않는 녀석이라 농담처럼 안드로이드도 너보다 낫겠다며 놀린 적도 있었다. 그런 산의 이성이 흔들렸다.

이 일이 할머님의 귀에 들어가면······. 빨리 고자질하는 게 낫겠지? 어차피 늦든 빠르든 할머님의 귀에 들어갈 일. 아니, 어쩌면 벌써 아시고 계시는 건지도. 그러고 보니 어제 지나가듯 산에 대해서 물어보시던데……. 걱정되어 뒤쫓아 온 친구는 본 척도 않고 먼저 출발해 버린 친구 녀석의 매정한 행동을 마음 넓은 자신이 이해해야지. 그나저나…….

"누군지 잘못 건드렸군."

"그러게 말입니다, 위선 님."

진옌이 어깨를 으쓱하며 동의했다. 물밑에서 벌어지고 있던 일들을 수면 위로 끄집어 올린 격이 되어 버렸으니. 진가의 욕심 많은 사장이든, 리가의 야망 큰 여사이든, 누가 됐든 헤이싱 님은 가만있지 않을 것이다. 본보기 삼아 지옥 밑바닥 끝까지 끌어내릴지도…….

그 여자가 헤이싱 님에게 그렇게 중요한 존재였던가? 강철처럼 굳어지던 헤이싱 님의 얼굴이 떠올랐다. 좀 특별하게 생각하는 것 같다고는 여겼지만……. 리강의 불안감이 옮아온 듯했다.

"그나저나 아까 본 그 여자, 산이랑 별다른 문제는 없는 건가? 충격을 받아서 그런 건지. 좀 특이하다고 해야 하나? 이상하다고 해야 하나?"

말이 별로 없는 여자인 것 같기는 했다. 게다가 산의 몸에 가려 얼굴도 제대로 볼 수 없었다. 산의 몸에 푹 감싸일 만큼 작은 체구밖에는. 그러나 위선의 예리한 눈썰미에 알 수 없는 위화감이 걸렸다. 눈에 보이지 않을 정도로 작지만 뾰족한 가시처럼.

진옌은 무슨 말인지 모르겠다는 듯 고개를 저었다. 이상한 점이 한두 가지가 아닌 여자였다. 설명하자면 처음 발견했을 때부터 꺼내야 할 텐데, 아무리 위선과 산이 친하다고 해도 함부로 발설할 사항들이 아니었다. 그리고 그것을 진옌보다 더 잘 알고 있는 것이 옆에서 계속 침묵하고 있는 리강이었다.

입을 굳게 다무는 두 사람의 반응에 위선은 대답 듣는 것을 포기했다. 뭐, 알아볼 수 있는 길은 여러 가지니까. 그나저나 숨기고 있던 산의 여자에 대한 소문이 쫙 퍼지겠군. 그나저나 산 녀석, 어느 정도의 관계까지 갈 생각인 거지? 단순한 섹스 상대라고 하기에는 다소 과하고, 동거까지인가?

7.

　잠이 오지 않았다. 자려고 눈을 감으면 감을수록 머릿속이 더욱 선명해졌다. 감긴 눈꺼풀 안쪽에서 기묘하게 떠오르는 그로테스크한 문양들.

　결국 하빈은 눈을 떴다. 옆으로 돌아누우며 몸살처럼 으슬으슬하는 느낌을 지우려고 애썼다. 그가 남긴 체온이 바이러스처럼 혈관을 돌아다니며 이상한 반응을 일으켰다.

　어째서? 수많은 남자들에게 안겼던 그녀였다. 그 의미가 무엇이든 끌어안는 남자들의 손길에 그녀는 무감각하기만 했다. 아무것도 느낄 수 없는 인형처럼. 그런데 오늘 총격 사건 후 있었던 산의 포옹은 달랐다.

　댐의 수문이 열린 것처럼 밀려들던 그의 감정들. 걱정과 불안, 안도감과 분노까지. 여과 없이 쏟아져 들어오던 생생한 감정의 파도에 한순간 압도당했다.

그리고 믿을 수 없을 정도로 따뜻했던 그의 손길. 욕망이 아닌, 순수하게 그녀만을 걱정하고 있었다. 그 따스함이 아직도 그녀의 몸에 남아 잔물결을 치고 있었다.

'이상해. 정말 이상해.'

그의 감정에 하나하나 반응하기 시작한 자신을 알 수가 없었다. 어째서? 뭐가 다른 게 있다고? 똑같아. 어차피 그도 다른 남자들과 같은 것을 원하고 있지 않은가. 더러운 욕망, 발정한 몸을 들이밀며 제 쾌락을 쫓아 즐기려는 것뿐.

하빈은 뒤척이던 몸을 일으켰다. 안 되겠다. 머릿속이 너무 시끌시끌했다. 나이트가운도 걸치지 않은 그녀는 맨발로 다이닝 룸에 있는 홈 바를 찾았다. 벽에 부착되어 있는 장식용 등을 켰다. 어두컴컴하던 실내가 물건을 구분할 수 있을 정도로 밝아졌다. 하빈은 술병의 라벨도 보지 않은 채 손에 닿는 것으로 아무거나 골라 집었다. 붕대를 감은 팔의 움직임이 조금 더뎠지만, 진열장 옆에 준비되어 있는 온더록스 글라스도 꺼냈다.

술을 따른 온더록스 글라스를 쥐었을 때였다.

"상처에 음주는 좋지 않아."

언제 나타났는지 산이 다이닝 룸 입구에 서 있었다. 그의 시선이 하빈이 쥐고 있는 술잔에게로 향했다. 그 시선을 따라 하빈도 얼굴을 내려 양손으로 움켜쥐고 있는 술잔을 쳐다봤다. 불빛을 받아 크리스털 잔이 반짝거렸다.

"……잠이 안 와요."

"상처가 아픈 건가?"

하빈 곁에 다가선 산은 그녀를 살펴보았다. 의사가 밤에 열이 오를 수도 있다고 말했다.

"아니요."

"뒤늦게 총격의 후유증이 온 건 아닌 듯하고."

목마른 사람처럼 다급하게 들이켜지는 않았지만, 천천히 한 번에 술잔을 비운 하빈이 다시 잔을 채우려 하자, 산이 잔을 뺏었다. 산은 빈 술잔의 냄새를 맡았다. 이런, 하필이면 제일 독한 브랜디를!

"그만. 더 이상의 음주는 금지야. 술로 잠자는 버릇을 들이면 알코올중독자가 되기 십상이니까, 정 잠이 오지 않으면 다른 방법을 찾아보도록 해."

하빈은 바 테이블에 기대고 있던 상체를 세우며 고개를 갸웃거렸다.

"다른 방법?"

"목욕을 하거나 따뜻한 우유를 마신다든가, 지루하고 딱딱한 책을 읽는다든지, 아니면……."

산의 눈길이 둥글고 좁은 의자에 앉아 있는 하빈을 나른하게 훑었다. 잠옷 대용으로 입은 검은 레이스 슬립이 말려 올라가 상아처럼 흰 허벅지가 보였다. 손가락만 걸면 툭 끊어질 듯한 가는 어깨끈으로 이어진 가슴 선 아래로 하늘거리는 천을 밀어 올리고 있는 유두가 있었다.

그의 눈빛이 욕망으로 그늘졌다. 무겁고, 깊고, 격렬하게…….

이상하게 하빈은 그 눈빛에 마음이 놓였다. 이상하게도, 말도 안 되게……. 깊이 생각할 필요 없어. 아무것도…….

길고 단단한 손가락이 매끄러운 검은 천 위를 천천히 더듬어 올라갔다. 얇은 천 아래 감춰져 있는 피부의 감촉을 즐기듯이 아주 천천히.

산은 슬립 밑단에서부터 허벅지까지 손가락을 미끄러트렸다. 그녀의 숨소리가 낮아졌다. 산은 손바닥을 활짝 펴 그녀의 허벅지를 눌렀다. 탄력 좋은 고무공처럼 탱글탱글한 살이 그의 손바닥에 밀착되었다. 허벅지를 돌아 둥근 엉덩이로……. 가는 허리를 지분거리면서도 산의 눈은 집요하게 하빈의 얼굴에 고정되어 있었다. 그녀의 작은 변화도 놓치지 않으려는 듯이. 그녀의 호흡이 느려졌다. 눈빛이 어둡게 흐려졌고, 물기를 머금듯 촉촉해졌다. 술 냄새에 잠시 지워졌던 달콤한 난초 향이 다시금 모여들었다.

산은 그녀를 들어 바 테이블에 올려 앉혔다. 그녀가 정신을 차릴 사이도 없이 벌린 다리 사이에 자리를 잡은 그가 얼굴을 숙였다.

따끔했다. 아니, 어지러운 걸까. 하빈은 갑자기 눈이 부셨다. 벽에 붙어 있는 전등의 불빛이 따갑게 눈을 파고들어 왔다. 하지만 눈을 감고 싶지 않았다. 이대로 눈이 멀어 버리는 것도 좋을 듯싶었다.

목덜미를 더듬던 그의 입술이 아래로 내려가 우아한 곡선을 이루고 있는 둥근 젖가슴의 정상을 깨물었다.

"아!"

타액에 젖어 찰싹 달라붙은 천과 유두를 이로 살짝살짝 깨물었다. 하빈이 파르르 몸을 떨며 그의 어깨를 움켜잡았다. 입으로 젖가슴을 가지고 노는 그를 재촉하듯 손톱을 세웠다. 그의 손이 슬립 아래로 들어갔다. 매끄러운 허벅지를 어루만지다 팬티에 가려져 있는 속살 부근을 긁었다. 벌을 주듯 그녀의 손톱이 더 깊이 박혔다. 화난 고양이처럼. 그러다 손에서 힘을 뺏다. 어깨를 문지르며 천천히 그의 셔츠 단추를 하나씩 풀었다. 흰 셔츠가 벌어지며 근육질의 탄탄한 가슴이 나타났다. 하빈은 장님이 손끝으로 물건을 확인하듯 그의 가슴을 더듬었다. 서늘한 손바닥 아래에서 힘차게 뛰고 있는 심장을 확인했다. 서늘한 그녀의 손 위로 뜨거운 산의 손이 겹쳐졌다.

산은 바 테이블에 누워 있는 하빈을 내려다봤다. 할로겐 조명 빛에 숨어 있던 흰 속살이 은은한 상아빛으로 빛났다. 흠집 하나 없는 최고급 진주를 손바닥으로 굴리는 듯했다.

티 없는 흰 살결에 붉은 열꽃이 찍혔다. 우아한 목덜미와 갸름한 쇄골에 열정의 증거처럼 울긋불긋한 꽃잎들이 피어올랐다. 흘러내린 어깨끈에 흩어져 있는 검은 머리카락. 구겨진 레이스 슬립 아래 쭉 뻗어 내린 두 다리. 그녀는 제단에 바쳐진 처녀 제물처럼 보였다. 그에게 바쳐진 제물.

하빈은 손을 뻗어 그의 눈가를 어루만졌다. 손끝에 잡힐 듯한 그의 욕망. 굶주린 맹수가 먹이를 덮치기 위해 잔뜩 몸을 웅크리고 있었다. 팽팽하게 당겨진 활시위처럼.

"맛있는 건 아껴 먹는 편이라고 하지 않았나요?"

산은 대답 대신 흘러내린 슬립 끈을 완전히 끌어 내렸다. 풍만한 젖가슴이 불빛 아래 드러났다. 한기에 딱딱해진 붉은 유두를 꽃잎 으깨듯 손끝으로 굴렸다.

"당신을 만나고서 식성이 바뀌었어. 아껴 먹기보다 당신 말대로 제때 혼자 질리도록 먹는 것으로."

마지막 장벽인 그녀의 팬티까지 치워 버린 산이 웃었다.

"먹어도 먹어도 닳아 없어지지 않는다는 것을 이제야 알아차렸지."

바보. 한순간의 착각에 사로잡혀서 그것만이 전부인 줄 아는⋯⋯. 아니, 아니, 바보는 나. 불장난에 몸을 맡기고 있는 내가 제일 멍청이일지도⋯⋯.

옷을 벗은 산의 맨살이 닿았다. 뜨거운 체온이 그녀의 서늘한 피부를 태웠다. 화상처럼, 낙인처럼 그의 사나운 불길이 그녀를 휘감았다.

하빈의 다리를 허리에 감은 산이 천천히 자신의 분신을 밀어 넣었다. 거칠지는 않았지만, 갈급함은 담겨 있을 정도의 움직임으로.

두 사람의 입에서 동시에 거친 탄성이 터져 나왔다.

하빈은 너무 뜨거워서.

산은 너무 감미로워서.

⋯⋯죽을 것만 같았다.

서로 부딪치는 육체가 거친 리듬을 타기 시작했다. 달아오른 공기만큼 뜨거워진 몸. 땀에 젖은 미끈미끈한 맨살이 부딪치며 찰싹찰싹 소리를 냈다. 점점 높아지는 신음 소리. 뚝뚝 떨어진 땀이 하빈의 가슴골 사이에 고였다.

산은 움켜잡고 있는 엉덩이를 앞으로 바짝 끌어 당겼다. 자연스럽게 그녀의 허벅지가 벌어지자 그는 그녀 안으로 더욱 깊이 파고들었다. 한 치의 틈도 없이 밀착된 은밀한 부위가 마찰하며 뭉근한 쾌감을 일으켰다. 통각의 한계를 넘어선 자극은 새하얀 열감마저 더해져 산의 정신을 무너뜨렸다.

용광로처럼 뜨겁던 공기가 식자, 산은 몸을 일으켰다. 은밀한 동굴 속에서 빠져나온 그의 분신이 부족한 듯 잔뜩 성이 나 있었다. 검은 수풀 사이로 적나라하게 드러난 붉은 속살에 맑은 애액과 희뿌연 정액이 묻어 있었다.

산은 바지 지퍼를 채우는 대신 바 테이블에 누워 눈을 감은 채 들썩이는 숨을 고르고 있는 그녀를 두 팔로 안아 들었다. 그에게 모든 것을 맡긴 사람처럼 그녀는 몸에 힘을 주지 않았다. 눈을 뜨는 것이 두려운 사람처럼 계속 감고 있었다.

하빈을 침대에 눕히면서 감겨 있는 눈가에 입을 맞췄다. 깃털처럼 부드러운 속눈썹이 그의 입술 아래에서 파르르 떨었다. 처음의 다급한 허기를 채운 산은 느긋하게 그녀를 탐험해 나갔다. 검은 실크 슬립을 끌어 올려 머리 위로 벗겨 버리고 자신의 바지도 벗었다. 진청색 실크 시트 위에는 벌거벗은 여자와 남자만이 존재했다.

쇄골을 따라 흔적을 새기던 산의 손가락이 아래로 향했다. 검은 수풀을 헤집고 질척거리는 그녀의 붉은 속살 안으로 집어넣었다. 윤활유를 바른 듯 그의 손가락을 매끄럽게 빨아들였다. 자극을 이기지 못한 그녀가 허리를 틀었다.

"흐읏!"

그녀의 입술 사이로 새어 나온 달뜬 신음 소리 하나에 침대를 에워싸고 있던 공기가 삽시간에 달아올랐다. 그에 동조하듯 산의 호흡도 가빠졌다. 한 번의 섹스로는 채워지지 않은 욕망이라, 침대에 눕힐 때부터 몸은 당장 달려들라고 신호를 보내오고 있었다. 하지만 산은 성급하게 덤비지 않았다. 이번에는 그녀가 무너질 차례니까.

산은 입술이 닿을 정도로 바짝 얼굴을 맞대고서 은밀하게 속삭였다.

"눈떠."

하빈이 흠칫 놀라 경직했다. 그러자 산이 욕망에서 달아나려는 것을 용납하지 않겠다는 듯 작은 귓불을 씹었다. 귀걸이를 한 흔적처럼 구멍이 나 있는 곳을 이로 잘게 깨물었다. 손가락으로 그녀의 안을 휘저으며 입술로 밖을 자극했다. 그러나 하빈은 끝끝내 눈을 뜨지 않았다. 가쁜 숨을 내쉬며 몸을 들썩이면서도 말이다.

욱신거리는 몸이 한계에 다다른 산이 손가락을 뺐을 때였다. 하빈이 그를 끌어안은 채 다람쥐처럼 잽싸게 몸을 굴렸다. 삽시간에 정반대의 자세가 되어 버린 산은 자신의 몸을 올라타고 있는 하빈을 올려다봤다. 그제야 눈을 뜬 하빈의 검은 눈동자가 그를 내려다보고 있었다. 그녀의 붉은 입술 끝이 올라갔다. 욕망이 짙어졌다. 산은 손을 내밀어 헝클어져 아무렇게나 흘러내리는 그녀의 머리카락을 어깨 뒤로 넘겨 주었다.

하빈이 앞으로 상체를 숙였다. 가는 몸이 낭창하게 휘어졌다. 곡선을 이르고 있는 잘빠진 등선이 그를 향해 꺾였다. 하빈의 붉은 입술 사이로 말랑말랑한 혀가 나왔다. 간을 보듯 그의 피부를 핥던 그녀의 혀가 나무 열매처럼 단단한 유두를 휘감았다. 이미 잔뜩 달아올라 있는 산의 몸이 당장 반응했다. 하빈은 커다랗게 부풀어 올라 있는 그의 분신에 엉덩이를 비볐다.

산은 가슴팍에 있는 그녀의 얼굴을 잡아 올려 거칠게 입술을 밀어붙였다. 이제 누가 먼저 이성을 잃느냐는 중요하지 않았다. 분홍빛으로 달아오른 그녀의 눈동자 역시 이미 욕정으로 잔뜩 흐려져 있었으니까. 그의 키스가 도화선이 된 듯 하빈은 그의 분신 위로 내려앉았다.

"큭!"

"아윽!"

서로 쾌감의 신음을 터트렸다. 상체를 일으켜 앉은 산은 그녀의 허리를 양손으로 단단히 움켜잡았다. 대신 하빈은 그의 어깨를 지지대처럼 잡은 채 아래위로 허리를 흔들었다. 흐트러진 검은 머리카락이 바람을 타듯 흔들렸고, 탐스러운 젖가슴이 파도처럼 출렁거렸다.

살짝 벌어진 입술 사이로 흘러나오는 교성에 산은 너무 짜릿했다. 전기가 통한 것처럼 전신이 저릿저릿해졌다. 깊이, 더욱 깊이 파고들어 갈수록 중독되어 간다. 은은하던 난향이 살 냄새와 뒤섞여 색다른 향수가 되었다. 하나가 된 몸이 정욕에 취해 격렬하게 흔들렸다. 산의 신음 소리가 커질수록, 하빈의 교성도 높아졌다. 헐떡이는 숨소리 사이로 이글거리는 욕망의 불꽃이 타닥타닥 타들어 갔다. 끈끈한 땀, 질척거리는 살 부딪치는 소리, 삐걱거리는 질 좋은 스프링 소리가 소품이 되어 섹스에 취한 두 사람 주변에 늘어섰다.

　산은 자신의 침대에 누운 하빈을 가만히 바라보았다. 격렬했던 섹스의 후유증인지 그녀는 그의 가슴에 힘없이 늘어지더니 잠이 들어 버렸다. 그녀가 깨지 않도록 조심하며 자세를 바꿨다. 가슴팍에 엎드려 있던 그녀를 감싼 채 부드럽게 굴러 자신의 몸 아래에 눕혔다. 열기에 연분홍빛으로 달아올랐던 것이 거짓말인 양 안고 있는 그녀의 체온이 서늘해졌다. 숨소리마저 죽은 사람처럼 희미해졌다.

　산은 그녀의 입술 가까이 얼굴을 내렸다. 아주 옅은 숨결이 그의 얼굴을 간질였다. 손바닥을 펼쳐 그녀의 심장이 있는 왼쪽 가슴을 덮었다. 얼굴을 돌려 귓불 아래의 목덜미에 입술을 묻었다. 말랑한 입술 아래 맥박이 느리게 뛰면서 놀고 있었다. 그녀가 살아 있다는 것을 놓치지 않으려는 듯이 산은 입술을 떼지 않았다. 쉬고 있는 것을 알았지만 불안했다. 욕망에 겨워 격렬하게 자신의 분신을 품던 그녀의 몸에 동참했으면서도 불안이 가시지 않았다. 이렇게 자신의 품 안에 그녀가 있는데도 잠시 눈을 떼면 그녀가 사라져 버릴 것 같았다. 그림자 인형을 안고 있는 것 같은 느낌이다. 지나친 생각일까.

　산은 옅은 한숨을 내쉬었다. 그나저나 그녀의 몸 안에 있는 녀석이 해소되지 않은 욕망 탓에 잔뜩 성이 나 있었다. 탐욕스러운 분신이 제 욕심껏 날뛰려고 드는 것을 산은 간신히 진정시켰다. 잠이 든 여자에게 덤벼들어 혼자 껄떡거리는 취미는 없으니까. 정 못 참겠다 싶으면 잠든 그녀를 깨우면 된다.

　얕은 꿈을 꾸는지 그녀의 속눈썹이 미미하게 떨리며 눈꺼풀 아래 동공이 잘게 움직이고 있었다. 편하던 숨결이 조금씩 거칠어지기 시작했다.

산의 눈빛이 냉정해졌다. 무슨 꿈을 꾸고 있는 거지? 편한 꿈이 아닌 듯했다. 답답한 듯 그를 밀친 그녀가 반대편으로 몸을 틀며 두려운 듯한 신음 소리를 냈다. 들썩거리는 몸부림이 심해지더니, 급기야 식은땀마저 흘리기 시작했다.

〈……어, 싫어…….〉

막다른 곳에 몰린, 어린 짐승처럼 그녀는 눈을 감은 채 작게 흐느꼈다. 큰 소리도 내지 못하고서 계속 눈물을 흘렸다. 지난번과는 달랐다. 그때는 말없이 눈물만 흘리던 그녀. 그런 그녀가 눈을 뜨고 있을 때는 한 번도 보이지 않았던 표정을 짓고 있었다. 선명하게 드러난 일그러진 얼굴. 괴로움과 두려움, 분노가 뒤섞여 있는 표정.

백지 같은 얼굴 아래 숨겨 두고 있는 표정 중 하나일까. 흐느끼는 그녀를 다독이기 위해 손을 대자, 그녀의 떨림이 심해졌다. 고슴도치처럼 잔뜩 곤두섰다.

예민한 반응에 산은 내민 손을 거뒀다. 닿았던 손길이 떨어지자, 그녀의 경련이 조금씩 잦아들었다. 산은 눈물을 흘리는 하빈을 보며 깊은 생각에 잠겼다.

누군가 아래에서 몸을 잡아끌어 내리는 듯했다. 하빈은 눈도 뜨지 않은 채 뻑뻑하게 말라 아픈 목구멍 사이로 침을 삼켰다. 총알이 지나간 팔뚝도 아팠지만, 그 정도는 신경도 쓰이지 않았다. 머리도 무겁고, 몸도 무겁고, 눈도 무거웠다. 힘겹게 팔을 들어 올려 부어오른 눈꺼풀를 문질렀다.

또다. 벌써 며칠째 계속 울면서 자는지……. 악몽보다는 낫지만, 며칠 동안 계속되니, 이것도 좋다고만 할 수는 없었다. 악몽보다는 덜했지만, 기력을 뺏어 가는 것은 비슷한 듯했다. 잠을 자면 잘수록 몸은 더 피곤해지는 듯했다.

"마셔."

며칠 사이에 완전히 익숙해진 목소리. 하빈은 움직이지 않는 눈꺼풀을 간신히 밀어 올렸다. 목까지 올라오는 흰 차이나 칼라 셔츠에 은회색 바지를 입은 산이 침대 머리맡에 서서 물 컵을 내밀고 있었다.

하빈은 눈만 굴려 낯선 장소를 둘러보았다. 검은색과 철제 장식이 가미된 가구들. 아기자기한 장식품들을 배제하여 단순하기까지 한 실내 풍경에 자신이 누워 있는 침대의 주인이 누구인지 금방 알 수 있었다.

하빈은 손으로 침대를 짚으며 상체를 일으켰다. 산이 비어 있는 다른 손으로 그녀가 일어나기 쉽도록 도와줬다. 침대 시트가 밑으로 미끄러져 내려가 아무것도 걸치지 않은 상반신이 고스란히 드러났다. 하빈은 가릴 생각도 하지 않고서 산이 내민 유리컵을 받았다. 시원한 물이 뻑뻑한 목구멍을 타고 넘어가자 멍하던 정신이 좀 돌아왔다.

산은 젖가슴 위로 자신이 만든 것이 분명한 붉은 흔적들을 보다 옻칠을 한 검은 병풍 가리개에 널어 둔 가운을 그녀의 어깨에 걸쳐 주웠다. 햇살 아래 흰빛으로 드러난 가늘고 아담한 어깨가 시려 보였다. 차가운 대리석보다 부드러운 질감이 느껴지는, 백옥을 깎은 듯한 나신을 그대로 계속 두면 기다리고 있는 일들을 모두 미룬 채 다시 그녀에게 손을 댈 것 같아 차단하는 싶은 마음도 있었다.

양손으로 컵을 잡고 물을 마시는 그녀를 보는 산의 눈빛이 기묘했다. 밤새 흐느끼는 것을 멈추지 않던 그녀. 막 잠에서 깬 그녀가 하는 행동을 보면 자면서 우는 것을 알고 있는 듯한데……. 하루 이틀 일이 아니라는 거로군.

산은 하빈에 대해 이것저것 알려 주던 세진을 떠올렸다. 그자는 알고 있었을까. 충고해 줬던 것들 중에는 없었던 사항이다. 모르는 걸까, 알면서 가르쳐 주지 않은 걸까.

"몰랐는데, 꽤나 늦잠꾸러기로군. 11시가 넘었다는 걸 아나?"

하빈은 앞으로 흘러내리는 머리카락을 쓸어 넘기며 반듯한 이마를 찡그렸다. 창 너머로 넘어오는 햇살이 강하다 싶었더니 벌써 정오가 다 되어 가고 있나 보다.

"일단 씻고 나서, 같이 점심을 먹지."

산이 나가자, 그제야 하빈은 참고 있던 긴 한숨을 내쉬며 천천히 침대에서 빠져나왔다.

서재로 들어온 산을 대기하고 있던 진옌과 리강이 맞았다. 어제의 뒤처리로 정신없이 바빴던 두 사람이었다. 자칫 그 자리에 산이 서 있었을 수도 있었다는 사실에 진옌과 리강은 시퍼렇게 날이 섰다. 슬쩍 가까이 접근만 해도 베일 것 같은 분위기였다.

"대충 사정을 알리고 을러 뒀으니, 공안들도 조용히 있을 겁니다."

밤새 공안들과 시장을 상대했던 진옌이 보고했다. 리강도 덧붙였다.

"매스컴들도 조용할 겁니다. 공안이 직접 나서서 언론사들을 막은 덕분에 한결 수월했습니다."

언론 자유를 말하기에는 아직 무리인 공산국가. 자유경제를 도입했지만, 항상 껄끄러운 점이 남아 있는 이유는 그 탓이기도 했다. 공산당의 입김에 좌지우지되는 일이 너무 많았다. 산은 의자에 앉으며 혼잣말처럼 말했다.

"목표물은 내가 아니었어."

진옌과 리강도 수긍했다. 산이 옆에서 떠날 때를 기다려 총이 발사됐다.

"치산파와의 일을 발설하지 않도록 하기 위한 입막음이 아니 겠습니까?"

"어차피 치산파의 조직원들은 모두 죽었다고 하지 않았던가? 그렇다면 아무것도 모르는 그녀를 굳이 죽일 필요가 있을까?"

"뭔가를 알고 있다고 생각할지도 모르지요. 하빈 양이 갑작스럽게 나타난 사정을 저희들은 알고 있지만, 그쪽에서는 모를 가능성도 있습니다. 혹 알고 있다고 해도 없애면 이런저런 불안감이 가실 테니, 제거해 버리자 했을 수도 있고요."

어쨌든 결론은 하빈의 생명이 위험하다는 것이다.

"범인은?"

진옌이 수염이 돋아난 턱을 긁었다.

"……아직. 사람들이 너무 많았던 탓에 쫓을 수 있는 흔적들이 별로 없습니다. 총알은 치산파의 조직원들을 죽였던 것들과 같습니다만, 그것으로 단정 짓기에는 무리입니다."

무리라고 말하고 있지만, 일당일 확률이 100퍼센트라고 진옌은 확신했다.

"내 경고가 약했나 보군."

낮게 뇌까리는 산의 무심한 음성에 진옌과 리강은 긴장했다. 무색의 어조 아래로 아지랑이처럼 올라오는 살의와 분노를 느꼈기 때문이다.

진옌은 살의 속에서 희미한 피 냄새까지 맡을 수 있었다. 치산파에게 납치당하도록 조작했을 때와는 다른 분노. 진옌도 슬슬 산의 예사롭지 않은 반응들에 걱정되기 시작했다. 즐기는 선까지는 좋지만, 더 깊어져서는 좋을 것이 없었다. 그런데 미묘한 흔들림이 보이기 시작했다. 누구에게도 반갑지 않은…… 당사자인 헤이싱 님은 물론이지만, 어쩐지 그 여자도 달갑게 받아들이지 않을 것 같은…….

"리메이링 주변 인물들을 조사해 보도록 해. 그 여자의 수족으로 움직이는 자들은 하나도 빠트리지 말고서 철저하게 살피도록."

"네, 헤이싱 님."

샤워기에서 뜨거운 물이 쏟아져 내렸다. 샤워 부스에 가득 차오르는 훈기가 욱신거리며 당기는 근육들을 부드럽게 풀어 줬다. 하빈은 고개를 젖히며 쏟아지는 물줄기를 맞았다. 흰 살결 여기저기 붉은 흔적이 선명하게 찍혀 있었다. 지난밤의 증거처럼…….

하빈은 부푼 젖가슴에 남아 있는 붉은 자국 하나를 손끝으로 만졌다. 남자들과 밤을 지내고 나면 으레 남는 흔적들. 순간 보기 싫어 있는 힘껏 문질렀다. 손톱 끝으로 후벼 파듯 파헤쳤다.

쓸린 살에 물이 닿아 눈물이 날 정도로 따가웠다. 붉은 흔적이 부풀어 올라 보기 흉해졌다.

하빈은 바보 같은 자신의 행동에 자조의 웃음을 지으며 힘없이 고개를 떨어뜨렸다. 온몸의 살을 모조리 발라낸다 하더라도 몸에 남아 있는 기억들은 사라지지 않는다. 성형수술로도 지워지지 않는 흉터처럼 박혀 있었다. 지우고 도려내도 다시금 되살아나는 악몽처럼. 하지만…….

피부에 박혀 있던 손톱에서 조금씩 힘이 빠졌다. 이상하게 허탈감이 덜했다. 항상 덮쳐 오던 자괴감의 강도도 약했다. 왜? 이제는 그마저도 느낄 수 없을 정도로 망가져 버린 건가. 섹스 후 느껴지는, 스스로에 대한 혐오감은 항상 그녀를 벼랑 끝까지 몰아붙이곤 했다. 마치 자살 시도에 중독된 환자처럼…….

머리를 저으며 시끄러운 생각들을 털어 낸 하빈은 몸을 씻었다. 이리저리 문지르던 손에 팔뚝에 감겨 있는 붕대가 걸렸다. 물이 들어가지 않도록 단단히 동여맨 흰 붕대가 어제 있었던 사건을 떠올리게 했다.

누가 자신을 노리는 거지? 아무도 말해 주지 않았지만, 그녀는 자신이 표적이었다는 것을 알 수 있었다. 의심 가는 사람을 찾아봐도 딱히 잡히는 이가 없었다.

하빈은 붕대를 보며 눈가를 찡그렸다. 그때 몸을 숙이지만 않았어도 확실하게 끝날 수 있었을 텐데……. 원치 않은 행운에 아쉬움이 들었다. 행운의 여신은 꼭 필요할 때 도와주지 않으면서 외면하라고 할 때는 끈질기게 달라붙는 심술궂음을 가지고 있었다.

샤워기의 수도꼭지를 잠그고 걸어 둔 커다란 타월을 집어 몸에 감았다. 물이 떨어지는 축축한 머리카락을 다른 수건으로 둘둘 말아 올리며 욕실에서 나왔다. 너무 오래 뜨거운 물 아래 있었는지, 나른한 기운이 지나쳐 몸이 완전히 풀어진 듯 힘이 없었다.

서재에서 돌아온 산은 텅 빈 자신의 방을 둘러보다 후드득 떨어지는 물소리를 들었다. 아직 샤워 중인가. 항상 듣던 샤워기의 물소리가 오늘따라 그의 신경을 두드렸다. 마치 눈물 소리처럼.

말도 안 돼. 산은 쓸데없는 감상을 털어 내려고 했다. 그러나 밤새 그의 품에 안겨 자면서도 내내 흐느끼던 그녀가 떠올랐다. 우는 줄도 모른 채 그녀가 흘리던 눈물이 그의 철벽같은 심장에 스며들었다. 한 방울, 한 방울 적셔 종내는 그의 심장을 녹여 버렸다. 그래서 걱정이 되었다. 또 울고 있는 것은 아닌지……

한참을 서성이며 기다리다, 결국 욕실로 걸어가던 산은 물소리가 뚝 끊어진 것을 알았다. 잠시 후 욕실 문이 열리면서 어린아이처럼 뺨이 빨갛게 달아오른 하빈이 나왔다. 더러움을 씻어 낸 듯 말간 얼굴에 커다랗게 떠진 눈동자가 그를 향해 열려 있었다.

산은 눈물기가 보이지 않아 속으로 안도했다. 만약 울었다는 걸 알면 이번에는 그녀를 다그쳤을지도 모른다. 무슨 일로 힘들어하는지 대답을 들을 때까지.

"아무리 물을 좋아해도 샤워 시간이 너무 길어. 하마터면 욕실 안으로 뛰어 들어갈 뻔했다는 걸 알아?"

그렇게 시간이 지났는지 몰랐다. 이 남자가 밖에서 기다리고 있었다는 것도……

촉촉한 뺨을 감싸 들어 올린 산은 기다리고 있던 사이 쌓인 갈증을 풀듯 반들거리는 빨간 입술을 삼켰다. 코끝을 간질이던 그녀 고유의 향이 단숨에 그의 머리를 휘저었다. 잘 익은 석류 열매처럼 붉은 입술을 맛보며 더욱 바짝 그녀를 끌어안았다. 초조함이 사라진다. 두 팔 안에 있는 존재를 몸으로 확인하고 있으니 불안이 사그라졌다. 수건이 바닥에 떨어지며 젖은 머리 타래가 후드득 풀어졌다.

산은 축축한 머리카락을 잡아 뒤로 젖히며 그녀의 목덜미를 강하게 빨았다. 아직도 선명한 붉은 자국이 덧칠한 듯 더 붉어졌다. 하빈은 잡힌 새처럼 얕은 숨만 내쉬었다. 그의 혀끝에 닿은 맥박이 팔딱팔딱 뛰놀고 있었다. 매끄러운 피부를 따라 쓸어내리던 그의 손에 척척한 천 조각이 걸렸다. 간신히 입술을 떼고 내려다보니 그녀의 팔뚝에 감아 놓았던 붕대였다. 오랫동안 물을 맞은 탓에 방수용인데도 푹 젖어 있었다.

산은 짧게 혀를 찼다. 그제야 그녀가 아직 아무것도 먹지 않았다는 사실이 생각났다. 함께 식당에 내려가기 위해 온 건데…….

산은 억지로 그녀에게서 손을 뗐다. 계속 붙잡고 있으면 식사든 뭐든 무시하고 다시 그녀를 안을 것 같았기 때문이다. 산은 드레스 룸에서 자신의 가운과 구급상자를 들고 나왔다. 멍하니 서 있는 그녀의 어깨에 가운을 걸쳐 주고서 의자에 앉혔다. 붕대를 풀자 몇 바늘 꿰맨, 시퍼런 상처 부위가 나왔다.

산의 눈매가 굳어졌다. 의사의 말대로 운이 좋았다. 옆으로 비켜 맞았다면 심장에 직격이었을 테니.

병원에서 준 소독약을 조심조심 바르면서 혹 아프지는 않은지 하빈의 얼굴을 살펴봤다. 그러나 하빈은 인상도 찌푸리지 않았다. 굉장히 쓰릴 텐데……. 감정이 지워진 얼굴이 산은 마음에

걸렸다. 엄살을 피우지는 않더라도, 아주 미미한 반응이라도 내
보이는 것이 정상적인 사람의 반응이었다. 새 붕대로 갈아 준 산
은 가운의 소매에 차례대로 팔을 꿰어 준 후 끈을 묶으며 물었다.

"배고프지 않아?"

하빈은 대답 없이 그를 바라보기만 했다. 뭐라고 대답해야 하
는지 모르는 사람처럼.

산도 답이 돌아올 것이라고는 기대하지 않았다. 하지만 계속
말을 걸다 보면 그녀가 대답하는 횟수도 조금씩 늘어나겠지.

식당으로 내려가는 대신 량 부인에게 요리를 자신의 침실로
가져오라고 했다. 새콤한 파인애플 소스에 버무린 치킨 샐러드
를 포크로 찍어 먹는 하빈을 보며 산이 물었다.

"왜 어제 사건에 대해서 아무것도 물어보지 않는 거지? 궁금
하지 않아?"

하빈은 입안에서 아삭거리는 양상추를 씹어 삼켰다.

"궁금하지 않아요. ……내가 알아야 할 필요가 있다면 당신
이 말할 테니까."

"어제 저격 대상이 당신이었다는 건 알았겠지?"

하빈은 포크질을 멈추지 않은 채 고개만 끄덕였다. 그나마 듣
고 있다는 표시를 하고 있다. 그녀에게 험한 얘기를 할 필요가 있
을까 싶었지만, 모르는 채 위험한 상황에 빠지는 것보다는 나을
듯했다. 그녀를 붙잡고 있는 자신의 당위성을 설명할 수 있고.

"걱정하던 일이 벌어진 거지. 그때 나와 당신을 납치했던 치
산파의 두목과 조직원이 살해된 채로 발견됐어."

하빈의 눈이 약간 커졌다.

“입막음을 당한 거지. 그래서 그때 상황을 알고 있는 당신까지도 노리는 거야. 증인이 될 만한 자들을 모두 없애려고.”

“……언제까지 그럴까요?”

의뢰자를 잡지 못하면, 언제 끝날지 모를 일이었다. 그런데도 하빈의 목소리는 가분가분하기만 했다.

“당신과 약속했던 기한 내에 일을 해결하도록 최대한 노력하지. 적어도 당신에 대해서 신경 쓸 수 없도록 해 두겠어.”

하빈은 알았다는 뜻으로 고개를 한 번 끄덕였다. 그가 그렇다고 말한다면, 그대로 될 것이다. 허황된 말을 약속하는 사람이 아니니까. 차라리 안 된다면 사실대로 안 된다고 말하는 것이 이 남자의 성격이리라. 그러니까 그녀가 신경 쓸 필요는 없다. 이 남자의 뒤에서 가만히 숨어 있는 것 외에는.

8.

강바람이 시원했다. 느글한 물비린내가 올라왔지만, 참을 만
했다.

하빈이 선글라스를 밀어 올리며 중얼거렸다.

"노리는 사람이 있어서 위험하다고 하지 않았던가요?"

이렇게 사람들이 많이 찾는 관광지에 온 이유를 모르겠다.

반들반들한 돌난간 너머로 쪽배들이 정박해 있는 작은 운하
가 흐르고 있었다. 현대적인 상하이에서 벗어나 두 시간 남짓 차
로 이동해 도착한 통리同里는 타임머신을 타고 19세기로 돌아간
듯한 곳이었다. 쪽배들이 오르내릴 수 있는 좁은 운하 양편으로
기왓장을 올린 옛날 집들이 늘어서 있었다. 세월을 따라 이끼가
낀 벽들과 처마마다 걸려 있는 붉은 등. 짙은 녹음과 운하에 걸
려 있는 오래된 교각橋閣들이 운치를 더했다. 동양의 베니스라

고 불리는 중국의 수향水鄉 도시들 중 퉁리는 저우쫭周庄이나 『미션 임파서블 3』의 촬영지였던 시탕西塘보다 규모도 작고 화려하지도 않아 관광객들이 덜 찾는 편이었다. 최근에야 사람들의 입소문을 타고서 조금씩 찾는 발걸음이 늘어나고 있었다.

산이 아침부터 서둘러 깨우더니 식사가 끝나자마자 그녀를 차에 태워 이리로 온 것이다.

뒤쪽에 바로 운하가 있는, 거리의 작은 다관에 앉아 따뜻한 철관음을 마시던 산이 재미있다는 듯 웃었다.

"위험은 하지. 하지만 그렇다고 당신을 저택에만 꽁꽁 가둬두려니 미안해서. 저녁 외출 때 있었던 불상사를 갚아야겠다는 생각도 들었고. 위험하다는 핑계로 당신을 답답하게 만들고 싶지 않아."

"……나는 상관없어요."

'알지, 당신은 상관하지 않으리란 걸. 그래서 난 더 상관하려고 하는 것이고.'

고개를 돌려 운하의 수변을 바라보는 하빈에게 산은 속으로 대답했다. 가끔 정원을 거니는 것 외에는 저택에서 꼼짝도 하지 않는 그녀. 마치 새장 문이 열릴 때까지 가만히 날개를 접고 기다리고 있는 새 같아 불안했다.

"사방에서 경호팀이 감시하고 있으니까, 위험한 일은 없을 거야."

산의 시선이 다관의 입구 쪽에 서 있는 진옌에게 닿았다. 경호팀장인 그가 귀에 꽂은 리시버로 직원들에게 지시를 내리고 있었다. 한적한 풍광에 젖은 듯 편안해 보이는 산도 사실 주변에 대한 경계심을 늦추지 않고 있었다.

통리에는 몇 번 와 본 적이 있었지만, 여자와 함께한 것은 처음이었다. 작은 탁자를 사이에 두고서 마주 보는 두 좌석밖에 없는 작은 다관이었지만 자신의 앞에 있는 하빈을 보니 마음이 흡족했다. 시끌시끌한 상하이에서 함께 벗어나 있다는 것만으로도 즐거웠다. 말이 없어도 편안했다. 아니, 가만히 바라보고만 있어도 좋았다. 여기에서 좀 더 욕심을 부린다면 그녀의 환한 웃음소리가 있었으면 한다는 정도. 아직은 무리겠지.

빈 찻잔을 내려놓은 산이 손을 내밀었다.

"다 마셨으면 일어나지."

햇살을 받아 은빛 비늘처럼 일렁이는 수면을 바라보고 있던 하빈이 자리에서 일어난 산을 올려다봤다. 앞으로 내밀어져 있는 손이 말없이 그녀를 재촉했다. 하빈은 순순히 그의 손을 잡았다.

난간에 붙어 있는 계단 아래로 손님을 기다리고 있는 쪽배들이 정박해 있었다. 햇빛을 차단하기 위한 작은 지붕이 있는 쪽배를 고른 산이 잡고 있는 하빈의 손을 끌었다.

"어서 오십시오."

뱃전에 앉아 있던 사공이 일어나 노를 잡았다. 하빈을 지붕 아래쪽에 앉힌 산이 사공에게 말했다.

"운하를 따라 한 바퀴 돌아 주십시오."

"네, 그러지요."

진옌과 경호원들이 뒤따라 다른 배를 잡아탔다. 이리저리 돌아다니는 산의 일정에 진옌은 불만이 가득 쌓인 얼굴이었다.

나무로 만든 배의 지붕에도 작은 홍등紅燈이 걸려 있었다. 지붕을 받치고 있는 네 개의 기둥 각각마다 매달려 물결을 따라 흔들거렸다.

태양이 높이 올라갈수록 햇살이 점점 강해졌다. 선글라스 덕에 눈이 부시지는 않았지만, 햇살에 부딪힌 얼굴이 따가웠다. 하빈은 운하 쪽으로 길게 뻗은 나뭇가지들을 스쳐 만졌다. 막 돋아나기 시작한 연초록빛의 새잎들이 반들반들했다.

그녀는 어쩐지 휴가 중에도 다 풀어 놓지 못하고 있던 긴장이 조금씩 옅어지는 것 같았다. 흔들리는 수면 위. 사공이 젓는 노를 따라 천천히 나아가는 배.

선글라스 아래에 있는 붉은 입술이 살짝 미소를 띠었다. 어쩐지 산의 의도를 알 것 같았다. 총격 사건의 충격과 위협하는 자가 있다는 사실에 불안해할 자신을 위로하고 싶었던 건가.

산이 하빈의 무릎을 톡톡 두드렸다. 그의 손가락이 앞에 나타난 다리를 가리켰다.

"저 다리가 통리에서 제일 아름다운 다리인 창칭챠오長慶橋야."

하빈은 둥근 아치를 그리고 있는 돌다리를 봤다. 아름다운가? ……잘 모르겠다. 창칭챠오 아래로 쪽배가 통과했다. 산은 가이드가 되어 그녀에게 통리의 명소에 대해 하나씩 설명해 줬다. 창칭챠오 외에 다른 두 개의 다리와 정원, 고택들에 관해서.

쪽배에서 내리자, 마침 점심때였다. 조금씩 많아진 관광객들이 점심을 먹기 위해 모두 식당에 몰려 있었다. 거리에 있는 작은 음식점들에도 다닥다닥 손님들이 붙어 앉아 있었다. 운하에서 잡은 수산물로 만든 탕에 따뜻한 밥이 나왔다. 작은 철제 국자로 뜬 탕을 빈 접시에 담아 하빈 앞에 놓았다.

"어서 먹어요. 아침부터 나서서 계속 돌아다녔으니, 꽤 배가
고플 거야."

배가 고픈지는 잘 모르겠다. 그러나 하빈은 긴 나무젓가락을
집어 들었다. 꼬치꼬치 캐묻는 것보다는 차라리 음식을 먹는 것
이 낫다. 그제야 산도 자신의 빈 접시를 채웠다. 숟가락으로 탕
을 떠먹었다. 게 철이 아니라서 상하이 게가 없는 것이 약간 아
쉽기는 했지만, 그럭저럭 먹을 만은 했다. 어차피 상하이 게, 다
자셰大閘蟹가 가장 맛있을 때는 찬바람이 불기 시작하는 10월부
터 12월까지다.

총격 사건이 있던 날 갔던 신광쥬쟈의 게도 괜찮았지만, 제철
이 아닌 탓에 맛이 약간 떨어지는 것은 어쩔 수 없었다. 철이 돌
아오면, 그때 하빈에게 가장 맛있는 다자셰를 사 줄 생각이다.

산과 하빈처럼 상하이에서 놀러 온 사람들부터 비행기를 타
고 온 알록달록한 외국인들까지, 앉아 있는 테이블의 메뉴는 모
두 비슷했다. 어떤 사람은 거리에서 산 전통 떡을 내놓아 함께
먹었다.

밥그릇의 바닥이 보일 때쯤, 묵묵히 식사만 하던 산이 침묵을
깼다.

"저녁에 친한 친구의 여동생 생일 파티가 있어."

음식 그릇에 코를 박듯 고개를 숙인 채 젓가락질만 하고 있던
하빈이 얼굴을 들었다.

"지난번 총격이 있었던 날 잠깐 봤던 녀석인데, 당신은 기억
못 할지도 모르겠군. 그날 충격이 컸을 테니까."

"……기억해요."

가까워 보이던 두 남자를 기억하고 있었다.

"위선. 아, 그 녀석의 이름이지. 위선의 여동생인 쯔링의 생일이라서. 원래 날짜는 좀 남았는데, 그때 여행을 간다고 미리 당겨서 한다더군."

그 때문에 쯔링과 탕 할머님이 서로 고집을 부려 애를 먹었다고 위선이 투덜거리는 전화가 왔다. 친구들과 함께 가기로 한 여행 날짜가 하필이면 쯔링의 생일이라고 했다. 그래서 쯔링은 당겨서 생일 파티를 열고 싶어 했고, 탕 할머님은 당연히 여행을 취소하라고 한 모양이다. 평소라면 얌전히 말을 들었을 쯔링이 이번에는 막무가내로 고집을 세운 모양이다. 질색하는 아버지까지 끌어들여 탕 할머님을 설득시킨 것을 보면…….

덕분에 산도 파티 초대장을 어제 받았다. 아마 지금쯤 파티 초대장을 받은 사람들은 참석 유무를 두고 심각한 고민에 빠져 있을 것이다. 잡혀 있는 스케줄을 취소하는 것은 물론이고 선물을 준비해야 할 테니.

"내 파트너로 파티에 함께 가 주겠어?"

하빈은 고개를 비딱하게 갸웃했다. 굳이 그녀의 의사를 물어오는 저의를 모르겠다.

"나는 상관없지만, 당신이 곤란해질 텐데요."

신광쥬쟈에서 있었던 총격 사건은 손을 써서 묻혔을지 모르지만, 함께 식사를 했던 그녀의 존재에 대해서는 이미 소문이 나 있을 것이다. 호텔에서 봤던 사람들도 있고…….

산이 진지한 얼굴로 말했다.

"날 신경 쓸 필요는 없어. 지금 중요한 건 당신의 의사야. 가기 싫은 곳을 억지로 갈 필요는 없으니까.”

“내가 싫으면 가지 않아도 된다는 뜻?”

산이 고개를 끄덕였다. 그러다 강한 눈빛을 하며 팔을 뻗어 하빈의 손을 잡았다.

“단, 일단 한 번 참석하겠다는 말이 나오면 취소는 불가능해. 그다음에는 가기 싫다고 말해도 소용없어.”

“내가 참석하기 싫다고 하면, 당신은요?”

“당연히 나도 불참인 거지.”

하빈이 이해할 수 없다는 듯 미간을 찡그렸다.

“굳이 그럴 필요가 있나요? 당신만이라도 혼자 참석하면 되잖아요.”

“이렇게 근사한 파트너를 외롭게 두고서, 나 혼자 파티에 가면 무슨 재미가 있을까? 차라리 저택에서 당신이랑 함께 있는 게 낫지.”

“하지만 친한 친구라고 했잖아요? 위선이라는……?”

“어.”

“그런 친구의 여동생 생일인데…….”

“내 친구는 위선이지. 쯔링이 아니야.”

단호하게 긋는 선. 선 안과 밖의 온도 차가 얼마나 극심한지 알 수 있을 정도였다.

따뜻한 양광 아래에 그늘이 진 것처럼 서늘한 기운이 지나갔다.

산은 놀란 듯 살짝 커지는 하빈의 눈동자를 주의 깊게 살폈다. 그녀의 생각을 알려면 그녀가 무의식적으로 내보이는 아주 작은 반응도 지나쳐서는 안 된다. 워낙 무반응에 감정 표현이 없는 여자라 무심한 눈길 하나가, 희미한 눈썹의 떨림 하나가 그녀의 내심을 보여 주기 때문이다.

산도 굳이 파티에 가고 싶지는 않았다. 할아버지와 탕 할머님의 잔소리가 좀 시끄럽겠지만 감수하면 될 일이었다. 위선에게는 자신이 말하면 이해할 것이고.

산은 약간 경직되어 있는 하빈의 얼굴을 새삼 다시 살펴보았다. 그녀의 무엇이 자신을 잡아끄는 것일까. 유리 벽과 마주하고 있는 듯한 분위기인가. 아니면 위태로워 보이는 여자에 대한 보호 본능?

산은 짧게 코웃음을 쳤다. 언제부터 자신이 연약한 여자들을 보호하고 싶어 하는 기사도가 높았다고……. 그러나 중요한 것은 하빈이 그의 심장을 끌었다는 것이다. 그녀를 옆에 두고 싶은 욕심이 났다. 그러자면 그녀를 사람들에게서 숨겨 두어서만은 안 된다. 사람들에게 자신들의 관계를 공식적으로 내보이면서 알릴 필요가 있다. 사람들에게 그녀가 자신의 여자라는 것을 인식시켜야 했다. 특히, 당사자인 하빈에게도 말이다. 어쩌면 단단히 인식시켜 줘야 할 사람이 하빈일지도…….

필요하지만, 강요는 싫었다. 그녀의 의사를 무시하고 강압적으로 굴고 싶지 않았다. 물론 그녀가 그를 피해 달아나려고 할 때라는 가정을 제외하고서 말이다.

한 달. 삼십 일. 너무 짧은 시간이다. 하빈은 그 기간만 지나면 될 거라고 안심하는 모양이지만, 산은 하빈에게 본격적으로 집중하기 위해 주변을 정리해야 하는 기한으로 생각하고 있었다. 정 안 되면, 다시 필요한 이유를 만들어 내면 될 일. 그때까지 그녀의 닫혀 있는 마음을 조금씩 열리게 해야 했다. 매일 괴로워하고 있는 악몽에 대해서도…….

"저택에서 단 둘이 놀까?"

낮게 깔리는 그윽한 음성에 담겨 있는 욕망.

하빈은 무의식적으로 눈길을 피했다. 마치 자신을 찌르려는 듯한 칼날을 피하듯이. 육감이 말하고 있었다. 이 남자와의 관계는 피하는 것이 좋다고. 인식하지 못하는 사이 하빈의 입술이 움직였다.

"파티에 참석할게요."

어쩐지 지금은 그와 단 둘이 있는 상황을 피하는 것이 좋을 듯싶다. 사람들의 집요한 시선을 감당하는 것이 지금 그녀를 바라보는 산의 눈빛을 마주하는 일보다 견디기 쉬울지도.

산의 입술이 미소를 지었다. 그러나 검은 선글라스에 가려진 그의 눈빛은 소유욕으로 이글이글 타오르고 있었다. 유혹에 능한 꽃사슴이 본능적으로 위험을 감지하고 뒷걸음질 치려 하고 있었다. 산은 미소를 지우지 않은 채 하빈의 손을 들어 올렸다. 그녀의 손등에 짧게 키스를 했다.

'지금은 그대의 뜻대로.'

쇼윈도의 마네킹들이 입고 있는 신상품의 컬러는 봄을 말해 주듯 화사한 핑크였다. 분홍색 체크무늬가 들어간 가방에 꽃분홍색 원피스가 보는 사람의 눈을 질리게 만들었다. 평범한 사람은 소화하기 힘든 색상이다.

하빈은 흥미 없는 얼굴로 소파에 앉아 있었다. 옷걸이에 걸려 있는 짧은 미니 원피스와 흰색 칠부바지, 진초록색의 타이트한 투피스, 허리선이 짧은 재킷과 조끼, 선반에 놓여 있는 가방에 액세서리까지, 어떤 것도 그녀의 눈을 잡아끌지 못했다. 아이보 리색 가죽 소파 팔걸이에 기대앉은 하빈의 무관심에 부티크의 여주인이 안절부절못했다. 그럼에도 곁에 있는 산의 눈치를 보며 애써 웃는 얼굴을 지었다. VIP 중에서도 특별한 고객이었다. 항상 비서를 통해 선물로 구입하던 화렌의 회장이 직접 여자를 데리고 오다니……. 당장 가십지에 투고하고 싶을 정도로 입이 근질근질했지만, 입조심을 해야 한다는 것을 알기에 애써 모르는 척 굴었다. 화렌 회장에게 밉보여 좋을 것이 없으니까.

무관심한 하빈 대신, 산이 꼼꼼하게 필요한 것들을 주인에게 요구했다. 저녁에 있을 파티에 참석하기 위한 이브닝드레스가 필요했다. 머리 손질과 메이크업까지 한곳에서 가능한 부티크를 찾아 골랐다. 다른 손님은 받지 않을 것을 요구하며 추가 비용을 더 내기로 했다. 파티장에서 지겹게 겪을 시선들을 부티크에서부터 미리 시작할 필요는 없으니까.

"오늘 참석할 파티의 드레스와…… 일상생활에 필요한 옷들도 좀 보여 줘요"

"네, 회장님."

날래게 대답한 여주인은 곧장 하빈에게 권할 옷들을 고르러 갔다.

명품 매장들이 빼곡하게 들어선 거리 뒤편으로 숨어 있듯이 자리한 가게들은 특별히 아는 사람들만 찾을 수 있었다. 공인들에 의해 일정한 개수만 나오는 특별한 물건들. 옷부터 시작해서 보석과 핸드백, 구두까지, 단 하나도 평범한 것들이 없었다.

산은 블랙으로만 꽉 차 있던 하빈의 여행 가방을 기억했다. 싫어한다면서도 검은색만을 입고 있는 그녀. 마치 검은 장벽을 두르고 있는 것처럼.

산은 그녀에게 다른 색을 입히고 싶었다. '금색조' 처럼 우아한 골드에서부터 무지개처럼 알록달록한 색깔까지.

그녀가 쓰고 있는 가면을 부수려면 그녀의 색부터 바꿔야 했다.

산이 안쪽 소파에 인형처럼 가만히 앉아 있는 하빈을 보다 점원에게 그녀가 듣지 못하도록 낮은 목소리로 뭔가를 지시했다. 점원은 고개를 끄덕이더니 주인을 찾아 자리를 비웠다. 잠시 후 돌아온 주인과 점원의 팔에는 색색의 드레스가 잔뜩 들려 있었다.

바닷빛의 차가운 군청색과 회색의 미니 드레스가 제외됐다. 진홍빛 레드 드레스도 빠졌다. 앤티크한 비즈가 잔뜩 달려 있는 아이보리 드레스도 뺐다.

산의 까다로운 심사에 마지막까지 남은 것은 무릎 아래까지 오는 따뜻한 크림색과 화이트의 롱 드레스였다. 시폰으로 만든 크림색의 드레스는 꽃잎이 겹쳐지듯 얇은 천을 겹겹이 둘러 걸을 때마다 사각사각하는 소리와 함께 치맛자락이 나풀나풀 날렸다. 얇은 천이 허리에서 가슴 선까지 휘감겨 아름다운 몸매가 유혹적으로 드러났고, 한쪽 어깨가 드러나는 대신 반대쪽 어깨에는 꽃잎 한 장을 묶은 듯 리본으로 매여 있었다. 화이트 드레스는 바닥까지 끌리는 롱 드레스로 광택 도는 실크의 반드르르한 촉감이 한눈에 보였다. 목뒤에서 묶도록 되어 있는 홀터 넥으로 가슴 선을 봉긋하게 모았고, 등이 허리까지 깊숙이 파여 있었다. 머메이드라인으로 떨어져 뒤편으로 하늘하늘한 레이스가 끌렸고, 중심선을 따라 크리스털이 박혀 반짝거렸다.

둘 중에 산은 홀터 넥의 흰 드레스를 골랐다. 블랙 대신 화이트. 그녀의 벽을 부수고 싶은 그의 내심이 은연중 드러났다. 팔의 상처야 피부와 같은 색의 밴드로 가린 데다가 화장으로 숨길 수 있을 것이다. 안 되면 드레스와 어울리는 화사한 숄을 걸쳐도 되고…….

"하빈."

그녀가 고개를 돌렸다. 산이 드레스를 내밀었다.

"이게 당신에게 잘 어울릴 것 같아."

드레스의 흰색이 눈에 들어왔다. 하빈의 눈동자가 경직되었다. 눈이 시릴 정도로 깨끗한 화이트 톤이 그녀의 핏기를 가시게 만들었다. 불현듯 과거의 한 장면이 떠올랐다. 갈기갈기 찢어진 흰 드레스. 지저분한 핏자국과 섹스의 더러운 흔적들. 마치 주인처럼 걸레로도 쓸 수 없을 정도로 넝마가 되어 구석에서 굴러다니던…….

"빈?"

그녀의 낯빛이 눈에 보일 정도로 창백해지는 것을 보았다. 가장 싫어하는 색은 검정이라고 했지만 정작 지금 보이는 반응을 보면 흰색을 제일 질색하는 것 같다. 어째서?

산이 목 끝까지 차올라 있는 궁금증에 또 하나를 추가했다. 다그쳐서 들을 수만 있다면, 지금이라도 사정없이 몰아쳐서 물을 텐데……. 하지만 정작 가장 큰 문제는 하나도 털어놓지 않는 그녀였다.

조가비처럼 입술을 다문 채 텅 빈 눈으로 드레스를 보던 하빈이 천천히 말했다.

“……검은 드레스로 다시 골라야겠네요.”

산이 말없이 바라보다 그녀의 손에 깍지를 끼며 잡아 일으켰다. 작은 아파트의 거실처럼 넓은 탈의실에 들어와 그녀를 돌려 마주 세웠다.

“이 드레스로 입어. 당신에게 잘 어울릴 거야.”

“난…….”

“검은색을 싫어한다고 했잖아. 싫은 걸 굳이 고집할 필요는 없어. 자기가 좋아하는 일만 하고 살아도 부족한 게 인생인데, 왜 스스로를 괴롭히는 거지?”

거짓은 통하지 않았다. 그래서 하빈은 대답을 포기하는 쪽을 선택했다. 그가 낮은 어조로 통보했다.

“이 드레스로 갈아입기 전에는 이곳에서 나갈 수 없어.”

“……그래도 내가 갈아입지 않겠다고 하면요? 여기에 계속 가둬 두겠다는 건가요?”

“강제로 갈아입힐 수도 있어. ……내가 그러길 바라는 건가?”

지금도 충분히 강제적인 상황이면서……. 하지만 그가 강압적으로 옷을 벗기는 것까지는 생각지 않았다. 아침부터의 외출로 컨디션도 바닥이었고, 겨우 옷 색깔 하나로 고집 피우는 것도 피곤했다.

처음에는 흰색과 화사한 색상만 봐도 비명을 질렀지만, 시간이 지나면서 조금씩 누그러졌다. 그래도 무의식중에 피하고 있었다. 자신과 어울리지 않는 색들 같아서 좋아하면서도 바라만 봐야 하는 상대가 되어 버렸다. 하빈이 가볍지 않은 한숨을 길게 내쉬었다.

그녀의 망설임을 잘라 버리려는 듯 산이 하빈의 블라우스 제일 위에 있는 단추를 풀었다.

툭.

두 번째 단추도 풀었다. 가슴골이 살짝 드러났다. 반달처럼 부푼 젖가슴을 감싼 브래지어의 레이스가 그의 손가락을 건드렸다. 막 세 번째 단추를 풀려고 할 때였다. 하빈이 그의 팔에 걸려 있는 드레스를 낚아채며 뒤로 물러났다. 벌어진 블라우스 앞자락을 움켜쥐고 말했다.

"……갈아입을 테니까, 나가요."

산은 위로 들린 손을 아쉬워하며 내렸다. 강제로 갈아입히지 않아도 돼서 좋지만, 그녀의 옷을 벗기는 즐거움을 접어야 하는 것은 약간 섭섭했다. 뭐, 오늘 밤의 즐거움으로 남겨 두는 것도 좋겠지.

산이 나가고 밖에서 대기하고 있던 직원이 안으로 들어왔다. 하빈은 손에 드레스를 든 채 힘없이 소파에 풀썩 앉았다. 광택이 도는, 매끄러운 실크의 감촉이 손안에서 맴돌았다. 화이트 계열의 옷을 몇 년 만에 입는 건지.

"저……."

하빈이 돌아봤다. 직원이 주저하면서 말했다.

"……서둘러야 하는데요."

머리에 메이크업까지 하려면 남은 시간이 빠듯했다. 미적거리는 손님을 재촉해야 할 정도로.

하빈은 잠겨 있는 남은 단추들을 하나씩 풀었다. 입겠다고 마음먹었으니까. 단추를 푸는 손가락은 경직되어 있었지만, 멈추지는 않았다.

탈의실 문이 열렸다. 소파에 앉아 기다리던 산의 눈초리가 부드럽게 휘어졌다. 그의 선택이 잘못되지 않았다. 아니, 100점 만점에 100점짜리를 고른 듯했다. 매끄러운 피부 결을 살려 주는 화이트 톤이 그녀의 인상을 180도 바꿔 놓았다. 뇌쇄적이고 농염하던 그녀가 이제는 청순하면서도 은은한 관능미를 감춰 두고 있는 듯한 분위기를 풍겼다. 풍만한 가슴에서부터 잘록하게 들어간 허리와 둥근 엉덩이 선까지 드러내는 드레스가 무릎 아래에서 퍼져 물결쳤다. 한 걸음씩 걸을 때마다 드레스에 박혀 있는 크리스털들이 빛을 받아 불꽃처럼 반짝거렸다. 우아한 어깨 선에 이어진 곧은 등줄기가 사람들의 시선을 유혹했다. 깔끔하게 머리를 틀어 올려 긴 목선이 깨끗하게 드러났다. 펄이 들어간 보랏빛의 아이섀도로 눈가를 강조했고, 입술도 펄이 들어간 립글로스만 발랐다.

흑조가 깃털 색이 바뀌어 백조가 되었다. 색만 바꾼 건데도, 다가오는 분위기가 아주 상반되었다. 왠지 그녀가 흰색을 입지 않으려고 하는 이유를 알 것 같기도 하다. 약한 바람에도 부러질 듯한 연약한 날개. 블랙과 무심한 얼굴로 위장한 채 뒤로 감춰 두었던 모습이 아주 미약하나마 드러났다. 그게 마음에 들지 않겠지.

산은이 한걸음에 다가가 그녀의 반듯한 이마에 가볍게 입술을 맞췄다. 그녀에게서 나는 달콤한 향기가 강해졌다.

"항상 아름다웠지만, 그중에서 지금이 제일 아름다운 것 같아. 물론, 사랑을 나눌 때는 빼고 말이야."

뒷말은 고개를 숙여 그녀에게만 들리도록 귓가에서 속삭였다. 화장으로도 다 감추지 못한 듯 아직도 창백한 기운이 남아 있었다. 블랙을 벗기긴 했지만, 그녀의 마음속에 닫혀 있는 문은 더욱 단단해진 듯했다. 싫어하면서도 받아들인 것은 줄다리기에 신경을 쓰고 싶지 않다는 거겠지.

그녀가 보이는 반응은 거의 대부분 비슷했다. 무관심하거나 상대방의 의사대로 따라간다. 의견이 어긋날 때도 자신의 생각을 주장하기보다는 상대방의 결정에 맡겨 버린다. 마치 태엽을 감아 놓은 인형처럼. 어떻게 하면 당신의 태엽을 풀어 버릴 수 있을까.

그녀의 눈을 응시하며 위로 들어 올린 그녀의 양 손등에 키스했다. 그녀의 서늘한 체온이 그의 열기를 부채질했다. 그가 부드럽게 웃었다.

"내 공주님."

하빈이 공작 깃털처럼 길게 뻗은 속눈썹을 깜박거렸다.

"내가 공주면 당신은 뭐죠?"

"그야 당연히 왕자지. 공주 옆에는 당연히 왕자가 있어야 하는 거잖아."

하지만 그에게는 왕자가 어울리지 않는 것 같다. 그는 왕이어야 할 남자였다. 왕의 계승자인 왕자가 아니라, 옥좌에 당당히 앉아 호령하는 왕 말이다.

"동화책에 나오잖아. 공주님은 왕자님을 만나 영원히 행복하게 살았습니다라고."

Ever after. 동화의 해피 엔딩.

"……영원히 행복하게 살았습니다. 그게 실현 가능하다고 생각하는 건 아니겠죠?"

"불가능할까?"

"동화라면. 하지만 우린 현실에서 살아가고 있죠."

'영원히' 의 '영' 자도 믿지 않는다는 투다.

행복이 뭔지 모르겠다고 하빈은 생각했다. 묻어 버린 과거의 한 부분에 행복하다고 느꼈던 적도 있었던 것 같은데, 아무리 되새김질해도 어떤 느낌인지 떠오르질 않았다. 슬픔도, 행복도, 애정도……, 모두 흐릿하기만 하다.

대신 마이너스의 감정들은 넘쳐흐른다. 두려움, 공포, 미움……. 그래서 차단했다. 감정을 느끼는 세포들을 죽였다. 그녀가 서 있는 현실의 바닥은 무채색의 푸석푸석한 모래 더미였다. 조금씩……, 조금씩 발을 내딛을 때마다 아래로 꺼져 내려가는…….

산이 무채색의 문을 두드렸다.

"동화를 현실로 만들면 되겠지."

현실로 만들 거다. 적어도 함께 있는 동안은 그녀가 행복하도록.

산은 자신의 마음이 그녀에게 꽁꽁 묶여 단단히 매듭지어진 것을 느꼈다. 촘촘하게 묶여 쉽사리 풀어낼 수도 없었다. 풀고 싶지도 않았다. 오히려 그녀와 엮여 있는 끈을 한 번 더 둘러매어 두고 싶은 심정이다.

　와이탄의 부두에 정박해 있는 커다란 유람선에 초대장을 내민 손님들이 승선하고 있었다. 황푸黃浦강을 오르내리는 유람선보다 조금 더 큰 이 배는 탕가의 물건이었다. 색다른 파티 장소를 고르던 탕쯔링이 자신들이 소유한 유람선을 택한 것이다.
　유람선 외곽으로 환한 등이 주렁주렁 매달려 있었고, 갑판 아래의 넓은 파티장에서는 흥겨운 음악이 흘러나왔다. 요리사들이 준비한 아름다운 음식들이 손님들의 입을 즐겁게 해 주기 위해 나란히 줄지어 놓여 있었다.
　오늘의 주인공인 탕쯔링은 디오르의 짧은 레드 드레스로 섹시하면서도 발랄하게 꾸몄다.
　초대 시간이 넘으면 배는 부두를 떠나 강 동쪽으로 향한다. 푸동의 마천루와 와이탄의 야경이 유람선의 좌우로 펼쳐지게 되는 것이다.
　부두에 정박해 있는 커다란 유람선을 올려다봤다. 유난히 과시하기를 좋아하는 탕 가주의 성격이 배의 규모에서 드러났다. 선박업을 하는 것도 아니면서, 이렇게 큰 배가 왜 필요한지 알 수가 없어 산은 미간을 찌푸렸다. 이러니 탕 할머님도 아들 대신 손자인 위선에게 힘을 실어 주고 있는 것이리라.
　계단 앞에서 기다리고 있던 승무원이 배의 메인 홀로 산과 하빈을 안내했다. 전통적인 검은 턱시도에 검정색 나비넥타이를 맨 산은 남성적인 페로몬을 풍겼다. 각이 진 어깨와 날렵한 허리

에 긴 다리는 턱시도의 선을 잘 살려 섹시하기까지 했다. 야성적
인 야수가 슈트를 갖춰 입은 채 나타난 듯했다. 그의 곁에 대조
적으로 화이트 드레스를 입은 하빈 또한 절로 눈에 띄었다. 블
랙과 화이트가 어우러져 자연스럽게 사람들에게 커플로 인식되
었다.

사람들의 시선이 집중되었다. 산이 하빈의 팔을 단단히 옆에
꿰어 차며 홀의 중앙으로 이끌었다. 따가울 정도로 몰리는 사람
들의 시선에도 하빈은 담담했다. 익숙한 거군, 신경 쓸 필요도
없을 정도로. 산이 쓴웃음을 물었다 지웠다.

"안녕하십니까, 할머님."

산이 금색 봉황이 수놓아져 있는 보라색 치파오를 입은 탕 노
부인에게 인사를 했다.

"어서 오너라."

인사를 받으면서도 탕 노부인의 눈길은 산의 옆에 붙어 있는
하빈에게 꽂혀 있었다. 솔솔 연기만 피우고 있던 소문의 아가
씨. 연륜이 묻어 있는 노회한 눈길이 하빈을 구석구석 파헤치고
있었다.

"여긴 제 파트너인 하빈 양입니다."

하빈이 고개를 숙였다. 탕 노부인이 기쁘다는 듯 웃었다.

"어서 와요, 아가씨. 항상 혼자 왔다 삐죽 얼굴만 내밀고 사
라지던 녀석이 아가씨를 데리고 오다니 아주 흥미롭군요."

정말 재미있는 장난감을 발견한 듯 눈이 반짝반짝했다. 당장 유
럽에 있는 류 노회장에게 전화를 걸어 약을 올리고 싶을 정도로.

여동생의 파트너로 손님을 맞고 있던 위선은 하빈이 들어올

때부터 고개를 갸웃거리고 있었다. 분명 같은 여자인데……. 의아한 눈으로 쳐다보자, 산은 의뭉스럽게 웃기만 했다. 옷 색깔만 바뀐 것 같은데, 풍기는 분위기가 싹 돌변했다. 검붉은 카틀레야가 나뭇가지에 피어난 설화雪花로 변해 있었다. 여자들이야 화장으로도 수십 번 돌변하지만, 좀 심하지 않나.

탕쯔링은 기분이 나빠 하빈을 향해 눈을 할기고 있었다. 하빈이 들어서면서 사람들의 관심이 모두 그녀에게로 쏠렸기 때문이다. 오늘의 파티 주인공은 바로 자신인데도. 게다가 그녀가 산의 파트너라는 것도 마음에 들지 않았다.

"생일 축하한다, 쯔링."

"설마, 생일 파티에 빈손으로 온 것은 아니겠죠?"

쯔링이 아무것도 들려 있지 않은 손을 보며 물었다.

"내일 저택으로 갈 테니까, 그때 확인해 보도록 해. 마음에 들지 않으면 명함을 넣어 뒀으니까, 전화해서 바꾸도록 하고."

산이 잊지 않고 자신의 선물을 챙겼다는 사실에 쯔링은 기분 나빴던 것도 잊었다.

"선물이 뭔데요?"

"지금 말하면 개봉할 때의 즐거움이 없잖아."

"아이! 내가 궁금증을 못 참는다는 걸 알잖아요!"

쯔링이 산의 팔에 매달리며 응석을 부렸다. 산이 부드럽게 웃으면서 잡힌 팔을 단호하게 뺐다.

쯔링이 눈을 치켜떴다. 탕 노부인과 위선도 놀랐다. 친구의 여동생이지만, 항상 자신의 혈육처럼 놀아 주고, 받아 주던 산이 거리를 두려고 한다. 세 사람의 시선이 원인을 찾아 산에게서 자연스럽게 하빈으로 이동했다.

"산 오빠!"

여동생의 생떼가 나오려고 하자, 위선이 앞으로 나섰다.

"자, 자. 저쪽에 마실 거랑 준비되어 있으니까 목이라도 축이자고. 하빈 양도 함께 가시죠."

여동생의 오랜 짝사랑을 알고 있지만, 실현 불가능하다는 것도 알고 있었다. 그것은 할머님도 알고 계셨다. 산의 짝으로 응석받이인 쯔링은 어울리지 않았다. 그런데도 포기하지 못하고 미련을 떨고 있었다.

"지난번에 잠깐 봤을 때는 인사를 나눌 상황이 아니었죠?"

하빈이 고개를 끄덕였다. 총격에 경호원들이 우르르 몰려와 소리를 지르던 때였다. 인사보다 병원을 가는 것이 급했다.

"그때 다친 것은 괜찮은가요?"

"괜찮습니다. 염려해 주셔서 감사합니다."

대화가 매끄럽게 이어지지 않고 토막토막 끊어지는 듯해 위선은 곤혹스러웠다. 처음 봤을 때도 말이 많지 않았다. 충격으로 말을 할 겨를이 없다 싶었더니, 그게 아니었던 모양이다. 그때도 이상하다고 생각했지만, 지금 다시 봐도 껄끄러웠다. 명쾌하지 못한 느낌. 인상을 판단하는 데 거리낌이 없던 그였는데, 이 여자만은 모호했다. 그래, 모호. 파악하기 힘든 얼굴은 경계심을 던진다. 차라리 싸구려 콜걸의 인상이었다면 한 번 혀를 차고 말았을 텐데.

위선이 힐끔거리자, 산이 눈썹을 미미하게 찌푸리며 그녀의 허리를 감싸 자신에게 더 가까이 붙였다. 이 또한 색다른 모습이다. 친구인 자신에게 질투심을 드러내다니.

위선이 산의 어깨를 툭 쳤다.

"그만 좀 당겨라. 너 때문에 하빈 양이 제대로 걷지도 못할 것 같다. 하빈 양이 어디 도망이라도 가냐?"

장난처럼 던지는 농담 속에 뼈가 박혀 있었다. 산이 재미있다는 듯 미소 지었다.

위선은 등줄기에 소름이 오싹 돋았다. 뭐, 뭐냐! 입술은 웃는데, 눈은……, 마왕의 눈이다. 무슨 일이냐고! 그냥 농담이었는데. 농담이었다고!

산이 팔에 힘을 줘 가는 허리를 단단히 움켜잡았다.

"어떻게 알았냐? 언제 어디로 날아갈지 모르는 여자라서 말이야. 분수도 모른 채 달려들려고 하는 늑대들도 많아서 안심이 안 돼."

하긴 이렇게 예쁘니 욕심이 안 나면 남자가 아니지라고 중얼거리는 녀석이 정말 자신이 알고 있는 친구가 맞는지 위선은 의심스러웠다. 낯간지러운 소리도 소리지만, 암컷을 지키려는 수컷 늑대처럼 으르렁거리는 것이 신기하기도 했다. 위선이 고개를 저으며 테이블에 준비되어 있는 와인 잔을 들었다. 아무래도 알코올이 필요했다.

하지만…… 녀석은 장난이 아니다. 알 수 있었다, 남자의 진심이라는 걸. 와인이 타는 듯한 갈증을 달래며 울렁거리던 머릿속도 진정시켰다.

산은 알코올이 들지 않은 오렌지빛의 칵테일을 하빈에게 건네주고 있었다.

휴. 위선이 긴 한숨을 숨기지 않고 토해 냈다. 산의 곁에 달라붙어 있는 두 층견의 고층이 아이맥스 영화관을 관람하듯 눈에 보였다. 앙앙불락이겠군. 자신도 불안한데, 두 녀석, 특히 리강의 예민한 안테나야 말할 필요도 없었다.

천장에 달린 육중한 샹들리에가 반들반들한 바닥에 비쳐 반짝거렸다. 구석구석 꽂아 둔 꽃에서 풍기던 향기가 시간이 지날수록 사람들의 향수 냄새에 지워졌다. 사람들이 끊임없이 산을 찾아왔다. 간단한 안부에서부터 침체 중인 부동산 시장과 금융 충격의 여파, 정치 사안까지. 사람들과 대화를 할 때도 산의 손은 한시도 하빈에게서 떨어지지 않았다. 허리를 안은 손이 풀어지면 팔목을 감쌌고 가볍게 어깨에 손을 올려 두거나 손을 잡을 때도 있었다.

산은 다가오는 사람들에게 보여 주고 있었다. 멀찍이 떨어져 주시하는 자들에게 알려 주는 것이다. 그녀가 지금 누구의 곁에 있는지 똑똑히 보라는 듯이.

영악한 자식.

위선이 혀를 내둘렀다. 실속은 실속대로 챙기면서, 경고도 제대로 날리는군.

9.

그가 마주 잡은 손바닥을 엄지손가락으로 문질렀다. 하빈은 깃털로 손바닥을 간질이는 듯해 앞에 서 있는 남자와 대화를 나누고 있는 산을 쳐다봤다. 마치 그 자신은 모르는 일인 것처럼 시치미를 뚝 뗀 얼굴이다.

간질간질.

신경이 살아난다. 말라 버린 뿌리에 생명수가 떨어지듯 죽어 버린 신경 줄기들이 발발거리며 깨어나기 시작했다.

신기하다. 어째서 이 남자의 손만 닿으면 죽어 버린 감각들이 파드닥거리며 눈을 뜨는 걸까.

반갑지 않은 현상에 하빈이 입술 안쪽을 깨물었다. 생생하게 깨어난 감각에 바늘처럼 사람들의 시선이 따갑게 꽂혔다. 더 이상 꽂을 자리가 없는 바늘꽂이가 되었다. 무시하려고 해도 한 번 잡힌 감각들이 떨어지지를 않았다. 도리어 더욱 예민해져 시선들의 종류를 하나씩 분류하기까지 했다.

음험한 욕망이 숨어 있는 남자들의 시선.

더러운 것을 보는 듯한 경멸과 조소가 드러나는 여자들의 시선.

그 외에는 언제라도 쓰고 버릴 수 있는, 재미있는 일회용 장난감을 보는 듯한 관망세.

"산 오빠!"

탕쯔링이 다가오자, 앞을 막고 있던 사람들이 여왕을 맞이하듯 좌우로 길을 내줬다. 탕가의 금지옥엽에게 밉보여 좋을 것이 없기에.

"할머니께서 오빠를 찾으세요."

대화를 나누던 사람들에게 사과의 눈빛을 건넨 산이 걸음을 옮겼다. 그러자 즉각 탕쯔링의 뾰족한 한마디가 날아왔다.

"오빠만 잠시 보자고 하셨다고요."

탕쯔링이 산에게 잡혀 있는 하빈의 손을 당장이라도 잘라 버릴 듯 노려보았다. 일부러 하빈에게는 시선도 던지지 않고 이 자리에 없는 것처럼 유령 취급을 했다. 너 따위가 끼어들 자리가 아니야.

산의 눈빛이 차가워졌지만, 탕쯔링은 알아차리지 못했다. 그녀는 비어 있는 산의 한 팔을 양손으로 덥석 끌어안았다. 입구에서처럼 자신을 뿌리치지 못하도록 단단히 움켜잡았다.

"할머니가 기다리고 계신다니까요. 어서 가요, 오빠!"

팔을 젖가슴에 비비다시피 하자 산은 불쾌해졌다. 이전까지는 탕 할머님과 위선을 생각해 받아 주던 행동들이 오늘따라 역겹게 다가왔다. 아니라고 잘라 냈음에도 계속 깨금발을 하는 아이처럼 구는 녀석이 안돼 보여 받아 주었던 것이 잘못이었나 보다. 처음부터 여지를 두는 것이 아니었다. 그래, 쯔링은 자신의 여동생이 아니다. 자신의 여자에게 상처를 주고 있는 여자에 불과했다.

산은 잡혀 있는 팔을 뿌리치듯 빼냈다. 그의 힘을 이기지 못한 탕쯔링이 비틀거렸지만, 그는 모르는 척 하빈을 돌아봤다. 그녀의 뺨에 가볍게 키스했다.

"금방 돌아올 테니까, 잠시만 기다려 줘. 내가 없어서 심심하다고 다른 사람들을 유혹하지는 말고. 알겠지?"

그의 걱정스런 눈빛이 그녀를 따뜻하게 감싸더니, 주변을 둘러보며 경고를 던졌다. 그가 없는 동안 그녀에게 함부로 굴지 말라는 메시지를 사람들은 똑똑히 이해했다.

"오빠!"

화가 난 탕쯔링이 얼굴을 붉히며 소리쳤다. 그녀의 손을 뿌리치다니! 어째서! 왜! 매섭게 치켜세운 눈초리에 눈물이 매달렸다. 그러나 산은 냉담했다.

"탕 할머님께서 기다리신다고 하지 않았어? 어서 가지."

생각 같아선 따라오든 말든 내버려 두고 싶었다. 그러나 쯔링이 남아 하빈에게 무슨 짓을 할지 모른다.

"산 오빠!"

"앞으로는 함부로 내 몸에 손대지 말아 줬으면 좋겠다. 내게 손을 대도 좋은 사람은 한 명뿐이라서."

기막혀! 쯔링이 입을 딱 벌리며 거친 숨을 씩씩 내쉬었다.

그 장면을 멀찍이서 보고 있던 탕 노부인이 고개를 살래살래 저었다.

"이제야 산이 깨달았나 보구나. 쯔링을 여동생으로 대하기만 해서는 떨쳐 낼 수 없다는 것을 말이야. 언제쯤 저 말이 나올까 싶었더니, 꽤나 오래 걸렸구나."

"할머니."

"당연한 일이지. 쯔링은 네 여동생일 뿐이지, 산의 여동생이 아닌 것을……. 바보 같은 계집아이 같으니라고. 그토록 아니라고 알아듣게 말했는데도 미련을 못 버리더니 기어이 사람들이 모인 자리에서 창피를 당하는구나."

손녀에 대한 못마땅함이 말투에 배어 있었다.

위선이 여동생을 대신해 변명을 주절거렸다. 싫든 좋든 그의 여동생이었다. 그것도 어머니가 같은 형제는 쯔링뿐이지 않은가.

"사랑이라는 감정이 자기가 마음먹은 대로 움직일 수 있는 것은 아니잖아요, 할머니."

"호오. 마치 사랑에 빠져 본 경험이 있기라도 한 것처럼 말하는구나, 위선."

"그게 아니라……."

"그래, 네 말처럼 사랑을 제 뜻대로 움직일 수 있는 사람이 어디에 있겠니? 하지만 쯔링, 저 아이의 지금 모습만큼 보기 싫고 어리석은 것도 없단다. 게다가 과연 쯔링의 감정이 사랑인지도 의문이고."

그 점은 위선도 동감이었다. 쯔링이 품고 있는 감정이 과연 사랑인지는……. 차라리 숭배나 동경과 같은 감정을 가지고 사랑이라 우긴다면 이해라도 하지. 그저 다른 사람들에게 과시하고 싶어 하는 유치한 발상을 하고 있으니. 그런 면에서 보면 쯔링은 아버지의 딸이 분명했다.

탕 노부인이 추억을 더듬듯 아련한 표정을 지었다.

"하지만 산은 사랑에 빠진 것이 틀림없구나."

"위험한 여자처럼 보였습니다."

다가오는 산의 뒤편에 외따로 떨어져 있는 섬 같은 하빈을 보았다. 그녀가 있는 부분만 다른 공간에서 뚝 떼어 놓은 것처럼 이질감이 들었다.

"뭔가…… 불안해요."

탕 노부인이 피식 웃으며 손에 들고 있는 샴페인 잔을 기울였다. 오늘따라 혀끝에 닿는 샴페인이 더욱 달콤한 것 같다. 추억이 녹아내린 맛. 과거의 흔적들이 떠오른다.

"그래서 산이 사랑에 빠진 거겠지."

"네? 그게……?"

위선이 뭐라고 자세히 물으려고 할 때, 산과 쯔링이 가까이 다가와 붙었다. 성난 수소처럼 씩씩거리는 여동생은 얼마나 화가 났는지 빨갛게 달아오른 얼굴로 금방이라도 눈물을 흘릴 기세였다.

그러나 위선은 손을 내밀지 않았다. 처음부터 가망 없는 일이라고 말했다. 그도, 할머니도. 부득부득 우긴 것은 쯔링이었다. 하나뿐인 동복同腹 여동생도 소중하지만, 무분별한 행동을 봐줄 정도는 아니다. 게다가 산은 그에게 꼭 필요한 우방이었다.

탕 노부인이 새 샴페인 잔을 들어 산에게 건넸다. 순순히 잔을 받았지만, 그 속에 담겨 있는 의미를 알 수가 없었다. 그가 샴페인보다 와인을 더 즐긴다는 것을 잘 알고 계신 분이…….

탕 노부인이 자신의 잔을 들어 올렸다.

"건배를 하자꾸나. 마침내 산이 자신의 사랑을 찾아낸 것을."

"할머니!"

쯔링이 빽 고함을 질렀다. 주변을 둘러싼 초대 손님들이 그들을 훔쳐봤다. 그들의 귀에도 탕 노부인의 말이 들려와 더욱 귀를 쫑긋 곤두세웠다. 쯔링이 배신이라도 당한 듯 몸을 부들부들 떨었다. 주먹을 꽉 움켜쥔 채 당장이라도 할머니에게 달려들 것 같았다.

산이 부드럽게 웃으며 샴페인 잔을 올렸다.

"감사합니다, 탕 할머님."

그런 축배라면 얼마든지.

위선도 떨떠름한 기색으로 축배에 동참했다. 이방인이 되다시피 한 쯔링만이 발을 구르다 참지 못하고 자리를 박차고 나갔다. 아무도 그녀를 잡지 않았다. 그녀의 생일 파티라는 것이 무색할 정도로.

샴페인을 한 모금 마신 탕 노부인이 살짝 한숨을 내쉬었다. 안타까움과 안쓰러움이 실려 있었다. 이번에는 산과 위선만이 들을 수 있을 정도로 낮은 목소리로 말했다.

"신에게 기원을……. 네가 찾은 사랑이 어렵고 힘든 고비를 모두 넘기고 네게 안착할 수 있도록 말이다."

산의 얼굴이 굳어졌다. 탕 노부인이 위로하듯 그의 팔을 가볍게 두드렸다.

"네가 찾은 사랑이 쉽지 않다는 거, 알고 있겠지?"

그녀의 눈을 똑바로 마주 보며 산이 천천히 고개를 끄덕였다.

"네."

"……그래."

탕 노부인의 대답은 쌓이고 쌓인 회한 같았다.

"그 아가씨, 아파 보이더구나. 그것도 많이 아파."

그녀가 겪은 세월은 눈앞에 있는 녀석들이 짐작도 할 수 없을 정도로 고난과 인내의 연속이었다. 비록 유복하게 자랐고, 그만큼 부유한 가문으로 시집왔지만 결코 평탄하지만은 않았다. 일본의 만주사변과 전쟁의 비참함을 견뎌야 했고, 공산당 혁명과 문화혁명의 혼란에서 살아남아야만 했다.

전쟁의 아비규환과 혁명의 광기.

그 시간 동안 만난 많은 사람들 중 산의 아가씨와 같은 눈을 한 여자들이 얼마나 많았던가. 삶을 포기한 채 죽음을 택한 여자들. 죽음만을 바란 채 살아가던 유령들. 친손자보다 더 아끼는 산의 사랑이 기쁘면서도 한편으로는 안타까웠다.

"그래서 더 걱정이 되는구나. 너도 함께 아파할 게 눈에 보여서……."

그래도 포기하지 않겠지. 산의 할아버지인 류런도 그랬다. 첫눈에 반한 사랑. 가문도, 약혼녀도 모두 내팽개치다시피 한 채 감싼 사랑. 조국을 버리면서도 지켰던 단 하나의 사랑. 그 핏줄이 어디로 갈 것인가.

산이 자신의 손에 들려 있는 샴페인을 단숨에 비웠다. 슬쩍 올라간 입술 꼬리. 단단한 결심이 서린 눈빛이 약속을 말하고 있었다. 사랑을, 미래를, 행복을, 영원을. 고민할 필요도 없이 결심한 일. 스쳐 지나가 버리는 인연으로 두지 않겠다고.

"할머님의 축하와 기원까지 받았으니, 그녀를 놓치는 일은 절대로 없겠는데요. 할머님의 걱정처럼 그녀가 아프면 저도 아프겠죠. 하지만 그녀가 행복하다면, 저도 행복할 겁니다. 그러니 그녀가 행복하도록 만들 겁니다. 그녀를 아프게 하는 것은 모조리 찾아내 박멸할 테니까요."

산의 환한 웃음이 자욱하게 깔려 있는 어둠을 쫓아냈다. 그래서 탕 노부인도 불안과 걱정을 숨기고 웃었다. 이 아이라면 잘 해결하리라 믿었다.

손끝에서 조금씩 감각이 사라졌다. 답답하고 후덥지근하던 공기가 더 이상 숨통을 죄어 오지 않았다. 셔터가 내려지듯 익숙한 차단 막이 내려졌다. 그의 손길이 떨어지자마자, 세상은 다시 희뿌연 회색빛으로 돌아갔다.

하빈이 알 수 없는 한숨을 내쉬었다. 익숙함에서 오는 안도감인지, 생생하게 살아 있던 감각이 사라진 안타까움인지 스스로도 알 수가 없었다. 그저 명치에 먹구름이 몰려와 겹겹이 층을 이루듯 답답한 것 외에는.

사람들의 시선도 느낄 수 없었다. 보이지 않는 벽에 튕겨지듯 하빈은 무감각의 바다에 다시금 빠져들었다.

고립된 섬. 동물원의 우리처럼 사람들은 밖에서 구경하고 있다. 가까이 다가오지 않는 사람들을 바라보던 그녀는 몸을 돌려 메인 홀을 나와 계단을 올라갔다. 갑판으로 나가자 시원한 밤공기가 그녀를 반겼다. 뱃전에 드문드문 달려 있는 등들이 은은하게 어둠을 밝혀 주었다.

하빈이 고개를 꺾어 밤하늘을 올려다봤다. 현기증이 일 정도로 봤지만, 밤하늘에 박혀 반짝이고 있을 별을 하나도 찾지 못했다. 강의 좌우로 펼쳐져 있는 화려한 야경에 별빛이 죽어 버렸다. 그래도 계속 올려다봤다. 뒤로 꺾은 목이 아플 정도로.

"……어요."

밤하늘을 올려다보며 앞으로 걷는 사이 등 빛이 없는 배의 뒷전에 닿았다. 빛이 없어 어두운 공간이 으슥했다. 하빈의 메마른 눈빛이 난간과 닿아 있는 구석으로 향했다. 밤바람에 흐느끼는 소리가 들렸다.

"제발 비켜 주세요. 놔 달라고요!"

"여기까지 따라왔으면서 이제 와 빼는 척하지 말라고! 서로 좋은 게 좋은 거잖아. 네가 잘만 하면, 내가 이런 곳에서 힘들게 일할 필요 없게 해 줄 테니까."

"싫어요! 술 때문에 어지럽다고 밖까지 부축해 달라고 하셔서 부탁을 들어 드린 거잖아요!"

울먹이는 여자의 항변에 남자가 빈정거렸다.

"이런 곳에서 놀을 만큼 놀았으면서, 못 알아들은 척 구는 거야! 신세 펴게 해 준다는데 왜 이렇게 뻗대는 거야!"

신경질 난 남자가 여자를 윽박질렀다. 비대한 남자와 선 벽에 가로막힌 여자는 제대로 반항도 못 한 채 울기만 했다.

유람선의 파티 도우미로 온 여자는 오늘 초대된 손님들이 얼마나 쟁쟁한 위인들인지 잘 알고 있었다. 하지만 이대로 당하기에는 여자는 너무 억울했다. 이런 남자를 노리고 있는 다른 도우미들을 놔두고, 왜 하필 그녀란 말인가.

남자의 축축한 입술이 목덜미에 닿자 여자는 소름이 끼쳤다. 역한 숨결에 독한 술 냄새까지 풍겨 구역질이 올라왔다. 살려 달라고 소리를 질러 볼까. 메인 홀까지는 사람들과 음악 소리에 들리지 않겠지만, 갑판으로 바람을 쐬러 나온 사람에게라면…….

투두둑.

옷깃이 뜯어지며 단추들이 떨어졌다. 몇 번이나 비명을 지르려고 하던 여자는 매번 힘없이 입술만 깨물었다.

"흑!"

들춰진 치마 사이로 불쑥 들어온 손이 제 것인 양 허벅지와 엉덩이를 주물럭거렸다. 남자의 거친 콧김 소리와 살을 빠는 츕츕한 소리가 여자의 울음소리를 덮었다.

결국 체념한 채 눈을 감고 있던 여자가 뭔가를 느꼈다. 공기 속에 숨어 있는 다른 무언가……. 눈물 가득한 눈으로 어둠에 싸인 앞을 필사적으로 더듬었다. 간신히 잡힌 것은 바람에 날리는 옷자락이었다. 전체 형태가 들어오자, 여자의 눈물이 쏙 들어갔다. 희망의 빛이 감돌았다. 비명을 참듯 꽉 깨물고 있던 입술을 달달 떨었다. 그러나 하빈과 눈을 마주친 여자는 소리도 내지 못하고 벙어리처럼 입만 벙긋거렸다.

주변을 감싸고 있는 어둠보다 더 어두운 눈동자가 말간 빛으로 쳐다보고 있었다.

겹쳐지는 과거의 영상. 하빈이 속으로 숨을 죽이며 기다렸다. 여자에게서 도와 달라는 말이 나오기를. 눈앞에 도움의 손이 있는데 왜 포기하는 것일까?

강간범보다 무기력한 여자에게 더 화가 났다.

'어서 말을 해, 어서!'

하빈의 어두운 눈동자가 더욱 새까맣게 짙어졌다. 검은 우물처럼 새까만 동공에 알 수 없는 요기까지 감돌았다.

시간이 역행한다. 손끝이 싸하게 식다 못해 냉기가 뿜어져 나왔다. 현실에서 비슷한 상황을 마주칠 때마다 묻어 둔 악몽이 되살아난다. 같이 즐기는 것쯤은 얼마든지 상대해 줄 수 있었다. 그러나 강간만은 무시하고 넘어갈 수가 없었다. 무시가 되지 않았다.

"도…… 도와주세요, 도와주세요!"

무작정 내뻗는 손이 가엾다 못해 서글펐다. 여자의 얼굴 위로 자신의 얼굴이 겹쳐졌다. 공포에 질식된 얼굴.

남자가 지분대던 입술을 떼고 돌아봤다. 어둠에 익숙해진 눈이 하빈을 보고 휘둥그레졌다. 막간의 여흥에 생각지도 않은 진수성찬이 나타났다. 술에 잠식된 머리에서는 음흉한 본능만 일어나 거세게 충동질하고 있었다. 흥분한 사타구니는 볼썽사나울 정도로 부풀어 올라 껄떡거렸다.

남자는 방금 전까지 희롱하던 여자에게서 관심을 끊고 하빈이 있는 난간 쪽으로 돌아섰다. 어기적거리는 걸음걸이가 오리 같았다.

"헤이, 예쁜이."

"……."

"수줍어하지 말고 함께 놀지. 값은 얼마든지 치를 테니까."

가까이 다가올수록 술 냄새가 진동했다. 알코올은 만용과 허세를 부리게 만드는 고약한 물건이다.

하빈이 입술을 끌어 올리며 뇌쇄적인 미소를 지었다. 독화가 향기를 내뿜었다. 청순한 드레스에 풍기는 관능미.

남자의 얼굴이 멍하니 풀어졌다.

"내가 이 세상의 모든 남자를 상대하더라도, 딱 하나 상대하지 않는 부류가 있죠. 그게 어떤 자들인지 아나요?"

남자가 머리를 저었다. 나른하게 끌리는 목소리마저 귓가에 착착 달라붙는 것이 오금이 저릴 지경이다. 남자가 손을 뻗어 어둠 속에서도 진주 가루를 바른 듯한 하얀 팔뚝을 움켜잡았다. 하빈의 미소가 더욱 진해졌다. 밤바람에 난향이 짙어져 머리가 어지러울 정도였다. 매혹적인 눈웃음. 하빈이 이마가 맞닿을 정도로 살짝 머리를 낮추며 속삭였다.

"그건 너 같은 더러운 강간범과는 어울리지 않는다는 거지."

"뭐? ……큭!"

두툼한 비곗살에 쌓여 있는 명치에 하빈의 팔꿈치가 꽂혔다. 고통을 참지 못한 남자가 앞으로 허리를 꺾었다. 죽을 만큼 세게 치지는 않았지만, 한순간 숨이 막히고 눈앞이 새까맣게 변할 정도는 될 거다.

무릎을 꺾으며 주저앉은 남자가 숨을 쉬지 못하고 빈 숨만 헉헉거렸다. 몸을 웅크린 남자의 머리맡에 크리스털이 박힌 흰 구두가 반짝거렸다. 강 쪽에서 불어오는 바람에 날리는 치맛자락이 남자의 꼬락서니를 비웃는 듯했다.

"이, 이년이……!"

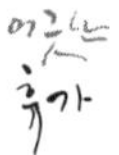

막힌 숨을 헐떡거리던 남자가 벌떡 일어나 하빈에게 달려들었다. 옆으로 한 걸음 비켜서며 멧돼지처럼 돌진해 오는 남자를 피했다.

"커억!"

작은 주먹이 물렁한 살을 때렸다. 뼈도 부러지지 않았는데 남자는 비명을 지르며 엄살을 부렸다. 갑판을 데굴데굴 구를 것처럼 호들갑을 떨던 남자가 한순간 조용해지더니 불쑥 손을 뻗었다. 순식간에 발목을 잡아 움직임을 봉쇄하더니 그 기세를 몰아 벌떡 몸을 일으키고는 하빈의 목을 움켜쥐었다. 가는 목에 둘러진 두툼한 손. 취기와 분노가 힘을 불러왔다. 가학적인 쾌감이 광기를 돋웠다. 목을 조르는 남자의 눈이 희번덕거렸다. 철제로 만든 난간 쪽으로 밀쳐진 하빈의 가벼운 몸은 남자의 힘에 딸려 발이 들렸다. 광기에 취한 남자가 위에서 짓누르며 손에 힘을 더했다. 자신의 손안에서 조여드는 가는 목 줄기. 이대로 부러뜨리자.

가뜩이나 핏기 없는 하빈의 얼굴이 더욱 새하얗게 변했다. 남자의 눈 속에는 폭력을 휘두르면서 느끼는 야비한 쾌감을 보았다. 남자의 뒤편으로 까만 밤하늘이 펼쳐져 있었다. 슬그머니 안으로 말려 들어간 주먹.

어떻게 하나, 하빈은 아직 결정을 내리지 않았다. 슬슬 주먹에 힘을 넣어 내지르려고 할 때였다.

"하빈!"

적막하던 밤하늘이 깨졌다. 부르짖는 소리에 놀란 남자가 돌아봤다. 산이 지옥에서 올라온 사자처럼 서 있었다. 그의 뒤쪽으로 친구만큼 굳어 있는 위선이 있었다. 심장 발작이 일어날 정도로 무시무시한 안광에 질린 남자가 저도 모르게 손에서 힘을 뺐다. 스르륵 넘어가는 가녀린 몸.

"안 돼!"

먹이를 덮치는 맹수처럼 달려온 산이 난간 너머로 있는 힘껏 손을 뻗었다. 아주 짧은 한순간. 그녀가 똑바로 그를 응시했다.

허공에서 부딪힌 눈동자.

산은 숨이 막혔다. 날리는 옷자락이 눈앞에서 사라지는 순간, 풍덩 소리가 나며 물보라가 치솟았다. 산은 한순간도 머뭇거리지 않고 뒤따라 강물로 뛰어들었다.

"산!"

난간에 매달린 위선이 시꺼먼 강물을 넘겨다보다 황급히 휴대폰을 꺼냈다.

'젠장, 이 자식!'

속으로 욕설을 내뱉으면서 한 손으로 전화를, 발로 달아나려는 남자를 밟는 묘기를 선보이며 눈으로는 초조하게 강물 쪽을 맹렬하게 살폈다.

어두운 물속을 살폈다. 비추는 불빛도 없어 암흑 같은 공간을 눈으로만 찾아야 했다. 산은 강물 아래로 헤엄쳐 내려가며 사방을 둘러보았다. 봄기운에 녹지 않은 차가운 물이 그의 불안을 채근했다.

'어째서!'

산이 입술을 굳게 다물었다. 잡을 수 있었다. 하빈이 손만 뻗었다면……. 어째서……. 똑같은 질문이 계속 입속을 맴돌았다. 서서히 숨이 차올랐다. 얼마나 내려온 걸까. 얼마나 떠내려갔을까. 설마 이대로 달아난 걸까.

수면 위로 힘차게 팔다리를 휘저으며 산은 다짐했다. 강의 상류와 하류를 틀어막고 샅샅이 살펴보는 한이 있더라도 찾아내겠다. 강물을 퍼 올려 바닥을 드러내야 한다면 그렇게 할 것이다.

수면 위로 올라오자 환한 불빛이 그를 비췄다.

"올라오셨습니다!"

경호원인 듯한 남자의 목소리가 조용한 강변을 쩌렁쩌렁 울렸다. 뱃전을 따라 우르르 달려오는 발자국 소리.

"산! 야, 인마!"

위선의 반가워하는 소리가 사라지기도 전에 숨을 고른 산이 다시 물속으로 사라졌다. 위선이 경호원들에게 고함을 질렀다.

"뭐 하는 거야! 너희들도 빨리 들어가서 함께 찾아!"

위에서 무슨 소란이 일어나든 산은 한 가지에만 집중했다. 하빈을 찾는 것. 다행히 배에서 라이트를 비춰 물속을 살피는 것이 한결 나아졌다. 한참을 찾았지만, 보이지 않았다. 정말 다시 올라가서 사람들을 풀어야 하나. 잠깐 고민하는 순간, 저 아래쪽에서 해초처럼 흐늘거리는 것이 보였다.

정신을 잃은 하빈이 힘없이 물살에 흔들리고 있었다.

'찾았다!'

그녀의 가슴을 한 팔로 끌어안은 채 위로 올라갔다. 뻐근하게 울리는 폐에 공기를 집어넣으며 배 쪽으로 헤엄쳐 나갔다. 물에 젖어 축 늘어진 그녀가 조금도 무겁지 않아 걱정이 되었다.

"사다리를 내려!"

뛰어든 경호원이 다가와 하빈을 대신 받으려고 손을 내밀었지만, 산이 거부했다.

갑판에는 의사가 기다리고 있었다. 위선은 소문이 퍼지는 것을 막기 위해 손님들이 아예 위로 올라오지 못하도록 손을 썼다. 흥겨운 음악으로 시끄러운 소리를 묻었고, 할머니에게 귀띔해 손님들의 관심을 잡아 달라고 했다. 덕분에 갑판에는 위선의 수하들만이 깔려 있었다. 출입을 막고 숨어 있을지 모르는 기자가 없는지 감시했다.

위선은 팔을 뻗어 줄사다리를 올라오는 산을 잡아끌었다. 갑판에 하빈을 눕힌 산은 그녀의 가슴에 귀를 기울였다. 심장이 멈췄다. 산이 그녀의 입술을 벌려 강제로 숨을 밀어 넣었다. 깍지 낀 손으로 그녀의 심장을 세게 두들겼다.

"제발, 빈……."

인공호흡과 심장마사지를 번갈아 반복하는 산이 간절하게 애원했다.

옆에 있던 위선은 충격 받은 얼굴로 친구를 바라보았다. 필사적인 인공호흡. 심장마사지를 하는 손이 불안으로 떨리는 것을 봤다. 스스로도 산이 진심이라고 생각했고, 심각한 상태라고 결론 내렸다. 하지만 이런 모습은…… 뜻밖이었다. 제짝이라 여겨 특별한 것인가.

"콜록, 콜록!"

마침내 하빈이 격한 기침을 하며 물을 토해 냈다. 위선이 경호원에게서 받은 담요를 산에게 건넸다. 격하게 오르내리는 가

숨을 보고서야 산은 안심했다. 그녀가 다시 숨을 쉬기 시작했다. 선의船醫가 간단하게 몇 가지만 진단했다. 동공 반응과 심박동. 다행히 이상은 없었다.

산이 담요로 그녀를 감싸 안아 들었다.

"위선, 작은 보트를 내줬으면 한다. 탕 할머님이랑 쯔링에게는 급한 연락이 와서 먼저 내렸다고 해 줘."

"알았다. 내가 알아서 말씀드리지. 근데 저건 어쩔 거야?"

경호원에게 붙들려 있는 남자를 엄지손가락으로 가리켰다. 술이 깬 남자가 화들짝 놀라 부들부들 경련을 일으켰다. 고양이 앞의 쥐처럼 목을 움츠리더니 억울하다는 듯 중얼거렸다.

"내가 뭘 잘못했다고 이렇게 사람을 붙잡고 있는지 모르겠네. 가만있는 사람을 유혹한 게 누군데……."

그러나 이미 파티 도우미에게서 자세한 사정을 들은 위선이었다. 눈물범벅이 되어 격앙된 어조로 하빈을 도와야 한다고 소리쳤다. 그 여자의 찢어진 옷자락만으로도 짐작할 수 있는 일. 파티장에서 으레 한둘 씩 볼 수 있는 인간쓰레기들.

귀화鬼火처럼 새파란 안광에 남자는 숨도 쉬지 못하고 꺽꺽거렸다. 그대로 두면 죽여 강물 속에 처박을 기세였다.

"괜히 네 손 더럽히지 말고 나한테 맡겨 둬. 내가 알아서 할게. 일단 넌 오늘 손님이잖아."

위선은 손님이라는 걸 강조했다. 쓰레기를 치우는 건 주인의 몫이다.

미련이 남은 눈으로 노려보던 산은 가슴에 기대어 있는 하빈의 무게감을 느끼고서 마음을 접었다. 단, 위선을 보며 말했다.

“제대로 처리해.”

직접 하겠다는 말보다 더 무서운 으름장이었다. 위선은 맡겨 두라는 듯 웃으며 고개를 끄덕였다. 보트를 내주고 떠나는 산을 배웅한 그는 경호원들에게 남자를 창고에 감금해 두도록 했다. 처리하려고 해도 파티가 끝난 뒤라야 했다.

아무 일도 없었다는 얼굴로 메인 홀에 들어가니 할머니가 기다리고 있었다. 붙어 있는 손님들을 우아한 웃음 한 번으로 치워 버린 그녀가 술을 권하는 것처럼 평이한 투로 물었다.

“어떻게 됐니?”

“잘 해결됐습니다, 걱정하지 않으셔도 돼요.”

그녀가 곁눈질로 깍은 밤처럼 생긴 손자를 쳐다봤다. 생글거리는 손자의 얼굴을 곧이곧대로 믿을 만큼 그녀는 순진하지도, 생각이 없지도 않았다. 손자 녀석의 웃음 뒤로 지워지지 않고 남아 있는 희미한 충격의 흔적을 찾았다. 어지간히 큰 충격이었나 보다. 이제는 능숙하게 감정을 감추는 녀석이 완전히 숨기지 못하고 흘리는 것을 보면.

“오빠! 산 오빠는?”

망아지처럼 뛰어온 쯔링이 위선의 좌우를 살폈다. 지금까지 홀을 뒤지며 찾아봤지만 보이지 않았다. 채근하는 여동생을 물끄러미 바라보던 위선이 긴 한숨을 내쉬었다. 처음부터 포기하라고 말했지만, 조금 전 있었던 산의 모습을 떠올리니 기적이 일어나도 불가능하다는 걸 깨달았다.

“그만 접어라.”

“뭐?”

"산에 대한 네 감정, 포기하라고. 산의 곁에 네가 설 확률은 0.00001퍼센트다. 지구가 멸망하는 쪽이 더 빠를 것 같으니까, 알아서 접으라고."

반박하려던 쯔링의 어깨를 양손으로 움켜잡으며 단호하게 말했다.

"천에 하나, 만에 하나, 하빈이라는 아가씨에게 불상사가 생기더라도 산이 한 번 내준 심장을 거둬 다른 여자에게 주는 일은 없을 거다. 아무리 네가 매달려도 돌아오지 않는 메아리에 불과해. 그러니까 그만 접고 빨리 정신 차리는 게 좋아."

차라리 쯔링도 갑판에 함께 있었더라면 알아차렸을까.

쯔링이 어깨를 잡고 있는 손을 거칠게 치웠다. 어째서 하나같이 안 된다고 하는 것인지 모르겠다. 자신만큼 산에게 어울리는 여자가 어디에 있다고.

"할머니랑 오빠가 무슨 말을 해도 내 마음은 안 바뀔 거야. 지금이야 산 오빠가 잠시 다른 데 눈길을 돌리고 있지만, 그것도 한때일걸. 지금 이 자리에 있는 남자들 중 다른 여자랑 즐기지 않는 사람이 있을 것 같아? 결국 즐길 만큼 즐기고 나면 가정을 지켜 줄 여자를 찾게 될 거라고."

휙 돌아서 가는 쯔링을 보고 있으려니 두통이 일어났다. 그런 위선을 위로하듯 할머니가 어깨를 두드렸다.

"포기하렴. 저 애한테는 더 이상 말해도 소용없을 것 같으니."

"그래도……."

"제 스스로 깨닫기 전에는 소용없는 짓이야. 아무리 달려들어도 헛짓이라는 걸 알게 될 때가 오겠지."

"상처를 받을 테니까 그러죠."

할머니가 골난 소녀처럼 입술을 삐죽거렸다.

"그거야 제가 받을 몫이고. 말려도 듣지 않은 벌이라고 여기렴."

위선은 어깨를 들썩이며 뻐근해져 오는 뒷목을 주물렀다.

"대신 쯔링을 단단히 감시하는 것은 잊지 말고. 괜한 짓을 벌여서 산과 벌어지는 일이 생겨서는 안 되니까. 내 말 무슨 뜻인지 알겠지?"

쯔링의 성격상 하빈이라는 여자를 산의 옆에서 치우기 위해 무슨 짓을 꾸밀지 알 수 없었다. 만에 하나라도 그런 일에 쯔링이 연루되면 아무리 할머니가 나서더라도 산의 불벼락을 피할 수 없을 것이다. 그래, 오늘 있었던 일을 생각해 보라지. 당장 쯔링에게 붙이는 수하들의 수를 더 늘려야겠다고 생각하면서 위선은 무겁게 대답했다.

"네, 알죠. 확실하게 알았죠."

마지막 말은 혼잣말처럼 입속에서 중얼거렸다.

10.

물에 빠진 생쥐 꼴로 돌아온 주인을 보고 리강의 눈썹이 하늘을 향해 곤두섰다. 힐난하는 눈초리에 진옌이 손을 내저었다. 사실 억울하기는 자신도 마찬가지이지 않은가. 선착장에서 기다리고 있던 그도 물을 뚝뚝 떨어뜨리고 나타난 헤이싱 님을 보고서 깜짝 놀란 상태였다. 진옌이 벙어리처럼 입을 벙긋거렸다.

'나도 몰라.'

그러자 리강의 눈초리가 더욱 매서워졌다. 경호실장인 그가 모른다는 말을 하는 것이 어처구니없었다. 한마디 말도 붙일 사이도 없이 산은 침실로 들어갔다. 굳게 닫힌 문이 심상치 않은 분위기를 뿜어내고 있는 듯했다.

리강이 휴대폰으로 위선의 번호를 찍었다. 정신을 놓고 다니는 진옌을 손봐 주는 건 잠시 미루자. 신호가 가다 안내 멘트로 넘어갔다. 아직 파티 중인지도……. 그러나 그의 과민 반응일지도 모르겠지만, 일부러 전화를 피하는 듯한 느낌이 든다. 리강은 다른 번호를 찾았다. 위선의 비서도 전화를 받지 않았다.

'왜?'

전화를 난폭하게 끊었다. 곁에서 눈치를 살피고 있던 진옌은 당장 뒤돌아 달아나고 싶었다. 그러나 도망가면 죽음이다. 몇 배는 더 지독한 앙갚음을 당한다는 것을 경험으로 알기에 묵묵히 제자리를 지켰다.

"파티장으로 경호 직원을 다시 보내서, 무슨 일이 있었는지 알아내라고 해. 선객이나 승무원이든, 탕가의 직원이라도 상관없으니까, 자세하게 조사해서 연락하라고 해."

"그렇지 않아도 경호팀에 지시를 해 놨으니까, 알아내는 대로 연락이 올 거야. 배가 선착장으로 돌아올 때까지 기다려야 하니, 시간이 걸리는 모양이다."

리강의 곤두선 눈썹이 약간 내려앉았다. 진옌은 그나마 다행이라고 살짝 안도했다. 이마저도 지시를 하지 않았더라면, 그야말로 구둣발에 찌그러진 알루미늄 캔 꼴이 됐을 것이다. 얼마나 다행인지…….

넓은 침실의 중앙에 하빈을 내려놓은 산은 감싸 안고 있는 팔을 풀지 않았다. 오히려 어딘가로 달아날까 무서운 사람처럼 더욱 바짝 끌어안았다. 그녀의 어깨에 얼굴을 묻었다. 비릿한 물 냄새와 달큼한 체취가 묻어났다. 사방을 둘러봐도 아무것도 찾을 수 없었을 때의 감정이 떠올라 그녀를 숨도 쉴 수 없을 정도로 세게 죄었다. 차라리 이대로 그녀가 그에게 흡수되었으면 좋겠다. 그녀의 피와 살, 뼈와 체취까지 모두. 그러면 불안하지 않겠지. 곁에 있어도 항상 사라질 것만 같은 그녀를 붙잡아 두기 위해 마음을 졸일 필요도 없을 것이다.

암흑처럼 검은 강물 속으로 떨어지던 그녀. 악몽이 현실로 나타난 듯했다. 이마로 젖어 있는 어깨를 문질렀다.

"왜? ……어째서?"

가슴도 들썩일 수 없을 정도로 꽉 안겨 있던 하빈이 짧은 숨을 들이켰다. 그녀가 동요하고 있다.

"당신은 잡을 수 있으면서도 놔 버렸어. 날 잡을 수도 있었고, 난간을 붙들 수도 있었는데도 그냥 포기했어. 아니, 처음부터 생각도 하지 않았던 게 분명해. 사람이라면 본능적으로라도 팔을 뻗었을 텐데, 당신 팔은 위로 올라오지도 않았으니까."

현장 감식을 하는 형사처럼 산은 자신이 본 장면들을 사실대로 끄집어냈다. 이미 차 안에서 수십 번 되짚어 봤던 순간.

그가 그녀의 귓가에 입술을 붙이며 낮은 어조로 물었다.

"물에 빠져 달아날 기회를 노렸나? 아니면 죽기를 바라나?"

가늘게 이어지던 하빈의 숨결이 더욱 얕아졌다. 뻣뻣하게 굳은 마네킹처럼.

"우리가 처음 만났을 때도 당신은 그랬지. 총알이 빗발치는 상황이었는데도, 맞아도 상관없는 사람처럼……. 그때도 죽음을 바랐나? 날아오는 총알에 맞길 바란 거야?"

하빈은 입술을 깨물었다. 달콤한 밀어를 속삭이는 것처럼 귓가에 들려오는 목소리에 위협이 느껴져 뒷덜미에 솜털이 일어났다. 종이 한 장도 비집고 들어올 틈 없이 붙어 있는 그가 무서울 정도로 화가 났다는 것을 느낄 수 있었다. 담요와 얇은 천 자락 사이로 전해지는, 이글거리는 분노.

"죽고 싶은 거야? 죽기를 바라?"

금방이라도 얼음 폭풍을 쏟아 낼 듯해 듣고 있는 몸이 시렸다.

하빈은 그의 질문을 마음속으로 자신에게 되뇌어 봤다. 죽고 싶은가? 죽기를 바라나? 밀봉하듯 딱 달라붙어 있던 그녀의 입술이 느릿하니 열렸다.

"……사는 게 죽는 것보다 더 괴로운 사람도 있어요. 차라리 죽음이 편한 사람이오. 난…… 그만 편해지고 싶어요."

산이 그녀를 돌려세웠다. 바닥을 보고 있는 그녀의 얼굴을 강제로 들어 올렸다. 투명한 까만 눈동자가 처음으로 상처투성이로 나달거리는 속을 투영했다. 그녀의 얼굴을 양손으로 감싸 쥐었다.

"그건 포기야! 고칠 수도, 되돌릴 수도 없는 포기! 뭐가 당신을 죽음으로 밀어붙이는 거야? 왜 혼자 영원히 떠나려고 하는 거지? 둘러봐 봐! 당신 주변에 있는 사람들을 좀 보라고! 그들을 두고 갈 생각이야? 날 두고서!"

그가 부숴 버릴 듯 그녀를 흔들었다. 정신을 차리라는 것처럼.

몸을 진동시키는 그의 목소리에 하빈은 무슨 뜻인지 이해할 수 없어 난감했다. 단순히 흥밋거리가 사라질까 걱정하는 건가.

하지만 몸속을 울리는 것은 그의 진심이었다. 걱정과 불안. 염려와 두려움. 자신을 둘러싸는 그의 감정이 낯설어 겁이 났다. 내게서 뭘 원하는 걸까. 차라리 다른 남자들처럼 자신의 몸만 욕심내는 것이 편할 듯하다. 어떤 반응을 보여야 하는지 몰라 그녀의 얼굴이 기이하게 일그러졌다. 표정을 지우려다 실패한 것처럼.

산이 이마를 맞대었다. 그녀를 바라보며 천천히 숨을 골랐다. 부글거리는 화를 가라앉혔다. 가만, 가만히…… 그녀를 뒷걸음질 치게 만들 수는 없다는 생각에 간신히 눌러 참았다. 하지만 분출하다 막혀 버린 짜증과 분노가 더욱 몇 배로 압축되어 깊숙이 고였다. 기회만 오면 핵폭탄이 되어 터질 것처럼.

분노가 사그라지자, 심한 허탈감이 덮쳤다. 짧은 시간에 오가는 격한 감정의 변화에 산은 당혹스러웠다. 롤러코스터를 탄 것처럼 솟구쳤다 아래로 내동댕이쳐지는 감정들의 연속이었다. 스릴 있어서 좋다고 말하는 인간들을 마구 때려 주고 싶다. 그녀가 나타나기 전만 해도 그의 생활은 무미건조할 정도로 평안했다. 하지만 그 시간으로 다시 돌아가고 싶냐 묻는다면 절대 아니라고 대답할 것이다. 그 시간 속에는 하빈이 없으니까. 마음을 애태우고 불안하게 해도 그녀가 있어야만 했다. 오늘 다시 깨달았다.

"하아……."

달뜬 숨결이 그의 머리카락을 희롱했다. 물에 차갑게 얼어 있던 살결이 연분홍빛으로 달아올라 그의 품에서 바르르 떨었다. 지독한 갈망에 목이 말랐다.

"하읏!"

산은 손아귀에 감싼 부푼 젖가슴을 짓이기듯 주물렀다. 그녀가 아파 이마를 찡그렸지만, 그는 더욱 거칠게 둥근 가슴을 애무했다. 난폭한 손길에 화가 난 유두가 빳빳하게 일어나 그의 손바닥을 밀어냈다. 간질간질한 감촉이 입안 가득 침을 고이게 만들었다.

산은 망설이지 않고 핑크빛이 감도는 딱딱한 알갱이를 한입에 집어삼켰다. 이로 잘근잘근 깨물자, 몸 아래에 있는 그녀가 은어처럼 팔딱팔딱 몸을 떨었다. 매끄러운 아랫배로 손을 내린 산의 눈이 굶주린 욕망과 집착으로 어둡게 빛났다. 빠르게 뛰고 있는 심장 고동 소리가 그의 심장을 울렸다. 그녀에게서 뿜어져 나오는 열기가 공포로 얼어붙었던 그의 혈관을 녹였다.

산은 그녀를 보호하겠다고 다짐했다. 세상의 모든 위협으로부터 안전하게 지켜 내겠다고. 하지만…… 그녀가 자신을 포기하는 것은 어떻게 해야 하는 걸까. 어떻게 붙잡아야 할지 모르겠다. 잡지 못하게 된다면…….

섬세한 유리 세공품이 저절로 부서지는 모습이 떠올랐다. 안에서부터 조금씩 실금이 가기 시작하더니 급기야는 형체도 찾을 수 없을 정도로 산산이 부서져 유리 가루만 남았다. 사라지던 공포가 되살아나 절박함으로 바뀌었다. 마셔도 마셔도 모자란 갈증이 탐식에 기름을 부었다.

하빈의 팔이 산의 목을 휘어 감았다. 두 사람의 눈빛이 얽혔다. 산란하는 마음의 조각들. 흩어지는 파편들 속에 깃들어 있는 아픔을 산은 잡아냈다. 무심한 눈빛에 가려 있던 고통을 봤다. 먹먹한 감정이 심장을 후려쳤다.

산은 애틋한 손길로 그녀를 어루만졌다. 부드러운 흰 피부에
붉은 꽃이 피어올랐다. 그만이 꽃피울 수 있는 화인花印. 꽃에서
꿀을 찾듯 핥았다. 최고급 초콜릿처럼 달콤했다.

그의 입술이 아래로, 아래로 미끄러졌다. 검은 수풀을 헤치고
말랑말랑한 속살을 맛봤다. 그녀가 몸을 비틀며 허벅지를 벌려
그를 안으로 초대했다. 이미 촉촉하게 젖어 있는, 말랑말랑한
속살을 아프게 깨물었다. 어깨를 짚고 있는 그녀의 손가락이 뻣
뻣해지며 살을 파고들었다. 저린 통증이 짜릿한 쾌감으로 바뀌
었다.

둥근 둔부를 한 손으로 감싸고 들어 올렸다. 가까이 몸을 밀
착시키며 잔뜩 부푼 남성을 그녀의 자궁 안으로 밀어 넣었다. 뜨
거운 내벽이 그를 감쌌다. 하나로 얽혀 있는 순간, 산은 그녀가
숨을 쉬고 있다는 것을 느꼈다. 한층 빨라진 호흡. 오르내리는
가슴. 맞닿아 있는 아래쪽에서부터 뜨거운 쾌감이 올라왔다. 그
가 허리를 움직이며 쾌감의 농도를 높였다. 그에게 동조하듯 그
녀도 엉덩이를 들썩였다.

신음 소리가 팽팽하게 달아오른 침실의 공기를 울렸다. 맨살
이 부딪히는 끈끈한 소리가 서로의 박자를 재촉했다.

하빈은 몸속에서 끓어오르는 열기를 토해 내기 위해 저도 모
르게 입술을 벌렸다. 달고 음란한 신음 소리가 들려왔다. 기계
적으로 내뱉던 신음 소리가 아니다. 낯설면서도 묘하게 떨리는
소리.

뭐가 다른 걸까. 하빈이 눈을 감으며 생각을 차단했다. 밀려
들어오는 남자의 몸을 받아 내며 솟아 나오는 감각을 느끼는 것

만으로도 나가떨어질 정도로 벅찼다.

산은 그녀가 내보이는 반응들을 하나도 놓치지 않았다. 땀에 번들거리는 매끄러운 살결. 달아올라 짙은 체취를 뿌리는 나긋한 몸. 쾌감에 눈을 찡그리며 몽롱하니 올려다보는 눈빛. 은어처럼 팔딱이는 몸과 가는 팔. 그의 허리를 휘감고 있는 탄탄한 허벅지. 그리고 그의 분신을 조이는 뜨거운 속살까지.

절정이 다가왔다. 짜릿하던 쾌감이 극한으로 치달은 순간, 벼락같은 황홀감이 덮쳤다. 비어 있는 자궁 속을 그의 정액으로 채웠다. 마지막 한 방울까지 밖으로 흘러나오지 않도록 산은 한동안 단단히 얽은 자세를 풀지 않았다.

그녀가 작은 생명을 가지게 된다면……. 치졸한 소유욕일지 모르지만, 그보다 확실한 표식이 없을 것이다. 산의 한쪽 입꼬리가 삐뚜름하니 올라갔다. 음흉한 꿍꿍이를 가진 것처럼 그녀의 매끈한 아랫배를 내려다봤다. 넓은 손바닥으로 자신의 분신을 삼키고 있는 아랫배를 덮었다. 천천히 원을 그리며 쓰다듬는 손길에는 숨길 수 없는, 확실한 의도가 담겨 있었다.

기분 좋은, 나른한 기운이 퍼졌다. 아침의 외출부터 저녁 파티와 강물에 빠진 사건, 이어진 격한 섹스는 하빈의 체력을 완전히 소진시켰다. 그와 섹스를 하고 나면 항상 잠이 오는 것도 이상한 점 중 하나였지만…….

그의 입술이 쇄골을 지분거리자, 아래로 내려오던 눈꺼풀을 밀어 올렸다. 산이 잠이 몰려 있는 그녀의 눈을 보며 속삭였다.

"피곤하고 힘든 하루였던 건 알지만, 한 번 더 내 욕심을 받아 줬으면 하는데. 날 두렵게 했으니 위로해 줘야 하지 않을까?"

한 번으로는 해소되지 않은 공포가 잔불처럼 가라앉던 욕망을 키웠다. 그녀 안에 있던 그의 남성이 다시금 단단하게 부풀어 오르기 시작했다.

산이 목덜미와 턱 선을 따라 가볍게 입을 맞췄다. 그녀의 눈동자를 내려다보며 말했다.

"부족해. 아무리 당신을 안아도 부족한 것 같아."

아마 죽을 때까지도 채워지지 않을 갈증 같았다. 산의 웃음이 짙어졌다. 깊어진 눈빛에 어른거리는 욕망도 강해졌다. 방법은 하나뿐. 갈증이 생길 때마다 바로바로 해소하는 것이다. 잔잔해진 숨소리가 다시금 거칠어졌다. 산은 새벽하늘이 밝아 올 때에야 간신히 제 욕망을 다스려 그녀를 품 안에서 재웠다.

방금 샤워를 끝내고 나와 말리지 않은 머리카락이 축축했다. 한숨도 자지 않았지만, 몸 상태는 최고였다.

"누가 왔다고?"

산은 시간을 확인하며 내키지 않는 듯 물었다. 침대에 하빈을 혼자 두고 나온 것이 마음에 들지 않았다.

"위선 님이 오셨습니다."

"아침 7시부터 쳐들어와야 할 정도로 급한 일이라도 생겼나?"

리강도 알 수가 없다는 듯 고개를 저었다.

아침 댓바람부터 무슨 일이지? 산은 의아해하며 위선을 응접실이 아닌 자신의 침실 맞은편의 방에서 맞았다. 몇 시간 자지 못한 듯 위선은 잔뜩 피곤한 얼굴이었다.

"이 시간에 웬일이야? 밤사이에 누가 죽기라도 했나?"

위선이 등받이가 높은 푹신한 의자에 앉으며 앞에 있는 산을 노려봤다. 밤새 잠도 못 자고 뒤치다꺼리한 것이 누구 때문인데……. 버럭 소리를 지르려다 기운이 없어 포기했다.

"진한 커피나 한 잔 줘. 잠은 내 침대에서 자고 싶으니까."

원성 가득한 친구의 눈빛을 웃음으로 받아넘기며 리강에게 커피를 가져오라고 했다. 혀가 아릴 정도의 강한 커피로 잠을 쫓으며 위선이 말했다.

"국내에서 어제 징징거리던 작자의 면상을 다시 보게 되는 일은 없을 거다."

"그냥 쫓아내기만 한 거냐?"

그것으로는 부족했다.

"그럼? 죽여 야산에라도 갖다 파묻으리?"

"흠. 오염 물질을 버린다고 산이 화낼걸. 그냥 화장시켜 버리는 게 환경을 위해서도 좋을 거다."

다시 생각해도 주먹 한 대로 끝내 버린 것이 너무 아쉬웠다. 산의 속내를 알아차린 위선은 돌이 얹힌 듯 묵직한 머리를 휘휘 내저었다.

"파티장에서 그 인간을 본 사람이 얼마나 많은지 알기나 하는 거야? 그런 인간이 배에서 사라지면 뒤처리가 얼마나 꼬이는지 알면서 그러는 거냐고. 술에서 깨자마자 달라붙어 매달리는 걸 떨쳐 내느라 죽는 줄 알았다. 전생에 진드기였나. 네 눈에 다시 띄면 그나마 붙어 있는 목 간수 못 한다고 겁을 줬더니, 그제야 떨어지더라."

"그래서 말이 크게 번질까 봐 곱게 돌려보냈다는 거로군."

위선이 남은 커피를 마시는 척 시선을 피했다.

"너, 아니 하빈 양을 생각해도 그러는 편이 나을 것 같아서 그랬다. 뭐, 들고 가지 못한 재산들이야 네가 어떻게 하든 상관없지만……. 그 자리에서 네가 위협했다는 말이 나오면, 가뜩이나 네 꼬투리만 잡으려고 하는 위인들이 얼씨구나 하면서 관망하고 있는 자들을 끌어들이는 데 이용하려고 들걸. 게다가 하빈 양에 대한 소문은 더욱 나쁘게 퍼질 거야. 너도 그걸 바라지는 않잖아."

위선이 똑바로 쳐다봤다. 어둡게 굳어지는 산의 눈빛이 맞다 말하고 있었다.

"그 도우미의 입도 단단히 막아 뒀어. 하빈 양이 도와준 덕에 위험을 모면할 수 있었으니까……. 하지만 사람들은 그렇게 생각하지 않을 거야. 알잖아?"

산이 소파의 손잡이를 손가락으로 톡톡 두드렸다.

사람들의 눈과 입. 그만의 일이라면 무시할 수 있었다. 그러나 하빈이 소문의 중심이 된다면 그냥 넘길 수 없었다. 가뜩이나 날 선 눈빛으로 관찰하는 인간투성이인데…….

무거워진 분위기를 바꾸려는 듯 위선이 물었다.

"그나저나 하빈 양은 괜찮은 거냐? 갑자기 일을 당해서 놀랐을 텐데……."

"재웠어."

위선이 고개를 끄떡였다. 자신의 것이라는 뉘앙스를 팍팍 풍기는 터라, 어떻게 재웠는지 물을 엄두도 나지 않았다.

"류 할아버님은 언제 오신대?"

산의 미간이 꿈틀거렸다.

"글쎄……."

며칠 전 파리라는 전화를 받았다. 회사 일에 대해 얘기하면서도 계속 뭔가를 탐색하려고 하던 할아버지. 하빈에 대해 들으셨을 테지. 묻고 싶어 하면서도 막상 대답을 듣기 싫어하는 기색이 역력했다.

일단 입 밖으로 한 번 내뱉으면 꺾기 힘들다는 것을 잘 알고 있기 때문이다. 그러니까 누가 먼저 고집을 부리기 시작하느냐가 관건이었다. 이미 산이 하빈에 대해 엄포를 놓은 상태라 류 노회장이 뒤엎을 수 있을지.

위선은 산의 손을 들어 주었다. 할머니는 이미 끝난 승부로 보고 있었다. 할머니의 관심을 끄는 일은 산과 하빈의 줄다리기일 것이다. 누가 이길까. 이 싸움만은 승자를 예측하기가 힘들었다. 개인적으로야 산이 이기길 바라지만……. 하빈을 떠올린 위선은 떫은 감을 씹은 양 떨떠름했다.

하여간 여자들이란……. 시끄러운 생각을 털어 내며 자리에서 일어났다.

"자, 그만 가야겠다. 아침은 건너뛰고 내 침대에서 못 잔 잠이나 자야겠다."

"아침이라도 같이 하지. 정 잠이 오면, 여기서 자도 되고."

위선은 마음이 살짝 흔들렸다. 저택으로 돌아가면, 기다렸다는 듯 할머니에게 낚여 자세하게 고해 바쳐야 할 것이다. 할머니의 호기심이 모두 풀릴 때까지 꼼짝없이 잡혀 있어야 한다. 그냥 여기서 자고 가?

위선이 대답을 하려고 할 때였다. 옆방에서 찢어질 듯한 여자의 비명 소리가 터졌다.

"아악!"

느긋하게 앉아 있던 산이 돌개바람처럼 일어나 뛰어나갔다. 문을 박차고 들어가자 하빈이 침대에 일어나 앉아 있었다. 공포에 질려 있는 퀭한 눈. 핏기를 잃고 새파랗게 질려 있는 입술. 사시나무처럼 떨리는 몸. 허공을 뚫어져라 쳐다보고 있는 그녀는 아직도 악몽 속에 머물러 있었다.

산은 그녀가 놀랄까 봐 이름도 크게 부르지 않았다. 그와의 사랑으로 녹초가 되어 꿈도 꾸지 않을 거라고 생각했다. 아니, 그랬으면 했다.

그의 곁에서 잠이 들면서도 단 하루도 악몽을 꾸지 않고 지나가는 날이 없었다. 미약하게 신음만 흘릴 때가 있는가 하면, 아주 가끔씩은 소스라치게 놀라 깨어날 때도 있었다.

조용히 침대에 걸터앉아 하빈의 팔을 조심스럽게 건드렸다.

〈싫어!〉

"빈!"

발작처럼 몸을 떨던 그녀가 소스라치게 비명을 지르며 뒤로 물러났다.

〈싫어! 싫어!〉

양팔로 감싼 몸을 둥글게 말며 그에게서 필사적으로 달아나려고 했다.

"빈! 하빈!"

그녀가 잡힌 팔을 뿌리치기 위해 거칠게 몸부림을 쳤다. 악몽을 헤매는 그녀는 자신을 붙잡고 있는 사람을 알아보지 못했다.

〈놔! 싫어! 싫단 말이얏! 놔! 놔줘! 제발……!〉

"빈!"

잡힌 팔을 흔들고 몸까지 들썩이며 거칠게 반응하던 하빈이 한순간 퓨즈가 끊어진 듯 정신을 잃고 뒤로 넘어갔다. 쓰러지는 몸을 받아 든 산이 그녀를 감싸 안았다. 식은땀이 가득한 몸을 있는 힘껏 끌어안았다. 산을 쫓아 뒤따라온 위선이 소리 죽여 말했다.

"리강이 의사를 불렀어. 곧 도착할 거야."

산은 대답하지 않았다, 그의 신경은 품 안에 안겨 있는 여자에게 모두 쏠려 있었기에. 정신을 잃고 있으면서도 괴로움에서 벗어나지 못한 듯 하빈이 흐늘쩍거렸다. 산이 그녀의 이마에 입술을 문질렀다.

'제발! 아주 잠시라도 그녀의 악몽이 사라지기를.'

의사의 진료가 끝날 때까지 산은 침대 머리맡에 붙어 서서 떨어지지 않았다. 그녀에게서 잠시라도 눈을 떼면 안 될 것 같은 '불안병'이 생겼다. 치료제도 없는 불치병이었다.

의사가 자리에서 일어났다. 의자가 끌리는 작은 소리에도 하빈이 예민하게 바르작거렸다. 불안하게 파닥이는 그녀의 신경줄이 보이는 듯해 산의 입매가 굳어졌다 풀렸다. 량 부인이 부드러운 손길로 그녀를 토닥거렸다.

문밖에는 먹이를 던져 줄 어미를 기다리는 새끼 오리처럼 위선과, 리강, 진옌이 줄줄이 서 있었다. 리강과 진옌도 하빈이 내지르는 비명 소리를 들었다. 지금처럼 문밖까지 소리가 난 것은 처음이라 리강과 진옌의 얼굴에는 당혹감과 긴장감이 함께 떠올라 있었다. 잠을 이루지 못해 저택 안을 서성이는 버릇은 알고 있었지만…….

산이 손을 들어 달려들 것처럼 입을 여는 위선을 막았다. 대신 의사에게 물었다.

"어떻습니까?"

"신체상으로는 크게 이상이 없습니다. 좀 더 자세히 알아보려면 정밀 검사를 해야겠습니다만. 정신을 잃은 것도 충격과 피로를 몸이 이기지 못해 일어난 것으로 보입니다. 문제는……."

사십 대의 의사는 자신을 쏘아보는 눈빛에 질려 말끝을 잇지 못했다. 세 쌍의 눈동자도 버거웠지만, 바로 앞에서 목줄을 죄어 오듯 쏘아보는 검은 눈동자에 숨이 턱턱 막힐 지경이었다.

"……문제는 환자의 정신에 있는 것 같습니다. 회장님께서 말씀하진 몇 가지 증상들로 봤을 때도 육체적인 것보다는 정신적인 문제가 더 큰 듯합니다. 그게 뭔지는 정확히 알 수 없지만, 아마 과거에 큰 충격을 받거나, 사고를 당한 후유증일 수도 있습니다. 제가 신경정신과를 담당하는 이가 아니라서 확실하게 말씀드릴 수가 없습니다. 아마 신경정신과 의사와 상담을 해 보셔야 할 것 같습니다."

의사가 왕진 가방에서 약병을 꺼냈다.

"지난번에 보니 이 안정제는 효과가 있더군요. 수면제도 새로 나온 것이라 아직 괜찮을 겁니다. 오늘처럼 심하게 발작을 일으킬 때만, 조금씩 복용하게 하시고요. 하지만 이건 임시방편에 불과하다는 걸 잊지 마십시오.”

의사는 다시 한 번 하빈의 불안한 심리 상태에 대해 경고했다. 그것이 무엇이든 과거의 충격과 연관되어 있는 일은 가급적 떠올리지 않도록 하라는 말도 했다. 그러나 가장 중요한 문제점은 충격을 불러일으킨 과거의 사건을 모른다는 것이다. 무엇이, 어떤 상황이 과거를 연상시키는지 알지 못하는 상황에서 어떻게 조심을 한단 말인가.

산은 무력감에 약병을 부술 듯 움켜쥐었다. 머리를 쓸어 넘기며 마음을 가라앉히려고 하는 산을 세 사람은 조마조마한 심정으로 쳐다봤다.

그의 전신에 어렸던 무거운 공기가 점점 더 짙어져 회오리치는 것을 느낄 수 있었다. 토네이도의 방향이 어디로 향할지 예측 불허였다.

닫혀 있는 문을 뚫어져라 바라보던 산이 물었다.

“그녀에 관한 일, 다른 진척 사항이 있나?”

“아직……. 죄송합니다, 회장님.”

찔러보는 곳마다 단단하게 막힌 벽이었다. 조사하던 리강이 놀랄 정도로. 이상하게도 하빈의 이십 년은 아무리 찾아봐도 존재하지 않았다. 구소련의 철의장막도 이보다는 약할 것이다. 조사하는 정보팀이 모두 나가떨어질 지경이었다.

“정보팀에게 이번 주 내로 알아내라고 해. 마지막 기회라고 말하고. 이번에도 알아내지 못한다면 모두 갈아 버릴 테니까, 목이 날아가고 싶지 않다면 반드시 찾아내라고 해.”

이번 주라고 해 봐야, 오늘이 수요일이니 나흘밖에 남지 않았다.

“네, 회장님.”

리강도 속으로 독이 오른 상태였다. 누군가의 정보를 찾으면서 이렇게 애먹은 적이 없었다. 단단한 자존심에 상처가 갔고, 상사의 요구를 제대로 실행하지 못한 자신의 능력에 회의가 들 지경이었다.

진옌이 뻐근하게 굳은 어깨를 들썩이며 말했다.

“그 점장이라는 자가 뭔가를 알고 있지 않을까요, 헤이싱 님?”

한세진. ‘꽃미남’처럼 해사한 얼굴을 한 남자를 떠올렸다. 산은 고개를 좌로 기울이며 머리를 긁어 올렸다.

“그자가 하빈의 과거에 대해 알고 있을 것 같나?”

“어쩌면요. 솔직히 물어봐서 손해 볼 것은 없지 않습니까?”

리강이 희미하게 얼굴을 구겼다. 친구의 자존심을 건드리고 있다는 것은 알지만, 진옌은 모르는 척 넘겼다. 지금 중요한 것은 리강의 자존심이 아니다.

“알고 있다고 해도, 과연 사실대로 털어놓겠습니까?”

리강이 미심쩍은 듯 물었다. 못마땅하기는 하지만, 쓸 수 있는 방법은 모두 찾아 이용해야 했다.

“조건이 맞는다면 말하지 않을까?”

진옌이 반문했다.

산은 하빈에 대해 소소한 것들을 알려 주며 챙기던 세진을 떠올렸다. 조심해야 할 것들, 주의해야 할 것들을 일러 주던…….

“말하지 않을 거다.”

“하지만…….”

미련이 남은 진옌이 말꼬리를 붙잡았다.

"하빈에 대한 충성이 큰 자야. 상사에 대해 함부로 발설할 위인 같지는 않았어."

그래, 입이 무거운 자 같았다. 그때도 하빈에게 필요하지 않았다면 절대로 말하지 않았을 것이다. 그렇지만…….

"그자, 아직 상하이에 있나?"

"네, 헤이싱 님. 사람을 붙여 뒀습니다."

"시간이 되면 잠깐 보자고 해."

말을 하지 않을 것 같다면서, 굳이 그를 보자고 하는 이유가 뭘까. 궁금하기는 했지만 진옌은 다른 질문 없이 지시를 따랐다. 산은 리강에게 실력이 뛰어난 신경정신과 의사를 찾으라는 명령도 내렸다.

두 사람이 떠나고, 복도에는 위선만이 남았다. 뜻밖의 상황에 끼어들지 못하고 방관하던 그가 산의 옆으로 걸어갔다.

"괜찮나?"

산이 얼굴을 돌려 그를 봤다.

"그녀는……? 하빈 양은……?"

위선은 뭘 물어야 하는지 몰라 말끝을 흐리며 되삼켰다. 뭔가 그늘이 있는 느낌을 받긴 했지만…….

산은 흔들림 없는 얼굴로 답했다.

"괜찮아. 그녀가 걱정이지."

"어……. 그렇군."

그늘이든, 상처든 모두 받아들이기로 결심한 얼굴이었다. 안 된다고 말리거나, 왜 굳이 잡으려고 하느냐고 따져 물을 계제가 지난 상태였다. 좀 쉬운 사람을 고를 것이지.

"무슨 말 들은 것 없어?"

산이 피식 웃으며 몸을 돌렸다. 허탈하고 씁쓸한 기색이 가득한 웃음에 위선이 움찔했다. 이런 웃음은 처음이었다.

"그녀는 내게 아무 말도 하지 않아. 아무 말도! 차라리 하소연을 하듯 털어놓는다면 좋을 텐데, 어째서 아무 말도 하지 않는 거지? 모든 것을 받아 줄 수 있는데! 그것이 뭐든 함께해 줄 수 있는데! 내가 그렇게 믿음을 주지 못한 건가?"

쌓여 있는 울분이 자책이 되었다

"하빈 양이 안고 있는 상처가 큰 탓일지도 몰라. 네가 곁에 있는 것도 알아차리지 못할 정도로……."

말끝을 흐리다, 그래도 해야겠다 싶어 위선은 덧붙였다.

"하빈 양의 반응……."

"그만해."

산은 더 이상 듣기 싫다는 듯 딱 잘라 거부했다. 무겁게 그늘진 눈빛이 위선이 말하고자 하는 바가 뭔지 알고 있는 듯했다.

산의 몸이 부서질 듯 경직되어 있었다. 그녀의 악몽이 그의 것이 되면서 어렴풋이 짐작하게 된 일. 그래도 아니길 바란다. 아직 정확하게 알아낸 것도 아닌 이상, 그가 상상하는 일은 절대로 아니었으면 했다. 폭행을 당했더라도 최악의 상황까지는 아니었기를.

어슬어슬하게 드리워지는 그림자에 두 사람이 서 있는 복도가 갑자기 어두워졌다. 유리창으로 들어오던 아침 햇살이 구름에 가로막히기라도 한 것처럼.

쾅!

넓은 유리 테이블 아래에 만든 대규모 모형 아파트 단지가 지진이라도 만난 듯 흔들렸다. 리천은 강화 유리 테이블을 깰 것처럼 주먹을 연달아 내려쳤다.

"그게 무슨 소리야? 대출이 안 된다니! 무슨 헛소리를 지껄이고 있는 거냐고!"

비서가 식은땀을 흘리며 굽실거렸다.

"그게 은행에서 이번 진산金山 단지 공사의 대출을 취소하겠다고……."

"왜? 뭣 때문에?"

영문을 모르기는 비서도 마찬가지였다. 이번 공사는 지금까지 맡은 것 중 가장 큰 규모의 아파트 단지였다. 분양도 순조롭게 나가고 있고, 이제 공사만 들어가면 되는 상황이었다.

"갑자기 취소하겠다고 나서는 이유가 대체 뭐야? 이미 서류 작업까지 모두 끝난 상태였잖아!"

"그게…… 은행장이 갑자기 취소하라는 지시를 내렸다고 합니다."

"당장 은행장에게 전화를 넣어!"

리천이 버럭 소리를 질렀다. 평소는 대인大人 흉내를 내며 허허거렸지만, 지금은 그런 겉치레를 차리고 있을 정신이 없었다.

"회장님, 자리에 없다고 합니다."

낌새가 이상했다. 고의로 전화를 피하고 있는 것이 분명했다.

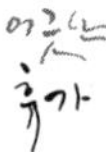

이번 대단지 아파트를 짓기 위해서는 은행의 대출이 꼭 필요했다. 담보도 확실했고, 쌓아 놓은 신용도 괜찮아 은행의 대출 승인이 떨어지는 것은 시간문제라고 생각하고 있었다. 그리고 그 생각대로 무사히 통과해 은행장의 결재만 남아 있었다. 그것도 오늘 중으로 보낼 거라고 은행장이 호언장담하지 않았나.

"당장 부사장을 불러올려!"

돌아가는 사정을 알고서 여기저기 전화를 넣던 부사장인 리팡李方이 푸르뎅뎅한 얼굴로 달려 들어왔다. 풍채가 좋은 리천과 달리 남동생인 리팡은 난쟁이처럼 체구가 작았다. 동글동글한 안경까지 껴 젊었을 때는 샌님처럼 보이기도 했다. 그러나 리천이 많고 많은 식솔들 중 가장 믿고 있는 남동생이었다. 생김새와 달리 우직한 면도 있어 배신을 걱정하지 않아도 됐다. 회사일도 빠릿빠릿해 제 욕심을 채우기 위해 뒤로 꿍꿍이를 획책하는 메이링보다 훨씬 유용했다. 그런 동생의 얼굴도 심각한 상황을 아는 듯 사색으로 질려 있었다.

"이게 어떻게 된 일이냐? 그쪽에서 뭔가 들은 것 없어?"

"아무래도 조짐이 심상치 않습니다, 형님."

동생의 불안한 목소리에 리천이 기댄 상체를 세웠다.

"왜?"

"어음이 돌아오는 것이 이상합니다. 누군가가 뭉쳐 뒀다가 푸는 것처럼 조금씩 늘어나고 있어요."

시중에 푼 어음이 한꺼번에 돌아온다면 가뜩이나 불안한 자금 사정에 치명적일 수 있다.

"다른 은행들에는 연락해 봤나?"

“네. 혹시나 해서 올라오기 전 연락했는데, 모두 반응이 비슷해요. 은행장이 자리에 없거나, 자금 여력이 안 된다는 말만 지껄이고 있더라고요.”

“이 죽일 놈들이! 언제는 자기들 돈 빌려 가라고 애걸복걸하던 인간들이…….”

리천이 이를 갈며 씩씩거렸다. 부동산 활황으로 여기저기서 돈을 대 주겠다고 빌붙던 작자들이었다. 게다가 오랫동안 리가와 함께 일을 해 온 자들도 있었다. 은행이 클 수 있도록 거래를 트고, 불법적인 금융 거래도 오갔다. 그런데 이제 와서 안면 몰수라…….

흥분을 가라앉힌 리천의 머리가 빠르게 돌아갔다. 두툼한 턱살을 문지르며 미간에 주름을 깊게 잡았다.

“사채 시장은? 우리들이 가진 담보 정도면 급한 불을 끌 정도의 금액쯤은 충분히 대 줄 텐데…….”

“오히려 그쪽이 더 꽁꽁 얼어붙었습니다. 아예 우리 쪽에서거는 전화는 받지도 않습니다. 그러니 은행 쪽에서 더 불안해하며 미루는 것 같습니다. 만약 이 일이 알려지면 주식이 요동칠텐데요.”

리천이 흐음 하며 생각에 잠겼다. 누가 뒤에서 손을 뻗고 있는지 짐작이 갔다. 사채와 은행까지 조종할 수 있는 곳은 국가를 제외하고 단 한 곳뿐이었다. 어쩐지 조용히 넘어가는 것 같더니 준비 기간이었던가. 화렌이라면 마땅한 대응 방법이 없었다. 다른 세 가문이 합력한다면 간신히 비등해질까. 게다가 탕 가문은 오래전부터 화렌과 친밀했고…….

“요즘 메이링은 어때?”

　까다로운 이복 누나에 대해 물어 오자 리팡의 눈이 동글동글한 안경알과 똑같아졌다. 그러다 곧 생각해 냈다. 그도 여기저기 알아보던 중 비슷한 결론을 내렸으니까.

　설마, 원인이 메이링 누님에게 있었나.

　"진위팡 사장과 자주 만나는 것 같던데요."

　"멍청한 년 같으니라고!"

　절로 거친 욕설이 나왔다. 머리가 나쁘면 욕심이라도 적든가. 되지도 않은 야망을 가지고서 똑같은 작자와 놀고 있으니.

　"사람을 붙여서 뭘 하는지 하나도 놓치지 말고 보고하라고 해! 더 이상 메이링으로 인해 가문에 불똥이 튀는 것은 막아야 하니. 그리고 화롄에 전화해서 지금 당장 류 회장과 만나고 싶다고, 약속을 잡아! 어떻게든 말이야!"

　진가의 회장실에서도 비슷한 상황이 벌어지고 있다는 것을 리천은 몰랐다. 대규모 아파트 단지 대신 상하이 외곽에 들어서기로 했던 백화점 형태의 대형 할인점의 허가가 취소되었다는 소식이었지만.

　상하이에서 벌어지고 있는 외국 계열의 유통 업체들과의 경쟁에서 이기기 위해 야심 차게 준비한 사업이었다. 좀 더 고급적이고 규모가 큰 할인점을 세워 확실하게 이기겠다는 계획이었다. 그런데 이미 건설 허가가 났던 것이 갑자기 취소되었다. 상하이 시장을 찾아봤지만 공무로 외유 중이라는 연락만 받았다.

11.

북극이라도 된 양 영하권으로 내려간 회장실의 공기에 비서실의 비서들은 숨도 제대로 쉬지 못한 채 조심조심했다. 평소 취향대로 커피를 내갔던 한 여비서는 회장실에 들어갔다 동태처럼 꽁꽁 얼어 돌아왔다. 그 처참함에 질려 지옥문처럼 굳게 닫혀 있는 회장실의 문이 제발 열리지 말기를 비서실 사람들은 두 손 모아 한뜻으로 간절히 빌었다. 따뜻한 봄바람까지는 아니었지만, 저렇게 차가운 시베리아 유형지도 아니었는데……. 회장의 심기를 건드린 것이 뭔지 궁금하면서도 어서 빨리 지나가길 바랐다. 어디 출장이라도 가지 않나. 항상 빡빡하게 잡혀 있던 해외 출장들이 어째서 요 근래에는 한 건도 잡혀 있지 않은지. 다들 회장의 스케줄 표를 들썩이며 텅 빈 페이지에 한숨만 내쉬었다.

"안녕하십니까, 회장님."

　반듯한 인상만큼 깍듯한 인사에 산은 손에 들고 있던 만년필을 굴렸다. 보이지 않는 매서운 북풍이 휘몰아치고 있는 것을 알고나 있는지, 아니면 알면서도 무시하고 있는 것인지. 어느 쪽이든 만만치 않은 자였다.

　세진은 싸한 공기에 뒷덜미가 삐죽 곤두섰다. 영업용 얼굴을 하고서 '아무것도 몰라요.'라고 시치미를 떼고 있지만, 유지하기가 쉽지 않았다. 검은 정장에 목까지 올라오는 깔끔한 흰 와이셔츠를 입은 세진은 유능한 호텔리어처럼 보였다. 아니면 집사라고나 할까.

　두 사람은 한동안 말없이 눈싸움을 했다. 산이 입술을 미묘하게 뒤틀었다. 하빈만큼 포커페이스였다.

　만만치 않은 상하 관계로군. 세진을 보는 산의 마음은 복잡했다. 그녀가 만나 왔던 일시적인 남자들에게도 화가 나지만, 한세진은 그들을 모두 합친 것보다 더 많은 시간을 그녀와 함께했다. 그녀 곁에 이런 자가 있어서 다행이다 싶으면서도, 한편으로는 알지 못하는 두 사람의 시간에 질투가 났다. 아마 한세진을 만날 때마다 이럴 것이다. 갑자기 떼어 내면 하빈이 불안해하려나. 그나마 연락을 주고받는 건 이자뿐인데…….

　"언제 귀국하나?"

　"정확한 날짜를 잡지 않았습니다. 가능하면 사장님과 함께 귀국하는 것이 어떨까 생각 중입니다."

　산은 식어 향이 다 날아가 버린 커피를 마셨다.

　"일 년에 한 번, 많아 봤자 두세 번 돌아가는 것 같던데…….자네가 일이 많겠군."

“부려 먹는 만큼 확실하게 베푸시는 분이니까요.”

웬만한 기업의 과장급보다도 더 많은 연봉을 받고 있었다. 물론 특무국에서 주는 월급은 빼고 말이다.

“자네가 하빈 밑에서 일한 지 사 년이라고 했던가?”

“네, 왜 그러십니까?”

산이 둥근 커피 잔의 테두리를 손가락으로 툭 건드리며 앉아 있는 세진을 주시했다. 감춰 두고 있는 것을 낱낱이 헤집어 보는 듯한 눈빛으로.

“사 년…… 사 년이라. 그렇다면 모를 수도 있겠군.”

세진은 긴장을 늦추지 않았다. 뒤꽁무니에 달라붙어 있는 꼬리가 있다는 건 붙자마자 알았다. 누구의 지시인지도. 서울에서도 신경질적인 전화가 오고 있었다. 단단한 방화벽으로 차단하고는 있지만, 연일 강도가 세지고 방법을 바꾸는 탓에 컴퓨터 관리팀과 정보실이 계속 비상이라고. 화렌과 특무국의 정보전이라는 이름까지 붙었단다. 오죽하면 깐깐한 김태수 부국장마저도 전화로 잔소리를 할까.

세진이 의아하다는 얼굴을 했다.

“하빈의 과거에 무슨 일이 있었는지 알고 있나?”

“무슨 뜻인지 잘 모르겠습니다, 회장님.”

“하빈의 부모님이나 옛날 일들에 대해서 들어 본 적 있는지 묻는 거네.”

세진은 즉각적으로 딱 잘라 대답했다.

“없습니다.”

산이 구체적으로 다시 물었다.

“부모님이나 형제자매에 대해서, 아주 작은 일이라도 얘기한 적이 없었나?”

“네. 개인적인 일에 대해서는 일체 말이 없으신 분이니까요. 제가 처음 사장님 밑에서 일할 때부터 혼자 계셨습니다.”

사실이었다. 하빈의 과거에 대해서는 세진도 아는 것이 없었다. 공식적으로 상관에 대해 알고 있는 사람은 특무국에서 단 두 사람뿐이었다. 그리고 그들은 과거를 봉하듯 입을 굳게 다물었다. 단지 처음 하빈, 요선의 보좌관으로 발령받은 세진에게 단단히 주의를 줬을 뿐이었다.

“그러니 아무것도 모른다?”

“회장님께서 아시고자 하는 진실이 뭔지는 모르겠지만, 제가 알고 있는 것은 없습니다.”

단지 사 년 동안 곁에서 지켜본 느낌과 경험만이 있을 뿐. 그것이 과거의 잔상을 미루어 짐작게 해 줬다. 그것은 상관인 요선이 조금씩이나마 마음의 빈틈을 허락해야만 했던 상황인 탓도 있었다. 그리고 서로 알면서도 모르는 척 넘긴 상관과 수하의 처세술도…….

산은 소파 등받이에 기댄 채 머리를 뒤로 젖혔다. 피곤한 듯 눈을 감고서 관자놀이를 꾹꾹 눌렀다. 한 치도 흔들리지 않는 눈빛. 사실을 말하고 있거나, 아니면 거짓말을 아주 잘하거나.

세진이 도착하기 전 저택에서 전화가 왔다. 량 부인이 신경정신과 의사가 가면서 한 말을 전해 주었다. 같이 있고 싶었지만, 밀린 업무와 자리를 피해 있는 것이 나을 것이라는 의사의 요청에 어쩔 수 없었다.

─의사가 고개를 저으면서 갔습니다, 산 님. 의사 말로는 심리 치료를 받아 본 경험이 여러 번 있는 것 같다면서……. 그래서 의사를 어떻게 상대해야 하는지 잘 알고서 무시하는 것 같다고 하네요. 결국 아가씨가 한마디도 말하지 않아서 한 시간 정도 있다 그만 갔어요. 평소 아가씨의 행동에 대해 말했더니…… 성폭행을 당했을 경우가 크다고 하네요.

전화를 끊자마자 산은 저택에 왔던 의사에게 연락했다. 직접 들어야 했다. 최악의 상황을 당했을 가능성이 얼마나 높은지도…….

의사는 거의 확실하다고 말했다. 성폭행의 반동 작용 중 나타날 수 있는 것들이라고. 그 강도가 얼마나 심했는지는 알 수 없다고 말했다.

산은 자리에서 일어나 소파에서 벗어났다. 세진을 얼굴을 계속 보고 있으면, 멱살을 잡아서라도 모두 털어놓으라고 윽박지를 것 같았다.

"하빈이 심리 치료를 받은 적 있나?"

"모릅니다."

매끄러운 대답이다. 평소와 똑같은 어조에 잠시의 흔들림도 없었다. 그런데도 산은 거짓말이라는 걸 알았다. 과거에 대해 모른다고 한 것은 사실일지 모르지만, 지금 대답은 확실한 거짓말이었다.

"꽤 여러 번 받은 것 같다고 하는데, 몰랐나?"

"병원을 워낙에 싫어하셔서……. 제가 알기론 받으신 적 없으십니다. 저와 만나기 전에는 모르고요. 그런데 왜 그런 걸 물어보십니까, 회장님?"

"그녀의 심리가 불안해서 의사를 불렀더니, 투명 인간 취급을 하더라는군. 완벽하게 무시했다는 거야."

결국 의사는 평소 하빈의 말이나 행동에 대해 량 부인에게서 들어야만 했다.

세진은 마땅하게 대답할 말이 없어 침묵으로 대신했다. 상관이 정신과 치료를 받았다는 건 보좌관으로 발령받았을 때 국장이 말해 줬다, 주의해야 할 것들과 함께. 정신적으로 불안한 사람을 특무국에 받아들였다는 사실 자체가 의아했지만, 굳이 묻지 않았다. 필요한 일이라면 묻기 전 국장과 부국장이 말했을 테니까.

잠시 다른 생각에 빠졌던 세진은 자신을 빤히 관찰하고 있는 시선을 느끼고 재빨리 정신을 차렸다. 예리하게 곤두선 날을 은밀히 가리고서 신중하게 살피는 눈길. 세진은 긴장으로 바짝 죄어 오는 몸을 누그러뜨리려고 했다. 지나친 긴장감은 오히려 의심만 불러일으킨다. 세진이 쓰고 있는 가면은 사장을 걱정하고 위하는 충실한 지배인이다. 그것이 거짓은 아니지만, 전부는 아니기에 그는 조심했다.

숨기는 것이 있군. 산은 답답한 숨을 길게 털어 내며 생각을 정리했다. 처음 봤을 때부터 유난히 자신을 경계하던 자였다. 하빈과 이 남자가 숨기고 있는 것이 뭘까. 순간 산은 세진에 대한 정보가 부족하다는 것을 알았다. 알아내라고 한 명령은 하빈에 대한 것. 한세진은 곁가지에 불과하다 싶어 돌아보지 않았다. 어쩌면……

산의 웃음에 세진은 섬뜩해졌다. 분명 기분 좋은 미소인데도, 보는 자신은 왜 이렇게 불안해지는 걸까.

"회장님."

리강이 들어와 약속 시간이 얼마 남지 않았음을 상기시켰다.

"그럼, 다른 말씀이 없으시다면, 전 이만 가 보겠습니다, 회장님."

세진이 기다렸다는 듯 자리에서 일어났다. 불편한 만남을 빨리 끝내고 싶었다.

그러나 산은 이대로 보낼 생각이 없었다.

"별다른 일이 없다면 잠시 시간을 내서 하빈을 만나 주지 않겠나? 내내 저택에서 혼자 지내는 데다가 어제 유람선 파티에서 물에 빠져 놀란 것 같기도 하고……."

"물에 빠지다니? 설마, 그분이 자진해서 물에 뛰어드신 것은 아니겠죠?"

안색이 변한 세진의 물음에 산과 리강이 눈길을 교환했다. 누가 밀었느냐나 어떻게가 아니라 자진해서라는, 질문의 주체가 상당히 특이했다. 산은 운 좋게 떨어진 기회를 놓치지 않았다.

"자네의 말을 들어 보니, 그녀가 예전에도 그런 행동을 한 적이 있나 보군."

단정하는 어투에 세진은 아차 싶었다. 자신이야말로 올가미에 스스로 걸어 들어가 목을 내민 꼴이 되어 버렸다. 부정할 타이밍을 놓친 듯해 세진은 침묵을 고수했다.

"그녀 곁에서 오래 있었으니, 당연히 알고 있겠군. 그녀에게 생에 대한 의지가 별로 없다는 걸 말일세."

“그렇지 않습니다.”

강한 어조로 아니라고 말하고 있었지만, 확신이 담겨 있지 않았다. 그저 당연히 아니어야 한다는 기계적인 말투였다.

“단지 사장님께서는 주변에 무심한 것뿐입니다. 스스로에 대해서도 인식하지 못할 때가 많아서 상황에 반응이 느리신 겁니다. 삶의 의지가 없다면, 왜 지금까지 자살을 시도하지 않으셨겠습니까? 가장 간단한 방법일 텐데 말입니다.”

자살이라는 섬뜩한 단어가 수류탄처럼 터졌다. 그러나 세진의 강한 부정에도 산의 의혹은 더 깊어졌다. 세진의 말이 틀리지 않았지만, 개운치 않았다.

산의 얼굴이 어둡게 굳어졌다. 의혹과 의심. 불안과 공포.

하! 산은 굳은 입매를 일그러뜨리며 조소를 지었다. 공포라니! 하빈을 만나고서 알게 된 반갑지 않은 감정들.

“자네 말이 사실인가? 그녀가 단 한 번도 자살을 시도한 적이 없다는 거 말이야.”

“네. 없으십니다.”

직접적인 시도는 없었다. 그것이 국장님과 한 약속 때문이라는 것 정도는 세진도 알고 있었다. 자신과 만나기 전의 일은 모른다. 알 수도 없지만, 알고 싶지도 않았다. 상관의 과거에 대해서 코를 들이미는 짓은 절대로 해서 안 된다고 결정했다. 어설픈 추측도, 어렴풋하게 다가오는 사실도 외면했다. 세진은 보좌관으로서 자신의 자리만 충실하게 지킬 것이라고 다짐했다. 그것이 사 년이라는 긴 시간 동안 요선의 보좌관으로 재직할 수 있었던 이유이기도 했다.

산은 자리에서 일어난 세진을 날카롭게 응시했다. 묵묵히 받아넘기는 세진의 기세에 한쪽에 있는 리강이 잠시 감탄했다. 하빈이라는 여자도 그렇지만, 지배인이라는 저 남자도 평범하지는 않군.

"질문을 바꾸지."

산은 세진의 얼굴을 지나가는 불안한 긴장감을 잡았다. 단단한 유리 벽에 희미하게 드러난 작은 실금. 세진을 압박하는 기세가 강해졌다. 더 이상 미적거리는 것을 참을 수 없다. 바닥난 인내심이 그에게 어서 답을 얻어 내라고 요구하고 있었다.

송장처럼 파리한 안색. 금방이라도 먼지처럼 사라질 것 같은 위태로움. 매일 하루도 빠지지 않고 이어지는 악몽. 하빈을 괴롭히는 모든 것들.

"자살을 시도하지는 않았지만, 고의로 그런 상황을 유도하지는 않았나?"

세진은 폐부에 칼이 찔린 듯 숨이 막혔지만, 드러내지 않았다. 어쩌면 나올지도 모른다 생각한 질문. 그만큼 요선에 대해 파악했다는 의미였다. 다행이라고 해야 하나. 어쩌면이라고 생각하면서 운을 떼었지만, 가능하리라고는 생각하지 않았다. 짧게 부딪히고 지나가는 만남이라 진실을 볼 수 있을지 긴가민가했다. 물론 아직까지도 가장 중요한 키를 찾지 못하고 있지만. 덕분에 자신은 닦달을 당하는 처지가 되어 버렸다.

세진이 대답하지 않자, 산이 한 걸음 다가서며 다시 물었다.

"그런 적이 있나?"

"없습니다."

미세한 흔들림을 잡았다. 그것만으로도 산에게는 충분했다. 강제로 묶어 눌러둔 감정들이 쓴물처럼 다시금 올라왔다. 충격과 공포. 분노와 두려움. 되새김질되는 감정들을 감추려는 듯 손으로 입가를 문질렀다. 산이 세진의 곁을 지나가며 말했다.

"차라리 모릅니다라고 말하는 편이 나았을 거야."

뒤따라 나가기 위해 몸을 돌리던 리강은 우두커니 서 있는 남자의 어깨가 한순간 흔들리는 것을 봤다. 감정을 추스르듯 금세 감췄지만 분명 동요하고 있었다. 돌아서 가려던 리강은 마음을 바꿨다.

"감추고 있는 것이 있다면 지금이라도 모두 털어놓는 것이 좋습니다."

세진이 홱 고개를 돌렸다. 그를 쏘아보는 눈빛이 꽤 매서웠다. 그러나 리강은 지지 않고 용건을 말했다.

"뒤에 누가 있는지, 지금까지는 잘 감춰 두고 있지만, 곧 모든 게 드러날 겁니다. 괜한 시간과 인력을 낭비하는 것보다는 차라리 지금 모두 말하는 편이 낫지 않겠습니까?"

"무슨 말씀을 하시는지 모르겠습니다만, 설사 그렇다 하더라도 그걸 찾아내는 게 그쪽에서 해야 할 일이 아닙니까? 뭔가를 얻으려면 그만큼의 노력이 필요한 법이죠."

"당신의 사장님이 그만한 노력을 기울여야 할 만큼 가치가 있을까요?"

리강의 평이한 어조에 하빈에 대한 경멸이 묻어 있었다. 세진이 입술을 끌어 올리며 차가운 미소를 지었다.

"지금 그 말은 안 들은 것으로 하죠. 자신이 모시고 있는 상관의 안목과 판단을 의심하는 것으로 들려서 말입니다."

리강의 얼굴색이 변했다.

"제게는 회장님이 제일 중요합니다."

"마찬가지로 제게는 저희 사장님이 제일 중요하지요."

서로 각자가 모시고 있는 상관의 안전과 평안이 우선일 수밖에 없었다. 이질적이면서도 같을 수밖에 없는 두 사람이었다.

세진에게 예상치 못한 시간을 뺏긴 탓에 이허차관頤和茶館에 도착했을 때는 약속 시간에서 십오 분이 지나 있었다. 그러나 돌사자 상이 서 있는 입구로 들어서는 산의 발걸음은 느긋하기만 했다. 기둥에 달려 있는 홍등은 낮인 탓에 불이 꺼져 있었다. 검은 옻칠을 한 기둥에는 전서체의 글귀들이 금박으로 새겨져 있었다. 오랜 세월 손님들의 손을 탄 나무 가구들은 반들반들 윤이 났다.

다실로 들어가자 붉은 테이블보가 깔려 있는 팔선탁八仙卓에 두 사람이 앉아 있었다. 한 걸음 늦게 뒤따라 들어온 리강이 다실의 문을 닫았다. 사뿐한 걸음새에 기척을 알지 못하다 의도적인 문소리가 들리자 두 사람이 돌아봤다.

초조하게 기다리고 있었다는 티를 내지 않기 위해 일부러 문쪽을 외면하고 있던 리천과 진베이펑晉北風이었다. 다실에서 서로를 봤을 때 얼마나 놀랐는지. 약속 상대인 류산 회장이 시간이 지나도 나타나지 않자 어색한 공기가 불편함으로 바뀌었다. 만약 다급한 입장이 아니었다면 당장 자리를 박차고 일어났을 것이다.

“기다리시게 해서 죄송합니다.”

산은 화난 표정을 억지로 삼키고 있는 두 사람을 봤다. 뭔가 한바탕 퍼붓고 싶지만 애써 참는 기색이 역력했다.

달콤한 간장에 조린 메추리알과 말린 두부가 따뜻한 차와 함께 나왔다. 눈치를 살피던 리천이 더 이상 참지 못하고 입을 열었다.

“크흠! 난 류 회장하고만 만나는 줄 알고 나왔는데 약속 외의 사람이 함께할 줄은 몰랐네.”

체면을 챙기려는 듯 진베이펑을 걸고 넘어갔다. 구걸하듯 부탁해야 하는 모습을 저 음흉한 하이에나에게 보이고 싶지 않았다.

‘저 인간이!’

진베이펑이 쥐고 있던 찻잔을 내동댕이치듯 거칠게 탁자에 내려놓았다. 누가 누구에게 할 말을 씨부렁대고 있는 거야! 여우 같은 여동생 하나를 단속하지 못하고서 사방에 피해를 입히고 있는 작자들이!

“중한 일을 논의하는데, 제삼자가 끼어드는 일은 좋지 않다는 것을 누구보다 류 회장이 잘 알고 있지 않나?”

리천은 일부러 진베이펑에게는 시선도 주지 않은 채 산에게만 말을 걸었다. 그것은 어서 나가라는 압박이었다. 두툼한 진베이펑의 목살이 춤을 추듯 흔들렸다. 해머만 한 커다란 손바닥으로 탁자를 내려쳤다.

쿵!

“자리를 피해 줘야 하는 사람이 누군지 모르겠군! 나야말로 류 회장과 나눠야 할 급한 일이 있단 말이오! 리 회장은 새로 약속을 잡든가, 아니면 다른 다실에서 차라도 마시면서 기다리든가."

"뭐요!"

한시라도 빨리 해결해야 할 일이지만, 체면을 버릴 수도 없었다. 서로 약점을 잡기 위해 눈에 불을 켜고 있는 실정이라 그야말로 입안에 고깃덩이를 넣어 주는 꼴이 될 것이다. 서로 잡아먹을 듯 으르렁거리는 사이에 산의 말이 떨어졌다.

"서로 논의해야 할 일이 같아서, 제가 두 분을 함께 모셨습니다. 같은 얘기를 반복해서 듣고 말하는 건 시간 낭비니까 말입니다."

'지루하기도 하고.'

일이 같다는 말에 리천과 진베이펑이 서로를 쳐다봤다. 의심스럽다는 듯 보다 서로 고개를 돌렸다. 빤히 보는 눈동자에 같은 입장에 처한 자신들의 얼굴이 보였기 때문이다. 항상 기세등등하던 얼굴이 꼬리를 만 개처럼 비루했다.

얘기로만 들었던 류가의 힘. 이미 오십 년 전에 떠난 가문 따위 뭐가 그리 대단하다고 비웃던 자신들을 조롱하기라도 하듯이 돌아온 류가는 넘을 수 없는 거대한 벽이 되어 그들을 압도했다.

"큼흠!"
"흐흠!"

애써 헛기침으로 숨겨지지도 않는 무안함을 감추려고 들면서 상대방이 먼저 운을 떼길 기다렸다. 문가에 서 있던 리강은 속으로 오십 보 백 보라며 욕했다. 서로 미루는 것을 보니 아직 여유가 남은 모양이군. 그들을 쳐다보는 시선에 경멸이 깔려 있었다. 한 가문의 주인이라는 작자들이 저 모양이니, 밑에 제대로 된 인간이 없지. 아직도 망하지 않고 살아남아 있다는 것이 기적이었다.

산은 메추리알과 두부에는 손도 대지 않은 채 씁쓸한 철관음의 맛만 조금씩 음미했다. 마치 이 자리와는 상관없는 사람인 것처럼. 서로 잡아먹을 듯 노려보던 리천과 진베이펑도 시간이 지날수록 산을 곁눈질했다. 차라리 산이 먼저 용건을 꺼내 주길 바라는 것처럼.

하지만 산은 먼저 나설 생각이 없었다. 칼자루를 쥐고 있는 사람은 그였으니까.

딱딱딱딱.

귀가 따가울 정도로 나무 손잡이를 두들기던 소리가 멈췄다. 조바심을 견디지 못한 리천이 먼저 손을 들었다.

"은행의 자금을 왜 막은 것인가? 왜 멀쩡하게 통과된 대출들을 몽땅 틀어막았느냐, 이 말일세!"

애써 여유 있는 것 허세를 부리고 있던 진베이펑의 눈에 불이 번쩍 들어왔다. 이제 보니 리천도 아쉬운 소리를 하러 온 것이다. 그렇다면야 둘이 힘을 합치는 것이 낫겠지. 부당하다고 밀어붙인다면, 류 회장도 자신들의 입장을 완전히 무시하지 못할 것이라는 계산이 끝났다. 투실투실한 진베이펑의 턱살이 아래위로 춤을 췄다.

"류 회장. 나도 이유를 들어야겠네. 시장의 직인까지 받아 낸 곳의 부지 허가가 돌연 백지화된 일 뒤에는 모두 류 회장의 입김이 닿아 있더구면! 아무리 우리들이 경쟁 관계라고는 하지만, 이런 식의 술수를 써서야 되겠나? 당장 취소해 주게!"

　좌우 양쪽에서 왈왈거리는 것이 혼자서는 짖지도 못하는 들개 같았다. 찻잔을 내려놓는 산이 피식 웃었다.

　“지금 웃음이 나오는가? 자네 할아버님이신 류 대인은 그래도 상도덕을 아시던 분이었는데……．”

　“쯧쯧, 아무리 능력이 뛰어나면 뭐하나? 어른을 깡그리 무시하는데.”

　“그래도 제법 잘 이끌어 나간다 싶어 좋게 보았더니, 이렇게 뒤통수를 치는군.”

　하나씩 말을 늘어놓으면서, 두 사람은 구걸하러 온 자신들의 처지를 잊어버렸다. 그저 건방진 얼굴로 앉아 있는 산을 어른으로서 꾸짖어야 한다는 망상에 잠겼다.

　‘갈수록 가관이군.’

　리강은 경멸을 지나 동정을 표했다. 칼을 뽑은 자신의 상관이 이대로 순순히 물러날 리가 없기 때문이다.

　“무슨 말씀들을 하시는지 모르겠군요. 그동안 있었던 리가와 진가의 무수한 음모나 도발은 생각지 않으신 겁니까?”

　산의 입술에 걸린 미소가 커졌다. 그러나 냉랭하다 못해 북풍이 맴도는 눈빛에는 웃음기 하나 없었다. 산이 고개를 갸웃거리며 되물었다.

　“설마 모르고 있었다고는 말 못 하실 텐데요?”

　리천과 진베이펑은 마주 보지 못하고 자라목처럼 목을 움츠렸다. 입술에 걸린 미소를 보는 순간 등줄기가 오싹해졌다. 잔잔한 음성이 두 사람의 심장을 쿡쿡 찔렀다. 태풍의 눈처럼 고요한 것이 위험신호를 알리고 있었다.

“그럼에도 제가 가만히 두고 봤던 것은 이유야 어쨌든 오랫동안 이곳을 지켜 온 분들이 리가와 진가이기 때문입니다. 예상했던 텃세였고, 그 정도의 아량은 베풀어야 한다고 생각했습니다.”

듣기 불쾌한 듯 리천과 진베이펑의 얼굴이 일그러졌다. 그야말로 고양이가 쥐를 가지고 놀듯이 자신들을 봐주고 있었다는 말이지 않은가. 비슷한 상판을 마주 보고 있는 것도 기분 나빴다.

“그랬더니 정도를 넘어서시더군요. 제가 정한 선을 훌쩍 말입니다.”

“그건……”

“술수라고 하셨습니까, 진 회장님? 고작 그 정도를 술수라고 말할 수는 없지요. 기대하셔도 좋습니다. 류가의, 제 술수가 어떤 것인지 말입니다.”

나직하고 부드러운 목소리가 무서웠다. 으름장과 협박보다 더한 살기가 넘실거렸다.

진베이펑은 둘러쓰고 있던 체면을 집어던졌다. 생각했던 것보다 더 나빴다. 그야말로 최악이었다. 말벌 집을 건드린 것처럼 류산은 분노하고 있었다.

“이보게, 류 회장! 왜 이러는가! 화나는 일이 있으면 말로 풀어야지! 분명 오해가 있는 걸세! 무슨 일이든 모두 설명할 수 있어!”

진베이펑이 앞에 있는 리천에게 눈짓을 던졌다. 가만히 있지만 말고 어서 도우라는 신호였다.

리천은 말라 오는 입술을 물로 축이며 어조를 바꿨다. 흥분은 금물이다. 지금 받고 있는 모욕이야 다음 기회에 갚으면 된다.

“원하는 게 뭔가? 완전히 끝을 볼 생각이었다면, 우릴 부르지도 않았겠지."

이제야 한 가문의 주인으로 보였다. 진베이펑도 격해진 숨을 가다듬으며 조용히 기다렸다. 찻잔을 만지는 산의 소매 끝단에 박혀 있는 오닉스 커프스가 천천히 원을 그렸다. 둥글게 그려지는 검은 선.

"최근에 절 죽이려고 달려드는 사람들이 꽤 있더군요."

최대한 여유를 되찾아 느긋하게 등받이에 기대고 있던 리천과 진베이펑이 긴장했다. 그나마 한차례 흥분한 뒤끝이라 놀란 토끼처럼 뛰어오르지 않을 수 있었다.

리천의 등줄기에 식은땀이 흘렀다. 여동생인 메이링이 주도한 일. 식은땀에 찻잔이 미끄러져 놓칠 뻔한 진베이펑이 황급히 잔을 탁자에 내려놓았다. 리천을 보는 시선에 희미한 원망이 어리다 사라졌다. 누굴 탓하겠는가. 동생을 제대로 단속하지 못한 것은 자신도 마찬가지. 뭐라 한들 제 낯짝에 오물을 쏟는 격이다.

"그래도 상관없었습니다. 증거도 확보했고, 원하기만 한다면 약간의 스릴 있는 생활도 괜찮으니까요. 하지만 제 여자를 건드린 것만은 그냥 넘길 수 없습니다."

여자가 생겼다는 말이 사실이었군.

"고작 여자 하나 때문에……."

어처구니없어하며 중얼거리던 리천이 싸늘한 눈빛에 뒷말을 삼켰다.

고작이라는 말을 들을 여자가 아니었지만, 산은 구구절절하게 설명하지 않았다. 그녀는 자세히 알지 못했지만, 총격 사건 이후에도 주변을 맴도는 자들이 있었다. 다행히 저택에서 꼼짝도 하지 않는 그녀의 생활 습관 덕분에 일이 터지지는 않았지만.

"그래서 우리가 뭘 어쩌길 바라나?"

진베이펑이 물었다. 치러야 할 대가가 크지 않길 바라면서.

"이번 일에 연관되어 있는 리메이링 여사와 진위팡 사장을 가문에서 축출해 주셨으면 합니다."

"류 회장!"

"으음!"

가문에서 쫓아낸다는 것은 지금까지 받아 왔던 모든 보호와 혜택을 박탈한다는 의미였다. 즉, 앞으로 두 사람이 무슨 일을 겪든 개입하지 말라는 것이다. 그만큼 철저하게 끌어내리겠다는 경고이기도 했다.

산이 고개를 왼쪽으로 기울이며 장난처럼 말했다.

"가문 전체가 망하는 것보다는 훨씬 나은 장사이지 않습니까?"

정적이 감돌았다. 마른침을 삼키는 불편한 소리만이 떨어졌다. 애정이야 없다지만, 그래도 동생이었다. 혈육을 버리라는 요구에 두 사람은 선뜻 대답할 수가 없었다.

"아니면, 가문이 망하는 것을 보시겠습니까?"

리천과 진베이펑의 호흡이 푹 꺼졌다. 침울한 안색에 조금씩 체념이 떠올랐다. 산의 보복은 예상했지만……. 동생은 통보를 받고 길길이 뛸 것이다.

"축출했다는 소식이 알려지면, 리가와 진가를 묶고 있는 제재들이 모두 풀릴 겁니다. 하지만 쫓겨난 두 사람에게 몰래 손을 쓰신다면, 지금처럼 경고하는 일 따위는 없을 겁니다."

그러니 알아서 제대로 처신하라는 말이다.

두 사람은 인사도 없이 자리에서 일어나는 산을 잡지 못했다.
문을 닫은 리강이 앞서 걷고 있는 산의 뒤쪽에 붙었다.
"응답이 올 때까지 얼마나 걸릴까요?"
"글쎄……, 오래 기다릴 필요는 없을 거야."
어차피 돈독한 형제애를 자랑하고 다니는 자들도 아니었다.
산은 놀라 쩔쩔매던 그들을 비웃었다. 그것은 자신의 체면을 걱정하는 얼굴이었다.
"오늘 당장 연락이 올 수도 있을 거야."
그렇게 되도록 산이 목줄을 죄었다. 적절한 기회를 엿보면서 단번에 낚아챌 수 있도록. 계단을 내려간 산은 배웅 나온 주인에게 차 맛이 좋았다고 칭찬했다.

❖

연회를 해도 좋을 정도로 넓은 내실에 무거운 정적이 깔렸다. 가주의 호출에 가문의 중진들이 모두 모였다. 그룹의 주요 임원들도 보였다. 화창하던 날씨가 갑자기 흐려져 회색빛으로 꾸물거리는 것처럼 내실의 분위기도 칙칙했다. 답답한 습도가 모여 있는 사람들의 숨통을 조였다. 누구도 나서서 먼저 입을 여는 사람이 없었다.
왜 갑자기 모이라고 했을까. 그룹의 주요 사안들이 조금씩 뒤틀리고 있다는 것을 아는 간부들은 긴장했다. 입조심하라는 단속이 내려와 떠들어 댈 수는 없었지만, 지금 사태에 대한 조치가 내려올 것이라는 예측 정도는 가능했다.

후계자인 리샤오밍 곁에 고모인 메이링이 찰싹 붙어 있었다. 메이링은 언젠가부터 샤오밍의 주변에 바리케이드를 치고서 사람이 접근하지 못하게 만들었다. 흰색의 샤넬 투피스를 입은 메이링이 든든한 조카에게 물었다.

"무슨 일인지 듣지 못했니?"

"네, 고모. 저도 모이라는 연락만 받았습니다."

메이링이 교활한 눈을 굴리며 마음에 들지 않는다는 듯 입술을 찡그렸다. 중요한 일들에서 매번 제외되는 자신의 처지를 다시 한 번 확인한 셈이다. 산호색 매니큐어를 바른 손톱을 잇새로 물어뜯어 망가뜨렸다.

'지금이야 날 무시하지만, 언제까지 그럴지 두고 보라지.'

가족 중 가장 큰 키를 가진 샤오밍을 올려다보는 눈길은 마치 제 속으로 나은 자식을 보듯 애정이 철철 흘러넘쳤다.

'이 아이가 회장이 된다면, 내 존재는 지금보다 몇 배 더 커질 테니까. 결혼도 하지 않고 매달린 꿈의 절반 정도는 채울 수 있을 것이다.'

내실의 문이 열리고 리천이 남동생인 리팡과 함께 들어왔다. 항상 양복을 입던 회장이 검은색 테두리를 두른 밤색의 창파오 차림이자, 다들 어리둥절했다.

의자에 앉은 리천이 사람들을 둘러봤다. 아들 곁에 붙어 있는 메이링에게 잠깐 눈길이 멈췄다 지나갔다.

"바쁜 와중에도 오늘 모이라고 한 이유는 말로 전해 듣기보다 다들 직접 보고 똑똑히 기억해 두는 것이 좋을 듯하다는 생각 때문이다."

모인 사람들은 서로 쳐다보며 회장의 말이 무슨 뜻인지 눈으로 물었다.

"리메이링."

오빠의 호명에 메이링이 빳빳하게 치켜든 고개를 돌렸다. 주변에 있던 가족들이 모두 그녀를 쳐다봤다. 호기심과 의구심이 가득한 눈들. 메이링은 오빠와 남동생인 리팡의 얼굴을 살펴봤다. 대나무 꼬챙이처럼 말라비틀어진 리팡의 얼굴에서는 아무것도 읽을 수가 없었다. 무슨 일이기에 이렇게 무게를 잡는 거지? 메이링은 도도하게 턱을 치켜들었다.

"지금 이 시간 이후로 메이링은 리가의 사람이 아니다."

충격을 받은 리메이링이 말도 하지 못하고 눈만 커다랗게 치켜떴다.

"리가의 모든 사업에서 손을 떼는 것은 물론이고, 앞으로 가족들 앞에 얼굴도 내보이지 마라."

"오빠!"

"아버지!"

다들 어안이 벙벙했다. 가문에서 내쫓는 일은 근 백 년 내에 없었다. 단순히 절연하는 것과는 차원이 달랐다. 타의에 따라 가문의 수장에 의해 쫓김을 당하는 것은 그야말로 국내에서 나가라는 의미였다. 해외에 나가더라도 리가의 손이 닿아 있는 곳에는 발도 들이지 못한다. 그야말로 손에 쥐고 있는 것만 가지고서 맨몸으로 살아가라는 말이다. 다른 가족들도 도와줄 수 없었다. 만약 그러다 들키면 쫓겨난 자보다 더 못한 꼴을 당하기 때문이다.

"받아들일 수 없어요! 어째서? 뭣 때문에 날 내쫓는 거예요? 내가 지금까지 얼마나 애를 썼는데…… . 오빠를 위해서, 우리 집안을 위해서!"

충격이 분노와 악으로 바뀌었다. 악귀처럼 얼굴을 일그러뜨린 메이링이 리천에게 울부짖으며 따졌다.

"닥쳐!"

"닥치지 못하겠어요! 내가 뭘 잘못했다고 그러는 거예요! 아무 죄도 없는 날 이렇게 가문에서 내쫓을 수는 없다고요! 설명을 해 줘요, 설명을!"

메이링은 한 치도 지지 않고 맞받아쳤다. 이대로 밀려나면 끝이다. 한 번 힘을 잃으면, 두 번 다시 되찾을 수 없다. 맞서 싸워야 한다. 어떻게든 철회시켜야만 했다. 오빠의 마음을 바꿀 수 없다면, 가문의 어른들의 힘을 끌어모아서라도!

한 걸음, 한 걸음 다가간 메이링은 상석에 앉아 있는 리천을 갈아 버릴 듯한 눈초리로 노려봤다. 회장이라는 자리에 앉아 태평하게 세월만 낭비한 무능력한 인간이 누굴 나가라 마라 하는 거야!

'메이링의 성격이 만만치 않다는 것은 알고 있었지만, 예상했던 것보다 더 심하군.'

의자에 앉아 있던 리천은 화가 나 연방 손으로 의자의 손잡이를 문질렀다. 순순히 말을 들을 거라고는 생각하지 않았다. 하지만 다른 가족들도 모인 자리에서 대놓고 달려들 줄은 몰랐다. 그렇게 얕잡아 보이고 있었던가 싶어 어처구니가 없었다.

차라리 잘된 일인지도 모르겠군. 이번 기회에 확실하게 기강을 잡아야겠어. 반발하는 것들은 추려 내서 잘라야지. 좌우를 둘러싸고 있는 가족들을 훑어본 그의 눈빛이 계산으로 번득였다. 한쪽에 모여 있는 가문의 어른들이 바락바락 대드는 메이링을 보며 혀를 찼다.

"제대로 된 이유가 필요해요! 수장이라고 해도 가문의 일원을 죄도 없이 일방적으로 추방하는 건 말도 안 되는 일이라고요. 분명한 이유가 없다면, 일방적인 수장의 행동을 막아야만 해요! 가문의 원로들과 가족들이 나서서라도 말이에요."

리천은 경멸 어린 눈으로 앞에 있는 여동생을 봤다. 그 눈길에 발끈한 메이링은 천장이 들썩일 정도로 소리쳤다.

"대체 뭐냐고요!"

"자신의 역량도 모르면서, 용의 역린을 건드려 가문을 위태롭게 한 바보 같은 것! 생각을 하려면 제대로 했어야지. 대체 뭘 믿고 덜컥 일을 저지른 거냐! 잘못됐을 때 돌아올 위험을 생각이나 한 거야!"

"그게 무슨……?"

쾅!

의자 손잡이를 주먹으로 내려친 리천이 벌떡 자리에서 일어났다.

"네 계획대로 류 회장을 처리했다고 치자! 그다음에는 어쩔 거야? 류 회장 뒤에 버티고 있는 노회장은 생각지도 않은 거냐고!"

"고작 그것 때문에 이렇게 난리를 치는 거예요? 류 회장 때문에?"

메이링이 허탈한 목소리로 물었다. 화가 난 리천이 허공을 향해 주먹을 휘둘렀다. 목소리가 커질수록 울화도 솟구치는 듯 얼굴이 붉어졌다.

"고작! 고작이라고! 그 때문에 지금 모든 사업들이 중단될 위기에 처했는데도, 고작이라는 말이 나와!"

원인을 안 메이링은 걱정을 떨쳐 냈다. 오빠가 화를 내는 것은 이해했지만, 얼마든지 설득이 가능했다. 허리를 곧게 펴고 도도하게 시선을 들어 올렸다. 흥분으로 약간 흐트러진 머리카락을 손끝으로 우아하게 올려붙였다.

"그렇게 하지 않으면, 그때야말로 우리 집안이 망할 테니까요. 오빠가 미적거리는 동안, 그 빌어먹을 류가가 우리의 영향권을 얼마나 많이 잡아먹었는지 알아요? 더 이상 기반을 잃기 전에 원인을 제거해야 했다고요!"

샤오밍을 비롯한 젊은 세대들은 공감한다는 눈빛이었다. 그에 메이링이 어깨를 으쓱했다.

"적당한 선에서 타협할 수 있었어. 류가가 가져간 것은 그들이 예전에 가지고 있던 규모에 지나지 않아! 그 정도에서 협상으로 잡음 없이 끝낼 수도 있는 일이었단 말이다!"

"왜 그래야 하는데요? 예전이야 어쨌든 지금은 우리 집안의 소유라고요! 왜 힘도 한번 써 보지 못하고 맥없이 내줘야 하냐고요! 억울하지도 않아요? 화나지도 않느냐고요? 한 번 떠났던 자들의 기반 따위 이참에 싹 밀어 버려야 한다고요."

선동에 불이 붙었다. 미적지근한 회장의 행보에 불만이 쌓여 있던 젊은 세대들이 불티가 옮은 양 호응하기 시작했다. 술렁이는 불만의 공기.

그러나 머리가 희끗희끗한 이들은 고개를 가로저었다. 자신감과 자만은 다르다. 게다가 상대의 역량도 제대로 파악하지 못한 채 부리는 자신감은 어리석은 오만에 지나지 않았다.

"그래서 지금 이 지경으로 만든 거냐? 제대로 처리하지도 못하고, 일만 키워 집안을 위태롭게 만들어 놓고서 무슨 큰소리야!"

산의 경고를 받고 불길한 느낌이 들어 급하게 그룹에서 진행하는 일들을 확인했다. 은행 대출만이 아니라 중앙 정부에 건넨 뇌물들에 대한 증거자료와 류 회장의 납치, 살인미수에 대한 증인까지, 가문이 휘청거릴 일들이 모조리 산의 손에 쥐어져 있었다. 연달아 터진다면 가문의 대들보는 물론이고, 주춧돌마저도 남아나지 않을 것이다. 어차피 보탬도 되지 않은 채 승냥이처럼 코를 벌름거리는 여동생. 미래를 위해서라도 이번 기회에 버리는 것이 낫다는 판단을 내렸다.

"하려면 제대로 했어야지! 아무도 모르게 증거도 남기지 말고. 가문에 피해가 가지 않도록. 그런데 넌 네가 잘했다고 큰소리치는구나. 너의 어설픈 짓거리에 본가의 사방이 틀어 막혔는데도 말이다!"

흥분을 가라앉힌 리천이 말했다.

"여러 말 하지 않겠다. 이미 다른 분들과도 논의가 끝났어. 너는 더 이상 우리 가문의 사람이 아니다. 앞으로 네게 무슨 일이 있든, 네가 알아서 처리해야 할 것이다. 가문의 이름과 힘은 일체 빌릴 수 없을 테니."

류가가 노리고 있다는 말뜻을 알아차린 메이링의 얼굴이 창백해졌다. 비열한 겁쟁이! 싸워야 할 때 꽁무니를 빼다니! 결국 겁에 질려 자신을 잘라 내는 것이다. 가문의 원로들을 돌아봤지만, 그들의 얼굴도 똑같았다. 비겁하고 비굴한 늙은이들! 단물만 쪽쪽 빨아먹고서는 필요 없다 싶으니 쳐다보지도 않는구나.

메이링은 배신감에 치를 떨며 주변을 돌아보았다. 모두 그녀를 외면하고 있었다. 시선이 마주칠까 얼굴을 돌리고 있는 자도 있었다. 메이링은 그들의 얼굴을 하나하나 머릿속에 집어넣었다. 절대로 잊지 않을 거다! 반드시 돌아와 이 자리에 있는 자들의 머리를 바닥에 박아 버리고 말 테다.

"오늘 일을 후회할 거예요."

이를 악물고 한 자 한 자 내뱉는 것이 저주를 읊조리는 듯했다. 돌아서 나가는 그녀의 뒤편으로 또각또각 바닥을 울리는 구두 소리가 음산하게 울려 퍼졌다.

훗날을 다짐하며 두 다리로 당당하게 걸어 나간 리메이링과 달리, 진위팡은 형인 진베이펑에게 무릎 꿇고 애걸하며 매달리다 경호원들에게 강제로 끌려 나가는 추태를 보였다. 정문 밖으로 내쫓겼으면서도 굳게 닫힌 문에 엉겨 붙어 떨어지지 않았다는 후문이었다. 리가와 진가에서 일어난 축출은 상하이 사교계를 뒤흔들었다. 방계傍系의 혈족도 아니고 집안의 중진이나 다름없는 인물을, 그것도 같은 시기에 쫓아낸 의도를 알지 못해 사람들은 서로 머리를 맞대고 수군거리기 바빴다.

12.

아직 해가 남아 있을 시간인데도 밤이 온 듯 사방이 어두웠
다. 시꺼먼 먹구름이 하늘을 뒤덮고 있었다.

후드득후드득.

떨어지던 빗방울들이 거센 빗줄기가 되었다. 한순간 번쩍이
는 섬광이 하늘을 갈랐다.

은빛 섬광에 물든 커다란 테라스 창 앞에 무릎을 가슴 앞으로
끌어모은 하빈이 바닥에 앉아 있었다. 그녀의 손가락 사이에 걸
려 있는 흰 담배에서 가는 실타래처럼 푸른 연기가 올라왔다. 유
리창을 거칠게 두들기는 빗줄기들을 보면서 담배를 깊이 빨아
마셨다.

우르릉우르릉.

먹구름이 몰아온 천둥소리가 빗방울들이 달라붙어 있는 커다

란 유리창을 때렸다. 3월의 날씨치고는 드물었다. 점점 커지는 천둥소리. 하빈이 앉아 있는 실내도 어둑해져, 끝이 타들어 가는 담뱃불만 빨갛게 보였다.

산은 문기둥에 기대어 작게 웅크린 하빈의 뒷모습을 지켜보았다. 어둠 속에 묻혀 금방이라도 꺼져 버릴 듯했다.

피곤한 하루였다. 넥타이를 느슨하게 풀며 그녀에게 다가갔다. 얼마나 오래 담배를 피우고 있었는지 바닥에 놓여 있는 재떨이에 꽁초들이 수북이 쌓여 있었다.

산은 하빈의 손가락 사이에 담배를 빼앗아 재떨이에 비벼 껐다. 옆에 몇 개 남아 있지 않은 담뱃갑을 들어 구겨 버렸다.

피우던 담배를 뺏긴 하빈은 양팔로 무릎을 감싸며 턱을 괬다. 그녀는 산이 문가에 나타났을 때부터 알고 있었다. 그가 뿌린 향수 냄새가 무거운 물 냄새에 뒤섞여 흘러 들어왔다.

산은 바닥에 앉으며 한쪽 무릎을 편안하게 세웠다.

“앞으로 담배는 압수야. 당신의 건강을 위해서도 금연을 하는 게 좋아. 보이는 대로 뺏을 테니까.”

줄기차게 피워 댄 재떨이의 증거들을 본 산은 미간을 찌푸리지 않을 수 없었다. 기호품으로 즐기는 것까지는 상관없지만, 한계도 없이 마구 피워 대는 것은 좋지 않다. 겉으로 보기에도 썩 건강하지 않은 티가 나는데, 흡연까지 하는 것이 마음에 걸렸다. 이참에 완전히 끊게 만들어야지.

은빛 섬광이 빛났다. 그늘진 그녀의 옆모습이 카메라 플래시처럼 나타났다 금방 사라졌다. 주변을 감싼 두툼한 어둠 속에서 그녀는 홀로 부유하고 있는 듯했다.

"오늘 온 의사도 두 손 들고 내빼게 했다고 하던데…….."

삼 일 연속 실력이 좋다고 이름난 정신과 의사들이 저택을 방문했다 고개를 내저으며 돌아갔다. 그나마 첫날 인사라도 건넸던 그녀는 이튿날부터는 아예 알은척도 하지 않았다. 의사들을 투명인간처럼 취급했고, 그들의 질문이나 반응을 유발하는 시도에도 일체 대응하지 않았다.

오기 전 어느 정도의 경고를 받은 의사들이었지만, 막상 완강한 거부에 맞닥뜨리자 적당한 해결 방안이 없었다. 정신과 치료는 환자의 의지가 무엇보다 중요한 파트였다. 본인 스스로 나서서 하겠다는 의지가 없다면 치료 자체가 이루어질 수 없었다. 그들에게 하빈은 최악의 부류에 속하는 환자였다.

창밖에 떨어지는 벼락을 보고 있던 하빈이 조용히 물었다.

"당신이 보기에 내가 미친 사람 같나요?"

"아니. 단지 당신은 상처를 숨기고 있을 뿐이지. 그런 내면의 상처를 들어 주고 치료하는 게 의사들의 일이잖아."

"정말 그들이 치료할 수 있다고 믿나요?"

반문하는 어조에 자신은 믿지 않는다는 뉘앙스가 듬뿍 담겨 있었다.

그 일이 일어났을 때도 그랬다. 치료가 필요하다고.

"그들이 안 된다면, 다른 사람이라도 찾아야지. 그렇게 계속 끌어안고 있으면 속으로 곪아 갈 뿐이야. 아프더라도 터트려 버려야 해. 그래야 새살이 돋아 깨끗하게 아물 수 있으니까."

"상처 따위 없어요."

"하빈."

그녀는 고집스럽게 창밖만을 응시하며 말했다.

"만약 있다고 해도, 당신이 상관할 일은 아니에요."

산이 유리창 앞을 가로막았다. 그녀의 얼굴을 잡아 올리며 낮은 목소리로 물었다.

"정말 그렇게 생각하는 건가?"

그의 등 뒤로 번쩍이는 벼락이 떨어졌다. 검은 눈동자가 오싹할 정도로 검게 빛났다. 심연처럼 검은 하빈의 눈동자가 그에게 붙들렸다. 하빈은 마음을 떼어 내듯 어렵게 입술을 달싹거렸다.

"우린……."

산이 손가락으로 하빈의 입술을 눌러 막았다. 마치, 애써 거리를 두려는 그녀의 의도를 알고 있다는 듯이.

"당신은 내 여자야. 당신의 일이 곧 내 일이라고. 상처가 없다는 말은 하지 마. 매일 밤 내 품에 안겨서도 당신은 악몽을 꾸지. 식은땀을 흘리고 비명을 질러. 하루하루 시간이 지날수록 스스로를 말려 죽이고 있다고. 그런데도 상처 따위 없다고 말하는 건가?"

입술을 누르고 있던 손가락에서 강압적인 힘이 사라지더니 결을 쓸어내리듯 입술을 부드럽게 어루만지기 시작했다. 짙게 검어지는 그녀의 눈빛을 봤다. 일렁이는 어둠과 희미하게 드러난 상처, 믿기 힘들어하는 의심이 소용돌이치고 있었다.

"처음 우리가 얘기했던 한 달이라는 약속은 잊어버려. 한 달이 아니라 일 년, 십 년이 지나도 우리는 함께 있을 테니까. 당신이 내 곁에 머무를 이유가 필요하다면 수십 가지라도 만들어 낼 거야."

'법이 만들어 낸 전통적인 사회의 구속까지도.'

산은 마지막 생각을 입에 올리지 않았다. 만약 결혼이라는 애기까지 나온다면 지금도 받아들이지 못하고 창백하게 질리는 그녀는 겁에 질려 당장 도망치려고 할 것이다. 그녀가 답답해하지 않는 거대한 새장을 만들 때까지 그녀가 갇혀 있는 줄도 모르는 그물을 꼼꼼하게 짤 것이다. 행복이라는 구속으로 칭칭 동여맬 테다. 사랑이 덧붙여진다면 더욱 좋겠지.

산은 그녀에 대한 자신의 감정을 담담하게 인정했다.

사랑한다.

아직은 가슴으로만 되뇔 수밖에 없지만……. 곧 말로 전할 때가 올 것이다. 그녀에게 급한 것은 사랑이라는 단순한 단어가 아니다. 자신이 사랑받고 있다는 것을 느껴야지만 한다. 수많은 남자들에게서 흔하게 들었을 사랑일 테니.

그녀의 혼란을 지우려는 듯 산은 입술을 맞췄다. 가벼운 스침이 진한 입맞춤으로 바뀌었다. 말캉한 혀에서 연한 니코틴 맛이 났다. 부드러운 점막을 혀로 쓸며 손바닥으로 동그란 어깨를 쓸어내렸다. 도드라진 쇄골을 손끝으로 더듬었다. 많이 먹이려고 하는데도, 갈수록 마르기만 해 그의 속을 태웠다.

반듯한 이마에서 그의 입술이 떨어졌다. 간절한 기원을 담아…….

"하루라도 빨리 당신의 악몽이 사라지길……."

그녀의 눈에 다시 입술이 닿았다.

"당신의 눈물이 멈추길……."

그의 입술이 처음 출발했던 붉은 입술을 다시 찾았다. 입술을 맞닿기 전 속삭였다.

"상처가 아물길……."

자신의 말을 봉인하듯 강하게 입술을 겹쳤다.

진심이 담긴 목소리가 자잘하게 금이 간 그녀의 마음을 파고 들었다. 입맞춤과 애무에도 욕망보다는 따뜻한 위로가 느껴졌다. 그 작은 온기가 불씨를 키웠다.

서늘하던 하빈의 입술이 천천히 달아올랐다. 수동적으로 받아들이기만 하던 그녀가 바뀌었다. 단단하게 굳어진 유두가 얇은 실크 천을 밀어 올리며 제 모양을 뽐냈다.

쇄골을 따라 옆으로 내려간 그의 손가락이 피아노를 치듯 둥근 젖가슴을 따라 천천히 한 바퀴 원을 그렸다. 깊어진 입맞춤에 숨결이 뒤섞이고 가슴이 들썩거렸다. 서로의 혀가 하나로 뒤엉켜 떨어질 줄 몰랐다.

하빈이 팔을 뻗었다. 희고 가는 손가락이 짧은 머리카락을 헤집었다. 하빈은 자신도 이유를 알 수 없는 안타까운 마음이 들어 더욱 그와 가까워지기 위해 몸부림쳤다. 이마를 맞닿고 코를 비볐다. 몸속에서 올라오는 뜨거운 욕망과 달리 장난스러운 산의 몸짓에 순간 그녀의 입술이 희미한 미소를 만들었다.

산은 귀한 미소를 맛보려는 듯 혀를 가져다 댔다. 매끄러운 살결에서 은은한 초콜릿 향이 났다. 가는 끈이 옆으로 흘러내려 매끄러운 어깨가 고스란히 그의 손에 들어왔다. 은밀하게 보이는 깊은 가슴골이 그를 유혹했다. 얇은 실크 슬립 하나만을 걸친 그녀는 그를 향해 활짝 피어나 있었다.

산은 무거운 욕망에 시달리면서도 간신히 그녀에게서 입술을

떨어뜨렸다. 어깨를 미끄러져 팔을 어루만지던 손도 어렵사리
뗐다. 그러나 내쉬는 숨결에는 해소되지 못한 욕망이 고스란히
담겨 있었다. 가볍게 이마를 맞대며 욕망으로 잠긴 목소리로 말
했다.

"오늘은 여기까지."

그녀의 눈이 약간 커졌다.

닿으면 델 듯 뜨거운 체온, 짙게 가라앉은 눈빛, 낮게 쉰 목소
리에서까지 수컷의 강한 욕망이 드러나는데 어째서 갑자기……?

"난 단순한 섹스만으로 끝내고 싶지는 않으니까. 난 욕심꾸
러기라서 가지려면 모두 다 가져야만 해."

그녀가 이해하지 못하고 있다는 것을 알면서도 산은 자세한
설명 대신 미묘한 웃음만 날렸다. 그의 목을 감고 있던 그녀의
팔이 스르륵 떨어졌다.

"무슨……?"

"섹스만으로는 만족할 수 없다는 거야."

언제 불꽃이 되었냐는 듯 차갑게 식어 버리는 얼굴을 보며 산
이 말을 덧붙였다.

"다른 남자들은 당신과 즐기는 한때로 만족했을지 모르지만,
나는 전부를 원해. 당신의 모든 것. 당신의 몸, 마음, 과거, 현
재, 미래까지. 하나씩 천천히 모두 가질 거야. 언제 내줬는지 알
아차릴 사이도 없이……."

안 돼!

나른하게 풀어져 있던 하빈은 발을 잘못 들였다는 경각심이
일었다. 이렇게 가까이 다가온 남자가 있던가. 주춤거리며 뒤로

한 걸음 물러났다. 그에게서 벗어나야 했다. 현미경처럼 자신을 해부할 것 같은 눈빛이 올가미가 되어 그녀를 조여 왔다.

자신만만한 이 남자가 미웠다. 뭘 믿고서 이렇게 당당할 수 있을까? 오만하기까지 한 자신감이 불쾌할 지경이었다. 미움이 공포를 이겼다. 질투심이 두려움을 밀어냈다.

"당신이 쥘 수 있는 건 여기 있는 내 겉가죽뿐이에요. 그 외에는 가질 것도, 가질 수 있는 것도 없어요."

그 외에 내어 줄 수 있는 것이 없었다. 왜 이 남자는 다른 자들처럼 평범한 것을 원하지 않는 걸까. 그저 욕망만 채우고 끝내려 하지 않는 걸까?

버석거리는 눈빛에 산은 심장이 아팠다.

"과연 그럴까?"

산이 맥없이 널브러져 있는 작은 손을 단단히 움켜잡았다.

"내가 이 손을 놓는 일은 절대로 없을 거야. 당신의 과거에 무슨 일이 있었든⋯⋯. 당신이 살인자라고 해도 난 놓지 않을 테니까. 이 세상이 전부 당신의 적이라고 해도 나만은 당신의 편이 되어 줄 거야."

그러니 날 믿어 줘.

화면에 올라온 보고서를 보는 리강의 얼굴이 무섭게 굳어 있었다.

"틀림없나? 확실한 거야?"

“네.”

부하 직원의 짧은 대답에 리강은 섣불리 다시 묻지 못했다. 이건…… 그야말로 예상치 못했던 전개였다. 파묻힌 걸 캐냈더니 지뢰밭이 숨어 있었다. 유리창의 버티컬블라인드 사이로 번개의 섬광이 번적거렸다.

“어디지? 공안인가? 아니면, 남한?”

“공안과 함께 움직인 흔적도 있지만, 소속은 한국인 것 같습니다. 블라인드를 치고 있던 쪽도 한국이었습니다.”

“그동안 우리 보안팀을 막고 있었던 것이 한국 기관이라는 말이군. 한국이 이 정도로 능력이 있을 줄은 몰랐는데.”

예상외의 결과물에 리강은 머릿속이 잠시 멍해졌다.

“그게 아니라…… 찾을 곳을 잘못 골라서 엉뚱한 데를 뒤지고 있었던 겁니다. 물론 막고 있는 방화벽 자체도 단단했지만 말입니다.”

네모난 컴퓨터 화면에는 굵은 글자로 여러 개의 사건 파일 제목들이 차례대로 나열돼 있었다. 몇 년 전 중국 내를 시끄럽게 했던 마약 밀매 사건부터 최근의 사제 총 제작 및 밀수 사건까지. 파일 제목들을 차례대로 읽어 내려가던 리강이 초조하게 입술을 깨물었다.

“지금 이 정보를 알고 있는 사람은 누구누구지?”

“함께 조사한 저희 팀원들뿐입니다.”

“그럼 다른 지시가 있을 때까지 철저하게 함구하게. 자네 팀원들에게도 단단히 일러두도록 해. 섣불리 입을 열게 되면, 무슨 일을 당할지 모른다고 말이야.”

리강의 악명을 알고 있는 직원은 말없이 고개를 끄덕였다. 정보를 뚫자마자 다른 동료들의 입부터 조심시킨 그였다. 고구마 줄기처럼 하나씩 끌려 나오는 정보들이 전부 기밀이었다. 삭제 버튼을 눌러 머릿속에서 깔끔히 지워 버려야 했다.

사무실에 혼자 남은 리강은 화면을 쪼개 버릴 듯한 눈빛으로 파일들을 하나씩 클릭했다.

이게 전부는 아닐 것이다. 단단히 잠긴 정보들 중에는 더 큰 것들도 숨어 있음이 분명했다. 감시 프로그램이 작동해 흔적을 지우며 빠져나오느라 건진 정보들이 많지 않았지만, 이것만으로도 충분했다.

'좋지 않아. 아니, 최악이라고 해야 하나.'

차라리 세상에서 떠들어 대는, 평판 나쁜 플레이걸이 나았다.

'어떻게 하지? 회장님에게 보고를 올린다면…….'

리강은 미간에 깊은 주름을 만들고 심각한 고민에 빠졌다. 양손바닥으로 얼굴을 문지르면서도 화면에서 눈을 떼지 않았다. 산이 알아내라고 채근하는 정보 중 일부가 화면 속에서 그를 비웃고 있었다. 지금까지 결정하지 못하고 망설이고 있던 그의 마음을 조롱하면서…….

갑자기 문이 벌컥 열렸다.

"아직도 할 일이 남았냐?"

리강이 황급히 노트북 화면을 닫았다.

"노크!"

유난히 민감한 반응에 진옌이 어리둥절해하며 양손을 어깨 위로 들었다.

“미안. 근데 오늘따라 유난히 무섭게 구네. 뭐, 다른 이유라
도 있어?”

리강은 대답 대신 노트북에 연결되어 있는 전원 케이블을 난
폭하게 뽑았다. 진옌이 어깨를 으쓱했다. 자신이 노크 없이 무
단 침입 하는 것이 하루 이틀 일이 아닌데도, 왜 갑자기 안 하던
버럭거림을 하는 건지. 뭔가 안 풀리는 일이 있나? 미간에 미미
한 주름 자국이 남아 있는 것을 보면 심각한 문젯거리가 생긴 듯
했다.

“회장님과 함께 저택으로 돌아간 거 아니었나?”

“그랬지. 그런데 네가 아직 사무실에 있다기에 마중 겸, 기분
전환 겸 해서 나온 거지. 열 받은 어디의 인간들이 혼자 어슬렁거
리는 널 옳다구나 하고 쓱싹 납치하는 일이 생길까 봐 말이야.”

“쓸데없는 걱정을 하는군.”

고슴도치처럼 가시를 세운 채 접근 금지 사인을 켜고 있는 상
황을 읽은 진옌이 문가에서 책상을 정리하는 리강에게 지나가는
말처럼 넌지시 물었다.

“오면서 네 부하 직원이 나가는 것을 봤는데…….”

“근데?”

평소와 똑같은 듯하면서도 예민하게 반응하는 것을 알 수 있
었다. 무슨 일이지? 십중팔구 물어도 대답하지 않을 낌새였다.

“아니. 상관을 잘못 만나서 늦게까지 고생이 많구나 싶어서
말이지.”

능청을 떠는 진옌이 얼마나 눈치가 빠른지 리강은 잘 알고 있
었다. 밉살맞은 자식. 벌써 무슨 냄새를 맡았다 이거로군. 하지

만 아직은 아무에게도 얘기해 줄 수가 없었다.

노트북을 가방에 챙겨서 나오는 리강에게 진옌이 물었다.

"노회장님이 내일 도착하신다면서?"

"그래."

미등이 켜진 어두운 복도를 나란히 걸어가는 두 사람의 목소리가 너울처럼 퍼져 나갔다. 진옌이 기지개를 펴며 중얼거렸다.

"흠, 내일이 디데이인가. 잘하면 괴수 대혈전이 벌어지겠군."

노련한 늙은 괴수와 혈기 방장한 젊은 괴수의 겨루기. 영화로 찍어 상영하면 아이들에게 대인기를 끌지도 모르겠군. 어느 쪽이 이길까. 승패를 예측할 수 없을 정도로 박빙의 승부가 벌어질 것이다.

띠링.

소리를 울리며 엘리베이터의 문이 열렸다. 리강이 안으로 들어가려는 순간 옆에 있던 진옌이 손을 들어 어깨를 붙잡았다. 진옌이 무거운 눈빛으로 그를 쳐다봤다.

"혼자 앞서 가서 괜한 대형 사고 터트리지 마라. 뒷수습하기 힘들어진다."

마치 뭔가를 알고서 하는 소리 같아 리강은 속이 뜨끔해졌다. 그래서 어깨를 붙잡고 있는 손을 일부러 더욱 거칠게 내쳤다.

"실없는 소리."

한 대 맞은 손을 좌우로 털어 낸 진옌이 쓴웃음을 지으며 엘리베이터 안으로 들어갔다.

실없는 소리라…… . 곁눈질로 리강의 얼굴을 훔쳐보며 속으로 중얼거렸다.

‘나도 실없는 소리로 끝났으면 좋겠다.’

오랫동안 알아 온 친구에게서 허리케인의 징조를 읽었다. 감추려고 하지만 미처 다 지우지 못한 충격과 혼란의 흔적들. 진옌은 아래로 내려가는 숫자들을 보며 리강이 제발 조용히 일을 처리하길 빌었다.

❄

산은 보고 있던 전자 서류에서 얼굴을 들었다. 미간이 살짝 좁혀진 것은 심기가 불편하다는 증거였다. 진옌은 슬며시 시선을 아래로 피했다.

“지금 탕가라고 했나?”

“……네, 헤이싱 님.”

“하!”

산은 짧은 감탄사를 내뱉으며 들고 있던 펜을 내려놓았다. 과연, 할아버지의 빠른 행동력은……. 나이를 거꾸로 드시나? 아니면 매일 드시는 보약의 효력인가? 웬만한 젊은이들은 따라가지도 못할 체력이다. 오죽하면 함께하는 경호원들이 먼저 지쳐 나가떨어질까.

“왜 저택으로 가시지 않고 탕가로 가신 거지?”

“그게…… 어르신께서 헤이싱 님이 탕가로 마중 나오실 때까지 한 걸음도 움직이지 않겠다고 하십니다. 탕가의 노마님과 차를 마시고 계신다고…….”

한두 살 먹은 어린애도 아니고, 무슨 심술이신지 정말…….

아이라면 엉덩이를 두들겨 패기라도 할 수 있지. 산은 한숨을 내쉬다 자리에서 일어났다. 벗어 둔 상의에 팔을 꿰며 말했다.

"현관 앞에 차 준비시켜."

진옌이 폰을 꺼내며 사무실을 나가자, 산은 전화기를 들었다. 저택에 있는 리강에게 하빈을 데리고 탕가로 오라고 했다.

저택보다는 다른 장소에서 그녀를 소개하는 것이 나을 듯싶었다. 게다가 탕 할머니와 함께라면, 의외로 할아버지를 설득하는 것이 쉬울 수도 있었다. 탕 할머니는 하빈에게 호의를 보이고 계시니까.

대답하는 리강의 말투가 오늘따라 유난히 더 경직되어 있었지만 산은 알아차리지 못했다. 할아버지가 퍼부을, 뻔한 공격들을 어떻게 넘겨야 할지 생각하느라. 할아버지는 틀림없이 자신에게 유리한 영역이라 판단하고 탕가에서 보자 하신 거겠지.

엘리베이터를 올라탄 산이 지나가듯 가문에서 쫓겨난 추방자들에 대해 물었다.

"그들은?"

"아직 특별한 반응은 없습니다. 두 사람 모두 회사에 출근하지 않고 있습니다."

"밤새 다른 움직임은 없었나?"

"전화 통화가 많은 것 외에는…….

"무슨 내용인지는 모르고?"

진옌이 고개를 숙였다.

"통화 내용까지는 아직 알아내지 못했습니다."

당장 한 푼이라도 더 긁어모으려고 난리 법석을 부릴 줄 알았던 리메이링과 진위팡이 얌전하다는 것이 신경 쓰였다. 진위팡은 몰라도, 리메이링은 순순히 해외로 나가려고 하지는 않을 텐데…….

"두 사람의 움직임은 물론이고, 자금 흐름까지 하나도 놓치지 말도록."

"네, 헤이싱 님. 사람을 붙여 뒀습니다. 수상한 움직임이 있다면 바로 연락이 올 겁니다."

아직 두 가문에 대한 제재를 완전히 풀지 않았다. 단지 약간 숨을 쉴 수 있도록 느슨하게 만들어 주기는 했다. 산이 원하는 일은 두 가문을 폭삭 내려앉게 만드는 것이 아니기에. 정말 망하기라도 하면 오히려 수습하기가 힘들어진다. 가뜩이나 세계 경제도 힘든데, 중국 경제를 떠받치고 있는 대그룹 두 개가 동시에 쓰러지기라도 하는 날에는 중국 정부로부터도 말이 나올 수 있다. 완전한 참초제근斬草除根 대신 두 번 다시 대들지 못하도록 확실하게 꺾어 둬야만 했다.

차의 뒷좌석에 앉아 짐짝처럼 운전하는 대로 실려 가던 하빈은 기대고 있던 등을 똑바로 세웠다. 생각지 못한 장소에 슬쩍 운전석을 넘겨다봤다.

외출 준비를 하라는 말에 당연히 산이 부르는 거라 생각하고 나섰지만, 공항으로 올 줄은 몰랐다. 왜, 하필이면 이곳이지? 의문이 생겼다.

세계 각국에서 온 각양각색의 사람들이 드나들고 있는 국제공항의 입구는 도로 초입에서부터 북적거렸다.

빵빵 울리는 시끄러운 차의 클랙슨 소리와 국적을 알 수 없는 다양한 언어들. 분주함과 활기참이 뒤섞인, 들뜬 공기. 불편한 침묵이 흐르고 있는 차 안과는 동떨어진 세상이었다.

머리맡에 달린 미러로 뒷좌석을 힐끔 본 리강은 계기판에 달려 있는 시계를 확인했다. 미적거릴 여유가 없었다. 지금쯤 탕가에서는 회장님과 대인 어른이 기다리고 있을 것이다. 아직 찾는 전화가 오지 않았지만, 그것도 잠시일 뿐이다. 다른 평계를 대면서 경호하는 차량들까지 따돌렸는데, 지금 와서 망설일 이유가 뭔가.

리강은 흔들리는 마음을 잘랐다. 그가 최우선으로 생각해야 하는 것은 회장님이다. 월권일 수도 있지만, 이것도 다 회장님을 위한 일이다. 밤새 생각해서 내린 결정이다.

도어 데스크를 열어 어디서나 볼 수 있는, 특징 없는 밋밋한 회색 백을 꺼냈다.

"여권과 비행기 표, 약간의 현금이 들어 있습니다. 공항 데스크에 표를 내보이면 가장 빨리 출발하는 한국행 비행기를 타실 수 있을 겁니다."

이미 출발하는 비행기 시간까지 확인했다. 바로 출국 수속을 밟으면 된다.

하빈은 내밀어진 회색 백을 물끄러미 봤다.

"홋, 쫓아내는 건가요?"

"떠나고 싶어 하시는 걸로 압니다."

"……그렇긴 하죠."

굳이 거절할 이유가 없었다. 머리 아프게 도망갈 기회를 만들 필요가 없어졌으니, 이쪽에서 고맙다는 인사를 해야 할 판이다.

산이 일으키는 혼란이 점점 더 그녀를 무너뜨리고 있었다. 백을 받은 하빈이 문을 열기 전 장난스럽게 말했다.

"당신은 처음 마주치는 순간부터 날 싫어했죠. 뭐, 소중하게 모시는 주인 곁에 나 같은 여자가 달라붙어 있는 상황이 못마땅한 거야, 이해 못 할 바는 아니지만……. 그래도 질책을 감수하면서까지 날 빼돌려 내보낼 정도인 줄은 몰랐어요."

눈으로 보내는 경멸과 비난, 무심한 척 숨기고 있는 눈빛을 모를 만큼 둔하지 않았다. 눈을 마주칠 때마다 어서 빨리 사라지라고 말하고 있었다.

"저야말로 당신이 한국의 스파이일 줄은 몰랐습니다. 아마 제가 조금이라도 빨리 그 사실을 알았다면 지금까지 당신을 회장님 곁에 두지 않았겠지요."

하빈의 미소가 사라졌다. 웃음이 사라진 얼굴은 무기질 덩어리처럼 덤덤했다.

긴장된 침묵이 흘렀다.

리강은 살짝 동요했다. 거울에 보이는 얼굴. 어쩐지 처음으로 하빈이 가리고 있는 표정의 일부분을 본 듯해 섬뜩해졌다. 이런 얼굴을 가지고 있는지 회장님도 알고 계실까. 이 여자가 숨기고 있는 다른 얼굴들은…….

"큭큭큭!"

짧은 정적이 단숨에 깨졌다. 잘게 금이 간 채 용케 부서지지 않고 있던 유리가 파사삭 무너져 내리는 것처럼.

하빈의 기이한 실소가 차의 낮은 천장에 부딪혔다 밀폐된 공간을 우렁우렁 울렸다.

리강은 웃음소리에 실려 있는 감정을 해석할 수 없었다. 왜? 약간이라도 당황해야 하지 않나. 이런 상황에 웃음이라니…….처음부터 상식에 맞지 않는 여자였다. 그래서 더 싫었다.

웃음을 매단 하빈이 꽤나 시원하다는 듯 말했다.

"조사하느라 꽤나 고생했겠군요. 쉽게 찾을 수 있는 정보가 아니었을 텐데. 아니, 화렌의 정보력을 생각하면 늦었다고 봐야 하나."

하빈이 가볍게 박수를 쳤다.

짝짝짝.

"브라보. 축하해요. ……서울은 지금쯤 한 방 먹고 우왕좌왕하고 있겠군요. 상으로 뭘 받고 싶죠?"

"당신이 회장님 앞에 두 번 다시 나타나지 않았으면 합니다. 제 바람은 그것뿐입니다."

기괴한 비틀림. 얼굴에 덧씌워져 있는 웃음이 그림자처럼 꺼림칙했다.

리강의 본능이 안으로 손을 집어넣지 말라고 말하고 있었다. 그는 어서 빨리 내리라는 듯 말없이 재촉했다.

하빈은 매력적인 웃음을 지으며 차 문을 열었다. 기다렸다는 듯 차단되어 있던 시끄러운 소음들이 사방에서 달려들었다. 후텁지근한 대기. 따가운 햇볕을 들고 있던 백으로 가리는 사이 그녀를 쫓아낸 차가 떠났다.

하빈은 다른 차량에 묻혀 차가 완전히 보이지 않게 될 때까지 그 자리에 서 있었다. 마치 뭔가를 두고 온 사람처럼…….

오랜만에 친구인 왕잉王瑛—탕가에 시집가 남편의 성을 따라 탕 부인으로 불리게 된— 즉 탕 노부인을 만난 류런은 얼굴에 주름살이 파일 정도로 인상을 찡그리고 있었다. 허 참, 한탄밖에 나오지 않았다. 처음 보고를 받았을 때는 항상 만나 오던 여자들과 같은 거라고 치부했다. 그런데 갈수록 올라오는 얘기들이 심상치가 않았다.

결정적으로 잉에게 여자를 직접 소개시켰다는 말을 듣고 머리 뚜껑이 열렸다. 그 말은 곧 가족으로 만들겠다는 의미였기 때문이다. 이 녀석이 정신을 어디다 두고서!

그가 좋아하는 다질링 홍차를 끓이던 탕 노부인은 고개를 살래살래 저었다. 나이를 먹을수록 사람이 유해질 줄 모르고, 이기지도 못하는 고집만 부리는 친구가 보기 딱했다. 그녀 정도의 나이가 되면 주변에 남아 있는 친구들의 숫자가 한 손에 꼽을 정도로 줄어든다.

게다가 류런은 매우 특별한 친구, 남자 친구이기도 했다. 지금보다 훨씬 가까워졌을지도 모를…….

"인상 찡그리지 마, 런. 그 나이에 주름살 적은 것도 복인데, 그나마도 날려 버려야겠어."

"아니, 많고 많은 여자들 중에서 왜 하필 그런 여자냐고! 내 참 어처구니가 없어서……."

탕 노부인은 자신이 마시려고 내린 로즈 재스민을 우아하게 입술에 댔다. 개구리가 올챙이 적 생각 못한다고 하더니…….

화려한 장미향이 혀끝에 아슬아슬하게 매달려 있던 그녀의 말을
안으로 밀어 넣었다.

"내가 봤을 땐 괜찮은 아가씨 같았어. 요즘 유행하는 머리 빈
아가씨들보다 훨씬 나아 보이던걸."

"괜찮긴, 뭐가 괜찮다는 거야! 괜찮은 아가씨들이 모두 태평
양에 빠져 죽은 거야! 이 남자, 저 남자 사이를 전전하는 그런
여자 따위를!"

팔십을 눈앞에 두고 있으면서도 류 노회장의 목소리에는 힘
이 가득했다. 꼿꼿한 허리와 기력이 충만한 눈빛까지. 류런은
여전히 젊었을 때의 패기를 가지고 있었다.

적당히 우려낸 차를 한 모금 마신 탕 노부인이 찻잔을 내려놓
으며 여상스런 투로 말했다.

"할아버지를 닮았나 보지."

난초 화분이 즐비하게 늘어서 있는 온실 안을 짓밟을 듯한 기
세로 오가던 류런이 매서운 눈빛으로 쏘아보았다. 그것을 알면
서도 탕 노부인은 태연하게 말을 이었다.

"산을 탓할 게 어디 있겠어? 런, 당신도 그랬잖아. 안 그래?"

"잉!"

유리 천장이 부르르 떨리는 듯했다. 이제는 아는 사람도 몇
없을 정도로 오래된 스캔들. 아는 사람들만 아는 비밀.

"그때 당신 부친께서 얼마나 화를 내셨는지, 벌써 잊어버렸
나 보지. 결국 류가가 사업체의 일부를 미국으로 옮기게 된 원인
도 그것 때문이었잖아. 그러니 그 할아버지에 그 손자지."

"그건 달라! 그녀는……."

"그 아이 닮았어. 이상하게 말이야. 여자 보는 눈도 유전되는
건지. 산이 데리고 온 아가씨를 보는 순간, 그녀를 처음 봤을 때
가 떠오르더라고. 기억나지? 바이러먼百樂門 클럽에서 그녀를
보고서 당신 한눈에 반해 버렸잖아. 파트너인 난 거들떠보지도
않고서 말이야. 얼마나 자존심이 상했는지 몰라. 두고두고 생각
해도 내 인생에서 최악의 순간이었다고."

정말 오래된…… 달콤하고 아름다운 추억. 하지만 류런에게
는 단순한 추억이 아니었다. 어제처럼 생생한 현실이기도 했다.
지금도 사랑하고 있는 단 하나의 여자. 영혼과 심장을 맡겼던 단
한 사람.

"닮았어? 그녀랑?"

"어. 그녀랑 첫인상이나……. 분위기라고 해야 하나, 그런 것
들이 흡사하더라. 그래서 좀 놀랐어."

류 노회장의 얼굴이 무거워졌다. 그녀, 아내를 처음 만났을
때가 기억났기 때문이다. 아내와 첫인상이 비슷하다는 말은 결
코 좋은 뜻이 아니다. 같은 상황은 아니겠지만…….

아내, 왕시아오춘王小春은 단순히 클럽에서 노래를 부르던 가
수가 아니었다. 그녀는 당시 상하이에 우글거리던 스파이들 중
한 명이었고, 클럽에 드나드는 고위 일본인들에게서 정보를 빼
내는 것이 주요 임무였다. 일본 군인들까지 상대하던 클럽의 가
수를 집안에서 반대하고 나선 것은 당연했다.

아무리 대의적인 일이라 하더라도 시아오춘은 류런의 짝이
될 수 없는 여자였다. 울며 물러서는 그녀를 붙잡아야 했고, 반
대하는 부친을 이겨야 했다.

　　결국 재산 중 일부를 챙겨 도망치듯 미국으로 가는 배를 타야만 했다. 그것이 리가의 기반이 미국으로 옮겨지는 출발점이 되었다. 그 후 극도로 불안해지는 국내 정세에 부친은 그가 있는 미국으로 남은 재산과 사람들을 나르기 시작했다.

　　류런의 눈썹이 찡그러졌다. 죽을 때까지도 부친은 시아오춘을 며느리로 인정하지 않으셨다. 지독한 양반 같으니라고. 다른 사람들은 모두 미국으로 보내셨으면서, 자신만은 죽어도 떠날 수 없다고 고집을 부리셨지.

　　"누가 누구랑 흡사하다는 말씀입니까?"

　　산이 위선과 함께 반들반들 매끄럽게 뻗은 난 잎들 사이로 들어섰다. 수상한 냄새를 맡은 사냥개처럼 산의 눈빛이 두 노인의 얼굴을 예리하게 훑었다.

　　류 노회장은 언제 자신이 서성거렸냐는 듯 의자에 앉으며 큰 소리로 손자를 꾸짖었다.

　　"왔으면 기척이라도 낼 것이지, 도둑고양이처럼 뭘 훔쳐 듣고 있는 거냐!"

　　"무슨 얘기들을 나누고 계시는지, 너무 열중하시기에 방해하면 안 될 것 같았습니다."

　　"흥!"

　　불편한 심기를 드러내듯 류런은 손자의 얼굴도 쳐다보지 않은 채 콧바람만 내뿜었다. 목이 타 미지근하게 식은 다질링을 한 번에 마셨다. 한바탕 드센 싸움을 하기 위해 힘을 비축해 두기라도 하듯이.

　　찻잔을 쟁반에 소리 나게 내려놓으며 산의 주변을 두리번거렸다. 이 자리에 있어야 할 사람의 얼굴이 보이지 않았다.

"그 아가씨는?"

"저, 회사에서 바로 출발해서 오는 길입니다, 할아버지. 그녀는 저택에서 이쪽으로 오라고 했으니까, 곧 도착할 겁니다."

"미리 말해 두겠는데, 잠깐 만나는 사이라면 상관없다. 하지만 더 깊은 관계를 생각한다면 난 반대라는 걸 분명히 말해 두마!"

탕 노부인과 위선은 구경꾼이 되어 할아버지와 손자의 기 싸움을 관람했다. 위선은 느긋한 심정으로 자신이 마실 차를 준비했다.

"누가 이길까요, 할머니?"

"그거야 당연히 산이지. 처음부터 류런이 이길 수 없는 싸움인걸. 왜 질 걸 뻔히 알면서도 괜한 고집을 부리는지 모르겠구나."

"그래도 류 할아버님이 강경하게 반대하신다면, 산이 힘들어지지 않을까요?"

"훗, 산은 눈썹 하나도 까닥하지 않을걸. 런, 본인이 그랬으니, 손자를 크게 탓할 수도 없지."

"네?"

위선이 새로운 정보를 이해하기 위해 애쓰는 동안 기 싸움은 더 치열해졌다.

"제가 고른 제 사람입니다. 할아버지가 끝까지 반대하셔도 그녀와 헤어지는 일은 없을 겁니다."

"네 사람이면, 류가의 며느리이기도 해! 내 손자며느리란 말이다! 그 자리에 그런 여자가 말이나 된다고 생각하는 거냐!"

"할아버지는 어머니 때도 반대하셨죠. 하지만 아버지가 어머니와 헤어지셨던가요?”

산의 목소리가 화를 억누르듯 낮게 잠겼다. 그에 비례하듯 류 노회장의 목소리는 높아졌다.

“적어도 네 어머니는 창녀가 아니었다!”

“할아버지 손자인 저도 그녀만큼 많은 여자들을 만나고 다녔습니다. 그 여자들과 손만 잡고 말았을 것 같습니까? 숫자로 따진다면 제가 그녀보다 더 많을 겁니다.”

“그건……. 남자와 여자가 같을 수야 없지.”

그렇게 핑계를 갖다 붙이면서도 류런의 기세는 벌써 한풀 꺾여 있었다.

남녀평등을 주장하며 로맨스그레이를 부르짖는 그의 입장에서 산의 주장은 꽤 쓰린 일격이었다. 게다가 숫자 싸움으로 나가 산의 뒤에 개수를 붙인다면…….

류런은 쓴맛에 머리를 내저었다. 끝까지 반대한들 산이 제 고집대로 밀어붙일 거란 사실을 알고 있었다. 그저 반대한다는 시위를 내보이고 있는 것뿐이다.

“그동안 할아버지가 만나라고 내미신 여자들의 과거도 한번 샅샅이 조사해 볼까요? 그 여자들이라고 깨끗할 것 같습니까?”

“크흠! 큼!”

산이 쐐기를 박듯 지난 일까지 꼬투리를 잡자, 류런은 헛기침으로 무안함을 감췄다.

휴전협정이 맺어지는 듯하자, 기다렸다는 듯 탕 노부인이 끼어들었다.

“그러게 산의 아비가 결혼한다고 했을 때도 말했지만, 런, 당신이 그렇게 반대하고 나설 처지가 아니라니까. 당신도 당신 부친이 반대하는 결혼을 끝내 강행했으면서, 아들, 손자 결혼에 그러는 거 웃긴다고 생각하지 않아?"

류런이 휙 고개를 돌려 탕 노부인을 노려보았다.

"난 나고, 이 녀석들은 이 녀석들이지."

억지에 탕 노부인은 안됐다는 눈빛을 지었다. 다 마신 빈 찻잔에 새 차를 부으며 중얼거렸다.

"그나저나 의외로 늦는구나. 거리로 따진다면 산보다 먼저 도착해야 하는데 말이야."

사실 산도 신경이 쓰였다. 하빈이 먼저 도착해 그를 기다리고 있을 줄 알았다. 저택 앞에서 만나 함께 들어갈 계획이었는데…….

한 걸음 늦게 들어온 진옌이 말했다.

"리강에게 전화를 했더니, 지금 오고 있는 중이랍니다. 시간을 맞추려다 뜻밖의 도로 사정 때문에 늦어지고 있답니다. 사고 때문에 길이 막히고 있는 모양입니다."

탕 노부인이 한 말 때문일까. 무조건 반대하던 류런은 일단 얼굴을 보고 나서 판단하기로 했다.

눈썰미가 날카로운 잉이 죽은 아내와 비슷하다고 했다. 그것은 그를 한 걸음 물러서게 할 정도로 위력적인 내용이었다. 줄다리기가 한풀 꺾인 듯하자, 슬그머니 위선이 주둥이를 내밀었다.

"그런데 안으로 들어오면서 슬쩍 들었는데, 누가 누굴 닮았다는 겁니까, 할아버님?"

"아, 그건……."

류 노회장은 말을 얼버무렸다.

"그 아가씨랑 산의 할머니가 닮았다 말하고 있던 중이다."

"하빈이랑 제 할머님이 말입니까?"

산은 앨범에서 본 할머니의 사진을 떠올렸다. 젊은 시절의 할머니 사진은 몇 장 남아 있지 않았다. 낡은 흑백 사진 속의 얼굴. 닮았나?

"첫인상이랄까, 분위기랄까. 그런 게 많이 닮아서 솔직히 그 아가씨 봤을 때 좀 놀랐다."

"제가 본 할머니의 사진으로는 별로 닮은 곳이 없는 것 같은데요."

탕 노부인이 카나리아처럼 소리 내어 즐겁게 웃었다.

"그 사진들이야 네 할아버지랑 결혼하고 난 다음에 찍은 것들이니까 당연하지. 네 할머니, 네 할아버지와 처음 만났을 때랑, 그 후의 분위기가 확 달랐거든. 훨씬 편해지고 좋아졌으니까."

그것은 유쾌하면서도 약간은 씁쓸한 추억들. 너무 좋아져 미워할 수도 없게 된 사람. 나중에는 류런보다 그녀를 더 좋아하게 되었다. 어쩌면 그래서 산이 데리고 온 아가씨에 대해 호의를 내보인 것인지도 모른다. 그녀를 투영해서…….

"흠! 보면 알겠지."

류 노회장은 서둘러 화제를 끊었다. 이 이상 얘기가 길어지면, 묻어 둔 이야기들까지 나올 것이다. 잉은 옳다구나 하고서 털어놓을 기회만 노리고 있질 않은가. 굳이 숨겨야 할 이유는 없지만, 일부러 들춰낼 필요는 없었다. 혼자 기억하고 꺼내어 보는 것으로 충분했다.

숨기는 일이 있으신 듯한데 그게 뭐지? 할머니의 일이란 건

짐작이 가지만…….

사실 산은 자신이 태어나기 전에 돌아가신 할머니에 대해 알고 있는 것이 얼마 되지 않았다. 항상 할머니를 떠올릴 때면 할아버지의 눈에 그리움이 떠오른다는 것 정도.

할아버지와 아버지의 애정이 보기 좋으면서도 선뜻 이해할 수 없었는데……. 하빈을 만나면서 알 수 있었다. 보고 있어도, 안으면서도 애틋하고 그리울 수 있다는 것을. 지금 이 순간에도 그는 그녀가 보고 싶었다. 일 초, 일 분, 한 시간……. 시간이 흐름에 따라 사랑이 마모되기는커녕 단단한 탑처럼 쌓여만 간다.

돌아서는 몸짓을 따라 스커트 자락이 날렸다. 살랑거리는 바람이 파마기가 다 풀린 하빈의 머리카락을 흩트려 놓았다. 현대적인 공항 건물이 시야를 가로막았다. 하빈은 들어갈까, 말까 망설이는 것처럼 멍하니 서 있었다.

백을 열어 항공권과 여권을 꺼냈다, 인천 공항행의 편도 티켓.

그도 알게 되겠지. 그의 비서가 보고할 테니까. 걱정보다는 쓸쓸한 안도감이 들었다. 후련함이라고나 해야 할까. 그의 반응은……. 모르겠다. 짐작도 가지 않았다. 그 자리에 그녀는 없을 테니까. 다행인가.

하빈의 붉은 입술이 아프게 떨렸다.

이상하다. 안도감과 후련함은 한순간도 지나지 않아 사라졌다. 대신 막막함과 알 수 없는 답답함이 가슴을 채웠다. 막힌 듯한 명치를 주먹으로 꾹꾹 눌렀다. 그런데도 묵직한 덩어리들이 꼼짝도 하지 않았다.

이게 뭘까?

땅에 붙은 듯 쉽사리 떨어지지 않는 발도 이상했다.

떠남에 망설인 적은 한 번도 없었다. 이별에 의미를 둔 경우도 없었다. 이번도 마찬가지. 그래서 세진에게 따로 은신할 곳을 준비해 두라고 하지 않았던가. 지금 보면 쓸모없는 일이 되어 버렸지만……. 차라리 그쪽으로 갈까.

미적거리던 하빈은 망설이는 자신의 모습을 보고서 한순간 아연해져 저도 모르게 비틀거렸다. 왜 여기에 서서 이런 고민을 하고 있는지……. 손에 쥐고 있던 비행기 티켓이 구겨지는 것도 몰랐다.

하!

"당신이라는 남자가 만든 후유증이 만만치 않네요."

눈앞에 산이 있는 것처럼 중얼거렸다. 이 모든 일들의 원인인 남자에게.

갑자기 뒤쪽 좌우로 두 명이 바짝 붙어 섰다. 양팔을 하나씩 나눠 움켜잡은 그들은 하빈과 일행인 것처럼 자연스럽게 굴었다.

하빈은 옷자락에 감춰 보이지 않지만 옆구리에 닿는 총구를 느낄 수 있었다.

"함부로 움직이지 마. 순순히 따라오면 이걸 쓰는 일은 없을 거야."

자신의 반응에 혼란스러워하던 하빈은 꼼짝없이 뒤를 내줘야만 했다. 하빈은 양손으로 움켜쥔 백을 가슴 앞에 늘어뜨린 채 그들이 이끄는 대로 얌전히 걸었다. 그들의 곁으로 많은 사람들이 무심히 지나쳐 갔다.

하빈은 발걸음 속도를 조심스럽게 조절했다. 너무 빠르지도, 너무 늦지도 않게. 갓길에 세워 둔 차의 뒷좌석에 밀쳐지기 전 손에 쥐고 있던 여권과 항공권을 백과 몸 사이의 틈으로 몰래 떨어뜨렸다. 머뭇거리는 그녀를 잡고 있던 남자가 거칠게 안으로 쑤셔 넣듯 떠밀었다.

"가자! 빨리!"

서둘러 차에 올라탄 남자가 출발을 재촉했다. 검은 유리창 너머로 오가는 사람들의 시선들을 살피면서. 차가 부르릉 요란한 소리를 내면서 도망치듯 출발했다.

13.

“아직 연락이 없나?”

“네, 헤이싱 님.”

진옌이 답했다. 불길한 추측과 불안한 생각을 버렸다. 지금 그가 해야 할 일은 헤이싱 님의 지시대로 움직이는 것이다. 싱글대던 웃음을 지운 진옌이 로봇 같다면, 고요한 산은 조용히 몰려오는 폭풍 같았다.

두 시간 반 전, 사고로 길이 막혀 늦겠다는 통화가 마지막이었다. 그 후로 연락이 되지 않았다. 당연히 동행하고 있을 줄 알았던 경호원들은 엉뚱한 장소에서 헤매고 있었다. 질책을 받던 경호원들이 억울하다는 얼굴로 리강의 명령을 따랐을 뿐이라고 말했다.

리강의 명령이라니!

　그제야 이상하다는 것을 느껴 사람들을 풀었다. 리강의 휴대폰과 차 GPS로 위치 추적을 하라고 했다. 느긋하던 온실의 공기가 불길하게 흔들렸다. 탁한 공기가 유입된 듯 산은 기분이 나빠졌다. 노회한 두 노인들의 얼굴에도 의아한 기색이 떠올랐고, 위선도 이상하다는 듯 눈을 굴렸다.

　"헤이싱 님!"

　산이 온실 입구 쪽으로 시선을 돌렸다. 정문 입구에 대기하고 있던 경호원이 리강과 함께 들어오고 있었다.

　진옌이 옆으로 비켜섰다. 맘 같아서야 당장 날아가 뒤통수라도 한 대 갈기면서 대체 무슨 일이냐고 소리를 질렀겠지만, 지금은 자신이 나설 때가 아니었다.

　리강은 혼자였다. 같이 와야 할 사람이 보이지 않았다. 홀로 들어서는 것을 본 산의 어깨가 굳어졌다. 불안해하는 진옌과 달리 리강은 눈에 거슬릴 정도로 차분했다.

　"하빈은?"

　햇살에 따뜻하게 데워졌던 유리 온실의 기온이 영하로 뚝 떨어졌다. 소리가 얼어붙은 것처럼 끔찍한 정적이 내려앉았다. 리강이 똑바로 산의 눈빛을 마주 보았다.

　"이리로 오는 길에 공항에 내려 주고 왔습니다. 필요한 여권과 비행기 표에 여비까지 함께 줬으니, 빠른 비행기라면 지금쯤 트랙에 올랐을 겁니다."

　"너!"

　분출하는 화산처럼 단말마의 고성이 터졌다. 위압적인 살기가 리강을 휩쓸었다. 무시무시한 산의 기세에 주변에 있던 사람들 모두 몸이 굳어졌다. 섣불리 움직일 수 없을 정도로.

산은 이를 악물었다. 만약 여기서 한 번 더 소리를 지른다면 끓어오르는 분노를 참을 수 없을 것이다. 꽉 쥔 주먹의 손등 위로 푸른 힘줄이 툭툭 불거졌다. 성질을 터트리는 것은 언제라도 할 수 있는 일이다.

그녀가 떠났다.

분노로 열이 올랐던 눈동자가 삽시간에 서늘하게 가라앉았다. 이글거리는 활화산을 차가운 빙하가 감쌌다. 냉철한 이성이 빨리 움직이라고 말하고 있었다.

시계를 보고 시간을 확인했다. 회사에서 리강에게 전화를 했을 때의 시간과 공항까지의 거리. 출국 심사까지의 시간까지. 리강은 일부러 도로 사정이 좋지 않다고 연락하면서 시간을 끌었을 것이다. 그 후로 휴대폰 전원을 끊으면서까지 시간을 연장했다. 가능성은 반반. 어쩌면 아직 공항에 있을 수도 있었다.

“진옌! 당장 공항에 전화해서 승객 명단 중 그녀가 있는지 확인하고, 아직 이륙 전이라면 내가 갈 때까지 무슨 핑계를 대서라도 잡아 두라고 해! 그리고 공항 가까이 있는 사람들에게 연락해서 빨리 도착하도록 해!”

진옌은 황급히 휴대폰을 꺼냈다. 공항에 제일 빨리 도착할 수 있는 사람을 머릿속으로 찾으면서.

산은 할아버지와 탕 노부인에게 고개를 숙였다.

“죄송합니다. 먼저 일어나겠습니다.”

잔잔한 파랑波浪 밑으로 거칠게 일렁이는 격류를 느낀 류 노회장과 탕 노부인은 다른 말을 하지 않았다.

산은 돌아서 나갈 때까지도 리강에게 시선을 주지 않았다. 마치 그 자리에 존재하지 않는 것처럼 대했다. 그것이 리강에게는 가장 견디기 힘든 형벌이었다. 차라리 주먹으로 얻어맞거나 욕설을 듣는 것이 나았다. 섭섭하고 억울한 감정이 커질수록 하빈에 대한 반발도 커졌다.

"그만두십시오, 회장님! 어차피 지금 가도 늦었습니다!"

리강이 떨리는 목소리로 산을 붙잡았다. 그러나 산은 들은 척도 하지 않은 채 빠르게 걸음을 옮겼다. 리강이 따라 앞으로 나서며 소리쳤다.

"회장님에게 어울리지 않는 여자입니다! 곁에 있으면 있을수록 회장님에게 나쁜 독과 같은 여잡니다! 소문과 똑같은, 아니 소문으로 듣던 것 이상으로 더럽고 질이 나쁩니다! 그러니 차라리 다른 여자를 찾으십시오, 회장님! 회장님!"

산이 벼락같이 몸을 돌리더니 언성을 높이며 쫓아오던 리강의 멱살을 한 손으로 단숨에 틀어쥐었다. 새까만 동공에 단단하고 투명한 빙하 아래로 활활 타오르고 있는 활화산의 붉은 기운이 떠올랐다. 리강은 목뼈가 부러질 듯한 통증에도 신음성을 흘리지 않았다.

산은 코가 맞닿을 정도로 바짝 얼굴을 끌어당긴 채 두 눈을 똑바로 노려보면서 낮게 속삭였다.

"내게 독인지 약인지는, 네가 아니라 내가 결정한다."

산이 잡고 있던 멱살을 밀쳐 냈다. 콜록거리던 리강은 돌아서는 산을 향해 소리쳤다.

"그녀가 숨기고 있던 정체가 뭔지 아십니까? 그녀는 한국의 스파이입니다. 틀림없이 회장님께도 다른 목적을 가지고서 접 근했을 겁니다!”

차에 올라타던 산이 잠깐 멈칫했지만, 곧 차 문이 닫혔다. 운 전석에 앉은 진옌이 액셀러레이터를 힘껏 밟았다. 백미러로 보 이는 리강의 모습을 일부러 외면하면서. 리강은 아랫사람으로 서의 한계를 잊었다. 자신의 자리를 망각한 부하는 내부의 적에 지나지 않았다. 바보 같은 녀석!

공항으로 향하던 중에 연락이 왔다. 공항 출국자 명단에 하빈 이라는 이름은 없다고 한다. 대기자 명단에도 없단다. 산은 차 에 탄 순간부터 반쯤 눈을 내리뜬 채 꼼짝도 하지 않았다. 보고 를 듣고서도 차를 돌리라고 말하지 않았다. 그래서 진옌은 공항 으로 가는 방향을 유지했다. 오히려 속도를 더욱 높였다. 공항 의 건물이 시야에 들어왔을 때였다.

“……한세진을 감시하는 자들에게서는?”

“별다른 사항은 없다고 합니다.”

“감시를 더욱 철저히 하라고 해. 그녀가 연락할 수도 있으니까.”

“네, 헤이싱 님.”

산은 북적거리는 공항 대합실은 거들떠보지도 않은 채 곧장 VIP실로 들어갔다. 미리 대기하고 있던 직원이 앞서 나가며 길 을 안내했다. 지시를 받고 먼저 도착해 그녀를 찾고 있던 직원들 의 상급자가 기다리고 있었다. 자세한 사정은 모른 채, 사람을 찾고 있다는 것만 전해 들은 공항 관계자도 함께 자리해 있었다.

“공항의 CCTV를 확인한 결과 그분께서는 공항 건물 안으로 들어오시지 않았습니다.”

“뭐야? 그럼, 아예 발걸음도 하지 않았다는 말이야?”

당황한 진옌이 물었다.

“네. 회장님께서 말씀하신 시간대의 녹화 테이프를 모두 확인했습니다. 출입구에서부터 출국장과 데스크까지 확인한 결과, 공항 내에서는 모습을 보이시지 않았습니다.”

진옌이 조심스럽게 산의 기색을 살폈다. 서늘하던 기색이 오싹할 정도로 차가워졌다. 북극해의 겨울 폭풍이 들이치기 직전처럼. 운이 좋다면, 비행기를 기다리고 있는 하빈을 잡을 수 있을 거라고 생각했는데……. 일이 쉽게 풀리지 않으려는가 보다. 진옌은 올라오는 한숨을 몰래 내쉬었다.

리강의 행동도 놀랄 일이지만, 그걸 덥석 받아 들고서는 행방을 감춰 버린 여자도 기괴하기는 마찬가지였다. 리강이 질색하며 월권을 한 것이 이해가 가기도 했다. 하긴 녀석이 탄로 난 정체를 들이밀면서 협박했다면 떠나는 것 외에는 길이 없기도 하겠지. 게다가 한국의 스파이라……. 그건 그것대로 문제로군.

진옌은 일단 뒤로 넘겼다. 그거야 자신이 신경 쓸 문제가 아니었다. 리강과 같은 헛짓을 보여서야 안 되지.

“지금 주변을 탐문하고 있습니다. 건물 외부에 설치되어 있는 카메라들도 모두 확인 중이고요.”

단서가 될 만한 정보가 하나도 없었다. 비행기가 아니라면……. 산이 진옌을 돌아봤다.

“홍챠오虹橋 공항과 부두에도 사람을 보내겠습니다, 헤이싱 님.”

산은 초조감에 휩싸였다. 설마, 자신의 오른팔에게 뒤통수를 맞을 줄은 몰랐다. 그녀가 혼란스러워하고 갈등하는 것은 알았다. 아마 좋은 기회라고 여겼겠지.

돌아서는 하빈의 모습이 아지랑이처럼 어른거렸다. 이대로 사람들 속에 파묻혀 찾을 수 없다면……. 산의 살벌한 기세가 강해졌다. 그의 주변에 시뻘건 기운이 넘실거렸다.

그런 일 따위는 없어. 필요하다면 중국 대륙이라도 파 뒤집을 거다. 태평양이나, 전 세계를 뒤져야 한다면 그럴 거다. 널 찾을 때까지, 네가 내 눈앞에 나타날 때까지, 네 몸을 내 품에 안을 때까지 죽은 시체라도 찾아낼 거다.

문이 열리고 후다닥 뛰어 들어온 경호 직원이 손에 든 것을 내밀었다. 진옌의 얼굴색이 달라졌다.

"뭐지?"

산이 묻자, 대답 대신 받은 것을 건넸다.

신발 자국과 흙투성이인 항공권, 그리고 대한민국 여권이었다. 혹시나 싶어 안을 확인하자, 하빈의 사진이 박혀 있었다.

"이게 무슨……?"

항공권은 버릴 수 있다지만, 여권을?

산은 여권이나 항공권에 다른 뭔가가 있는지 살펴봤지만, 아무것도 없었다.

"보도블록과 도로 사이에 떨어져 있는 걸 관광객이 주워서 안내 데스크로 가져왔답니다. 한 시간 전에요."

이렇게 밟힌 상태를 보면 그녀가 사라진 것은 한 시간보다 더 전이라는 말이다. 여권을 주웠음 직한 길가에 설치된 외부 무인 카메라들의 녹화 필름들이 당장 올라왔다. 첫 번째, 두 번째 카메라는 허탕. 세 번째 카메라를 확인했을 때야 하빈을 볼 수 있었다.

수많은 사람들이 지나가는 거리에서 그녀는 갈 곳을 잃어버린 사람처럼 우두커니 서 있었다. 화질이 좋지 않은 데다 거리가 있어 얼굴이 잘 보이지 않았다. 한참 동안 제자리에서 움직이지 않고 있던 그녀의 곁으로 수상쩍은 남자 둘이 붙었다.

"저자들은?"

무심히 스쳐보면 그냥 지나갔겠지만, 바짝 붙어선 것이 행동을 제약하기 위함이라는 것을 알 수 있었다. 가만히 서서 가방끈을 만지거나 고개를 돌리는 그녀의 미미한 움직임들이 어색하다는 걸 느낄 수 있었다. 그녀와 남자들이 걸음을 옮겨 화면에서 사라졌다.

"다른 카메라들을 찾아! 어서!"

명령에 다급한 마음이 실렸다.

간신히 찾은 영상에는 마침 그녀가 강제로 차에 떠밀리는 모습이 담겨 있었다. 사람들의 시선을 피할 필요가 없다는 듯 그녀를 거칠게 차 안으로 밀어 넣고 있었다.

"차량 번호 조회해서 찾아내라."

"네, 헤이싱 님."

안 되도 되게 해야 할 판이다. 상황이 요상하게 흘러가네. 평소라면 실없는 농담으로 긴장된 분위기를 풀었을 진옌은 수상쩍은 상황에 인상만 팍팍 썼다. 리강의 빠릿빠릿한 머리와 손을 빌릴 수 없으니……. 경호와 정보팀의 사람들을 더 차출하도록 했다. 빠른 시간 내에 필요한 정보를 얻으려면 지금 있는 인원만으로는 턱없이 부족했다.

'으윽, 사라진 하빈 양을 찾을 때까지는 편하게 두 다리 쭉 뻗고 자지도 못하겠구나. 빌어먹을, 리강 녀석!'

진옌은 새장의 빗장을 열어 준 녀석을 욕했다. 그녀가 무사하길 빌어라. 네가 살아남으려면, 아니 우리 모두가 편안하려면 반드시 그녀가 안전하게 돌아와야만 했다.

산은 저택으로 가지 않고, 다시 회사로 돌아갔다. 저택으로 돌아가 하빈이 없는 공간을 확인하고 싶지 않았다. 한 달 남짓의 시간 동안 함께 지냈을 뿐인데, 그녀의 존재가 이렇게 컸던가. 잃어버리고 싶지 않다고 생각했지만, 막상 빠져나가 버린 이후 느껴지는 상실감은 스스로도 놀랄 지경이었다.

책상에 앉았지만, 펼쳐진 전자 서류의 글자가 눈에 들어올 리 없었다. 유리창 밖으로 땅거미가 진 하늘이 조금씩 어둑어둑해지고 있었다.

'누굴까? 누가 그녀를 데리고 간 거지? 뭣 때문에?'

서서히 어둠에 잠식되어 가는 하늘을 바라보던 산은 인기척을 느꼈다. 언제부터 서 있었는지 류 노회장이 문 안쪽에 들어와 있었다.

"할아버지."

의자에서 일어나는 손자를 보며 류 노회장은 심란한 얼굴을 서둘러 수습했다. 처음 보는 손자의 모습. 어릴 때에도 보이지 않던 갈망과 절박함이 있었다. 피가 철철 흘러나오는 쓰린 상처 위에 제 발로 사라져 버린 여자에 대한 걱정과 불안이 어른거렸다. 제 상처보다 어디에 있는지도 모르는 제 여자에 대한 걱정과 불안이 더 큰 것이다. 산의 오만할 정도로 높은 자존심을 생각한다면 있을 수 없는 일이었다. 오히려 여자를 데려간 자들을 조롱하며 웃어넘겨야 맞다. 류 노회장은 막막하면서도 안도감이 뒤섞인 진한 한숨을 길게 내뿜었다. 손자는 사랑에 빠진 남자의 얼굴을 하고 있었다. 이걸 다행이라며 좋아해야 하는 일인지…….

말없이 자신을 바라보고만 있는 할아버지가 이상해 산이 다가갔다.

"할아버지, 어디 불편하십니까?"

"……됐다. 불편하긴. 네 속이 불안한 거겠지."

퉁명스럽게 대꾸한 류 노회장은 안으로 성큼 들어와 책상 앞에 있는 검은 가죽 소파의 상석에 앉았다.

"저택으로 가셨던 것 아니었습니까?"

"가다가 네 녀석 얼굴이 어떤가 싶어서 구경하러 차를 돌렸다."

건물 안으로 들어설 때부터 웅성거리는 분위기를 느낄 수 있었다. 발밑이 흔들리는 것처럼 균형이 잡혀 있지 않은 건물의 공기. 그건 모두 우두머리인 산의 기분이 반영된 탓이리라. 경호팀과 정보팀이 빠져나간 거야 일반 사원들이 알 수 없는 일이니.

"오면서 얘기는 들었다. 누군지는 아직 모르고?"

"네. 조회를 했더니, 도난 차량이랍니다. 그래서 화면에 잡힌 남자들의 사진을 확인하는 중입니다."

화면에 잡힌 남자는 둘이었다. 흐릿한 화면의 선명도를 높였다.

"그래서 찾을 수 있겠냐?"

"찾을 겁니다. 그래야 하빈을 찾을 수 있으니까요."

묵묵한 짧은 대답 속에 반드시 찾고야 말겠다는 의지가 담겨 있었다. 한 번 고집부리면 아무도 말리지 못하는 것이 류가의 습성이다. 잉의 말대로 녀석의 아비 때도 못 말렸는데…….

"찾아서는? 정말 진지하게 생각하고 있는 거냐?"

"할아버지와 탕 할머니가 세운 목표를 이루시게 된 것을 축하드립니다. 저와 위선을 결혼시키는 것이 두 분의 목표였으니, 절반의 성공이긴 하지만요. 그녀를 찾는 대로 결혼할 겁니다."

기어이 산의 입에서 결혼이라는 단어가 나왔다. 손자의 마음을 알기 위해 답을 재촉했지만, 이렇게 묻자마자 덥석 나올 줄은 몰랐다. 마치 물어 주길 기다리고 있었던 것처럼 재깍 나온 대답에 허탈한 배신감도 들었다. 어쩌면 리강, 그 아이가 덥석 내보낸 것도 이런 까닭일지도…….

"세상 사람들이 수군거릴 거라는 사실은 알고 있냐? 가십만을 쫓는 기자들이 좋구나 하고서 달려들 것도?"

"제가 언제 사람들의 눈치를 본 적이 있습니까? 가십지들은 무시하면 그만입니다. 정 심하다 싶으면, 그때 알아서 처리하면 되고요."

노회장은 보란 듯이 깊은 한숨을 내쉬었다. 아들 녀석 때도 생각했지만, 젊었을 적 선친에게 대들며 고집을 피우던 자신의 모습도 저랬을까 싶었다. 설마 그때의 앙갚음으로 저승의 아버지가 술수를 부린 것은 아닐까 의심스러울 정도였다. 어떻게 아들 녀석도 그러더니, 손자 녀석까지……

그러나 절반쯤 포기했지만, 아직 허락한 것은 아니다. 얼굴도 보지 못한 상태에서 무슨…….

"결혼을 하든, 기자들을 두들겨 패든, 일단 네 곁에 없는 아이부터 무사히 찾아야 가능한 일이지."

아픈 곳을 푹 찌른 노회장은 테이블에 있는 인터폰을 눌렀다.

"들어와라."

기다리고 있었다는 듯 문이 열렸다. 조심스러운 걸음으로 들어온 리강을 보고 산의 얼굴이 굳어졌다.

"사람을 찾으려면 하나라도 거들 손이 있는 것이 낫지."

"머릿속으로 딴생각하는 손은 방해만 될 뿐입니다."

산은 두 번 생각할 필요도 없다는 듯이 쳐다보지도 않은 채 내쳤다.

멈춰 선 리강이 고개를 숙였다.

"버리기에는 능력이 아깝지 않나? 저만한 왼팔을 어디서 다시 구할 셈이냐?"

"능력이 뛰어나기에 안 된다는 겁니다, 할아버지. 그 능력으로 주인의 손등을 제대로 물어뜯었으니까요. 아무리 능력이 좋아도 제멋대로 날뛰는 개는 필요 없습니다."

듣고 있는 사람이 민망할 정도로 노골적인 말이었다. 물론 리강이 개 과의 인물이긴 했다, 주인인 산을 세상의 모든 일보다 우선시하는.

노회장은 잠시 안쓰러운 눈길로 리강을 봤다. 무표정한 얼굴

을 하고 있지만, 내심은 쪼글쪼글 오그라든 오이 껍질처럼 자책하고 있을 것이다.

"머리도 없이 네 말만 쫄래쫄래 따르는 꼭두각시들을 잘도 네가 데리고 있겠구나. 그런 녀석들이 있으면 오히려 네가 더 참지 못하고 당장 쫓아낼 거면서……. 리강 녀석이 월권을 한 것은 사실이지만, 그것도 어디까지나 널 생각해서 한 일인 거다. 그리고 거기에는 어느 정도 네 책임도 있어. 왼팔이나 마찬가지인 수하에게 제대로 믿음을 주지 못한 것은 상관인 네 잘못이다. 그러니 이번 한 번은 다시 받아 주도록 해라. 내가 알아듣게 타일렀으니까, 저 녀석도 이제는 선을 넘어서는 짓은 맘대로 하지 않을 거다."

산은 입술을 더 굳게 다물었다. 꺼려하는 손자의 마음을 노회장도 알았다. 일단 한 번 금이 간 관계다. 쉽사리 예전처럼 돌아가지 않을 것이다. 그러나 그것만은 전적으로 리강이 해결해야 할 일이었다. 잃어버린 신뢰를 다시 회복할 수 있느냐, 마느냐는 리강이 어떻게 하는가에 달렸기에.

성급한 일이었다고 질책받았다. 주인의 분노가 예상했던 것보다 더 무시무시해 리강도 놀랄 정도였다. 아무리 화가 났어도 자신을 내칠 거라고는 생각지 못했다. 그래서 억울하기까지 했다. 어째서 자신의 충심을 알아주지 않는지 원망스럽기까지 했다.

그러나 함께 있던 노회장과 탕 노부인은 그를 질책했다. 성급하고 경솔한 짓이었노라고. 이해할 수 없었다. 수하로서 주인에게 악영향을 끼치는 요인을 제거하는 것은 당연한 일이지 않는가.

탕 노부인과 노회장은 어린아이에게 설명하듯 친절하게 말했다.

　‘그 아가씨가 일으킨 산의 반응들이 넌 마음에 들지 않았겠지만, 그건 산이 조절해야 할 문제인 거야. 수하인 네가 해야 할 일은 그 아가씨와 산의 만남으로 일어난 주변 상황들을 조절하고 해결하면 되는 거였어. 감정적인 문제는 네 선 밖의 일인 거야. 그건 수하나 주인이라는 관계를 떠나서 개개인이 풀어야 할 문제니까.’

　‘하지만 주변에서 점점 더 시끄러운 소리들이 들려오고 있었습니다. 그런 소리들은 회장님께 좋지 않은 일을 던져 줄 공산이 큽니다. 게다가 그녀의 신분을 생각해 보십시오! 중국 중앙 정부에서 알게 된다면, 화렌이 반역자라는 누명을 덮어쓸 수도 있습니다.’

　‘그걸 감수하고서라도 곁에 두겠다고 결정한 것은 산이야. 그러니까 어떤 일이 벌어지든 산이 감당해야 할 일이지. 수하로서 네 할 일은 일어날지도 모르는 그 일들을 최소화하는 거다. 멋대로 재고 나서는 것이 아니라.’

　‘그렇지. 게다가 그 아가씨를 잃어버린 산이 망가질 수도 있지. 제짝이라고 생각한 여자를 놓친 남자가 올바른 정신을 유지할 수 있을 것 같나? 어림없는 일이지. 그 어떤 남자도 원상태로 돌아가지 못할 거다.’

　‘그 여자는 회장님의 짝으로는 어울리지 않습니다. 모든 것들이오!’

　‘그건 산의 마음이지. 뭐, 나도 썩 마음 내키는 것은 아니지만, 어쨌든 네가 나서서 행동할 일은 아니었다.’

지금도 온전히 두 분의 질책을 받아들인 것은 아니다. 단지 조급한 마음에 경솔하게 움직였다는 반성은 들었다.

노회장은 침묵으로 일관하고 있는 손자에게 쐐기를 박듯 말을 이었다.

"그 아이를 찾는데 저 녀석이 찾아낸 정보가 유용할 수도 있지 않겠냐? 뭘 알아내는 데야 리강을 따라갈 사람이 없으니."

그제야 산은 시선을 돌려 리강을 봤다. 꽂히는 시선에 리강은 몸을 굳혔다. 올가미처럼 죄어 오는 시선에 저절로 몸이 긴장했다. 호의가 없는, 무엇을 내놓을 수 있는지 재어 보고 있는 눈빛. 뒤편에 서 있던 진옌도 조용히 숨을 죽이고 있었다.

책상에 엉덩이를 기댄 산은 팔짱을 꼈다.

"좋아. 이번 한 번만 기회를 주지."

진옌이 어깨를 들썩이며 안도의 한숨을 내쉬었다. 그러나 리강은 긴장을 풀지 않았다. 기회를 준다고 했지, 용서한다고는 하지 않았다.

"사라진 하빈을 찾아내. 새장의 문을 열어 준 네가 다시 새장 안으로 데려오는 것이 맞겠지. 그리고 네가 알아낸 정보들도 모두 보고하고."

"……네, 회장님."

그것 외 다른 방법이 없다는 눈빛에 리강은 잠깐 머뭇거리다 대답했다. 처음부터 무슨 조건이 나오든 받아들일 수밖에 없었다. 일평생 곁에서 모시겠다고 맹세한 주인의 곁으로 돌아가기 위해서는.

괜한 부질없는 짓을 했나. 그 여자를 떠나보냄으로써 회장님의 감정만 더 확고해진 듯했다. 그러나 지금도 그의 생각은 변함이 없었다. 돌아가 다시 하라고 해도 같은 방법을 선택했을 것이다.

산은 리강이 찾아낸 정보를 하나씩 차분히 살폈다. 하빈의 행방에 대한 단서가 나올 때까지 일부러 초조한 마음을 돌리려는 듯 더욱 집중했다.

사건들 중 몇 개는 지나가듯 들어 본 적이 있었다. 하빈과 연관되어 있었다니……. 증거라고 올라온 자료들을 보면서도 실감이 나지 않았다. 단지 화가 났다. 하나같이 위험한 일들, 안전을 보장할 수 없는 일에 머리끝까지 담그고 있는 그녀에게. 해외에 투입된 스파이의 위치란 얼마나 불안정한가. 산은 답답함에 책상을 주먹으로 후려쳤다.

인터폰이 울리며 밖에 있는 비서가 손님이 도착했음을 알려 왔다.

"회장님, 한세진 씨가 왔습니다."

산은 벗어던지려던 이성의 가면을 다시 꾹 눌러썼다.

안으로 들어온 세진은 애써 긴장감을 감췄다. 휴대폰을 받았을 때부터 느낀 불길함. 회사에 들어서는 순간 뒤숭숭하게 울렁거리는 분위기를 감지했다. 무슨 일인지 모르지만, 일이 터졌다는 걸 알았다.

산은 의자도 권하지 않았다.

"돌려 묻지 않겠네. 하빈이 국정원 소속의 정보원인가? 자네도 거기에 속해 있나?"

일순 세진은 숨을 멈췄다.

"아닙니다."

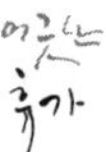

"그럼, 한국 정부에 다른 조직이 있다는 말이군."

어디인지 밝히라는 눈빛이었다.

"내가 한국 정부에 직접 타진해야 하나?"

세진이 움찔했다. 지금 당장 말하지 않는다면, 보고 있는 앞에서 청와대에 전화라도 걸 기세였다. 공기의 밀도가 높아져 진창처럼 뻑뻑해졌다.

휴대폰 벨 소리가 울렸다. 세진은 손으로 주머니를 더듬으며 한숨을 내쉬었다. 지지 않고 맞서긴 했지만, 조금씩 밀리고 있었다.

"네, 한세진입니다."

상대방도 확인하지 못한 채 전화를 받았던 세진의 목소리가 한순간 높아졌다.

"뭐라고? 언제?"

산이 목청을 높이고 있는 세진을 봤다. 당혹과 불안, 초조감을 조금도 숨기지 못하고 있었다.

"대체 여태까지 뭘 하고서 지금에서야! 알겠습니다. 다른 소식이 들어오는 대로 바로 보고해 주십시오."

휴대폰을 끊은 세진이 답을 기다리고 있는 산을 봤다.

"사장님께서는 저택에 계십니까?"

하빈은 휴대폰을 가지고 있지 않았다. 그래서 세진은 항상 산의 저택으로 전화를 걸었다.

"무슨 일이지?"

신호가 떨어지고, 메이드의 목소리가 들렸다. 산은 세진의 휴대폰을 거칠게 뺏었다.

“무슨 일이냐고!”

“당장 사장님과 통화를 해야 합니다. 당장이요!”

세진의 침착한 얼굴에 금이 갔다. 내민 손에 다급함이 담겨 있었다.

“하빈은 저택에 없어. 공항에서 납치를 당해서……. 지금 공항의 CCTV에 찍힌 남자들의 신원을 알아보고 있는 중이네.”

세진의 얼굴이 잿빛으로 변했다. 안으로 곱은 손가락이 희미하게 떨렸다. 잠시 흔들린 마음을 애써 수습했다. 납치를 당하거나 행적을 감춘 것이 한두 번이 아니었다.

“무슨 일인지 숨기지 말고 털어놔. 자네가 숨겨도 그녀를 찾는 사이에 밝혀질 일이야.”

“사장님께서 언제 납치당하신 겁니까?”

“1시쯤.”

지금이 5시가 넘었으니까. 네 시간 전인가. 어느새 땅거미가 넓게 깔려 사무실에도 어둠이 밀려 들어왔다. 저물어져 가는 붉은 햇살이 바닥에 진한 음영을 드리웠다.

납치라? 만약 세진이 걱정하는 일당이라면 어설프게 카메라에 흔적 따위 남겨 두지 않았을 것이다. 망설이던 세진이 마음을 굳혔다.

“올 초에 마무리된 작전이 있었습니다. 사제 총 밀수에 대한 중국 공안과의 합동 수사였습니다.”

올 초에 마무리되었다면 베이징에서 봤을 때도 작전 중이었다는 말이다.

“장팅펑張霆鋒이 체포된…….”

“그를 아십니까?”

“모임에서 몇 번 인사를 주고받은 적이 있지. 언론에서 체포된 기사를 읽었네.”

연초부터 중국을 떠들썩하게 만들었던 사건이었다. 당원들도 연루되어 몇 명이나 사형을 당했다.

은연중 중국 내에 만연되어 있는 부패는 심각한 수준이었다. 뇌물을 주지 않으면 제대로 일이 굴러가지 않을 정도였다. 중국 내에 본사를 두는 것에 대해 산이 반대하고 있는 가장 큰 이유이기도 했다.

깍지 낀 양손을 무릎에 올린 세진이 인상을 일그러뜨렸다.

“그가 뒤로 제작한 사제 총을 자신의 무역 회사를 이용해 한국과 일본에 밀매하고 있었습니다. 그걸 사장님이 추적하셨고요. 다행히 현장을 덮쳐 장팅펑을 잡았습니다만, 그중 일당 몇을 검거하지 못하고 놓쳤습니다. 저흰 공안에게 뒷마무리를 넘기고 손을 뗐죠.”

“빈이 장팅펑에게 접근한 건가?”

“……네.”

역시! 베이징의 클럽 파티에서 함께 있던 남자가 장팅펑이었군. 미인계로 접근해 정보를 빼낸다. 입맛이 씁쓸했다. 그를 만나기 전이었다고는 하지만, 하빈의 방법이 마음에 들지 않았다. 차라리 정말 사랑하는 사이였더라면…….

산은 머리를 흔들며 스스로를 비웃었다. 자신을 기만하지 말자. 만약 그런 사이였다면 힘을 써서라도 강제로 갈라놓았을 것이다. 어쩌면 자신과 만나지도 않은 채 지나쳤을지도 모른다.

산은 회오리치는 검은 감정들을 다스렸다. 그를 만나기 전의 일들이다. 마음에 들지 않지만, 바꿀 수 없는 과거의 시간 속에 있는 일들. 수긍하고 받아들여 담담히 인정하는 것이 낫다. 말을 주고받는 동안 햇빛이 완전히 사라졌다. 짙은 어둠이 사무실을 에워쌌다.

세진이 심각한 얼굴로 설명을 이었다.

"지난밤에 선양沈陽교도소에서 죄인 하나가 탈옥했답니다. 무장을 한 무리가 교도소를 습격해 안을 지키고 있던 교도관들을 죽이고 밖에서 인질로 잡고 있던 교도관들의 가족 또한 전부 살해했다고 합니다."

"장팅펑이 탈옥한 건가?"

"네. 다음 달에 사형 날짜가 잡혀 있는 자였는데……. 옥에서 내내 사장님에게 보복하겠다고 말했답니다."

산이 이를 악물었다.

"틀림없이 사장님을 찾아올 자입니다. 감옥을 나왔으니, 무슨 일이 있어도 지난 빚을 갚으려고 들 겁니다."

두 사람의 눈빛이 마주쳤다. 서로 입에 올리지는 않았지만, 납치한 자들이 장팅펑 일당일 수도 있었다.

예측하지 못했던 상황이다. 산은 자신을 노리고 하빈을 납치했을 거라고 추측했다. 만약 하빈을 목적으로 노린 것이라면 안전을 담보할 수 없었다.

"지난밤의 일이 왜 지금 알려진 건가?"

"정보를 차단하고 있답니다. 공안과 군인을 풀어 행방을 추적하고 있다고는 합니다만……."

아직 아무런 흔적도 찾지 못했다고 한다. 산은 흐리는 말끝의
내용을 미루어 짐작할 수 있었다. 찾았다면 초조해하지 않겠지.
정보 차단이라……. 놀랄 일도 아니었다. 자유 민주 국가에서도
왕왕 일어나는 것이 정보 조작인데…….

닫혀 있던 문이 열렸다. 환한 빛이 쏟아져 들어와 깜깜한 어
둠의 일부분을 내쫓았다. 등 뒤에 빛을 달고 들어온 리강이 전등
을 켰다.

"납치범들의 신원을 알아냈습니다."

14.

바닥이 들썩거렸다. 좁고 밀폐된 트렁크에 갇힌 하빈은 길이 막히는 듯 차가 가다 서다를 반복하고 있다는 것을 알았다. 어디쯤인 걸까. 상하이가 아닌 것은 확실하지만……. 차량이 많은 것을 보면 대도시가 분명할 텐데.

납치야 하루 이틀 일이 아니지만, 하루에 두 번이나……. 기록이다. 한적한 도로에서 추돌 사고를 일으켜 차를 멈춰 세운 후 운전자와 남자를 죽이고 자신을 끌어내기까지 오 분도 채 걸리지 않았다. 개인 비행장에 비행기까지 준비하고 있었다. 철저하게 계획하고 움직였다는 뜻이다.

프로들이다. 누굴까.

뷕, 틱, 티르르.

바퀴에 튀는 돌 소리가 트렁크 안을 울렸다. 시간의 흐름을 보아 6시쯤 되었을 듯했다. 비행기로 두 시간 정도 움직인 후, 다시 이렇게 차의 트렁크에 갇힌 채로 삼십 분 정도. 어둠 속이지만, 훈련이 몸에 밴 탓으로 시간을 알 수 있었다. 몸을 굴려 똑바로 누웠다. 똑바로 다리를 펼 수는 없었지만, 그래도 최대한 편한 자세를 취했다.

그냥 망설이지 말고 비행기를 탔다면……. 어둠 속에서 쓴웃음이 하얗게 떠올랐다. 떠나지 못한 자신이 어리석어 헛웃음만 나왔다.

침을 삼켜 뻑뻑하게 마른 목을 축였다. 목이 말랐다. 저택을 나와서 지금까지 물 한 방울 마시지 못했다. 탁한 공기에 가슴이 답답했다. 지금쯤 그도 알았을 텐데…….

산…….

하빈은 그의 이름을 입술 사이로 소리 없이 되뇌었다. 두 눈꺼풀 위에 힘없이 팔을 걸쳐 올렸다.

이상하지. 난 당신을 떠나려고 했는데, 어째서 지금 이 순간 당신의 얼굴이 보고 싶은 걸까.

"어디에 있습니까?"

산은 눈앞에 있는 여우 같은 여자의 목을 꺾어 버리고 싶었다.

"다짜고짜 남의 집에 허락도 없이 난입해서는 무슨 말을 하는 건지……."

산이 주먹을 뻗었다. 리메이링의 머리를 아슬아슬하게 지나

간 주먹이 벽에 냅다 꽂혔다. 단단한 벽이 움푹 파이며 사방으로
금이 갔다.

팔을 내리지 않은 채 산이 다시 물었다.

"당신이 데려간 그녀, 어디 있습니까?"

카메라에 잡힌 납치범들은 리메이링이 부리는 사람들이었다.
당장 리메이링이 있는 곳부터 찾아 쳐들어갔다. 함께 뭉쳐 다니
다 사이좋게 가문에서 쫓겨난 진위팡도 잔뜩 겁에 질린 채 숨만
죽이고 한자리에 있었다. 어디로 움직이려고 해도 아파트에 잔
뜩 들어와 있는 류가의 부하들 탓에 할 수가 없었다. 감시하는
눈초리가 송곳처럼 날카로워 식은땀만 줄줄 흘렸다. 진위팡은
손수건으로 연방 번들거리는 이마를 닦았다. 그냥 눈 딱 감고 가
지고 있던 재산만 들고 나가는 거였는데……. 리메이링의 꼬임
에 넘어가지 말았어야 했다. 중국에, 가문에 남을 수 있다는 말
을 듣고 머뭇거린 것이 천추의 한을 남겼다.

리메이링은 오한이 일어 팔짱을 꼈다. 머리카락을 날리게 만
들었던 주먹의 기척을 똑똑히 느꼈다. 정통으로 맞았다면 무사
하지 못했을 것이다. 류산은 지옥에서 올라온 악마 같았다. 리
메이링은 억지로 미소를 지으며 마지막 허세를 부렸다.

"나란 걸 용케 잘도 찾아냈지만, 유감스럽게도 없어요."

거짓말!

한순간 산의 몸에서 난폭한 기운이 분출됐다. 다른 한 손으로
리메이링의 목을 사납게 움켜쥐고서 힘을 줬다.

"류 회장!"

고개를 뒤로 꺾으며 컥컥거리는 여자에게 산이 낮은 어조로

경고했다.

"평소라면 리 여사님의 장난에 장단을 맞춰 줬겠지만, 지금은 제 인내심이 그리 남아 있지 않아서 말입니다. 그러니 빨리 말씀하시는 것이 좋습니다, 하빈이 있는 곳을!"

손가락이 목 줄기를 파고들었다. 리메이링이 버둥거리며 손을 떼어 내려고 했지만, 헛일이었다. 뼈가 부러질 듯 아프고, 숨이 막혔다.

"헤이싱 님!"

불안하게 앉아 있던 진옌이 벌떡 자리에서 일어나서 소리쳤다.

"모르네! 우린 정말 몰라! 데려오라고 지시를 내렸지만, 오지 않았어. 보냈던 자들이 죽은 채로 발견됐단 말일세! 지금 당장 그들의 시신을 보여 줄 수도 있어!"

공안의 연락을 받고 그들도 깜짝 놀랐다. 주변을 감시하며 기회를 봐서 움직이라고 했는데……. 여자를 잡았다고 연락을 받은 것이 마지막이었다. 충격을 당한 터라 왜 그들이 죽었는지 공안들에게 둘러대는 것도 힘들었다. 간신히 설득해 돌려보낸 참에 산이 들이닥친 것이다.

"뭐……?"

손아귀가 조금 느슨해졌다.

"정말일세! 도로에서 차량이 발견되었다네, 추돌 사고를 당한 흔적이랑 함께. 보낸 수하들만 죽어 있었어! 류 회장이 찾는 아가씨는 없었다고!"

자신들의 결백을 밝히려는 듯 진위팡은 필사적으로 고함을 내질렀다.

설마……!

손을 푼 산이 돌아섰다. 진위팡이 화들짝 놀라 개구리처럼 풀쩍 뒤로 물러섰다.

"사고가 일어난 곳과 죽은 자들에 대한 자료들까지 하나도 빼놓지 말고 모두 내놓으십시오."

진위팡의 턱이 아래위로 사정없이 움직였다. 조금이라도 지체했다간 악마의 낫에 머리가 서걱 잘릴 듯한 위기감이 들어 즉각적으로 반응했다. 그것만이 살길이라는 듯.

단서가 끊겼다. 어렵게 찾아낸 흔적들이 송두리째 사라졌다. 설마 하며 아니길 바랐던 최악의 사태가 일어난 것 같다.

찾았다고 안도했던 정보팀과 보안팀은 다시 일급 비상사태에 돌입했다. 사무실에 모여 있는 사람들의 얼굴이 모두 어두웠다.

"다른 연락은 없나?"

"네. 단지 베이징으로는 가지 않은 것 같습니다. 공안 쪽에서도 다른 정보가 없어서 초조해하고 있는 듯했습니다."

산은 무의식중에 손목에 찬 시계를 봤다. 그녀가 사라진 지 여섯 시간이 넘어가고 있었다.

하! 오늘 아침 침대에서 나눴던 하빈과의 키스가 생각났다. 마치 천 년쯤 지난 일처럼 느껴졌다. 무사하다는 것만 알 수 있다면……. 그의 불안을 알기라도 한 듯 세진이 말했다.

"장팅펑이 데려갔다고 해도 그렇게 당장 죽이려고 들지는 않을 겁니다."

"위로인가?"

"사실을 말하는 겁니다."

그러나 당장은 목숨이 위험하지 않을 거라고 말하는 세진의 얼굴도 무겁기는 마찬가지였다.

"죽이는 대신 고문하며 괴롭히겠지."

보복을 다짐했다고 했다. 그 원한을 풀기 위해 하빈을 죽기 직전까지 몰아붙일 거다. 어쩌면 그녀가 먼저 포기할 수도…….

산은 불길한 생각을 지웠다. 아니, 아닐 것이다. 살아만, 살아만 있다면 반드시 구할 거다.

'그러니 하빈, 견뎌 줘. 제발 내가 갈 때까지!'

베이징의 중앙 정부를 상대하기 위해 류 노회장이 직접 나섰다. 류가 산하의 그룹과 지하 금융계까지도 모두 손을 써 장팅펑과 하빈의 행방을 추적하도록 했다. 탕가도 한손 거들었고, 눈치를 살피던 리가와 진가도 발 빠르게 움직였다. 말 그대로 상하이라는 도시 구석구석에 은밀한 수색 작업이 벌어지고 있는 것이다. 상하이에서 퍼져 나가기 시작한 그물은 조금씩 사방으로 퍼져 중국 대륙을 뒤덮을 것이다.

"한세진 씨, 손님이 도착하셨습니다."

소파에 경직된 자세로 앉아 있던 세진의 얼굴이 밝아지더니 문이 열리기도 전에 벌떡 일어났다.

단단한 인상을 주는 사십 대의 남자가 들어왔다. 진옌과 비슷할 정도로 큰 체격이었지만, 중년의 늘어지거나 흐물흐물한 살이 아니었다. 딱 맞는 양복에 단단하게 잡혀 있는 근육들이 범상치 않은 카리스마를 풍기고 있었다.

세진이 절도 있게 허리를 90도 각도로 숙였다.

〈국장님〉

한철호 국장은 고개를 끄덕였다. 말썽 많은 상관을 붙여 준
탓에 고생이 제일 심한 세진이었다.

〈중국 내에 있는 요원들에게도 알려 뒀으니까, 뭐든지 잡히
면 연락이 들어올 거다.〉

〈서울은?〉

〈거기야 김태수 부국장이 맡고 있지.〉

납치 소식에 날아올 수밖에 없었다. 다른 녀석들이라면 서울
에서 지휘하는 것으로 끝냈겠지만, 요선인 하빈은 그에게 특별
한 아이였다. 부모와 같은 마음이랄까. 함부로 자리를 비워서는
안 되지만, 한 번은 와야 할 듯싶어 날아온 참이다.

뚫어질 듯 보는 눈빛에 구멍이 날까 무서울 지경이다. 한철호
는 자신을 이 자리에 오게 만든 원인 중 한 명을 찾았다. 화렌 그
룹의 총수. 완벽한 정장 차림의 산에게서는 한 치의 빈틈도 찾을
수가 없었다.

'이거야……, 사진이 실물보다 못하군.'

난폭한 야수가 잠시 기세를 재우고 있었다. 눈을 뜨고 찢어발
길 때를 기다리면서 날카로운 이와 발톱을 감추고 있는 것이 보
였다.

한철호는 오른손을 내밀었다.

"특무국 국장 한철호일세."

"류산입니다."

산이 손을 잡으며 물었다.

"특무국이 뭡니까? 하빈이 특무국에 소속되어 있습니까?"

아직 거기까지는 파악 못 한 건가? 한철호가 눈으로 세진에게 물었다.

"요선 님과 제가 국정원 소속이 아닌가, 생각하고 계셨습니다."

"흠, 그랬군."

리강과 진옌도 귀를 쫑긋 곤두세웠다.

"국정원과 비슷하긴 하지. 정보국이라는 것은 같으니까. 국정원이 일반에게 너무 많이 알려지는 바람에 그 자리를 대신하기 위해 새로 만들어진 조직일세."

"요선이 하빈입니까?"

산이 특무국보다 하빈에 대한 것부터 확인하려고 들자, 한철호는 알 수 없는 눈빛으로 바라봤다.

"하빈의 암호명이 요선일세. 특무국이 자랑하는 화랑 중 한 명이지. 세진은 요선의 보좌관을 담당하고 있고."

리강과 진옌의 눈길이 동시에 세진에게로 향했다. 예상했던 일인데도, 막상 사실을 들으니 놀라웠다. 불편한 침묵이 긴장된 공기를 만들었다. 탑 시크릿을 공개하는 이유가 뭔지. 그러나 산이 알고자 하는 것은 특무국 따위가 아니었다.

산은 한 국장에게 빈자리를 권하며 물었다.

"하빈이나 장팅펑에 대한 행적에 관해 뭐라도 나온 것이 있습니까?"

초조하고 불안할 텐데도 침착한 목소리였다.

"세진에게도 말했지만, 아직 들어온 정보는 없네. 중국 내에 있는 요원들에게도 모두 지시를 내려 뒀으니까, 당장은 기다리는 수밖에."

머리가 좋은 장팅펑이라 숨기도 잘하는 모양이다. 공안도 눈이 시뻘게져 찾아다니고 있다는데, 머리카락 한 올도 걸리지 않으니. 한철호가 넌지시 세진에게 눈짓으로 신호를 보냈다. 세진이 고개를 끄덕이더니 진옌과 리강을 데리고 나갔다. 나가지 않으려고 하던 그들은 산의 명령에 내키지 않은 걸음을 옮겼다.

넓은 사무실에 두 남자만이 남았다. 창밖으로 검은 밤하늘이 펼쳐져 있었다.

"커피 하시겠습니까?"

"아니, 지금 말고 조금 있다가 마시지."

공기가 무겁게 가라앉았다. 조금씩 소리 없이 사락사락 쌓이는 모래 산처럼.

한철호는 어디서부터 얘기를 시작해야 할지 망설이는 중이었다. 자잘한 수염이 희끗희끗 돋아난 아래턱을 손바닥으로 문질렀다. 세진의 보고로 앞에 있는 남자의 진심에 대해서는 들었다. 하빈의 특이한 반응들도.

"화렌의 정보팀 실력이 뛰어나더군. 얼마나 시달렸으면, 우리 부국장이 진지하게 스카우트까지 생각하겠나?"

"그래도 원하던 걸 모두 찾아내지는 못했습니다."

정작 가장 필요한 과거에 대해서는 한 줄도 알아내지 못했다. 한철호가 음흉한 도깨비처럼 웃었다.

"완전히 뚫려서야 우리 쪽 체면이 서질 않지. 약간이나마 열린 것을 알고서는 부국장이 펄펄 뛰는 광경을 보고 오는 길이네. 그나마 다 뚫렸다면 직접 날아왔을지도 모르지."

한철호가 재미있다는 듯 웃었다. 그러나 사무실을 울리던 웃음소리는 곧 사라졌다.

"왜 하빈에 대해 알려고 하는 건가? 단순한 소유욕 때문에 부린 변덕으로 취급하기에는 너무 끈질겨서 물어보는 거네."

게다가 그가 찾는 것은 아무도 신경 쓰지 않던 하빈의 과거였다.

"그녀의 상처가 꼭꼭 숨겨져 있는 그 속에 있는 듯해서요. 상처를 제대로 아물게 하려면 아픈 상처부터 똑바로 봐야 하지 않겠습니까? 그러니 보여 주십시오. 단 하나도 숨기지 말고, 가지고 있는 모든 것들을 내놔 주셨으면 합니다."

제 물건을 훔쳐 간 도둑에게 말하는 듯 산은 거침없이 당당했다. 당연히 알아야 한다는 태도. 자연스럽게 풍기는 자신감과 패기를 보는 한철호의 기색이 더욱 무거워졌다.

"미래까지 함께 생각하고 있다는 뜻인가?"

가지고 온 보따리를 쉽게 풀지 않자, 산의 심기도 조금씩 뒤틀어졌다. 그나마 끌어모은 인내심은 하빈의 행방을 찾는 데 사용하느라 다 써 버렸다. 여기서 더 시간을 끌면 어떻게 나올지 자신도 장담할 수가 없었다.

"아무리 상관이라지만, 그렇게까지 묻는 의도를 모르겠습니다. 직접 방문하신 것도 그렇고……."

"그건……. 나는 확인해야 할 의무가 있네. 적어도 있다고 생각하고 있지."

누가 짊어지라고 한 것은 아니지만, 한철호는 당연한 자신의 몫이라고 여겼다. 그때 제대로 하빈을 돌보지 못한 죄. 범인들에게 제대로 죄를 묻지 못한 죄. 방황하는 하빈을 똑바로 잡지 못한 죄.

"하빈을 특무국의 요원으로 만든 사람은 바로 나니까 말일세."

한철호의 음성에는 짙은 자조의 그늘이 묻어 있었다.

"한 국장님이 말입니까?"

산이 놀라 되물었다. 한철호의 한숨이 길고 깊었다. 손가락으로 만지는 미간에 고심의 고랑이 깊게 패었다.

"그때에는 그것만이 최선의 방법이라고 생각했지. 다른 방법은 떠오르지도 않았네. 어떻게든 하빈을 절망에서 끌어낼 필요가 있었으니까. 비록 몸뿐이지만 말일세."

산은 차분하게 숨을 골랐다. 절망이라는 단어가 뇌 속에 꽂혔다. 고개를 든 한철호가 무시무시한 도끼눈으로 그를 직시했다. 그의 진심을 파헤치려는 듯이. 거짓이나 허풍은 용서하지 못한다는 눈빛이었다.

"나는 그 아이가 다시 상처 받는 일이 없기를 바라네."

"그런 일은 절대로 없을 겁니다."

"내가 직접 상하이로 온 것은 요선의 납치 때문이기도 하지만, 세진에게서 류 회장의 진심을 들어서였네."

산이 고개를 끄덕였다. 가벼운 동작인데도, 안정적인 무게감이 잡혀 있었다. 마주 보는 눈빛도 흔들림을 다잡아 미풍도 일지 않는 고요한 심해 같았다.

"절대로 없을 거라고 한 말, 잊지 말게."

한철호가 지갑에서 엄지손톱만 한 메모리 카드를 꺼내 테이블 위에 놓았다.

"류 회장이 알고 싶어 하는 정보가 여기에 담겨 있네. 세상에

남아 있는 자료는 이것 하나뿐일 걸세. 요…… 하빈조차도 이것
이 남아 있는 줄은 모르네. 그녀는 모두 지워진 걸로 알고 있지.”

산은 동전보다 작고 네모난 플라스틱 카드를 봤다. 그토록 알
고자 했던 그녀의 과거. 막상 집어 들려니 머뭇거리게 된다. 판
도라의 상자인가.

한철호가 매처럼 날카로운 눈으로 그를 살펴보고 있다는 것
을 느꼈다.

이건 시험이다. 그리고 마지막 선택의 기회이기도 했다. 물러
서려면 지금뿐이라는.

깊은 밤 악몽에 괴로워하며 쫓기듯 깨어나던 얼굴. 허무의 바
다 깊숙이 가라앉아 자신을 죽여 버린 눈빛. 테라스 유리 앞에
누워 부르던 나른한 허밍 소리.

선택은 이미 예전에 했다. 하빈을 처음 만났을 때. 음습한 지
하실이 아니라, 다른 남자를 향해 걸어가는 모습의 그녀를 처음
봤을 때 운명에 사로잡혔다.

산은 메모리 카드를 집었다. 무게도 느껴지지 않을 만치 가벼
운 얇은 판을 책상에 있는 노트북에 연결했다. 화면에 뜬 새 창
을 마우스로 클릭했다. 나열되어 있는 사진 파일들.

화면을 채운 사진을 본 순간 산의 눈빛이 파랑을 쳤다. 부릅
떠진 동공, 경직된 입매. 마우스를 움켜잡고 있는, 핏기 가신 손
이 그가 받은 충격을 말해 주었다. 그가 입술을 달싹이며 신음
소리처럼 중얼거렸다.

“하빈…….”

망가져 쓰레기통에 버려진 인형처럼 누워 있는 하빈. 사방에

튄 붉은 피들이 섬뜩한 배경을 만들어 냈다. 실오라기 하나 걸치지 않은 몸은 온통 흉측한 상처투성이였다. 산은 이를 악물고 다음 사진으로 넘어갔다.

하빈의 얼굴을 가까이 해서 찍은 사진이다. 정신을 잃은 듯 눈을 감고 있는 그녀의 얼굴은 천연색의 컬러판이었다. 보라색과 붉은색의 멍과 삭아 가는 노르스름한 멍들. 찢어진 입술 사이로 말라 가는 딱지. 하루 이틀 동안 당한 폭력이 아니라는 걸 알 수 있었다. 산의 잇새에서 섬뜩한 소리가 났다.

몸은 더욱 심했다. 마치 난도질하듯이 찌른 상처들. 핏줄기가 줄줄 흘러나오는 듯한 사진들이었다. 하빈의 허벅지가 피로 잔뜩 물들어 있는 사진도 있었다. 사진마다 잔혹하고 가학적인 폭력이 넘쳐 났다. 사진을 한 장, 한 장 넘길수록 산의 눈빛도 차가워졌다. 그는 한 장도 남기지 않고 머릿속에 똑똑히 새겼다. 피가 날 정도로 입술을 짓깨물면서도 사진을 확인하는 것을 멈추지 않았다. 일체 다른 질문을 하지 않았다.

한철호는 가만히 기다렸다. 서릿발처럼 차갑던 산의 기세가 시간이 지날수록 옅어지다 완전히 사라지는 것을 보고서 그는 속으로 감탄 아닌 감탄을 했다. 모르는 사람이 봤다면 진정한 것으로 착각했을 것이다. 그러나 한철호는 산의 기세가 희석되어 사라진 것이 아니라, 극점을 넘은 탓에 느낄 수 없어진 거라는 사실을 알았다. 화산처럼 터트리는 것이 아니라 긁어모아 예리하게 날을 갈고 있었다.

가볍지 않던 공기가 더욱 무거워졌다.

“육 년 전이지. 특무국이 막 만들어진 때니까. 당시 우린 국내 상층부에 퍼져 있는 마약 조직을 소탕하는 작전을 펼치고 있었네. 자신들이 가진 기득권을 사용해 해외에서 마약을 들고 와 국내에 파는 자들이 있어서 말일세."

특무국이 맡을 만한 사건은 아니었다. 그러나 당시 생긴 지 얼마 되지 않은 특무국은 기반이 약했고, 그 능력을 입증해 보여야 할 입장이었다. 지금은 국정원을 넘어섰지만, 모든 특무국의 요원들이 맡은 작전을 훌륭히 성공시켰기 때문에 이룰 수 있었던 것이다. 화랑의 작전 성공률은 거의 90퍼센트에 이른다. 그것은 전무후무한 기록이었고, 정부와 기업들의 신뢰와 후원을 끌어낼 수 있었던 힘이기도 했다.

무심한 어조의 설명이 이어졌다.

"조직을 추적하다 마침내 우두머리를 치게 되었는데……. 그가 즐겨 파티를 여는 장소가 있었지. 그곳에서 그는 거래를 하기도 하고. 지금 이 계절이었던 것 같군. 급습을 했는데, 다들 마약에 취해 있어서 밖에서 경비를 서고 있던 경호원들을 제압하는 것 외에는 별다른 저항이 없었지. 그런데 집 안을 살피다 죽어 가고 있는 여자애를 발견한 걸세. 그게 하빈이었지."

응급 의료반이 올 때까지 급하게 찍은 사진이 지금 산이 보고 있는 것들이었다. 처음 하빈을 발견했을 때 한철호는 그녀가 죽은 시체인 줄 알았다. 바닥에 고여 있는 출혈량을 봤을 때 숨을 쉬고 있는 것이 기적이었다.

"그 녀석을 감시하고 있긴 했지만, 설마하니 여자를 납치까지 하는 놈인 줄은 몰랐네. 빈은……, 정확하게 말하면 그 아이의 본명은 정하빈이지. 하빈은 고등학교를 막 졸업하고 대학 입학식을 기다리던 아이였다네. 지나가나 눈에 띈 그 아이를 놈이 아지트로 삼는 곳으로 납치한 거지. 그 아인 잡혀 있는 동안…… 강간에 폭행, 심지어 마약까지 맞았네. 두목이라는 놈이 아일 제 손님들에게 다루라고 건네기까지 했다더군."

한철호는 건들건들 웃던 녀석의 면상을 아직까지도 기억하고 있었다. 뒷배경을 믿고서 큰소리를 치다 결국 실형을 선고받았다. 그의 마음 같아서는 사형을 시켜도 부족한 인간쓰레기였다.

"우리가 들어가기 전에 하빈이 달아나려는 시도를 했던지, 마약에 취한 두목이 화가 나 칼을 휘둘렀다고 하더군."

산은 첨부되어 있는 병원 기록을 보고 있었다. 폐와 내부 장기에까지 이른 자상과 그로 인한 과다 출혈, 전신 타박상에 강간으로 인한 자궁 외상 출혈. 그녀는 거의 두 달 가까이 중환자실에 누워 있었던 것으로 나와 있었다. 게다가 정신과 치료를 받은 진단서도 여러 장 있었다. 그러나 한철호의 애기는 거기에서 끝나지 않았다. 보고서를 나열하듯 담담하던 목소리가 약간 거칠어졌다.

"하지만 하빈의 납치와 강간 건은 놈의 형량에 들어가지 않았네. 놈의 대단한 집안에서 하빈의 부모에게 대가를 지불하면서 입을 막아 버렸으니까."

뚫어져라 노트북 화면만 보고 있던 산의 고개가 스윽 위로 올라왔다. 믿을 수 없다는 눈빛을 하고서.

"이 세상의 부모가 모두 자식을 사랑하고 아끼는 것은 아니라지만, 어떻게 다친 자식을 팔아 자신들의 뱃속을 채우는지!"

한철호는 범인보다 하빈의 부모들이 더 악랄하다고 여겼다.

그의 목소리가 점점 더 거칠고 격앙되었다. 부리부리한 눈동자
에 혐오와 풀지 못한 분노가 이글거렸다.

"그럼 하빈을 제대로 잘 돌보든가! 돈과 지위를 얻기 위해 팔
아 버린 딸은 부끄러워했어. 마치 하빈의 잘못인 것처럼! 그들은
하빈을 버렸네. 병원에 입원만 시키고서는 돌아보지도 않았어."

의식을 회복하고 부모를 찾던 아이의 눈을 기억했다. 인생에
서 제일 행복하고 자유를 만끽해야 할 눈동자가 만신창이가 되
어 울고 있었다.

"나는 지금도 생각한다네. 내가 조금만 빨리 놈을 잡았더라
면, 그런 일은 일어나지 않았을 거라고."

그것은 부질없는 후회였다. 하지만 쓴물처럼 되새김질되어
그를 괴롭히는 죄책감이었다.

"병원에서 하빈은 여러 번 자살을 시도했지. 병원에서는 부
모에게 연락을 했지만, 오질 않았어. 그래서 내게 연락이 닿았
고. 그 아일 일으켜 세울 다른 뭔가가 필요했네. 악몽과 죽음을
떨칠 수 있는 방법이……."

"그게 특무국의 요원이 되는 것이었습니까?"

산의 무심한 음성이 무거운 공기를 서늘하게 만들었다.

"하빈은 과거를 지워 달라고 하더군. 그런 경우는 원래 새로
운 이력을 만들어야 했지만, 그것도 원치 않았네. 그 아인 그걸
속으로 끌어안고서는 스스로를 죽이고 있는 거네. 스스로를 망
가뜨리고 있는 거야. 그 상처를 극복하지 못한 거지. 마치 자신
에 대한 화풀이처럼, 스스로를 벌주는 것처럼 남자들에게 자신
을 던지기 시작했어."

잠시 말을 멈춘 한철호가 호랑이처럼 눈을 치켜뜨며 물었다.

"모든 걸 알고 난 지금도 자네의 마음은 변함이 없나?"

원치 않았지만 정신적, 육체적으로 심각한 타격을 입은 여자를 온전하게 받아들일 수 있는 남자는 많지 않았다. 하물며 그 상처들이 아물지 않았음에야…….

"커피는 블랙으로 드십니까?"

뜬금없는 산의 질문에 한철호가 고개를 끄덕였다. 산은 인터폰을 눌러 블랙커피 한 잔과 시럽과 우유를 넣은 커피 한 잔을 가져오라고 했다.

차를 들고 들어온 사람은 리강과 진옌이었다. 전원도 꺼지지 않은 노트북을 닫으며 산이 메모리 카드를 뽑았다.

"아니. 블랙커피는 한 국장님에게 드리고 다른 잔을 내게 줘."

항상 깔끔한 블랙만을 마시던 산의 취향을 알기에 잔을 내려놓는 리강과 진옌이 고개를 갸웃거렸다. 하지만 등골이 섬뜩할 정도로 시린 분위기에 선뜻 묻기도 힘들었다.

우유가 섞인 커피는 색이 탁했다. 산이 메모리 카드를 올려 둔 손바닥을 옆으로 뒤집었다. 작은 메모리 카드가 커피 잔에 퐁 빠졌다. 바닥에 가라앉은 듯 희뿌연 색에 가려 보이지도 않았다.

"이게 제 대답입니다. 마음에 드십니까?"

감정이 실려 있지 않지만, 묘하게 여운을 남기는 말투였다. 한철호는 만족스런 미소를 지으며 자신의 커피 잔을 들었다.

"이 정보는 존재하지 않는 겁니다."

"그 어디에도 있었던 적이 없는 거지."

두 사람은 같은 결론을 내렸다. 남아 있어 봐야 좋을 것이 없는 정보였다. 이대로 영원히 폐기되는 것이 좋다. 설탕과 우유가 섞인 액체에 젖은 메모리 카드는 재생 불가능할 테니까.

산은 메모리 카드가 든 입도 대지 않은 커피 잔을 진옌에게 내밀었다.

"가져가서 완전히 폐기하도록 해. 안에 든 정보를 확인할 생각은 하지도 말고, 산산조각 내버리도록."

"……네, 헤이싱 님."

커피 잔을 받은 진옌은 반문도 하지 못했다. 음성에 침착함이 묻어 있지만, 산이 엄청나게 분노하고 있다는 것을 느꼈다. 눈빛으로 던지는 경고만으로도 몸이 저절로 경직되었다. 따로 빼돌려 알아낼 생각은 하지도 말라는 뜻이었다. 아무리 궁금해도 시도해서는 안 된다.

진옌과 리강은 커피 잔을 잠시 뚫어져라 쳐다봤다. 대체 이 메모리 카드에 든 정보가 뭐기에……? 하빈 양이 특무국의 요원이라는 것 외에 달리 뭔가가 있나. 궁금해 머리가 터질 것 같았다. 진옌이 눈짓으로 리강에게 물었다. 리강도 열어 보고 싶은 눈치였다.

다시 살리려고만 한다면 전부는 아니더라도 일부분이나마 건질 수 있을지도……. 그러나 리강은 간신히 유혹을 물리쳤다. 이전의 실수만 아니었다면 미친 척하고 시도해 볼 텐데…….

산은 자꾸 힘이 들어가는 손을 억지로 폈다. 화면에 떴던 사진들은 모두 그의 머릿속에 담겨져 있었다. 병원의 진료 기록과 하빈의 부모들에 대한 자료들, 하빈을 그렇게 만든 놈의 자료까지. 산의 눈빛이 더욱 서늘해졌다. 주변의 기온이 바닥으로 내려갔다.

'예상했던 것보다 몇 배는 더 나쁜…….'

"들어온 정보가 있나?"

"충돌 사고를 본 목격자가 있었습니다. 시간이랑 차량에 대해 알아보고 있으니 조만간 다른 정보가 들어올 겁니다."

"서둘러! 조금이라도 더!"

다그치는 산의 음성이 미세하게 흔들렸다. 지금 흔들려서는 안 된다. 그녀를 찾을 때까지는 어떤 일이 있더라도 머리를 차갑게 유지해야 한다. 아드레날린이 혈관 속을 내달리고 있었다. 터질 것만 같은 심장이 차가운 피를 콸콸 쏟아 냈다. 분노는 그녀를 찾은 다음에…….

그녀가 보고 싶었다. 그녀를 안고 위로하고 싶었다. 이제는 안전하다고 속삭여 주고 싶었다.

빈, 하빈.

지금 네가 앞에 있다면 네가 지겹다고 할 때까지 사랑한다고 말해 줄 텐데……. 사랑해. 그러니까 제발 무사해 줘. 내가 널 안을 수 있을 때까지. 다시 한 번 사진에서처럼 그녀가 다친다면 상대가 누구든 가만두지 않을 테다.

절박하고 냉혹한 맹세가 핏줄 아래 새겨졌다.

트렁크의 문이 열렸다. 차갑고 눅눅한 공기가 덮쳤다. 밤이라는 걸 인식할 겨를도 없이 남자의 손에 붙잡혀 강제로 끌려 나갔다. 좁은 장소에서 한 자세로 오랫동안 있었던 하빈이 다리에 힘을 잃고 비틀거렸다. 그러나 갈고리처럼 팔뚝을 움켜잡은 남자는 인정사정없이 그녀를 질질 끌었다.

도시의 매연 냄새에 짙은 산 냄새가 섞여 있다. 얼굴에 닿는 습기 찬 공기. 밤안개가 어릿하게 깔려 으스스한 분위기를 연출했다.

'어디지?'

밤이라 눈에 띄는 건물도 없고, 주변을 둘러볼 겨를도 없었다.

하빈은 오래되어 침침한, 붉은 등이 켜져 있는 커다란 창고로 끌려갔다. 뒤로 문이 닫히자, 그제야 해파리처럼 달라붙어 있던 남자의 손이 떨어졌다.

하빈은 다리에 힘을 줘 버텨 섰다. 예상치 못했던 얼굴이 주황빛 등 아래에서 그녀를 기다리고 있었다. 리우다밍劉大明이 히죽 웃자, 뺨에 있던 흉터 자국도 따라 춤을 췄다. 일그러진 화상 자국이 흉측한 괴물 같았다. 쥐처럼 뾰족한 눈동자가 맛난 치즈를 눈앞에 둔 듯 반짝거리며 가까이 다가왔다.

"이거 오랜만이로구먼. 이렇게 얼굴 보기가 힘들어서야 쓰나? 우리 사이에 말이야."

그가 음험한 눈빛으로 그녀를 훑어보았다.

"못 본 사이에 엄청나게 출세를 하셨더구먼. 하긴 원래 비싼 몸들만 상대하기는 했지. 그래도 이번엔 더 대단한 물로 옮겨가는 바람에 모시기가 꽤나 힘들었어. 그나마 링다오領導가 도착하시기 전에 데려왔으니 다행이지."

히죽히죽 웃는 남자의 모습이 서커스단의 피에로처럼 기괴했다. 이자들이 링다오라고 부르는 자는 장팅펑뿐이다.

리우다밍이 앞으로 흘러내린 하빈의 머리카락을 손가락으로 감으며 친절하게 가르쳐 줬다.

"오늘 새벽에 탈옥하셔서 지금 이쪽으로 오시는 중이지. 교도소에서도 내내 널 그리워하셨거든. 널 찾기만 하면 절대로 가만두지 않는다고 말이야. 그래서 내가 링다오에게 드릴 특별 선물로 널 준비한 거야. 출옥하신 링다오에게 이보다 더 큰 선물이 어디 있겠냔 말이야."

바짝 얼굴을 붙인 리우다밍의 눈동자가 잔인한 희열로 반짝거렸다. 그는 이 계집이 처음부터 마음에 들지 않았다. 요사스런 몸짓과 분위기에 난잡한 관계까지도. 결정적으로 정보를 공안들에게 넘겨 조직을 와해될 지경에 빠트렸다. 살아 있는 채로 살을 자근자근 발라내 물고기 먹이로 줘도 속이 시원하게 풀리지 않을 것이다.

불안과 공포에 떨어라.

엎드려 살려 달라고 빌어라.

"기대하라고. 링다오 다음에는 내가 널 가르칠 테니까."

위협에도 하빈의 차가운 무심함은 미동하지 않았다. 리우다밍의 흉터가 크게 일그러졌다.

쫙!

뺨이 돌아갔다. 입술이 터진 듯 떫은 쇠 맛이 났다.

혀로 상처를 핥은 하빈은 왠지 웃음이 났다. 어쩐지 묘한 데자뷔가 느껴져 오싹 소름이 돋았다. 납치를 당한 적은 많지만, 지금처럼 그때와 똑같은 경우는 처음이다. 납치에 감금, 폭력과 협박.

하빈은 기다렸다. 손발이 굳고 심장이 미칠 듯이 뛰기를, 공포와 두려움에 먹혀 도망치기만 바라기를.

그러나 시간이 지나도 나타나는 것은 아무것도 없었다. 손을 날리는 리우다밍의 위협을 들어도 아무렇지 않았다. 그의 위협은 말로만 끝나지 않을 것이다. 그가 자신만만하게 말하는 가르침이란……. 게다가 장팅펑의 잔혹함은 리우다밍보다 더하지 않은가.

그런데도 심장이 담담했다. 머릿속은 차가운 이성으로 상황을 재고 있었다. 이대로 그들의 손에 죽어 줄 것인가. 그들이라면 거리낌 없이 그녀를 처리할 것이다. 그러면 될까. 여기서 끝내는 것으로……?

심연처럼 검은 눈동자가 흐릿한 불빛을 받아 불안하게 일렁거렸다.

15.

"찾았습니다, 회장님!"

목격자의 진술로 차량을 추적했다. 그들이 탄 비행기의 이착
륙 기록을 확인했지만, 그 뒤부터가 문제였다. 결국 장팅펑의 조
직원들을 찾는 쪽으로 수사 방향을 선회했다. 자정을 넘긴 지 한
참 지났지만, 화롄 건물의 상층부는 불이 환하게 들어와 있었다.

"장팅펑의 오른팔인 리우다밍이 쓰촨四川 청두成都에 있답니
다. 청두의 바비 클럽이 리우다밍의 소유랍니다."

청두에서 제일 유명한 나이트클럽이다. 서부 개발 붐으로 집
중적인 혜택을 받고 있는 도시 중 하나가 청두였다. 따로 손을
쓴 위선이 알려 준 정보였다.

세진이 휴대폰의 버튼을 눌렀다.

"틀림없이 장팅펑도 청두로 향하고 있을 겁니다. 아니면 이

미 도착했을 수도 있고요."

세진은 당장 청두로 움직일 수 있는 요원이 있는지 연락을 취했다. 한철호도 옆에서 동시에 공안에 연락했다. 공안에게 정보를 주면서 함께 움직이고 싶다는 의사를 타진해야 한다.

"대한민국 땅이라면 이런 제약 따위 받지 않을 텐데……."

한철호는 지겨울 정도로 긴 전화 신호를 들으며 못마땅하다는 듯 투덜거렸다. 중화中華라며 어깨에 힘을 주는 작자들의 꼬락서니가 불쾌했기 때문이다.

"어서 비행기를 준비해. 공항으로 가자마자 이륙할 수 있도록."

산의 명령에 진옌이 즉각 휴대폰을 꺼냈다. 상하이에서 청두까지 비행기로 두 시간이면 충분하니까…….

순간, 사무실에 있던 사람들 모두 미세한 흔들림을 느꼈다. 산은 미미한 진동에 창밖을 봤다. 다른 사람들의 표정들도 굳어졌다. 언제 나타났냐는 듯 사라져 버린 미동. 불길한 느낌이 들었다.

"뭐지? ……뭐야?"

진옌이 휴대폰을 들고서 주변을 두리번거렸다.

"뭣? 언제 말이오? 피해 상황은? 공항이 폐쇄? 베이징에서도 느꼈단 말이오?"

모두의 이목이 한철호에게 집중됐다. 전화를 끊은 그의 얼굴이 무섭게 굳어져 있었다. 긴장, 불안, 초조, 두려움이 휙휙 지나갔다.

모두 하던 일을 중단하고 그의 말을 기다렸다.

"방금 쓰촨에서 진도 8의 지진이 발생했다고 하네."

“네?”

모두 깜짝 놀랐다. 그럼 방금 느꼈던 진동이?

“쓰촨의 청두는 물론이고 인근의 충칭重慶 같은 대도시들 또한 피해가 큰 것 같아. 아직 정확한 피해 상황은 파악하지 못했지만 방금 우리들이 느꼈을 정도면……. 청두의 국제공항이 폐쇄되었다고 하는군.”

산이 버럭 소리쳤다.

“당장 차를 준비해! 공항으로 간다!”

“안 됩니다, 회장님!”

리강이 앞을 막아섰다.

“위험합니다! 지진이 발생했다면, 아직 여진이 남아 있을지도 모릅니다. 언제 다시 지진이 덮칠지 알 수 없습니다!”

“리강의 말이 맞습니다. 헤이싱 님께서 직접 가신다는 건 너무 위험합니다. 차라리 저만 가겠습니다. 제가 가서 상황을 보고 연락드리겠습니다.”

진옌도 고개를 저으며 거들었다. 리강의 말이 백 번, 천 번 옳았다. 그러나 산의 귀에는 아무것도 들리지 않았다.

청두에 지진 발생. 청두에 지진…….

하빈이 청두에 있다.

지진 속에…….

“차를 현관에 대기시켜!”

“회장님!”

“헤이싱 님!”

진옌과 리강은 산의 바짓가랑이라도 잡을 기세였다. 그러나 그들보다 산의 기세가 더 압도적이었다. 계속 말린다면 두들겨 패서라도 치워 버리겠다는 듯한 살벌한 위압감. 결국 진옌과 리강도 함께 나섰다.

산과 어깨를 나란히 한 한철호의 뒤쪽으로 세진이 따랐다. 지진에 대한 정보를 얻으려는 듯 통화 상대가 계속 달라졌다. 표정이 사라진 얼굴은 통화를 하면 할수록 창백해졌다.

"청두의 국제공항은 폐쇄됐고, 다른 작은 비행장도 사정은 비슷할 걸세. 아무래도 쿤밍昆明에서 차나 헬기로 가야 할 거야."

듣고 있던 진옌이 교통수단을 준비하기 위해 움직였다. 통화를 하고 있던 세진이 말했다.

"청두와 충칭에 통행금지령이 내려졌답니다. 특수 경찰들이 경계선을 치고 보초를 서고 있다는 정보입니다. 차량 자체가 들어갈 수 없답니다."

다들 아연해졌다. 대체 피해가 어느 정도이기에? 진도 8이라는 숫자 개념이 현실적으로 다가오지 않았다.

전용기의 기내에서 산은 작은 창 너머의 밤하늘만을 무섭게 응시했다.

납치, 지진, 하빈……. 하빈, 납치, 지진…….

비행기의 속도가 너무 느린 듯해 속이 탔다. 납치당했다는 소리를 들었을 때보다 더 큰 두려움. 지진이라는 자연재해는 사람을 고르지 않고 덮친다. 건물 더미에 깔려 있는 하빈의 모습이 떠올라 눈을 감았다.

지진에 대한 정보가 속속 들어왔다. 아직 언론에도 나가지 못한 정보들이 실시간으로 들어왔다. 청두가 있는 쓰촨 지역에 짙은 안개와 내리는 비 때문에 구조 작업은 생각도 못하고 있는 듯 했다. 통신은 불통 상태고, 단수, 단전. 위성사진으로 봤을 때 제대로 남아 있는 건물들이 없다고 한다. 사망자 수가 빠르게 늘 어 가고 있었고, 부상자는 그보다 더 많았다. 그리고 시간이 지 날수록 더 늘어날 것이다. 백 년 만에 덮친 최악의 대지진이다. 그리고 그 한복판에 하빈이 있었다.

알록달록한 화려한 네온사인이 반짝이는 바비 클럽의 뒤 건 물로 두 대의 시커먼 승용차가 들어갔다. 앞차를 호위하듯 따르 던 차에서 우르르 내린 건장한 남자들이 주변을 살폈다.

차에서 내린 장팅펑은 목을 돌리며 뻐근한 몸을 풀었다. 예상 외로 선양을 나오는 데 시간이 너무 많이 걸렸다. 비상이 떨어져 도로마다 검문소가 세워지고, 공항에도 수색대가 설치되어 느 슨해질 때까지 기다릴 수밖에 없었다. 선양만 벗어나면, 그다음 은 무서울 것이 없었다.

클럽의 숙소 겸 창고로 쓰이는 건물로 들어가며 물었다.

"다밍은?"

"도착해서 링다오를 기다리고 있답니다."

"그래? 하긴 우리가 너무 늦긴 했지."

의기양양하던 목소리로 리우다밍이 목적을 달성했다고 보고 했지.

장팅펑의 눈빛이 살벌해졌다. 깜찍하게 자신을 팔아넘긴 계집의 낯짝을 이제야 보게 된 것이다.

문 앞을 지키고 있어야 할 부하가 보이지 않았다.

"뭐야? 어째서 한 놈도 안 보이는 거야?"

"리우 부두목과 함께 안에 있는 모양입니다."

"쯧!"

장팅펑이 못마땅한 듯 혀를 찼다.

"설마, 나보다 먼저 손댄 것은 아니겠지?"

"그럴 리가 있겠습니까? 링다오의 몫이라는 걸 누구보다 리우 부두목이 더 잘 알고 있습니다."

장팅펑이 고개를 끄덕였다. 앞서 가던 부하가 문의 손잡이를 돌렸다. 잠그지도 않았는지 매끄럽게 돌아갔다. 문을 여는 순간 그들은 코를 찌르는 듯한 피 냄새를 맡았다. 부하들이 허리춤에서 총을 꺼냈다.

더운 역한 피비린내.

흥건한 피 웅덩이 한가운데에 하빈이 앉아 있었다. 멍하니 허공을 바라보는 초점 없는 눈동자. 검붉은색으로 물든 흰 원피스. 귀신처럼 핏기 없는 새하얀 얼굴.

총구를 겨누고 안으로 들어가던 부하들의 발걸음이 멈칫했다. 섬뜩한 공포가 그들을 두들겼다. 눈도 감지 못한 채 죽어 있는 동료들의 모습이 공포심을 부채질했다.

"링다오!"

장팅펑이 부하가 가리키는 곳을 봤다. 리우다밍이 흰 거품을 문 채 죽어 있었다. 녀석의 아랫배가 가로로 갈라져 내장이 삐죽 보이고 있었다. 예리한 칼질. 다른 녀석들도 비슷했다. 칼에 목이 그이고 찔린 흔적들이 보였다.

하빈의 오른손에 눈에 익은 헌팅 나이프가 들려 있었다. 시퍼렇게 살아 있는 날 끝에서 피가 한 방울씩 똑똑 떨어지고 있었다.

장팅펑은 그것이 리우다밍이 예비로 허리춤에 차고 다니던 헌팅 나이프라는 것을 알았다. 총은 빼 보지도 못하고 당한 건가? 고개를 길게 빼 내밀던 장팅펑이 슬금슬금 안으로 들어갔다. 병신 같은 새끼!

"위험합니다, 링다오!"

장팅펑이 손가락으로 하빈을 한 번 가리키고서는 자신의 머리를 총으로 쏘는 시늉을 했다. 수상한 움직임을 보이면 즉각 쏴 버리라는 신호였다. 총구를 겨눈 부하들의 눈빛이 날카로워졌다.

하빈의 앞에 멈춰 서서 구둣발 끝으로 툭툭 쳤다. 흐릿한 눈동자가 미동도 하지 않았다.

"완전 맛이 갔구먼. 어떻게 다뤘기에 이 꼴이야?"

하기야, 원래 제정신이라고 보기에는 문제가 있는 년이었지. 그래도 몸 하나만은 끝내 주는 물건이었다. 그러니 화롄의 헤이싱을 물었겠지.

저열한 질투심이 올라왔다. 장팅펑이 눈을 가늘게 뜨며 하빈을 요리조리 살폈다. 창백한 안색이야 원래 그랬지만, 흰 옷 색깔 때문에 더 그런 건가.

"무슨 심경의 변화가 생긴 거냐? 주야장천 검은색만 껴입던 년이 하얀색을 입고 있으니."

흰 원피스 천 위로 피가 튀어 커다랗고 붉은 꽃송이들이 점점이 매달려 있는 듯했다.

“이러면 재미가 없어지는데…….”

고문도 당하는 자가 인식할 수 있어야 할 맛이 나는 것이다. 일부러 미친 척 쇼를 하고 있는 거 아냐? 장팅펑은 리우다밍의 죽음에 대해서는 신경 쓰지 않았다. 오히려 마음속으로는 잘된 일이라고 여겼다. 그가 감옥에 간 사이 리우다밍의 세력이 커져 어떻게 하나 고민하던 참이었다. 깨끗하게 처리가 되었으니, 오히려 박수를 칠 일이었다.

장팅펑이 구둣발로 주저앉아 있는 하빈의 다리를 으스러지게 밟았다. 아프다는 소리까지는 아니더라도 최소한 손끝은 움직여야 했다. 그러나 뼈가 바스라질 정도로 눌렀는데도, 그녀는 인형처럼 꼼짝하지 않았다. 눈도 깜박이지 않고 있었다. 무반응에 심통이 난 장팅펑이 축구공을 차듯 하빈을 발로 찼다. 하빈이 허리를 앞으로 꺾으며 뒤로 굴러갔다. 붉은 얼룩이 진 바닥에 몸을 웅크린 채 누운 하빈은 신음 소리도 내지 않았다.

“멍청한 년!”

장팅펑은 욕설을 내뱉었다. 얌전히만 있었어도, 저도 나도 이런 꼴 안 보고 편안하게 지냈을 것이 아닌가.

“반쯤 정신 나간 척 굴던 것도 다 쇼였어. 그렇지? 내 관심을 끌고 방심하도록 말이야. 내 곁에 붙어 있으면서 들었던 연락책들과 무기 거래 일자들을 모두 공안에 알려 준 네 덕택에 지금 내가 이 모양, 이 꼴로 전락한 거라고.”

얼굴을 야차夜叉처럼 일그러뜨린 그가 부하에게서 총을 낚아챘다. 쓸데없이 시간을 질질 끄는 것보다 한 방에 끝내는 것이 좋을지도 모른다. 갚아 줘야 할 상대가 이년만 있는 것도 아니고……. 그리고 오래 데리고 있을 수도 없었다.

오면서 들은 정보로는 이 계집에게 정신 나간 놈이 뒤를 캐고 있다고 한다. 그가 잡혀 들어간 사이 자신의 자리를 차지한 놈. 총부리로 핏자국이 묻어 있는 턱을 치켜들었다. 새하얀 얼굴에 몽환적인 눈빛이 그의 시야에 들어왔다. 장팅펑은 새삼 숨을 죽이며 마른침을 삼켰다. 나른하게 풀어진 눈빛이 그를 유혹하고 있었다.

'안 돼. 이럴 시간 없어.'

장팅펑은 속으로 안 된다고 중얼거리면서도 총부리를 떼지 못했다. 맨살을 느끼고 싶은 욕구에 총부리를 치우고 손을 내밀었다. 매끄러운 살결의 감촉이 황홀했다.

젠장! 섹스를 안 한 지 너무 오래됐다. 그동안 풀지 못했던 욕구가 거품처럼 부글부글 끓어올라 장팅펑은 하빈의 원피스 옷깃을 거칠게 잡아 뜯었다.

천이 찢어지는 소리에 하빈의 풀려 있던 눈빛이 흔들렸다. 정신이 돌아오듯 흐릿하던 눈동자가 조금씩 맑아졌다.

왜……?

처음에는 무슨 일이 벌어졌는지 헤매다 비린 피 냄새에 기억이 났다.

그래, 리우다밍. 그자가…… 버릇을 가르친다며 다가왔지. 힘없이 딸려 온 여자라고 방심하고 다가왔다. 단추를 푼 양복의 바지춤 사이로 늘 차고 다니는 나이프가 눈에 들어왔다. 언제 손이 움직였는지 모르겠다. 감지할 수 있었던 것은 뜨거운 피 냄새와 비명 소리, 달려들던 부하들이 내지르던 괴성뿐이었다. 붉은 피에 취해 나이프를 휘둘렀다. 반은 본능적이고, 반은 훈련 학습으로 나온 움직임으로……. 그다음은…… 기억이 잘 나지 않았다.

장팅펑이 달아오른 눈을 하고 찢어진 옷 사이로 드러난 젖가슴을 쳐다봤다.

"감옥에 있으면서 가끔 네 몸뚱이가 생각났지. 지금까지 만난 계집들 중에서 너랑 한 섹스가 가장 뜨거웠거든."

장팅펑은 손을 뻗어 브래지어에 가려져 있는 젖가슴을 주물럭거렸다.

"그러니 화렌의 류 회장도 기를 쓰고 널 찾으려고 하는 거겠지."

류 회장이라는 단어가 하빈의 정신을 깨웠다.

화렌의 류 회장. 산이 날 찾고 있다? 어째서……? 떠난 줄 아는 것으로 끝난 사이가 아니었던가?

'절대로 내가 이 손을 놓는 일은 없을 거야.'

산이 그녀의 손을 잡으면서 했던 말이 떠올랐다. 허튼소리를 하지 않는 남자가 한 약속이다.

그가 날 찾아? 지금도 찾고 있다?

커다란 둔기에 머리를 맞은 듯 정신이 아찔해졌다. 굳어 가던 혈관에 아드레날린이 폭주하듯 몸이 깨어났다. 산을 만나야 했다. 그가 보고 싶다는 막연한 감정이 만나야만 한다는 다짐으로 바뀌었다. 만나서 어떻게 해야 한다는 생각도 없었다. 단지 보고 싶었다.

하빈의 입술이 파르르 떨렸다. 보이지 않는 그의 따듯한 온기가 그녀를 에워싸는 듯해 가슴이 뛰었다. 누군가를 이렇게 보고 싶어 한 적이 있었던가.

그러다 미미하게 눈가를 일그러뜨렸다. 그때, 딱 한 번 있었던 것 같다. 아무것도 모르던 시절, 그저 마음속으로 엄마와 아빠를 가슴이 터져 나가라 소리 없이 불렀다. 자신을 구해 줄 누군가가 나타나기만을…….

산……!

산!

당신은 나를 보고 어떤 표정을 지을까? 어떤 마음으로 날 찾고 있는 걸까?

이제는 구해 주길 기다릴 만큼 무력하지 않았다. 뿌리치고 찾아갈 힘이 있었다. 그를 찾아가면…….

가슴속에서 뒤엉켜 있는 혼란한 심정과 달리 하빈은 그녀의 몸을 제 것처럼 주물럭대는 장팅펑의 손길에도 반응하지 않았다. 대신 나이프를 쥐고 있던 손이 가볍게 움직였다.

"컥!"

총을 들고 있던 부하의 입에서 짧은 비명이 터져 나왔다. 믿을 수 없다는 눈빛으로 자신의 배를 내려다봤다. 나이프가 꽂혀 손잡이만 볼록하니 나와 있었다.

"이……!"

경악한 장팅펑이 고함을 내지르려고 할 때였다. 주저앉아 있던 하빈이 번개처럼 몸을 일으켜 장팅펑의 목을 휘어 감았다. 저항할 겨를도 주지 않은 채, 한 팔로 목을 죄고, 다른 한 손으로 총을 뺏었다.

"링다오!"

탕!

제압한 장팅펑을 방패 삼아 총을 쐈다.

탕! 탕!

작은 창고에 총소리가 요란하게 울렸다. 놀라 창고 안으로 뛰어 들어오던 부하들도 붙들려 있는 장팅펑을 보고 흠칫했고, 하빈은 그 순간을 놓치지 않았다. 연달아 총구에서 섬광이 튀었다. 바닥에 쓰러진 시체들의 숫자가 늘어났다.

"큭!"

목이 졸린 장팅펑이 괴로운 신음성을 토해 냈다. 금방이라도 뿌리칠 수 있을 듯한 가녀린 팔인데도 힘이 엄청났다. 한 방에 한 명. 정확한 사격 실력에 그는 경악했다. 흔들리지 않는 총구. 침착하다 못해 차분하기까지 한 사격. 목을 죄고 있던 팔이 느슨해지자, 장팅펑은 앞으로 구르듯이 몸을 숙였다. 뒤돌아보자 하빈이 총을 겨누고 있었다. 장팅펑은 눈을 깜박거렸다. 틀림없이 같은 여자인데도, 조금 전과 분위기가 달랐다.

이런 여자였던가.

백치미를 풀풀 날리며 정신을 놓고 있던 여자가 또렷한 눈으로 총을 들고 있었다. 맑게 갠 밤하늘처럼 명료한 눈빛이었다.

"하, 하빈……."

"난 이 세상에서 너 같은 인간이 제일 싫어."

총을 본 장팅펑의 얼굴이 파랗게 질렸다.

"이, 이봐! 그래도 함께 보낸 정이 있는데……."

"그래서? 그런 정이 있어 넌 날 죽일 생각이었나? 어째서 세상에는 너 같은 인간들이 발에 차일 정도로 많을까? 정말 더러운 세상이야, 그렇지? 그러니까 더욱 열심히 청소를 해야겠지. 너 같은 바퀴벌레에게 걸려 망가지는 사람이 없도록 말이야."

하빈은 망설이지 않고 방아쇠를 당겼다.

창고를 나오는 순간 하빈이 무릎이 꺾이며 주저앉을 뻔했다. 벽을 짚으며 일어선 그녀는 다리에 단단히 힘을 줬다. 아직은 쓰러질 때가 아니다. 벽에 몸을 기대며 한 걸음씩 걸을 때였다.

크르릉!

건물이 좌우로 흔들렸다.

하빈이 흠칫 몸을 떨며 머리를 치켜들었다.

콰콰쾅! 쾅쾅쾅!

소리가 더 커졌다. 좌우로 흔들리던 건물이 이번에는 아래위로 흔들렸다. 쩍쩍 갈라지는 소리가 났다.

"지진이다!"

밖에서 사람들이 내지르는 비명 소리가 들려왔다.

지진?

지진이라고!

쾅!

부서진 천장의 돌덩이들이 폭탄처럼 아래로 투하되었다. 희뿌연 자갈과 먼지들. 그 사이에 석상처럼 굳어진 하빈이 서 있었다.

길이, 도로가 뚝뚝 끊어지고 있었다. 푹푹 꺼지는 땅. 도미노처럼 무너지는 집과 건물들. 산이 동강 나고 강이 범람했다. 마치 영화의 한 장면 같았다. 추적추적한 안개비가 내리는 풍경 속에서 도시가 굉음을 내며 부서지고 있었다.

간신히 쿤밍에서 헬기를 띄울 수 있었다. 안개가 심한 데다 비까지 와 헬기를 띄우기가 힘들다는 말에 다들 발을 동동 굴렀다. 게다가 민간인을 안으로 들일 수 없다는 재난 통제구역 책임자의 말을 듣자마자 산과 한철호는 가지고 있는 모든 라인을 동원했다. 류 노회장도 베이징에 있는 인사들을 움직이기 위해 전화 중이었고, 한철호도 중앙 정부에 알고 있는 인맥을 찾았다. 여진이 멈추자마자 화렌 그룹이 재해 복구를 대대적으로 지원하겠다는 약속도 들어갔다.

타타타타타!

헬기의 프로펠러 소리가 밤하늘을 갈랐다. 아직도 가는 비가 내리고 있었지만, 안개가 걷혀 그나마 다행이었다.

"맙소사!"

직접 헬기를 조정하고 있던 진옌이 아래를 보고 탄식했다. 헬기에 달려 있는 헤드라이트가 지진이 휩쓸고 지나간 처참한 흔적을 보여 줬다.

완벽한 폐허였다. 쓰레기 더미들이 수북이 쌓여 있는 것 같았다. 건물 밖으로 도망 나온 사람들이 불빛을 보고 구해 달라는 듯 손을 마구 흔들었다.

리강이 말했다.

"생각했던 것보다 상황이 더 좋지 않습니다, 회장님. 이대로는 언제 구조 작업이 개시될지 알 수 없어요."

매몰된 사람들을 구하기 위해서는 인력도 인력이지만, 굴착

기나 다른 장비가 필요했다.

"도로가 끊어져서 사람도, 장비도 들어오기가 힘들 것 같습니다."

세진이 초조하게 중얼거렸다.

"군부대를 움직여서 당장 움직일 수 있는 헬기들을 띄우는 수밖에. 그리고 최대한 빨리 길을 복구하도록 재촉해! 우리가 동원할 수 있는 헬기들로 지원 가능한 장비들과 사람들을 구해서 보내라고 해! 바비 클럽이 있던 장소부터 뒤질 테니까, 당장 필요한 것들을 챙겨서 그곳으로 오라고 해!"

이기적이라고 해도 좋았다. 그에게는 여기저기 신음하고 있는 부상자들보다 하빈이 더 중요했다. 다른 사람을 구하는 것보다 하빈을 찾는 일이 더 급했다.

부슬부슬 떨어지는 돌먼지가 하빈의 뺨을 긁었다. 정신을 잃은 채 굳게 닫혀 있던 눈꺼풀이 흔들리며 천천히 열렸다. 하빈은 휘어진 철근이 위험하게 삐죽 튀어나와 있는 것을 봤다. 저게 내리꽂혔다면…….

연상되는 아찔한 장면에 그녀는 눈을 깜박이며 정신을 차리려고 애썼다. 코끝을 간질이는 먼지 더미에 재채기가 나왔다.

"에취! 에취!"

습관적으로 등을 숙이다 다리가 꼼짝도 하지 않는 것을 알았다. 무너진 돌무더기에 발이 끼인 듯했다. 성급하게 발을 빼려고 하지 않았다. 고개를 돌려 사방을 살펴본 하빈은 힘없이 머리를 뒤로 떨어트렸다. 코앞도 제대로 볼 수 없을 정도로 깜깜했지만, 어둠에 눈이 익숙해지자 미약하게나마 사물을 확인할 수 있었다. 간신히 사람 하나가 누워 있을 만한 공간 속에 맞추기라도 한 듯 끼여 있는 형상이었다. 섣불리 잘못 움직이면 얼굴 위에 있는 돌덩이와 자재 더미들이 우르르 쏟아져 내릴 것이다.

하빈은 천천히 숨을 들이쉬었다 내쉬었다. 숨을 쉬는 데는 문제가 없었다. 다행이라고 해야 하나.

'이대로 죽는 걸까?'

허탈한 마음이 들었다. 나는 이런 죽음을 바란 걸까.

"어째서…… 지금이지? 왜 내가 욕심을 부린 순간인 거냐고!"

낯선 분노가 치솟았다. 살아서 산을 보고자 했다. 그 욕심을 마음먹자마자, 하늘이 비웃듯 그녀를 지진 속으로 내팽개쳤다. 분노가 지나자 허무와 허탈감이 몰려왔고, 시간이 더 지나자 자포를 불러왔다. 스르륵 내려 감기는 눈꺼풀. 숨소리가 조금씩 약해져 가는 것을 느낄 수 있었다.

이대로 죽는 거구나.

'하빈.'

그녀를 부르는 소리.

'하빈!'

그녀의 잠을 쫓아내는 목소리.

'하루라도 빨리 당신의 악몽이 사라지길.'

이마에 닿던 따뜻한 입술 감촉이 떠올랐다.

'당신의 눈물이 멈추길.'

눈가에 내려앉던 부드러운 숨결이…….

'상처가 아물길.'

하빈이 감은 눈을 떴다. 어린아이처럼 잔뜩 찡그린 얼굴에 괴로움이 가득했다.

"어째서……?"

힘없이 중얼거리는 음성에 자잘한 울음이 묻어 있었다.

그의 목소리가 떨어지지 않았다. 그녀를 안아 위로하던 그의 손길도, 넓은 가슴도……. 애써 외면하고 밀어내던 것들이 밀물처럼 한꺼번에 몰아 덮쳤다. 죽음만을 기다리는 것 외에 아무것도 할 수 없는 지금에서야 말이다.

여진의 위험에도 불구하고 중국 대륙의 각지에서 조직된 구조 의료팀이 지진이 일어난 지역으로 날아왔다. 군부대의 수송 헬기들은 쉴 틈 없이 하늘을 오가며 사람과 구호품들을 날랐다. 지진 난민들에게는 비상식량과 물, 담요가 가장 급했다.

매몰된 사람들을 구하는 것은 시간과의 싸움이었다. 빨리 팔수록 사람들을 구할 수 있는 확률도 늘어난다. 그래서 적외선 탐지기도 동원되었다.

"이쪽보다 저쪽에 묻혀 있는 사람들이 더 많습니다."

리강이 붉게 표시되는 점들이 모여 있는 곳을 가리키며 말했다.

위치상 그들의 눈앞에는 바비 클럽이 있어야 했다. 그러나 지금은 돌과 부서진 자재들이 수북이 쌓인 돌무덤이었다. 산이 미간을 찌푸리며 적외선 탐지기가 받아 화면을 봤다. 앞쪽에 우르르 몰려 있는 붉은 점들. 뒤쪽에 나타난 점들은 그보다 10분의 1밖에 되지 않았다. 어디부터 달려들어야 할까. 인명 구조를 생각한다면 망설일 것도 없이 붉은 점이 모여 있는 곳을 향해 파야 했다.

하빈이 바비 클럽에 끌려갔다는 것만 알고 있으니……. 게다가 아직 장비들이 도착하지 않아 일일이 손으로 부서진 파편들을 옮겨야 했다. 그것도 무너지지 않도록 극도로 조심스럽게.

무너지기 전의 건물 배치도를 보는 사람들 모두 쉽사리 입술을 떼지 못했다. 10층의 클럽 본관과 뒤쪽에 있는 3층짜리의 부속 건물. 리강이 머릿속으로 화면의 붉은 점들과 지도를 매치시켜 보았다.

임시방편으로 마련한 비상등이 제자리에서 부르르 떨었다. 미미하게 울리는 진동. 용트림을 준비하듯 흔들리는 대지. 사람들이 긴장했다. 그러나 곧 잠잠해지자 안도의 한숨을 내쉬었다. 여기서 다시 여진이 온다면, 다들 손도 써 보지 못하고 매몰될 것이기 때문이다.

정전으로 깜깜해진 청두시 여기저기에 비상등이 밝혀지기 시작했다. 부상자와 재난민들이 불빛을 향해 몰려들어 혼란스러워졌다. 산이 있는 쪽으로도 많은 재난민들이 모여들었지만, 리강이 손을 써 의료반에게 향하도록 돌렸다. 도와 달라는 사람들의 목소리가 아직도 메아리치는 듯했다.

"아무래도 사람들이 많이 드나드는 클럽에 납치한 사람을 가둬 두지는 않았을 것 같은데요. 어떻게 생각하십니까?"

"그렇게 보는 게 맞겠지. 사람들 눈을 피해야 할 테니까."

"그럼, 구조팀을 둘로 나눠서 여기와 여기를 중점적으로 파내라고 하겠습니다."

리강이 가리킨 곳은 3층 건물의 중앙 지역과 클럽 본관과 건물의 중간 지점, 이렇게 두 곳이었다.

한철호가 덧붙였다.

"구조한 사람들 중에 장팅펑 무리가 있을 테니까, 특별히 주의해서 작업해야 한다고 일러두게. 만약 여기서 놓치면 언제 다시 붙잡을 수 있을지 기약할 수 없을 테니까."

"장팅펑은 도망가지 않았을까요?"

세진이 폐허 사이로 우르르 몰려다니는 사람들을 보며 물었다. 입고 있는 옷만 걸친 채 빠져나온 사람들이 구조팀을 돕거나 임시로 쳐진 피난 막사로 몰려가고 있었다.

재빨리 움직인 쓰촨성의 특수 경찰과 군인들이 치안을 단속해 다행히도 험한 범죄가 아직 일어나지 않았다. 소소한 시비와 구호품을 뺏기 위한 몸싸움 등이 있기는 했지만.

"도로가 무너져서 차로는 못 움직였을 텐데……."

"어둠 속에서 사람들에게 묻혀 있으면 알기가 힘듭니다. 그걸 이용해서 쉽게 빠져나갔을 수도 있습니다, 국장님."

"특수 경찰에서 청두시 외곽에서부터 나가지 못하도록 통행금지하고 있으니, 그걸 믿는 수밖에. 어쩌면 운이 좋아 녀석이 저 파편 더미들 속에 묻혔을 수도 있고 말이야."

모두 하빈에 대해서는 언급하지 않았다. 갇혀 있는 채로 건물이 무너졌다면, 십중팔구 매몰된 더미 속에 있다는 말. 무사하기는커녕 생존 자체가 희박한 상황. 그러나 그 누구도 거기에 대해서 말하지 않았다. 그저 묵묵히 움직이는 것 외에는.

산은 임시로 설치한 군용 막사에서 나왔다. 부슬비가 조금 굵어졌다. 고개를 뒤로 꺾어 밤하늘을 올려다봤다.

여기서 더 비가 오면 안 되는데……. 만약……. 아니, 아니다. 만약이란 있을 수도 없는 일. 그녀는 살아 있다. 틀림없이 살아 있어.

얼굴과 몸을 두들기는 빗줄기가 산을 재촉했다.

부슬비를 맞으면서 산은 넙적하고 무거운 돌덩이를 치웠다. 날카롭게 갈라진 모서리에 손바닥이 긁혀 껍질이 까였지만, 일을 멈추지 않았다. 한 손이라도 더 거들어야 했다. 산만이 아니었다. 진옌과 리강, 세진과 한철호도 두 팔을 걷어붙이고 나섰다.

노동은 힘들었다. 능률도 적고, 효율도 작다. 기구의 필요성이 절실했다.

"으으……."

간신히 구조한 사람을 임시로 친 막사 안에 눕히는 수밖에 없었다. 구호단체에서 온 의료팀 몇 명이 다친 사람들을 진료했다. 그나마 살아서 구조된 사람들은 운이 좋았다. 한 명, 한 명씩 죽은 채로 발견되는 경우가 늘어나기 시작했다.

벌써 동쪽 하늘이 보랏빛을 띠며 서서히 밝아 오기 시작했다.

"회장님, 잠시라도 좀 쉬시죠."

산이 걱정스러운 리강은 다시 권했다. 돌아가면서 조금씩 앉아 쉬거나, 물을 마시면서 잠시 휴식을 취했지만, 산만은 무너진 쓰레기 더미에서 움직이지 않았다.

리강은 자신의 목을 조르고 싶었다. 이런 일이 터질 줄 알았다면, 결코 하빈을 공항에 내려놓지 않았을 것이다. 벌써 수십 번 되뇌고 있는 말을 다시 토해 낼 수밖에 없었다.

몇 시간째인지 모른다. 산이 식사도 제대로 하지 않은 채 팽팽하게 땅겨진 신경으로 몸을 움직이고 있는 것이.

리강이 초조해 입안이 다 말라 버렸다. 잠시라도 앉아 쉬라고 권했지만, 산은 들은 척도 하지 않았다. 강제로 묶어 놓으면 쉴까.

날이 밝아 오자, 폐허가 된 청두시의 알몸이 적나라하게 나타나기 시작했다. 부서진 성냥갑처럼 폭삭 내려앉은 가옥과 건물들. 내려앉고 솟구친 도로들. 산의 절반이 푹 사라진 곳도 있었다.

산은 생수병을 받아 꿀꺽꿀꺽 마셨다. 비와 땀에 젖은 옷가지가 몸에 달라붙었지만 불편한 줄도 몰랐다. 작은 생수병의 물을 텅 비우고서야 자신이 목이 말랐다는 걸 알았다.

크릉 크릉 크릉.

시끄러운 굴착기 소리와 크레인 소리가 귀를 따갑게 했다. 다행히 새벽녘에 도로가 복구되어 건설 중장비들이 도착해 구조 작업이 한결 빨라졌다. 하지만 무작정 파헤칠 수 없는 탓에 크레인으로 커다란 물건들을 감아올리는 작업과 사람의 수작업이 병행되었다.

"사람을 찾았다!"

시멘트 조각과 철근들이 겹겹이 쌓여 있는 곳을 살펴보던 사람이 소리쳤다.

"시신이다!"

죽었다는 소리에 주변에 있던 사람들의 기운이 한층 더 가라앉았다.

"헤이싱 님, 장팅펑의 시체랍니다."

산은 진옌이 가리키는 쪽을 쳐다봤다. 사람들이 둥글게 모여 허리를 굽히고 있었다. 산은 사람들을 헤치고 다가갔다. 한철호와 세진이 뒤따랐고, 리강이 사람들을 뒤로 물렀다. 진옌은 서둘러 무전기로 공안을 불렀다.

밖으로 끄집어낸 장팅펑의 시체를 산은 단서를 찾는 사람처럼 꼼꼼하게 훑었다. 지진으로 인해 죽은 것이 아니다. 미간에 나 있는 구멍은 그의 죽음이 다른 사람들과 다르다는 것을 말해주고 있었다.

누가 장팅펑을 쐈을까?

산은 마음속에서 떠오르는 한 사람의 이름을 제일 마지막으로 미뤄 뒀다. 설마 강제로 끌려갔던 하빈이……?

산은 화난 눈빛으로 죽은 장팅펑을 봤다. 산 채로 잡았어야 했는데 너무 편하게 죽었다! 그녀를 강제로 납치해 갔으면서, 덜컥 죽은 채 나타나다니. 그녀가 지진에 휩쓸린 것도 모두 이 작자 때문이다. 죽은 시체라 손댈 수 없다는 것이 못내 억울해 산은 눈빛만 무섭게 번득였다.

16.

아침 해가 높이 솟았다. 습기 많은 공기가 우중충하게 매달렸다. 산은 애써 시간을 확인하지 않았다. 확인하면 할수록 불안만 커질 뿐이다. 어제 저녁부터 입에 댄 것이라고는 커피와 생수뿐이라, 리강과 진옌이 옆에서 주먹밥과 샌드위치를 들이밀어 댔다. 한철호와 세진도 체력을 유지하려면 먹어야 한다는 말로 그를 설득해 간신히 커다란 주먹밥 한 개를 넘겼다.

머리와 어깨, 바지에 먼지와 흙탕물이 튀어 얼룩이 져 있었다. 이렇게 엉망인 꼴이 있었나 싶을 정도로 지저분했다. 산이 머리를 털며 자리에서 일어났다. 억지로 끌고 와 앉힌 리강과 진옌이 원한 대로 잠깐이라도 쉬었으니, 다시 가서 파야 한다.

해가 머리 위에 떠올랐을 때쯤 시체 한 구를 추가로 발견했다. 한철호가 얼굴을 보고 신원을 알아봤다. 장팅펑의 오른팔인 리우다밍. 이번 탈옥 사건과 하빈의 납치를 주도한 자. 시체를 바닥에 눕혀 놓고 확인하다 몸에 남아 있는 자상을 본 한철호와 세진의 얼굴색이 확 변했다.

"흐음……."

"이건……."

틀림없는 요선의 솜씨였다. 장팅펑을 죽인 것도 하빈일 거라고 그들은 생각했다. 워낙에 움직이지 않아서 그렇지, 요선의 실력은 최상이라고 할 수 있었다. 그렇기에 천급의 화랑이라는 이름을 유지할 수 있고. 문제는 실력을 발휘하는 경우가 아주 드물다는 것이다. 작전을 수행할 때도 최소한의 범위 내에서 움직이는 그녀였다. 게다가 지금껏 있었던 납치 사건 중에는 한 번도 없었던 일이다.

세진이 낮은 목소리로 중얼거렸다.

〈무슨 일까요?〉

〈글쎄다. 뭔 일인지 모르겠군.〉

한철호도 목소리를 낮춰 말을 받았다.

〈서울로 돌아가셔야 하는 것 아닙니까, 국장님?〉

출장을 핑계로 시간을 빼긴 했지만, 더 이상은 무리였다. 김태수 부국장이 빈자리를 메워 주고 있긴 하지만, 국장인 자신이 아니면 안 되는 일들도 수두룩했다. 만약 요선, 하빈의 일만 아니었다면 그가 직접 중국 땅을 밟는 일도 없었을 것이다. 그저 서울 본부에서 상황을 파악하고 지시를 내리고 있었겠지.

"차, 찾았습니다! 사람입니다! ……여잡니다!"

소리를 듣자마자 산이 한달음에 달려갔다.

"하빈!"

희뿌연 먼지 가루와 흙 얼룩이 묻어 있었지만, 산은 단번에 알아봤다. 무릎을 꿇어 그녀의 목덜미에 손을 댔다. 맥이 약하게 잡혔다. 껍질이 새하얗게 일어난 입술에 말라붙어 있는 피딱지, 부풀어 오른 뺨과 기진한 듯 정신을 잃고 있는 모습에 산의 마음이 다급해졌다.

"산소호흡기를 가져와! 어서!"

그리고 주변에 늘어서 있는 인부들을 다그쳤다.

"조심스럽게 빨리 위에 있는 것들을 치워! 어서 움직이라고!"

산의 지시에 사람들의 움직임이 바빠졌다. 커다란 덩어리들은 멀찍이서 떨어진 크레인이 줄을 내려 옮겼고, 작은 것들은 사람들이 움직였다. 산이 힘을 줘 그녀를 조심스럽게 밖으로 당겨 보았다. 그러나 꽉 끼었는지 끌려 나오지 않았다.

"사장님!"

세진과 한철호가 달려왔다. 숨은 쉬고 있지만, 정확한 상태를 알려면 당장 병원으로 옮겨야 했다. 리강이 가져온 산소호흡기를 하빈에게 달았다. 산이 하빈의 얼굴을 쓸어내렸다. 얼마나 지났을까. 간신히 하빈을 묻힌 곳에서 빼낼 수 있었다. 산이 하빈을 두 팔로 안아 들었다.

"헬기가 준비되어 있습니다."

그들이 타고 왔던 헬기는 사람들과 장비를 나르라고 보내 버렸다. 한 대라도 더 움직여 구호물자들을 날라야 했기 때문이다.

진옌이 헬기 조종석에 앉아 있었다. 산은 누군가가 건네준 담요로 하빈을 둘둘 감쌌다.

"가장 가까운 종합 병원으로!"

하빈은 쿤밍에서 엑스레이 촬영 및 소소한 몇 가지 검사를 거친 다음 비행기로 상하이로 옮겨졌다. 산이 쿤밍의 병원을 믿을 수 없다고 하여 상하이 메디컬 센터로 옮긴 것이다.

"상태가 어떤 것이야?"

찾았다는 소식을 듣자마자 달려 나온 류 노회장이 병원에서 그들을 맞았다. 산은 병원 침대에 누워 검사실로 옮겨지는 하빈에게 붙어 얼굴도 들지 않았다. 물수건으로 대강 닦은 하빈의 얼굴은 시체처럼 창백하고, 멍으로 시퍼렇기만 했다.

"엑스레이로는 오른쪽 무릎뼈가 부러지고 타박상이 심한 것 외에는 큰 이상이 없다고 합니다. 문제는 탈수 증상이 심한 데다가 원래 썩 건강하지는 않은 탓에⋯⋯."

걱정했던 내장 출혈이나 심한 부상이 없어 다들 한시름 덜었다. 하빈이 발견되자 한철호는 뒷일을 세진에게 부탁하고 바로 서울행 비행기를 탔다.

삑삑삑.

전자음이 일정한 속도로 울렸다. 하빈이 살아 있다는 증거였다. 산은 병실의 침대에 누워 있는 하빈의 손을 꽉 붙잡았다. 수술로 부러진 다리를 심으로 연결시킨 후 깁스를 해 움직이지 못하도록 고정시켰다. 모두 운이 좋았다고 입을 모아 말했다.

"쯧쯧, 완전 인간의 형상이 아니로구먼. 가서 좀 씻고, 옷이라도 갈아입고 와라. 식사도 하고."

손자의 형편없는 몰골에 보다 못한 류 노회장이 나섰다. 말을

들어보니 제대로 챙겨 먹을 정신도 없었던 듯했다. 하긴 자신도
늙은 몸을 이끌고 중앙 정계 인사들을 만나야 했으니…….

"불안합니다, 할아버지."

산은 자신의 손안에 잡혀 있는 창백한 손을 만졌다.

"내가 자리를 비운 사이에 다시 사라지면 어떻게 하죠?"

산의 목소리에 희미한 두려움이 깃들어 있었다. 진심으로 걱
정하고 있는 것이다. 그 정도냐? 애초에 반대하는 거야 목청만
높이면 된다고 생각했는데, 직접 보니 상태가 아주 심각했다.
노회장은 눈을 부라리며 일부러 목청에 힘을 줬다.

"바보 같은 소리! 사라지긴 어딜 사라진단 말이냐! 문 앞에도
경호원을 늘어세워 뒀으면서……. 쓸데없는 소리를 할 시간이 있
으면, 차라리 내 말대로 먹고, 씻고, 갈아입고 오너라! 그럼 정신
이 번쩍 들 테니까! 이번에야말로 사라지지 않게 똑바로 지켜야
할 것 아니냐! 그 정도 능력도 없으면, 아예 지금 포기하든가."

산이 피식 웃으며 고개를 돌려 할아버지를 봤다. 대나무처럼
꼿꼿하게 허리를 세운 채 기세등등하게 다그치는 것을 보니 잠
시 할아버지에게 병실을 부탁해도 될 것 같았다.

"그럼 제가 올 때까지 할아버지께서 여길 지켜 주세요."

"……오냐. 알았다."

말을 하고서도 아쉬움이 남는지 산은 하빈의 손에 입을 맞추
고서야 일어났다.

노회장은 병원 침대 머리맡에 서서 하빈을 내려다봤다. 제법
예쁘장하게 생기긴 했지만, 손자 녀석의 얼을 빼놓을 정도는 아
니었다. 이 정도의 미인이야 수두룩하건만…….

노회장은 한숨을 푹 내쉬었다. 이제 와 투덜거려 본들 무슨 소용이람. 이미 산 녀석은 이 아가씨에게 머리끝까지 푹 잠겨 밑바닥에서 돌아다니고 있는 실정인 것을.

노회장은 고개를 갸웃거렸다.

닮았나? 잉이 죽은 와이프와 닮았다고 했는데, 어딜 닮았다는 말이야?

"얼빠진 손자 녀석이 어지간히 아가씨를 좋아하고 있는 것 같네. 그러니 앞으로 좀 잘 부탁함세."

어제 같은 불상사가 없기를 간절히 부탁했다.

할아버지와 리강, 진옌까지 나서서 들들 볶은 대로 간단한 샤워에 식사까지 해치운 산은 젖은 머리로 다시 병원으로 돌아갔다. 회사 일은 전부 할아버지와 리강에게 맡겼다. 평소라면 잔소리를 퍼부으며 말렸을 리강도 지은 죄가 있어 군소리 없이 일거리를 떠안았다.

병원 로비에서 위선을 만났다.

"할머님을 모시고 오는 길이야. 할머님은 병실로 올라가셨고, 난 널 기다리고 있었지."

며칠 사이에 핼쑥해진 산을 보고 위선이 속으로 혀를 찼다.

"괜찮나?"

"음, 아직 의식이 돌아와야 하지만, 다행히 큰 부상은 없어."

"아니, 내 말은 너 말이야. 너는 괜찮으냐고?"

산이 무슨 말이냐는 듯 쳐다봤다. 위선이 답답하다는 것처럼 주먹으로 가슴을 툭툭 쳤다.

"덜컥 떨어질 뻔한 네 심장은 괜찮으냐고 묻고 있는 거다. 게다가 네 성격상 잠시도 안 쉬었을 게 뻔하고…….”

희미하게 웃는 산을 보고 위선이 허탈한 웃음을 터트렸다.

"에유, 말해 뭐해. 리강과 진옌이 얼마나 고생했을지 눈에 훤하다. 어쨌든 다행이다. 하빈 양이 무사해서. 충격이 크겠지만, 그거야 네가 옆에서 잘 다독이면 금방 이겨 낼 거고.”

산은 얼굴을 돌려 괴로운 표정을 숨겼다. 과연 그럴 수 있을지…….

그 후 일주일이 지나도록 하빈은 수면 상태였다. 뇌파 검사나 다른 검사에도 아무 이상이 없었건만, 하빈은 의식을 찾지 못했다. 그사이 세계는 중국의 쓰촨성 지진으로 연일 시끄러웠고, 유례없는 피해 규모와 사상자 숫자가 매스컴에 오르내렸다. 피해 난민의 사연이 전파를 탔고, 정치인들이 피해 지역을 답사하는 사진도 찍혔다. 주식시장도 한때 출렁거렸지만, 곧 회복되었다.

시간이 지날수록 산의 얼굴도 초췌해졌다. 살이 빠져 턱 선이 날카로워졌고, 눈매도 매서워졌다.

산은 하빈의 얼굴을 손가락으로 쓸어내렸다.

'그동안 못 쉬었던 것들을 지금 몰아서 쉬려고 하나 보다. 나는 당신이 괴롭고 힘들었던 기억들을 모두 훌훌 털어 버리고 깨어났으면 좋겠다. 악몽에 시달리느라 부족한 잠을 다 자고 나면 일어나겠지.'

"내가 기다리고 있다는 것만 잊지 말아 줘. 내가 당신을 사랑하고 있다는 걸 기억해 줘.”

그의 손에 서늘한 체온이 잡혔다. 그것만으로도 산은 마음이 놓였다. 살아 있기만을 바랐다. 숨만 쉬고 있기만을 기원했다. 눈앞에 있는 것만으로도 다행이라고 여겼다. 하지만 좀 더 욕심을 부려 그녀가 깨어나 자신과 함께 행복해지기를 원했다. 지금껏 불행했던 것을 보상받고도 남을 정도로…….

"우리 함께 행복해지자. 세상 사람들 모두가 부러워할 정도로……."

산은 잠에 빠진 그녀가 듣고 있는 것처럼 말을 걸었다. 의자에 앉아 내내 그녀의 손을 잡고 있었다. 길을 잃고 헤매고 있으면 이 손의 체온이 길잡이로 삼아 찾아오라고. 꿈을 꾸는지 깃털처럼 가늘고 긴 속눈썹이 파르르 떨렸다.

"악몽은 꾸지 말았으면 좋겠어. 스스로를 탓하지도 말고……. 없었던 일로 되돌릴 수는 없겠지. 하지만 당신은 훌륭하게, 꿋꿋하게 여기까지 버텨 왔으니까. 그래서 내가 당신을 찾을 수 있었으니까."

안으로 들어가기 위해 문을 열던 세진은 다정하게 속삭이는 산의 목소리를 듣고 조용히 문을 닫았다. 병원에 붙어 있는 진옌과 회사와 병원을 왕복하고 있는 리강이 어느새 세진의 뒤에 붙어 서 있었다. 뭔가 묻고 싶은 것이 많다는 눈빛이 부담스러울 정도였다. 그러나 꾸벅 고개를 숙여 인사를 한 세진은 망설임 없이 뒤돌아섰다. 어쩐지…… 머리 위에 짊어지고 있던, 무겁고 애처로웠던 존재에 대한 걱정을 지워도 될 듯하다.

잔잔한 밤하늘을 올려다보며 누군가가 피우던 담배 한 대를 떠올렸다.

들이마시고, 내쉬고……. 숨쉬기가 편하다. 흐릿한 시야에 밋밋한 천장이 들어왔다. 하빈은 미간을 좁혔다. 마지막으로 기억하는 것은 부슬부슬 떨어지던 먼지 가루였는데……. 그제야 삑삑거리는, 익숙한 기계 소리가 들려왔다.

"정신이 들어?"

천장 대신 산의 얼굴이 나왔다. 꿈인가? 간절히 보고 싶다는 마음이 만들어 낸 허상? 다크 초콜릿 빛깔을 띤 그의 눈동자에 안도와 염려가 교차했다.

"하빈, 내가 누군지 알아보겠어?"

이마와 뺨을 쓸어내리는 그의 손길을 느끼고서야 하빈은 천천히 고개를 끄덕였다. 흰 보풀이 일어나듯 껍질이 일어난 입술이 굳어 버린 양 잘 움직이지 않았다. 혀도 사라진 모양이다. 막대기처럼 딱딱하기만 한 것이.

"어……떻게?"

잠긴 목소리가 두꺼비처럼 꺼끌꺼끌했다. 산이 피식 웃으며 머리를 내려 이마를 맞댔다.

"어디로 가든지, 내가 찾아낸다고 했을 텐데. 거짓말인 줄 알았나?"

그를 마주 보는 눈동자가 천천히 명료해지는 것을 봤다. 맞닿은 이마를 이마로 아프지 않게 살짝 때렸다.

"깨어나서 다행이다. 계속 잠만 자서, 잠자는 공주님을 키스로 깨워야 하나 심각하게 고민 중이었는데……."

병실 문이 열리더니, 연락을 받은 의사와 간호사가 들어왔다. 그는 산이 기분 나쁘지 않도록 조심하며 두 사람 사이에 끼어들었다. 열흘 만에 깨어난 환자 상태를 꼼꼼하게 확인했다. 뇌출혈이나 다른 문제가 있는 것은 아니었으니까, 의식이 돌아온 것만으로도 충분했다. 부러진 다리야 자연스럽게 시간이 지나면 붙을 것이고.

복도에 있던 세진과 진옌도 안으로 들어왔다. 정신을 차린 상관을 보고 세진은 안도했다. 이대로 수면 상태가 계속되는 것은 아닐까, 슬슬 불안해지기 시작하던 참이었다.

하빈은 묻고 싶은 것이 있었지만, 다시 잠이 몰려왔다. 무겁게 내려오는 눈꺼풀을 더 이상 막을 수가 없었다. 달콤한 잠 속으로 빠져들기 전, 산의 다정한 목소리가 어렴풋이 들려왔다.

"……잘 자."

산은 대답하듯 파닥거리는 하빈의 속눈썹을 봤다. 의사 말로는 일단 깨어났으니, 회복을 위해 자다 깨다를 반복할 거라고 했다.

하빈이 완전히 잠이 든 것을 확인한 그는 나가지 않고 머물고 있는 진옌을 돌아봤다. 할 말이 있는 듯 머뭇거리는 기색이었다.

"리강이 연락을 해 왔습니다, 헤이싱 님."

휴대폰도 모두 꺼 두고 병실에만 박혀 있던 산이었다. 그 덕에 불이 난 것은 곁에서 대기하고 있는 진옌의 휴대폰이었다.

"기자들이 냄새를 맡은 것 같답니다. 그렇지 않아도 병원 로비에서 살펴보는 자들이 몇 명 있었습니다. 이쪽 병실로는 접근도 못 하도록 경호원들에게 단단히 지시해 뒀습니다."

중국 매스컴의 허황된 기사 작성은 국제적으로도 잘 알려져 있었다. 말도 되지 않는 거짓말을 무작정 올렸다가 아니면 말지 식으로 나온다.

"어느 정도 맡은 거지? 공안에서 단속했을 텐데?"

세진이 대답했다.

"장팅펑과 리우다밍에 대한 일은 공안에서 철저하게 막은 상태입니다."

"그럼?"

산의 반문에 진옌이 인상을 찌푸리며 말했다.

"청두의 매몰된 건물에서 구조된 일이 새어 나간 듯합니다. 당시 구조를 도왔던 시민이 얘기하는 걸 들은 기자들이 추적한 모양입니다."

산의 눈빛이 냉혹해졌다.

"신문, 방송은 물론이고, 기자가 소속되어 있다 싶은 곳에는 모두 비공식으로 말을 넣어. 앞으로 하빈에 대한 기사가 한 줄이라도 나가는 곳이 있다면 문을 닫게 되는 것은 물론이고, 먹고살길도 막아 버리겠다고 말이야. 거리로 내앉고 싶다면 쓰라고해. 그리고 한 줄이라도 걸리는 곳이 있다면 내가 말한 대로 문닫아 버려."

"……네, 헤이싱 님."

"병원에도 단단히 말해 둬. 외부인에게 하빈에 대해서 입이라도 뗐다가는 소송은 물론이고, 의사 가운도 벗게 만들어 주겠다고 말이야."

그렇지 않아도 환자의 보호자인 산의 비위를 거스르지 않기위해 노심초사하고 있는 병원이었으니 꽁지에 불이라도 난 듯병원 직원들을 단속할 것이다.

그리고 삼십 분도 지나지 않아 로비와 특실의 아래층에서 실랑이가 벌어졌다. 기자들이 의사와 간호사를 붙들고 특실에 입원해 있는 환자에 대해 꼬치꼬치 캐물었던 것이다. 병원장의 특별 지시에 잔뜩 몸을 사리고 있던 의사와 간호사는 당장 경비원을 호출했고, 끌려 나가지 않으려는 기자와 몸싸움이 벌어졌다.

진옌은 경호원의 숫자를 늘렸다. 특실이 있는 층은 물론이고, 아래층과 오가는 계단과 엘리베이터, 비상 출입구까지 모두 사람을 세웠다.

하빈이 다시 눈을 떴을 때는 한밤중이었다. 어둠 속에 벽에 붙어 있는 스탠드 불빛만이 켜져 있었다. 한결 머릿속이 맑아진 그녀는 병실에 아무도 없다는 것을 알았다. 주변을 두리번거리다 일어나기 위해 몸을 움직이던 그녀는 묵직한 다리를 느꼈다. 움직일 수 없도록 고정되어 있는 다리. 이게……? 깁스를 한 거야?

〈깨셨군요.〉

세진이 다가와 그녀가 일어나 앉을 수 있도록 침대를 조절해 줬다.

〈걱정했습니다.〉

하빈이 피식 웃었다. 하긴 자신도 이번에는 꼼짝없이 죽는 줄 알았으니까. 흘러내린 머리카락을 귀 뒤로 넘기며 긴 숨을 내쉬었다. 무작정 산이 보고 싶었다. 그날 이후 처음 가진 욕심. 낯설고 무서웠다. 지금도 죽음이 반가웠지만, 무작정 따라나서지는 못할 듯한 망설임이 잡혔다. 이율배반적인 감정들이 그녀를 혼란스럽게 했다. 그를 보고 나면 이 혼란스러움도 정리될까.

세진이 빨대를 꽂은 물 컵을 내밀었다.

꽉 잠겨 있던 목 안이 시원하게 뚫리는 듯했다. 모래가 들어가 서걱서걱하던 가슴도 편해졌다. 컵이 비자, 세진이 기다렸다는 듯 보고했다.

〈장팅펑이 탈옥했던 것은 아시죠?〉

하빈이 고개를 끄덕였다.

〈직접 얼굴도 봤어. 여전히 더러운 성격이던걸.〉

〈이마에 총을 맞은 채로 죽어 있는 장팅펑을 발견했습니다.〉

하빈은 갈라진 입술을 혀로 축였다. 물기가 닿자 따갑고 쓰라렸다.

세진은 그녀의 침묵에서 장팅펑과 그의 부하들을 죽인 자가 요선임을 확인했다. 예상했던 일이지만, 뜻밖이었다. 그러나 세진은 조심스럽게 다른 이야기를 꺼냈다.

〈요선 님이 납치되신 것을 아시고, 서울에서 국장님이 오셨습니다.〉

컵을 들고 있던 하빈의 손이 흔들렸다. 무표정하던 눈동자가 충격으로 커다랗게 변했다. 하빈이 묻기 전, 세진이 먼저 털어놓았다.

〈국장님이 류 회장님을 만나셨습니다. 장팅펑을 추적하기 위해서 어쩔 수 없었습니다.〉

〈그가 알아?〉

낮게 깔린 목소리가 미세하게 떨렸다.

〈네. 사장님의 신분에 대해서 국장님이 말씀하셨습니다. 특무국의 화랑이라고…….〉

〈그거 말고! 다른 것은? 다른 것도 알아? 그가 아느냐 말이

야? 그따위 것 말고!〉

미세하던 파열음이 커졌다. 저도 모르게 하빈은 비명처럼 소리를 높였다. 마치 뜨거운 인두로 낙인을 찍힌 듯한 느낌. 미처 자신도 몰랐던 부끄러움과 수치가 한꺼번에 밀어닥쳤다.

어째서? 숱하게 남자들을 만나 왔던 과거도 알고 있는 남자였다. 그런데 왜! 그가 지난 사건을 알게 됐다고 해서 왜 이런 감정이 드는 걸까?

더러운 오물이 묻은 알몸을 고스란히 내보이는 듯했다. 그제야 깨달았다. 그녀는 모르길 원한 것이다.

산이…….

하빈의 고함소리에 반응하듯 문이 쾅당 열렸다. 밖에서 위선, 리강과 얘기를 나누고 있던 산이 놀라 뛰어 들어온 것이다.

"무슨 일이야?"

다급하게 오르내리는 하빈의 숨소리가 심상치 않았다. 움직일 수 없는 몸을 들썩이는 그녀의 얼굴이 새파랗게 질려 있었다. 동공이 크게 열린 눈동자에 충격과 불안이 어른거렸다.

"왜 이러는 거야? 하빈! 왜 이래?"

악몽을 꾸다 일어났을 때보다 더 불안하고 두려워하는 모습이었다. 하빈은 주먹으로 자신의 가슴을 치며 고개를 내저었다.

산이 몸부림치는 하빈의 어깨를 단단히 눌러 잡으며 세진에게 고함을 질렀다.

"대체 그녀에게 무슨 말을 어떻게 한 거야? 무슨 일이냐고!"

꺽꺽거리며 말도 제대로 하지 못하는 하빈이 그의 옷을 움켜잡으며 더듬더듬 물었다.

<알아? 당신, 알아? 어디까지? 어디까지 아는 거야? 국장님이 당신에게 어디까지 말을 한 거냐고?>

침묵이라는 제방이 무너진 듯 하빈이 산을 다그쳤다. 자신이 한국어로 질문을 쏟아 내고 있다는 것도 알지 못한 채.

"……당신이 정하빈이었다는 것까지도 알고 있어."

마치 주문을 건 듯 하빈의 격한 몸짓이 딱 멈췄다.

그러나 산은 잡고 있는 손바닥에 전해져 오는 희미한 떨림을 느꼈다. 알지 못하는 한국어였지만, 그녀가 무엇을 묻고 있는지 알았다. 평소의 모습을 잃어버린 그녀가 다그치는 것이 무엇인지 똑똑하게 이해했다. 지금까지 그녀가 숨기고 있던 일. 묻혀 있던 과거. 끊임없이 괴롭히는 악몽.

하빈의 손에 쥐어져 있던 유리컵이 파삭 소리를 내며 깨졌다. 깨진 파편에 찔린 손에서 피가 흘러나왔다. 그런데도 하빈은 아프지도 않은지 날카로운 유리 파편을 더 세게 움켜쥐었다.

"모두 병실에서 나가!"

세진과 위선, 리강은 한마디 반박도 하지 못한 채 밖으로 나갔다. 하빈과 산을 에워싼 공기가 다른 이들을 밀어냈다.

병실 침대의 흰 시트가 붉어졌다. 핏방울이 하빈의 환자복과 산의 슈트에 뚝뚝 떨어졌다. 그러나 산은 치료보다 도망치려는 하빈의 눈동자만을 단단히 붙들었다.

"그게 그렇게 중요한 일인 거야? 당신이 정하빈이었다는 걸 내가 알면 안 되는 이유라도 있나?"

핏기가 돌지 않는 것처럼 새파란 입술이 바들바들 떨었다.

<정하빈을 알게 됐다면, 다른 것들도 모두 알았겠군요. 정하

빈의 과거를 모두 다!〉

“그래.”

〈왜? 왜, 어째서? 왜!〉

“그래야 당신의 악몽을 알 수 있으니까. 그래야 당신의 상처를 알 수 있으니까. 그래야 당신이 도망가지 못하게 할 수 있으니까. 그래야 당신이 삶을 살아갈 수 있도록 할 수 있으니까.”

〈나는……, 나는…….〉

“당신이 정하빈이든, 하빈이든 나는 상관없어. 정하빈이었던 당신의 과거를 바꿀 수는 없어. 과거의 일도 지울 수 없겠지. 하지만 하빈은 현재를 바꿀 수 있어. 행복하게…….”

무의식 속에서 들었던 목소리.

‘……행복해지자. 우리 함께 행복해지자…….’

끊임없이 밀려오는 파도처럼 들리던 목소리. 간절한 바람을 담아 들려주던 절실한 애원. 그것이 지금 잔물결처럼 파랑을 일으켰다. 진심이라는 마법이 주문이 되어 얼어붙어 죽어 있던 심장을 두드렸다.

“과거에 대한 가장 커다란 복수가 뭔지 알아? 그건 누가 봐도 행복하구나라고 생각할 정도로 행복해지는 거야. 과거의 그림자 따위 떠오를 겨를도 없을 정도로.”

“행……복……?”

처음 말을 배우는 아이처럼 하빈은 가장 중요한 단어를 더듬거리며 내뱉었다.

“그래. 행복.”

단단한 겉피가 부서지고 감추고 있던 연약함이 드러났다. 젖은 눈가에 떨어지지 못한 눈물방울이 매달려 있었다.

산은 그녀의 눈물을 허락으로 읽었다. 그 정도의 의사 표현만으로도 그녀에게는 힘겨울 테니. 시간이 지나면 조금씩 나아질 것이다. 웃음도 많아지리라. 그가 그렇게 만들 것이다. 누구보다 행복하게…….

그녀를 안으며 산은 다짐했다.

유리컵이 부서지면서 찢어진 손바닥을 일곱 바늘이나 꿰맸다. 생각보다 피가 많이 나서 산은 당장 치료하지 않았던 자신을 탓했다. 폭발한 하빈의 감정을 설득하기 위해서였다고는 하지만, 시트와 환자복이 축축하게 젖을 줄은 몰랐던 것이다.

깁스한 다리 때문에 움직이는 것이 불편하긴 했지만, 다른 곳은 이상이 없어 금방 퇴원할 줄 알았던 하빈은 일주일이 넘도록 병원에 붙잡혀 있었다. 답답한 기색을 보이는 그녀에게 산이…….

"싫어하는 병원에 들어온 김에 여기저기 이상은 없는지 두루두루 검사하고 나가지."

하고 말했다.

다리만 멀쩡했다면 병실 앞에 경호원들이 지키고 있더라도 쉽게 탈출할 수 있었을 텐데.

결국 하빈은 경호원이 함께 자리를 비운 틈을 타 목발을 짚은 채 옥상으로 탈출했다. 벌써 햇살이 뜨거워지고 있었다. 봄이 절반쯤 지나가고 있었다.

목발로 계단을 올라오느라 기운을 모두 써 버렸다. 난간에 기댄 하빈이 바람을 맞듯 하늘을 향해 얼굴을 들었다. 잠깐이라도 혼자 있고 싶었다. 답답하게 막혀 있는 공간이 아니라 탁 트인 곳에서.

'함께 행복해지자.'

행복이 어떤 건지 모르겠다. 단지 그가 곁에 있으면 마음이 따뜻해진다. 진심으로 아끼고 보호받고 있다는 느낌. 그게 행복일까. 그가 부린 주문의 효력이 언제까지 갈까.

하빈은 주섬주섬 주머니를 뒤졌다. 검사실로 갈 때 다른 환자의 보호자가 가지고 있던 담배와 라이터를 슬쩍했다.

담배 연기가 올라왔다. 니코틴 맛이 느껴졌다. 한 모금 길게 빨아 마신 후, 내뱉었을 때였다.

"다친 몸에 나쁩니다."

길게 타들어 간 담뱃재가 뚝 끊어졌다. 돌아보니 리강이 서 있었다. 그동안 고생이 심했는지 산보다 몇 킬로그램은 더 살이 빠진 듯했다. 이렇게 마주 보는 건 지난번 공항으로 데려다 준 이후로 처음이다.

하빈이 손에 든 담배를 다시 입에 물었다. 뭐라고 해야 할지 알 수 없어 나온 행동이었다. 그가 준비해 준 비행기 표를 쓰지 못했다.

"미안……."

"죄송……."

동시에 말문을 뗀 두 사람은 다시 입을 다물었다. 서로 상대방이 먼저 말하기를 기다렸다. 담배 한 개비를 모두 피운 하빈이 새 담배를 꺼냈을 때였다. 결국 리강이 기다리는 것을 포기했다.

"죄송했습니다. 그날 제 섣부른 행동만 아니었어도 그런 불상사를 당하는 일은 없었을 겁니다. 정말 죄송합니다.”

정중한 사과에 하빈이 머리를 갸웃거렸다. 항상 느껴지던 미묘한 적의가 사라졌다.

“사과받을 일이 아니에요. 운이 나빴던 것뿐이니까요. 나야말로 애써 마련해 준 티켓을 날려 버려 미안하네요.”

“아닙니다. 날려 버려서 정말 다행입니다. 이런 말씀을 드리면 어떠실지 모르겠지만, 어차피 비행기를 타셨더라도 착륙한 공항에서 잡히셨을 겁니다. 그게 아니면 회장님께서는 하빈 양을 어떻게 해서든 찾아내셨을 겁니다. 여진의 위험 속에서도 건물 더미를 헤집는 회장님을 보고 확실하게 깨달았습니다. 제가 주제넘게 나설 일이 아니라는 걸요.”

그래. 제대로 먹지도, 자지도 않고 눈앞의 여자만을 찾던 산을 보고서 깨달았다. 그녀가 사라진다면 자신이 모시는 주인이 부서진다는 것을…….

“그럼, 이제는 티켓을 구해 주실 수 없다는 뜻인가요?”

하빈이 바람에 날리는 머리카락을 쓸어 넘기며 물었다. 파마기가 풀린 머리카락이 바람을 따라 이리저리 흩날렸다.

“티켓이 필요하십니까?”

리강이 심각한 얼굴로 물었다. 그 메아리가 사라지기도 전 뒤에서 불쑥 다른 목소리가 나왔다.

“나도 궁금하군. 아직도 티켓이 필요한가?”

산이 병실에서 사리진 그녀를 찾아 올라오다 두 사람이 나누는 대화를 들었다. 그녀의 마음이 열린 듯해 안도하다가도 이렇게 불안해진다. 그녀의 말 한마디에, 표정 하나가 그의 심장을 쥐었다 놓았다 한다. 리강이 슬쩍 물러나 자리를 피했다.

하늘을 올려다보던 하빈이 시선을 내려 산을 봤다. 그래, 당신은 항상 나를 똑바로 응시했지. 더럽다고 피하지도, 욕정으로 포장하지도 않았다.

"……행복이 어떤 건지 모르겠어요."

하빈은 행복을 모른다.

"……하지만 행복해지고 싶어요."

그래, 이제는 행복해지고 싶었다.

"……당신과 함께요."

누군가 옆에 있는 것이 가능하다면.

하빈은 용기를 내어 손을 내밀었다. 그녀가 처음으로 내보인 진심. 간절한 바람.

산은 잠시도 망설이지 않고 내민 손을 잡았다. 단단히 깍지를 끼고 마른 몸을 품 안에 가뒀다. 그의 가슴에 놓인 머리에 턱을 올리며 그녀의 허리를 한 손으로 감아 안았다. 하나가 된 그림자처럼 영혼도 하나가 된다. 행복이라는 길을 닦아 함께 한 걸음씩 앞으로 나아가기 위해서.

에필로그

쿵!

뒤에서 부딪힌 충격에 앞으로 몸이 쏠렸다.

"괜찮으십니까, 부인?"

운전기사가 새파랗게 질린 얼굴로 뒷좌석을 돌아봤다. 사고
경위보다 뒷좌석의 안위가 먼저였다.

하빈이 부른 배를 한 손으로 감싸며 안심하라는 듯 살짝 웃었
다. 갑자기 끼어든 오토바이를 피하느라 급브레이크를 밟는 바
람에 안전거리를 확보하지 못한 뒤차가 박은 듯했다. 사고가 난
차량 옆으로 검은색 승용차가 급하게 멈춰 섰다. 문이 열리고 튀
어나오듯 나온 검은 양복 차림의 남자들이 범퍼가 들어간 차를
에워쌌다.

"괜찮으십니까, 사모님!"

잠깐 거리를 둔 사이에 사고가 일어나 경호원들도 순간 깜짝 놀랐다. 차를 세우기도 전에 경호실장에게 연락했다. 휴대폰 너머에서 놀라 버럭 내지르는 소리가 밖에 있는 경호원에게까지 들렸다.

"병원부터 가야 합니다. 이쪽으로 옮겨 타시죠."

경호원이 손을 내밀어 하빈이 내릴 수 있도록 부축했다. 일어나자 고무풍선처럼 부푼 배가 고스란히 드러났다. 옅은 핑크빛에 조각 무늬가 들어간 임신복이 부푼 배를 강조했다. 뒷좌석에 앉자, 운전석에 있던 경호원이 들고 있던 휴대폰을 내밀었다.

"사모님, 회장님이십니다."

하빈이 이마를 찡그렸다. 틀림없이 걱정으로 숨이 넘어가고 있을 것이다. 그냥 아침에 그가 한 말을 들을걸. 때늦은 후회를 하며, 휴대폰을 받았다.

"괜찮아요. 다친 곳도 없고, 멀쩡하니까 걱정하지 말아요."

─정말이야? 정말 괜찮아? 그래도 충격을 받았을지도 모르잖아! 일단 병원으로 가! 나도 지금 병원으로 갈 테니까!

휴대폰 너머에서 후다닥거리며 급하게 정리하는 소리가 들렸다. 이미 일어나서 나오고 있다는 증거였다. 이런 때는 말려도 소용없었다.

엘리베이터를 타면서 산이 화를 냈다.

"대체 사고를 낸 놈이 누구야! 어떤 식으로 운전을 했기에 사고가 난 거냐고!"

'그러게 내가 데리러 간다고 했는데…….'

사고가 났다는 진옌의 말을 듣는 순간, 산의 얼굴이 창백해지는 것을 회의실에 있던 사람들은 똑똑히 봤다.

"정말 다친 곳이 없는 거, 맞아?"

"네, 회장님. 차의 범퍼 부분만 좀 깨졌지, 사모님은 괜찮다고 하십니다."

"놀라지는 않았고?"

임신 팔 개월의 몸이라 약간의 충격도 걱정이 되었다. 뱃속의 아기보다 아기를 걱정하느라 신경을 졸이고 있는 하빈이 걱정스러웠다.

"할아버지께 연락해서 조금 늦을지도 모른다고 말씀 드려. 자세한 사정은 알리지 말고."

"네."

병원에 가니 하빈이 벌써 도착해 진료를 받고 있었다. 사고 얘기를 들은 여의사가 주의 깊게 검사를 했다.

"다행히 큰 이상은 없으시네요. 하지만 충격을 받으신 것은 사실이니까, 조금이라도 통증이 있거나, 하혈을 하면 병원으로 오세요."

산이 하빈을 부축했다.

"괜찮아?"

"방금 같이 의사 선생님께 들었잖아요. 아무 이상 없다고. 괜찮아요."

얼굴이 하얗게 질린 남편의 불안을 하빈이 옅은 웃음으로 달랬다. 천천히 복도를 걸어가며 산이 말했다.

"오늘 저녁 약속을 미루자. 그냥 집에 가서 쉬는 게 좋겠어."

하빈이 고개를 저었다.

"안 돼요. 할아버님도 그렇지만, 탕 할머님도 상하이에서 오셨잖아요. 두 분 모두 한 자리에서 뵙는 것은 오랜만이라 미룰 수 없어요."

"사정을 말씀드리면 이해해 주실 거야."

하빈이 팔짱을 낀 그의 팔을 양손으로 감싸 안으며 말했다.

"그럼 두 분께 걱정 끼쳐 드리게 되잖아요. 그러기 싫어요, 나. 그렇지 않아도 내내 제 걱정하시는 분들인데, 거기에 더 얹혀 드릴 수는 없어요."

산이 팔을 감고 있는 하빈의 손에 다른 한 손을 올렸다. 이렇게 아내가 고집을 부리면 말릴 수 없었다. 아니 말리고 싶지 않았다. 이렇게 자신의 소리를 내며 주장하기까지 오랜 시간이 걸렸기에 막고 싶지 않았다. 산이 손가락으로 하빈의 뺨을 쓸어내렸다.

"알았어. 그럼 식사를 빨리 끝내는 거야. 알았지?"

싱가포르의 오차드 로드에 숨어 있는 화교 레스토랑.

둥근 원탁에 앉아 있는 류 노회장이 연방 시간을 확인했다. 옆에 있던 탕 노부인이 차를 마시다 혀를 찼다.

"그만 좀 봐. 좀 늦는다고 연락도 왔다면서!"

함께 있던 위선이 고개를 돌리며 소리 죽여 웃었다.

류 노회장이 헛기침을 큼큼 하다 탕 노부인을 향해 눈을 부라렸다.

"아, 걱정이 되니까, 그렇지! 약속 시간을 함부로 어기는 아

이가 아니라는 걸 알잖아. 산 녀석은 왜 늦는지 이유도 말하지
않고서는……."

　못마땅한 손자 녀석에 대해 입속으로 중얼거렸다. 찻잔을 내
려놓은 탕 노부인이 감개무량한 눈빛으로 말했다.

　"시간이 정말 빠르지. 벌써 오 년이라니……."

　그사이 간간이 터져 나온 이런저런 사건들로 지루할 틈이 없
었던 나날이었다. 산과 하빈이 한여름인 8월에 결혼한 일부터
최근의 아기를 가진 것까지.

　소리 소문 없이 지인들만 모인 결혼식이었다. 매스컴은 달려
들고 싶어 했지만, 산의 엄포에 마이크도 들이밀지 못했다. 물
론 간 크게 망원 렌즈로 덤벼들었다가 문 닫은 곳도 있었고, 하
빈에 대해 캐내거나 사진을 실으려고 해 망하게 된 곳도 여러 개
였다. 하빈의 존재는 화렌의 힘에 의해 철저하게 가려졌다. 그
건 두 사람의 보금자리가 중국이 아니라 싱가포르라는 것도 도
움이 되었다.

　산은 하빈과 결혼하자마자 상하이로 본사를 이전하려고 했던
계획을 연기했다. 대신 지사보다 큰 규모로 만들어 뒤로 한 걸음
물러나 있던 할아버지에게 맡겨 버렸다. 그리고 자신은 미국에
있는 본사와 세계 곳곳에 있는 지점들을 이동하며 다녔다. 그 옆
에 하빈이 붙어 있는 것은 말할 필요도 없었다.

　하빈은 사교계나 다른 모임에도 얼굴을 내보이지 않았다. 화
렌에서 개최하는 모임에도 산 혼자만이 참석했을 뿐, 그녀는 나
오지 않았다. 사람들은 수군거렸지만, 산과 류 노회장 앞에 대
놓고 얘기할 만큼 간이 크지는 않았다. 하빈이 사람들 앞에 나오

지 않은 가장 큰 이유는 건강 때문이었다.

결혼을 올리기 전, 그러니까 하빈이 매몰된 건물 더미에서 구조된 후 실시한 검사에서 겉으로는 멀쩡해 보이는 몸이 안으로는 곪을 대로 곪았다는 것을 알았다. 그때까지 멀쩡한 척 버티고 있던 하빈의 몸이 긴장이 풀린 것처럼 연달아 스트라이크를 일으키기 시작했다. 특정한 병이 나타난 것이 아니라 급격하게 몸이 약해진 것이다. 체력부터 말썽이었고, 내장부터 혈관에 이르기까지 멀쩡한 것이 없었다. 쉬이 지치고 면역력이 약해져 자잘한 감기를 달고 살았다. 결정적으로 신혼여행에서 가진 아기를 유산한 것으로 큰 타격을 받았다.

✿

"아기, 아기……."

하빈이 아기를 찾으며 울었다. 찾아올 줄 몰랐던 작은 생명. 언제부턴가 가질 수 없을 것이라 믿어 왔기에 더 충격이었다. 떠나 버린 아기가 마지막까지 풀어내지 못하고 남아 있던 응어리를 무너뜨렸다.

눈물이 멈추지 않았다. 뺨을 타고 흘러내린 눈물이 뚝뚝 떨어져 손바닥을 적셨다.

산은 하빈의 눈물을 말리지 않았다. 한 번은 터트려야 했을 둑이었으니까. 그는 하빈을 아기처럼 두 팔로 들어 올리고 테라스를 천천히 오갔다. 턱으로 정수리를 쓸며 입술로 축축이 젖은 뺨을 문질렀다. 그가 옆에 있다는 것을 상기시키면서.

'행복하게 만들어 준다고 약속했건만…….'

산의 얼굴이 흐려졌다. 아슬아슬하지만 시간이 지나가면서 조금씩 서로의 끈이 단단해지고 있었다. 결혼식을 올리고 아침마다 같은 침대에서 일어나면서 그녀의 얼굴이 서서히 환해지는 것을 보는 일이 얼마나 놀라운지. 그녀와 사랑을 나누는 것만큼이나 그를 중독시켰다.

표정 없던 얼굴에 조금씩 감정이 떠오른다. 살짝 찡그려지는 눈매, 삐죽거리는 입술, 자연스럽게 휘어지는 미소. 스스럼없이 내미는 손길을 느낄 때마다 그는 행복했다. 그리고 그녀를 더 깊이 사랑하게 됐다.

"이렇게 눈물이 많으면서 그동안 어떻게 담고만 있었는지 모르겠군. 아기가 이제는 눈물을 그만 모으라고 하는가 보다."

※

문밖에서 걸어오는 소리가 들렸다.

"왔군."

언제 기다렸냐는 듯 시치미를 뚝 뗀 류 노회장은 근엄한 표정을 지었다. 탕 노부인과 위선이 웃었다. 저런 표정이었다가도 막상 산과 하빈을 보면 녹아내리는 플라스틱처럼 흐물흐물해지기 때문이다. 상하이에서 중국 지사를 관리하느라 산과 하빈을 자주 만나지 못하는 것이 불만일 정도로 류 노회장은 처음과 달리 하빈을 아주 예뻐했다.

다정하게 들어오는 두 사람의 모습이 보기 좋아 다들 빙그레

웃었다. 이제는 산의 옆에 하빈이 없는 모습은 생각도 할 수 없을 정도였다.

탕 노부인은 감탄했다. 산의 애정을 받아 만개한 꽃처럼 활짝 피어난 하빈을 볼 때마다 놀라웠다. 처음 봤을 때도 사람을 끄는 독특한 매력이 있었지만, 지금은 거기에 따스한 여성성이 덧붙여졌다. 편안함이 느껴지는 여유에 그늘이 지워진 화사함, 그리고 특유의 요염함이 더욱 깊어져 지나가는 사람들을 눈길을 붙잡았다.

"늦어서 죄송합니다."

산의 말에 덧붙이듯 하빈이 고개를 살짝 숙였다.

류 노회장이 허허허 웃으며 어서 자리에 앉으라는 듯 손으로 의자를 권했다.

"됐다, 됐어. 뭐, 이유야 안 들어도 뻔하지. 저 녀석이 회사 일 때문에 널 기다리게 한 거겠지. 퇴근 시간이라 길도 막혔을 테고."

하빈이 아니라고 말하려는 것을 산이 막았다.

"네. 회의가 늦게 끝났어요. 이것저것 말도 안 되는 걸 보고서라고 올리기에 잔소리가 좀 길어졌어요. 덕분에 그녀를 데리러 가는 일이 늦어졌죠. 죄송합니다, 할아버지, 탕 할머님."

산이 눈짓으로 위선에게 왔냐는 인사를 건넸다. 하빈을 의자에 앉힌 산이 옆자리에 앉았다. 부푼 배를 본 탕 노부인의 눈빛이 안쓰러워졌다. 기쁘면서도, 한편으로는 고생하고 있는 하빈이 안됐기 때문이다.

"몸은 좀 어떠니?"

"괜찮아요. 좀 소화가 안 되고 자는 게 불편하긴 하지만요."

"병원에서는 뭐라고 하든?"

류 노회장이 궁금하다는 듯 물었다. 주치의에게 연락해 꼬박 꼬박 체크하고 있었지만, 그래도 걱정이 되었다. 그건 이 자리에 있는 사람들은 물론이요, 회사에 남아 있는 리강과 진옌도 마찬가지였다.

자궁이 약해 아기가 들어서기 힘들고, 만약 들어서도 첫아기 때처럼 유산할 확률이 높다고 했다. 덕분에 하빈이 임신했다는 걸 알게 된 순간부터 류가는 비상이 걸렸다. 의사의 권유대로 초기 사 개월은 병원에 입원해 침대에서 꼼짝달싹도 못했다. 그나마 안정기가 되어 한시름 덜었고, 팔 개월이 되어서부터는 조금씩 외출할 수 있게 되었다.

"힘들지?"

탕 노부인이 웃으며 위로하듯 물었다. 그러자 하빈이 살짝 미소를 흘리며 고개를 살래살래 흔들었다. 수줍음이 가득한 미소는 맛있는 과자를 몰래 숨겨 둔 아이처럼 조심스러웠다. 누가 훔쳐볼까 무서운 것처럼. 아내의 미소가 예뻐 산도 웃었다.

저녁 식사가 차례대로 나왔다. 해삼과 전복을 넣은 죽과 각종 야채로 만든 봉황이 담긴 냉채가 나왔다. 원래 잘 먹지 않아 산의 애를 태우던 하빈은 임신을 하고서는 더 입이 짧아졌다. 맛있게 젓가락질을 하는 것도 없었고, 초기에는 심한 입덧으로 음식을 섭취하는 대신 병원의 수액만 맞았다. 입덧이 가라앉은 후에도 아기를 생각해 억지로 음식을 먹었지만, 항상 반도 먹지 못하고 수저를 내려놓았다.

하빈은 오늘따라 밍밍한 죽이 넘어가지 않았다. 어른들 앞이라 스푼으로 아주 작은 양을 떠 입에 넣었지만 계속 우물거리기만 했다.

갑자기 매운 음식이 먹고 싶었다. 매콤한 낙지볶음을 먹을 수 있다면……. 하빈은 매운 한국 음식들을 애써 떠올리지 않았다. 의식적으로 한국과 관련 있는 것들은 모두 미뤄 둔 상태였다. 그나마 특무국에 같이 사표를 낸 세진이 아직도 하빈의 밑에서 수입상으로 오가고 있는 일 외에는 한국과 연관되어 있는 것이 없었다.

하빈의 수저질이 시원치 않군.

산이 뒤에 있는 종업원을 불렀다.

"여기, 매실차를 시원하게 해서 한 잔 가져다 줘요."

괜히 접시만 휘젓고 있는 하빈의 스푼을 뺏었다.

"왜요?"

"안 먹히는데, 억지로 먹으려고 하지 마. 가져오는 매실차로 입가심이나 해."

"괜찮은데……."

산이 일부러 인상을 썼다.

"괜찮긴! 지난번에도 괜찮다면서 억지로 먹었다가 체해서 고생했잖아. 손 가는 게 있으면 맛만 본다 생각하고, 정 안 되겠다 싶으면 놔도 돼."

"왜요, 하빈 씨? 여전히 음식이 안 당겨요?"

팔각을 넣고 삶아 얇게 편을 썬 돼지고기를 맛나게 집어 먹고 있던 위선이 고개를 돌렸다. 탕 노부인도 기다란 젓가락을 탁자에 내려놓았다.

"저런, 아직도 음식이 안 받는 거니? 그래서 몸이 버틸 수 있
겠어?"

"아니, 그 정도는 아닌걸요. 한 자리에서 많이는 아니고, 조
금씩 자주 먹고 있어요. 과일도 그렇고요."

시선을 내린 하빈이 봉황의 눈을 장식한 붉은 열매를 집었다.
동글동글한 앵두가 작은 입 속으로 쏙 들어갔다. 그제야 다들 멈
췄던 수저를 다시 놀렸다.

여전히 고기와 해물은 젓가락도 대지 않고 야채 몇 조각이나
과일만 입에 대는 아내가 못마땅했지만 그게 어딘가 싶어 산은
옆에서 묵묵히 음식들을 덜어 줬다. 옆자리에 있는 위선이 쿡쿡
거리며 미친놈처럼 웃는 것을 무시하면서.

"피곤해?"

가슴에 기댄 하빈의 숨이 맥없이 무거웠다. 산은 안고 있는
어깨를 풀어 주듯 손바닥으로 꾹꾹 눌러 줬다. 번화가를 빠져나
가지 못한 차가 체증에 밀려 움직이지 못하고 있었다. 이래서 시
내로 나오고 싶지 않았는데……. 집에 도착하자마자 함께 목욕
부터 해야겠군.

의외로 그녀는 물을 좋아했다. 목욕부터 수영까지. 스스로도
몰랐던 것인지 하빈은 깨닫고서도 한참 어색해했다.

"조금……."

"하긴, 사고 때문에 경직된 게 아직 안 풀렸나 보군. 어깨가
뻣뻣하잖아."

산이 부푼 배 위에 손을 얹혔다.

"봐. 배도 약간 딱딱하군."

산이 손바닥으로 배를 천천히 문질렀다. 뭉친 것이 풀어져 뱃속의 아기도 기분이 좋아졌는지 술렁술렁 아빠 손을 따라 움직였다.

산의 미소가 커졌다. 몇 번이나 만져도 신기했다. 하빈도 좋아해 항상 둘만 남으면 배를 쓰다듬는 버릇이 들어 버렸다. 하빈을 놀리기 위해 시선을 들었을 때였다. 항상 기다렸다는 듯 눈빛을 마주쳐 오던 하빈의 시선의 그의 옆 유리창에 꽂혀 있었다.

제자리에서 조금씩 거북이걸음처럼 가고 있는 도로 옆으로 유명 음식점들이 즐비하게 늘어서 있었다. 그곳에는 이상한 옷에 처음 보는 기괴한 모자를 머리에 쓰고 있는 커다란 나무 인형이 서 있었다. 옆에 세워져 있는 목판에 토속정土俗庭이라고 새겨져 있었다. 그리고 영어로 Korean restaurant라고 작게 첨가되어 있었다.

산은 계속 찾지 못하고 있던 질문의 답을 찾았다. 내내 먹지 못하던 그녀. 언젠가 지나가듯 물었을 때도 아니라고 답하던 그녀.

'바보 같은 자식!'

산은 자책했다. 유리창 너머를 빤히 바라보고 있는 그녀의 눈동자에 원망 어린 애증이 담겨 있었다. 산은 머뭇거리지 않았다. 꽉 막혀 서 있긴 했지만 도로 한가운데라는 것도 개의치 않았다. 잠겨 있는 차의 문을 벌컥 열었다.

"회장님!"

"여기서 잠깐 내릴 테니까, 이 근처에 주차해 있든지, 아니면 주변을 좀 돌도록 해요. 일 끝나면 연락할 테니까."

"네?"

놀란 운전기사가 몸을 틀어 뒤를 돌아봤을 때는 이미 산이 도로가에 내린 뒤였다. 영문을 몰라 어리둥절한 하빈도 산의 부드러운 재촉에 차에서 내렸다.

"왜 그래요?"

보도블록으로 올라온 산이 한숨을 내쉬며 그녀를 봤다. 아직도 그녀의 마음을 다 헤아리지 못한 게 화가 났다. 하빈이 인상을 찡그리고 있는 그가 이상한 듯 눈을 맞춰 왔다.

"아니. 내가 바보 같아서."

하빈이 무슨 말이냐는 듯 눈을 동그랗게 떴다. 처음과는 비교할 수도 없이 표정이 풍부해진 얼굴이 사랑스럽다. 산은 사람들이 오가는 길 한복판이라는 것도 잊고 키스를 했다. 달콤한 입술에 조금씩 키스가 진해졌다. 느리지만 천천히 그를 받아들이듯 반응해 오는 그녀. 앞에서 왕방울만 한 눈을 치켜뜨고 있는 나무 조각상이 아니었다면 이대로 그녀를 답삭 안아 들어 집으로 달려갔을 것이다.

산이 갑자기 입술을 떼고 물러서자, 하빈이 왜 이러는지 모르겠다는 눈빛으로 멀뚱멀뚱 그를 쳐다봤다. 그녀의 팔을 옆구리에 낀 산이 앞으로 나갔다. 영문도 모르고 몇 발자국 따라가던 하빈이 그제야 목적지를 알아차린 듯 신발을 끌었다. 그러나 산은 모르는 척 그녀를 잡아끌었다.

저녁 타임이 끝나지 않았는지 가게 안에는 손님들이 꽤 남아 있었다. 넓은 마루에는 칸칸이 가리개가 놓여 있어 자리를 구분해 놓았고, 한국 물건들로 보이는 독특한 인형과 가구들이 장식되어 있었다.

"조용한 방이 있으면 좋겠는데요."

주인으로 보이는 중년 부부에게 산이 방을 요구했다. 가리개가 놓여 있지만, 마루는 손님들의 목소리로 조금 시끄러웠다. 다행히 예약이 취소되어 남은 방이 있다고 했다.

하빈의 신발을 벗겨 준 산은 하빈에게 올라가라고 말없이 채근했다. 모시로 만든 방석에 앉은 하빈이 생경한 듯 방 안의 가구와 벽에 세워 둔 가야금, 부채 등을 보았다. 작은 사랑채처럼 한쪽에는 촉대와 서안書案이 자리해 있었다. 이것저것 조금 두서없이 뒤섞여 있는 듯했지만, 정말 오랜만에 보는 물건들이었다.

"왜 여길……? 저녁 먹었잖아요. 배 안 불러요?"

그녀를 챙기느라 바쁘긴 했지만, 산은 저녁으로 나온 요리들을 제법 많이 먹었다.

메뉴에는 코스로 나오는 '매난국죽' 과 단품으로 나오는 음식 종류들이 사진과 함께 있었다. 산은 당황하는 그녀 앞으로 펼친 메뉴판을 내밀었다.

"뭐가 가장 먹고 싶어?"

하빈은 무의식중에 아래쪽을 봤다. 주황색의 아귀찜이 아주 매콤해 보였다. 입에서 절로 군침이 돌았다. 혀가 아릴 정도로 매운 양념 맛. 하빈은 사진에서 눈을 떼지 못했다. 메뉴에 뭘 그렇게 열심히 보나 싶어 본 산은 강렬한 붉은 색에 헉 놀랐다.

"매울 것 같은데……."

딱 보기만 해도 '나 매운 놈이요.' 라고 온몸으로 부르짖고 있었다. 위도 약한데 매운 것이 들어가면…….

그러나 산은 딱 잘라 안 된다고 말하지 못했다. 임신 후 처음으로 먹고 싶어 하는 음식을 찾아낸 것이다. 결국 산은 사진 속의 음식을 주문하며 주인에게 임신부가 먹을 것이니 맵지 않게 해 달라고 했다.

하빈의 작은 손을 잡았다. 아기를 가졌는데도 팔다리는 여전히 살이 붙지 않아 가늘기만 했다. 배 부분만 볼록하게 튀어나와 보는 이를 안쓰럽게 했다.

매운 맛이 많이 희석되기는 했지만, 그래도 아귀찜은 뜨겁고 매웠다. 하빈은 흰 쌀밥에 두툼한 아귀 살을 올려 입안으로 삼켰다.

몇 년 만에 먹는 한국 음식인지 모르겠다. 일부러 피하려고 한 것이 아닌데도, 무의식적으로 찾지 않았던 것 같다.

"천천히 먹어."

산이 아귀 살을 발라 숟가락 위에 올려 주면서 물 컵을 내밀었다. 뜨겁고 매운 듯 땀을 송골송골 흘리면서도 하빈은 말도 잊은 채 열심히 먹었다.

산은 놀랐다. 한 번도 이렇게 먹는 그녀를 본 적이 없었기에. 그녀는 밥 두 공기를 비우고 사 인분이나 되는 아귀찜을 절반이나 해치웠다. 숟가락을 놓으면서 하빈은 배가 불러 숨도 제대로 쉬지 못해 헉헉거렸다.

"너무 많이 먹은 것 같아요."

하빈이 빈 그릇들을 보며 울상을 짓자, 산이 쿡쿡거리며 기분 좋게 웃었다. 어쩌다 이렇게 된 건지 모르겠다는 듯 인상을 찡그리고 있는 하빈이 너무 귀여워 웃음을 참을 수가 없었다.

"왜? 왜 웃는 거예요?"

"아니, 큭큭! 당신이 너무……. 큭! 귀여워서……."

뚝뚝 끊어지는 말 사이마다 터져 나오는 웃음이 걸렸다. 빨간 양념이 묻은 뽀로통한 입술을 덥석 물면서도 산은 웃음이 나왔다. 아아, 정말 귀여워 미치겠다. 품 안에 안긴 몸을 더욱 꽉 끌어안으며 산은 행복에 취했다.

등 뒤에서 뻗어 온 든든한 팔에 안겨 잠을 자고 있던 하빈은 허리에서 올라오는 뻐근한 통증에 눈을 떴다. 쿡쿡 쑤시듯 느껴지는 둔통이 잠을 방해했다. 갑자기 너무 많이 먹어서 속이 부대끼는 건가. 굵은 막대기로 위에서 누르는 듯한 불쾌한 느낌. 이마를 찡그리며 몸을 뒤챘다.

"……왜? 악몽을 꾼 거야?"

그녀의 작은 반응에도 예민한 산이 금방 눈을 뜨고서 걱정스럽게 물었다. 예전처럼 심하지는 않지만, 몸이 아주 피곤하거나 우울할 때마다 하빈은 악몽을 꿨다. 지진에서 구조된 후 받은 심리 치료가 도움을 주기는 했지만, 악몽을 완전히 쫓아내지는 못했다.

산이 하빈의 어깨 너머로 몸을 일으켜 세웠다.

"왜 이래? 땀을 왜 이렇게 흘리는 거야?"

옷이 푹 젖을 정도까지는 아니지만, 얼굴에는 작은 땀방울들이 송골송골 달려 있었다.

"하빈아? 어디가 안 좋은 거야?"

불을 켠 산이 내선으로 량 부인을 불렀다. 그러면서도 하빈에게서 걱정스러운 시선을 떼지 않았다.

"허리가 뻐근하게 아파요."

"허리가? 배가 아니고?"

만약 진통이라면 배가 아파야 하는 거 아닌가. 잠옷 차림의 량 부인이 노크도 없이 들어왔다.

"왜 그러세요, 마님?"

"허리가 아프다고 합니다."

량 부인이 하빈의 이마를 짚으며 물었다.

"언제부터요? 어느 정도로 아프세요? 간격이 일정한가요?"

"잠들고서부터……, 간격은 느껴지다가 사라졌다가 해서 잘……."

량 부인이 하빈의 손을 잡으며 말했다.

"차를 준비시키세요, 회장님. 아무래도 병원에 가야 할 것 같아요."

한밤중에 비상이 떨어졌다. 병원에서는 퇴근했던 주치의가 당장 호출되었고, 병원장까지 대기했다. 쉽지 않은 케이스의 산모인 데다, 병원의 VIP라 실력 있다 싶은 병원의 산부인과 의사는 모두 불려 나왔다.

결국 진통이 오는 것이 맞았다. 그것도 간격이 오 분밖에 되지 않았다. 분만실 앞의 보호자 대기실에는 연락을 받고 달려온 류 노회장과 탕 노부인이 위선과 진옌, 리강과 함께 있었다.

"예정일은 아직 한참 남았잖아. 지금 팔 개월이라면서?"

위선이 꽉 닫혀 있는 분만실의 문을 보며 물었다.

"약속 장소로 가시다가 뒤차와 부딪히는 사고가 있었는데…….
의사 말로는 아무래도 그 충격이 지금 나타나는 거랍니다."

"사고? 아니 그런 일이 있었으면 얘기를 했어야지!"

류 노회장이 버럭버럭 고함을 내질렀다. 경호하던 인간들은
뭘 하고서! 귀한 손자며느리가 사고에 휘말렸다는 말에 귀에서
연기가 날 정도로 류 노회장은 화를 냈다.

"산은?"

류 노회장의 분노를 탕 노부인이 가로막으며 묻자, 진옌이 대
답했다.

"분만실에 함께 들어가셨습니다."

처음부터 수술은 제일 마지막 순서로 미뤘다. 마취제가 잘 듣
지 않아 힘들었고, 강한 마취제를 사용하면 아기에게 좋지 않기
때문이다. 임신했다는 것을 알고서 하빈은 유산에 대한 걱정에
시달리는 한편, 예전 자신이 했던 마약과 술, 흡연이 아기에게
영향을 줄까 속을 태웠다. 유전자 검사와 다른 검사에서도 이상
은 없다고 나왔지만, 하빈은 내내 아기에게 미안해했다. 그래서
그녀는 더욱 자연분만을 고집했다.

거의 열두 시간이나 진통을 한 뒤에야 사내 아기가 태어났다.
달수를 채우지 못한 미숙아라 바로 인큐베이터에 넣어졌다.

기운을 모두 뺏긴 듯한 하빈이 억지로 눈을 뜨며 물었다.

"아기는……?"

산이 젖은 이마를 어루만지며 눈가에 입을 맞췄다.

“괜찮아. 체중이 약간 미달이라서 인큐베이터에 며칠만 있다
나오면 된대.”

“예쁘죠?”

“응.”

하빈의 눈가에 눈물이 맺혔다. 산과 그녀의 아기. 두 사람이
함께 만든 행복의 결실.

산이 그녀의 눈물을 입술로 훔쳤다.

“나, 행복해요.”

하빈이 눈물을 매단 채로 환하게 웃었다. 나른하면서도 낙낙
한 미소가 정말 자연스러웠다. 산도 웃으며 입을 맞췄다.

“나도 행복해. 당신이 행복해서 더 행복해.”

언젠가부터 두 사람에게는 행복이 사랑이라는 단어가 되었
다. 행복해는 사랑해로. 그날 이후로 두 사람은 사랑이라는 단
어를 단 한 번도 입에 올리지 않았지만, 두 사람은 항상 사랑해
라는 말을 주고받았다.

행복해.

사랑해.

행복해.

사랑해.

과거를 딛고 현재를 충실하게 살아가는 두 사람만의 사랑 방
식이었다.

〈어긋난 휴가/The end〉

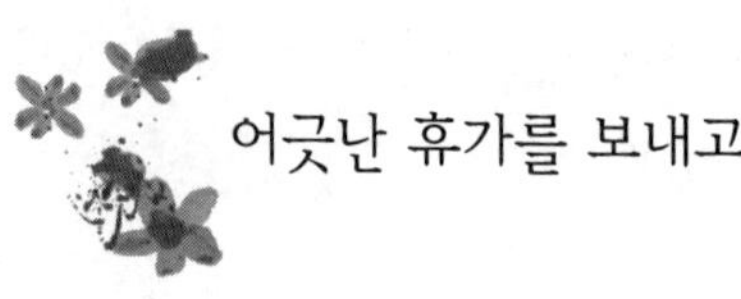

어긋난 휴가를 보내고

거리의 은행잎이 노랗게 물드는 계절이 왔습니다. 어느새 일 년이 이렇게 지나가 버렸나 새삼 놀랍니다. 다른 분들께도 그렇지만, 올해 유난히 일들이 많았습니다.

친한 친구가 결혼을 했고, 막내 동생도 얼마 전 결혼을 했습니다. 식구가 한 명 늘어난다는 것이 쉬운 절차가 아니더군요. 결혼이란 것이 간단한 일이 아니라는 사실을 다시 한 번 깨달았습니다. 그래서 아직 제가 혼자인 거겠지요?

기다려 주시는 분들이 많은데도, 제가 너무 게으름을 부려 글이 늦게 나왔습니다. 정말 죄송하다는 말씀 외에는 드릴 말이 없네요. 한 번 무너진 컨디션을 회복하는 것이 쉽지 않아 저 스스로도 헤매는 중입니다. 아직도 원상 복구되지 않아 힘들지만,

돌아가려고 열심히 노력 중입니다. 다음 작품은 이번처럼 시간이 걸리지 않도록 하겠습니다.

이 글은 〈휴가 시리즈〉 중 두 번째 이야기인 '요선'의 이야기입니다. 요원이지만 첩보물보다 휴가를 보내는 요선의 마음을 그리고 싶었습니다. 임무를 마치고 긴장감을 풀어 버린 요선의 나약함과 흔들림을 보여 드리고 싶었습니다. 작은 것이든, 큰 것이든 상처 없는 사람은 없을 겁니다. 요선의 상처는 여자에게 가장 아픈 형태죠. 그래서 치유사로 산을 보냈습니다. 혼자서는 이겨 내기 힘들지만, 둘이라면 서로 손을 잡고 걸어 나갈 수 있을 테니까요. 아마 기대하시는 첩보 활약은 마지막 시리즈의 요원이 보여 줄 것 같습니다.

어렸을 적 어른들이 나이가 들면 철이 든다고 말씀하시던 것이 요 근래 계속 떠오릅니다. 그런데 막상 나이가 들어 보니 철이 든다기보다, 머릿속은 그대로인데 몸만 늙어 간다는 느낌이 들어 서글픕니다. 이런 게 나이를 먹어 간다는 걸까요. 그래도 마음만은 늙지 않아야겠지요. 철없는 시절의 용기가 남아 있길 기원합니다.

언제나 힘을 주는 친구에게 고맙다는 말을 전하고 싶습니다. 특히 이번 작품은 많이 힘들었을 그 친구에게……. 또 그럼에도 제 고민을 들어 주고 상담을 해 줬던 그 친구의 도움이 컸습니다.

여니 언니, 옥수 언니, 드림 언니, 얼 언니, 코코 언니, 진후……. 끊어지지 않고 계속 이어지는 분들의 인연이 지금까지 제가 글을 쓸 수 있었던 힘이었던 것 같습니다. 편집부의 지해 씨도 제 조급한 성격을 받아 주느라 고생하셨을 것 같아 미안하고 고맙습니다.

그리고 부모님. 가장 죄송스럽고 또 의지하고 있는 아버지와 어머니. 항상 건강하시길 바랍니다.

밤하늘의 은하수를 보러 가을 여행을 떠나고 싶습니다. 좋은 여행지를 아시나요?

가을 하늘 아래에서
김경미.